私たちはどこで間違えてしまったんだろう

美輪和音
Kazune Miwa

双葉社

目次

装画　じん吉
装幀　bookwall

私たちはどこで間違えてしまったんだろう

プロローグ

監獄実験って知ってる？

アメリカの大学で実際に行われた心理実験でね、健康な男子学生を囚人チームと看守チームに分けて刑務所みたいな場所で生活させると、看守役の人たちは次第に看守らしくふるまうようになって、囚人役に暴言を吐いたり、屈辱的な罰を与えたり、平気で残酷なことができるようになるんだって。

話を聞いたときは信じられなかった。

でも……、今はなんかわかる気がする。

普通に優しかった人たちが、平気で酷いこと言ったりしたりするのを、たくさん見てきたからかな。

この町は、今、監獄……なのかもしれない。

毒殺犯だと疑われた人が囚人で、それ以外の全員が看守。

看守は囚人にどんな酷いことをしてもいいって思ってる。

だって罪を犯した囚人なんだから。

ううん、毒を入れた証拠なんてない。でも、看守たちはあんな惨いことができる人間は他にいないって、いつの間にか囚人と決めつけてる。

監獄実験でコイントスみたいに無作為に振り分けられた囚人役の人にまで非人道的なことができるなら、毒殺犯に違いないって思い込まれてしまったら最後、その囚人は看守たちにどこまでも残虐なことをされ、……殺されてしまうかもしれない。

だから、逃げてほしい。
監獄みたいなこの町から。
看守の手が絶対に届かないところまで――。

第一章　看守

一

祭りが始まる前から、祭りのあとのことを考えていた。

だから準備にも集中できず、ボーっと長机を拭いていた仁美《ひとみ》は、幼なじみの涼音《すずね》に背中をつつかれ、割り箸立てを倒しそうになった。

「ちょっ、なによ、涼音？」

目配せされて、テントの奥を振り返る。こちらに背を向け、コンロにかけたおしるこの大鍋をかき回す母、千草《ちぐさ》の隣に、なにか話しかけようとしてためらい、気づかわしげに顔色を窺《うかが》っている父、仁《じん》の姿があった。

仁美と目が合うと、父はバツが悪そうに視線を逸らし、誰にともなくつぶやく。

「こっちはもう大丈夫だよな。お父さん、子供神輿《みこし》の付き添い頼まれてるから行くよ」

陽気なお囃子のＢＧＭにかき消されそうな声量でそう告げると、父はそそくさと祭り仕様に飾られた公園内を、神輿に向かって走っていく。いつもなら鬱陶《うっとう》しいくらい世話を焼く母はそんな父を振り返ることすらせず、おしるこの鍋を見つめたままだ。

「怖っ！」

「ちょっと、仁美ちゃん」

「なにが怖いって、こんなぴりぴりしてんのに、ピーヒャララ～ってこのＢＧＭ、そぐわな過ぎて怖くない？」

小声でちゃかす仁美に、涼音は呆れたような視線を向ける。母のことを娘の仁美以上に慕っているから、父との険悪な場面をはじめて見て、心配しているのだろう。仁美も両親の深刻なけんかなんて見たことがない。母は他愛もないことで拗《す》ねるが、いつもすぐに後悔して自分から折れ、食卓に父の好物ばかり並べる。どうせ今回もそのパターンだ。

今、仁美の頭の中はスマホに届いたメッセージのことでいっぱいで、一ミリも興味のない親の夫婦げんかのことなど、入る余地がないのだ。

ここ、夜鬼《やぎ》町は、東京までバスと在来線と新幹線を乗り継いで三時間以上かかる辺鄙な片田舎だ。一時期は宅地開発が試みられたが、最寄り駅まで六キロという不便さが災いし、近隣中核都市のベッドタウンにもなり損ねた。

住宅と田畑が混在するこんなのどかな田舎の町内会の秋祭りに集うのは、近所の顔見知りばかりだし、催しだって焼きそばだのヨーヨー釣りだのと毎年代わり映えせず、十七歳の仁美の興味を引くものなんてなにひとつない。

でも、あのメッセージが届いた。祭りのあとに起こることによっては、今年の秋祭りは仁美にとって忘れられないものになるかもしれない。仁美の目は東西に長く広がる夜鬼町公園――通称メーメー公園――の反対側、東奥の広場へと自然に吸い寄せられていく。

だが、そこに、修一郎《しゅういちろう》の姿はまだない。

「仁美ちゃん、おしるこ、もらえる？」

驚いて声の主に視線を落とすと、長机の前で町内会長の孫の麗奈《れな》が微笑んでいた。

少し離れ気味の目がかわいい麗奈は小学六年生だが、やけに大人っぽい濃紺に紫の蝶の浴衣を纏《まと》っている。後ろに修一郎の妹のかすみもいたが、こちらは地味なワンピース姿だ。

「麗奈ちゃん、おしるこ配るのはあの子供神輿が帰ってきてからだよ」

ちょうど神輿が出発するところで、仁美ははっぴを着た子供たちに手を振りながら話す。

子供神輿は秋祭り恒例の行事で、男子小学生が担ぎ手となり、四十分ほどかけて町内を練り歩く。彼らが公園に戻ってくるのを待って、午後四時から母、千草がつくったおしるこを配ることになっていた。

「えーっ、内緒で特別にダメ？　麗奈、おばちゃんのおしるこ、大好きなんだけどなぁ」

思わずいいよと言ってしまいそうなかわいらしい上目遣いに末恐ろしさを感じながら、仁美は特別扱いはできないと笑顔で麗奈を突っぱねる。後ろから母が申し訳なさそうに声をかけた。

「ごめんね、麗奈ちゃん。今年はいっぱいつくったから、なくなる心配しなくて大丈夫よ」

母のおしるこを楽しみに祭りに来る人は案外多く、去年は足りなくなって困ったのだ。

「わかった。おばちゃん、ありがと。でも、麗奈、一番に並ぶからね！」

聞き分けよく引き下がり、焼きそばのテントへと向かうふたりの後ろ姿を見送りながら、母がそういえば、とつぶやく。

「麗奈ちゃん、去年も一番にもらいにきてくれてたわね」

「そうだっけ。そんな早くから並ぶなんて、マジでママしるこのファンじゃん」

冷やかす仁美に、母は少しだけ肩をすくめる。麗奈は一番に並んでいた男性の前にちゃっかり横入りさせてもらったらしい。

「麗奈ちゃん、仁美ちゃんより世渡り上手そう」

そうつぶやく涼音に、仁美も「だね」と笑う。

「かすみちゃん、少し顔色悪くなかった？　大丈夫かな」

涼音が修一郎の妹を気遣う。身体の弱いかすみは幼いころから入退院を繰り返している。

「お祭りに来られてるんだから大丈夫っしょ。具合が悪かったら修一郎もおばさんも、かすみちゃんの外出を許すはずないし」

この町で生まれ育った幼なじみの三人は、仁美が高二、修一郎が高一、涼音は中三と年齢が一つずつ違うけれど、子供のころから気が合って、よく一緒に遊び、今でも仲がいい。

年下の涼音が一番のしっかり者で、今日も朝からおしるこづくりを手伝いに来てくれた。

涼音はきれいな顔立ちなのに、感情を表に出すのが苦手で表情が極端に乏しい。なにを考えているのかわかりづらいせいで、小学生のときは「マネキン」とか「ブキミ」とか呼ばれていじめられ、そのたびに仁美が出張って行って、いじめっ子たちを蹴散らしていた。

「ねぇ、仁美、涼音ちゃん、ママ、今のうちに白玉取りに行ってくるから、お鍋頼むわね」

そう言ってテントを離れようとする母を、仁美は仏頂面で振り返った。

「ダメだよ。修一郎が来たら、私たち、演舞のリハに行かなきゃいけないんだから」

中高生による演舞の公演も秋祭りの恒例行事だが、今年は前日までにリハーサルができず、塾の模試で遅れて参加する修一郎を待って、公園東奥の広場で行う予定になっていた。

「白玉は気温が高いとくっついちゃうから、ギリギリまで冷蔵庫に入れておくって言ったの、ママでしょ。リハ終わってから、あたしが取ってくるからまだいいよ」

「だって、あなたたち、リハーサルが終わってもダラダラ喋ってて、絶対すぐには帰ってこないじゃない。白玉がないと困るから取ってきちゃうわ。今日はそんなに暑くもないし」

「えーっ、ママより先に修一郎が来たら、あたしたち、リハに行っちゃうからね」

「ダメよ、誰かがお鍋を見ててくれなきゃ」

「だったら、私がお鍋を……」

「ダメダメ」と仁美が涼音の言葉を遮《さえぎ》る。「涼音にはリハの動画を撮ってもらうんだから」

「ねぇ、こんなこと言い合ってる間に取ってこられるんだから、とにかくママが帰ってくるまで、待っててね。お願いよ」

　そう念を押し、母は自宅に走っていった。

「もう、絶対、修一郎のが先に来て、また遅刻って嫌味言われるよぉ」

「仁美ちゃん、先に行って。おばさんが戻ってきたら、私もすぐに追いかけるから」

　涼音に促され、仁美はテントを出たが、東奥の広場には、まだ数人しか集まっていない。

「あの背の高い子、修一郎じゃないよね？」

　背伸びして目を凝らしていると、涼音もテントから出てきて、公園の奥を見遣る。

「……うん、違う。まだ来てない。珍しいね、修一郎君、いつも五分前行動なのに」

「あ、そういえば、模試終わって電車の時間に間に合うかギリって言ってたな」

「えー、電車一本待つことになったら、あと二十分は来ないんじゃない？」

「だね。その可能性あるから、修一郎が来るの見えたら行けばいっか」

　そう言いながら、戻りかけ、仁美はぎょっとして足を止める。

　テントの中で、白髪の老婆が鍋の蓋を手に、おしるこを覗き込んでいたからだ。

　慌ててテントに駆け戻った仁美を、その老婆——音無《おとなし》ウタが振り返ってギロリと睨む。

「このしるこ、いったい誰がつくったんだい？」

「そ……、それは、母が……」

「はぁ？　だったら、こんなもん、怖くて食えるかっ！」

　怒鳴りながら、ウタは火にかかった鍋の取っ手をつかんで倒そうとしたが、熱さに舌打ちしてすぐに放した。ぶちまけられてはたまらないと、仁美は鍋つかみで鍋を押さえ、あとから来た涼音もウタと鍋の間に割って入って立ちはだかる。

「邪魔するんじゃないよ！　人殺しの家族がつくったものなんか、食えるわけないだろ！」

「おばあちゃん、なに言ってるの？　仁美ちゃんのお母さんが人殺しなわけないでしょ？」

感情の読みづらい涼音の顔を一睨みし、ウタが打ち消す。

「人殺しは、あのヤブ医者だよ。あいつのせいで英雄《ひでお》は……、あたしの息子は死んだんだ！」

涼音は一瞬驚いて仁美を見たが、鍋を蹴倒そうと足を伸ばす老婆を慌てて押さえた。

「やめて、おばあちゃん！」

「捨てなきゃダメだ。こんな真っ黒いしるこ、なにが入ってるかわかったもんじゃない」

そのとき、騒ぎに気づいた嫁の琴子《ことこ》が焼きそばのテントから駆けつけて来て、涼音と一緒にウタを鍋から引き離してくれた。

「離せ！　人殺しの家族がつくったしるこなんか食ったら、また死人が出るじゃないか！」

「お義母さん、落ち着いて。ご迷惑になるから、うちに帰りましょう」

姑の気を静めようと琴子は優しく話しかけたが、ウタの興奮は収まらない。老婆とは思えない力で彼女を振り払い、再び鍋に向かって来るウタに恐怖を覚え、仁美は立ち竦《すく》んだ。

「おばあちゃん！」

キンと澄んだ少年の声が、老婆の動きを止めた。懸命に走ってきたのは、孫で小学六年生の流星《りゅうせい》だった。一見女の子と見紛うほど線の細い愛らしい顔が悲しげに歪む。

「僕に黙って外に行かないって、おばあちゃん、約束したよね」

「ごめんよ、流星。でも、聞いておくれよ、おまえのお父さんを殺した医者の家族が……」

「おばあちゃん、お父さんを殺したのは仁先生じゃないよ。危ないから火のそばから離れよう。そのお鍋の蓋、僕にくれる？」

ウタはなおも父の悪口をまくしたてたが、穏やかな口調で繰り返し流星に諌められ、次第に興奮が収まったのか、しまいにはおとなしく鍋の蓋を彼に渡した。

「本当にすみませんでした。また義母がご迷惑をおかけしてしまって」

琴子がウタに聞こえないよう小声で頭を下げて詫びる。その表情には、申し訳なさが滲んでいた。

仁美の父は、この町にひとつしかない個人病院の医師だ。

ウタの話は逆恨みで父に非はないのだが、仁だけでなくその家族である十草と仁美までもがたびたびウタに嫌がらせを受け、根も葉もない悪い噂をあちこちでばらまかれている。

唯一の救いは、嫁である琴子がひじょうに冷静で、ウタが問題を起こすたび、平身低頭して詫び、仁先生にもご家族にもなんの落ち度もないと、この町の人たちにもきちらんと説明してまわってくれたことだ。

琴子は、舅が亡くなってウタと同居するまでは地元の新聞社で働いていた才媛だったが、夫の死後も息子の流星とともにここに残り、面倒ごとを起こす姑の世話を続けている。

「遅れてごめん」

ようやく騒ぎがおさまったところに、咥え煙草で気だるげに現れたのは涼音の母、エリカだった。長い茶髪をゆるく結い上げ、細身のジーンズにスニーカーといったシンプルな服装なのに、エリカが登場しただけでパッと花が咲いたように、祭りの会場が明るく華やぐ。

「エリカちゃん、遅い！」

「ちょっ、仁美ぃ。だから、ごめんって」

その笑顔を見ると、なんでも許せてしまう。エリカもおしるこ係だったのだが、朝が弱いのを知っているから誰も期待しておらず、代わりに涼音が手伝いに来たのだった。

仁美は彼女を親しみを込めて『エリカちゃん』と呼ぶ。三児の母にはとても見えない若々しくて美しいエリカに、おばさんなどという呼称はふさわしくないからだ。

　エリカは六年前に、涼音の父親である夫を病気で亡くした。

　その後再婚し、涼音を連れて東京へ引っ越したのだが、怜音《れおん》を出産するや瞬く間に離婚。原因はエリカに好きな人が出来たからで、再婚禁止期間が過ぎるのを待ってそのお相手と再々婚し、萌音《もね》を出産したものの、二年足らずで再び離婚……という怒濤の歳月を経て、三か月ほど前に三人の子供とともにこの町に帰ってきたばかりだった。

　他人の目など気にせずやりたいことをやるエリカはこの田舎町では稀有な存在で、仁美は子供のころから憧れている。

「仁先生は？」

　エリカが父の名を口にしたのがいけなかったのか、琴子に促されてテントを出ようとしていたウタがピタリと足を止めた。

「いるのかい、あのヤブ医者⁉」

「おばあちゃん、いないよ。お父さんは子供神輿についていったから」

　引き攣った笑顔で応じたが、ウタの目は仁美ではなくエリカを見据え、細められていく。

「ちょっと、あんた、夜中に毎晩どんちゃん騒ぎして、よく平気で顔を見せられるね」

「あら、お隣のおばあちゃん、毎晩どんちゃん騒ぎなんてしたくてもできないわよ。さすがに体がもたないもん」

「なに言ってんのさ、昨日だって真夜中に大声出してたじゃないか」

「昨日？　昨日はパーティーどころか、夜中まで働いて……。ああ、わかった、昨日の晩、騒いでたのはあたしじゃなくて会長よ。タクシーで送ってくれたのはいいけど、チューさせろとか絡んで、家に帰らせてくれなくて。店で飲み過ぎてベロンベロンだったからね」

町内会長の成富栄一《なりとみえいいち》が、エリカ目当てに彼女が働くスナックに通い詰めているのは周知の事実だ。普段は頼りがいのある男なのに酒に飲まれやすく、酔うと人格が変わるらしい。

「子供の前で下品なことを言うんじゃないよ。うちの流星は中学受験のために毎晩遅くまで勉強してるんだ。これ以上、孫の邪魔したら、ただじゃおかないよ！」

「わー、大変。流星、まだ小学生でしょ。今から受験勉強なんてすることないのに」

ウタから取り返した鍋の蓋を手にしていてもなお中性的な美少年である流星の頬にぷっくりとしたなまめかしい唇を寄せ、エリカがささやく。

「ねぇ、流星……、人生なんて短いんだから、やりたいことやらなきゃもったいないよ。ちゃんと、やってる？　楽しい、こ、と」

次の瞬間、烈火のごとく怒り狂ったウタがエリカにつかみかかった。

「流星から離れろ、売女！　なに破廉恥なこと言ってるんだ、この淫売が！　恥を知れ！」

エリカから引き離した流星を奥に押しやり、ウタはエリカをテントの外へ突き飛ばす。

その手をつかんで揉み合いになるエリカとウタが長机を倒しそうになり、仁美が慌てて押さえた。エリカが連れてきた涼音の幼い弟妹、怜音と萌音が驚き、二歳の萌音が泣き出してしまう。

なおもエリカに拳を振り上げるウタを、走り出た涼音が身体を張って止めた。

「おばあちゃん、ごめんなさい。これからはうるさくしないから、流星君の勉強の邪魔しないよう気をつけますから」

それでもエリカへの攻撃を諦めず、興奮状態で汚い言葉を浴びせかけるウタに琴子も取りすがり、懸命になだめる。

「おばあちゃん、帰りましょう。今日はみんなが楽しみにしているお祭りなんだから」

「なにが祭りだ。まったくどいつもこいつも、この町はどうなっちまったんだよ。昔はこんなじゃなかったのに……」

　悪態をつき暴れ続けるウタを、琴子と流星が頭を下げながら、なんとか連れ帰ってくれた。その背中を見送りながら、エリカがポツリとつぶやく。

「おばあちゃん、どうしてあんなに怒ったんだろ？」

「ママが変なこと言うからでしょ」

　涼音にたしなめられ、エリカは美しい眉を寄せる。

「変なことってなに？　楽しいことやってる？　って訊いただけじゃない。小学生の男の子はみんな、はっぴ着てお神輿担いでるのに、あの子だけパーカー姿でこんなとこにいるの、おかしくない？」

「受験勉強で忙しいからじゃない。ママ、夜中に騒いじゃダメだからね」

「文句なら会長に言ってよ、涼音。あーあ、おばあちゃんこそ昔はあんなじゃなかったのに、もうろくしちゃったのかな」

　さらりと辛辣な、でも的を射たことを言いながら、エリカはなにごともなかったように平然と再びテントの中に入ってきた。

「千草さんもいないの？」

　エリカにそう言われてはじめて、仁美はあれ？　っと首を傾げる。

「おしるこに入れる白玉を取りに帰ったんだけど……、すぐ戻るって言ったのに、遅いな」

　ウタと鉢合わせしなくてよかったが、なにかあったのだろうか……。

　心配になって公園の出入口に目をやったとき、重そうなクーラーボックスを担いだ千草が肩で息をしながら現れた。手伝おうとと仁美が動きかけたときにはもう涼音が走り出していて、つらそうな母の肩からクーラーボックスを下ろさせ、担いでくれていた。

「涼音ちゃん、ありがとう。ごめんね、遅くなっちゃって」

「いいえ、私こそごめんなさい。白玉たくさんあるのわかってたんだから、一緒に取りに行けばよかった」

「ひとりで楽勝って思ってたのに、おばさんももう歳ね。嫌になっちゃ……」

話しながら歩いてきた母が、こちらを見て、ハッと足を止めた。

またウタが戻って来たのかと仁美は身構え、振り返ったが、そこにいたのはエリカだけだ。いるはずのないエリカに驚いたらしく、母はすぐに笑顔をつくる。

「……エリカさん、具合大丈夫なの？」

「だから大丈夫だって。この時間のエリカちゃんは、迎え酒をグイッとあおって二日酔いから復活してんだから」

おどけて答えた仁美に、エリカはあははと笑いながら体をぶつけてくる。

「仁美、正解！　でも、今日の二日酔いは私のせいじゃなくて、会長のせいだからね」

「会長はさっきから元気に動き回ってるよ」

「タフだよねぇ、あのエロオヤジ。あ、千草さん、ごめんね、手伝えなく～」

「ううん、涼音ちゃんががんばってくれたから」

涼音に運んでもらったクーラーボックスから白玉を入れたタッパーウェアを取り出しながら、

「さっきそこで、その元気な会長さんにつかまっちゃって」と母は話を続ける。

「向こうの焼きそばの味付けがイマイチだから手伝ってやってくれって頼まれたから、ちょっと行ってくるわね」

焼きそばのテントはおしることは逆方向の東奥、演舞の公演をする広場のすぐ近くにある。

「いいよ。修一郎、遅れてるみたいだから」

そう言った仁美の肘を、「ねぇ、あれ」と、涼音がつつく。

「ほら、今、来たの、修一郎君じゃない？」

涼音が指差した公園の奥に、周りより頭ひとつ背が高い、痩せた少年の姿があった。

「あ、ヤバ、マジで修一郎だ。ママ、うちら、もう行くから」

「え、ちょっと待って」と、千草は振り返り、弱火にかけられたおしるこの鍋に目をやる。

「誰かひとりは必ずお鍋のそばにいてくれないと」

「いいよ、あたしがここにいるから。仁美も涼音も行ってきな」

鍋の蓋を開けながら笑顔を見せるエリカに、仁美は「エリカちゃん、さんきゅ」と手を振り、手早くエプロンを外す。

「じゃあ、涼音、行こ」

「うん。怜音も萌音もいい子にしてるのよ」

幼い弟妹の頭を撫でてから、涼音は仁美とともにテントを出る。

「悪いわね、エリカさん。すぐに戻るから、よかったらおしるこの味見しておいてくれる？」

なにもしていないと気まずいだろうと思ったのか、エリカにそう頼む母の声を背中に聞きながら、仁美は涼音と、修一郎のもとへ走った。

公園の西の端から東の端まで全力疾走したのに、かけられたのはいかにも修一郎らしい冷ややかな言葉だった。

「遅っ」

ボソッとつぶやく薄い唇にどぎまぎしながら、仁美は肩で息をし、態勢を整える。

「こ、こっちもいろいろあって大変だったんだって」

ちょっとだけ声が上擦ってしまったが、走ってきたせいだと思ってもらえただろう。あえて仏頂面をつくる仁美の隣で、涼音が能面のような顔で「ごめんね」と頭を下げた。

「でも仁美ちゃんは悪くない。うちのママが今ごろになってやっと来て、それまでおしるこの鍋のそばを離れることができなかったから」

　同じ距離を走ってきたのにビスクドールみたいに涼しげで綺麗な涼音の顔にぎょっとし、全身から噴き出す汗を慌ててTシャツの袖で拭う。

「涼音、いいって。うちら、おしるこに入れる白玉を朝からずーっと腱鞘炎《けんしょうえん》になるほどこねまくってたんだからね。ちょっとくらいの遅刻でガタガタ言うな」

　後半は内心の動揺を隠し、修一郎にぶつけた。いつもの癖でつい乱暴な言葉を吐いてしまい、仁美は心の中で自分に舌打ちしたが、端正な彼の顔がなぜかふっとゆるんだ。

「仕方ない。今日のところは、おばさんのおしるこに免じて許してやる」

　ああ、そうか、おしるこか。甘いものに目がない修一郎も、母のおしるこを楽しみにしているひとりなのだ。高一とは思えない修一郎の偉そうな物言いに、「何様なんだよ？」と応じたものの、仁美は目を合わせることができず、顔を背けた。

　耳の奥で脈打つような心臓の音が、さっきよりもさらにやかましく響いている。

　いつものように自然に振る舞えないのは、彼からスマホに届いたメッセージのせいだ。

『秋祭りのあと、ちょっと時間ある？　ふたりで話したいんだけど』

　なんの話かもわからないのに、こんなにも動揺してしまう情けない自分自身に、仁美はひどく腹を立てていた。どうせクソつまらない用事に決まっている。年下のくせにちょっと頭がいいからって生意気な修一郎に、いったいなにを期待しているのだろう。

　医者志望の修一郎を仁美と結婚させ、真壁《まかべ》医院――仁美の祖父が開き、祖父の死後は婿養子である父の仁が引き継いでいる――を継がせようと、母親同士が勝手に盛り上がっていた。「何時代の話だよ！」と反発して見せながらも、修一郎との未来を秘かに夢想するようになったのは、いつごろからだったか……。

「遅れて来てなにバカみたいにボーっとしてんの？　リハやるよ」

修一郎の辛辣な言葉に、仁美はハッと我に返る。

そうだ、演舞のリハをするために、全力で走ってきたのだった。

踊るのは南中《なんちゅう》ソーランの農業ヴァージョンとでもいうのか、この土地に古くから伝わる豊作祈願の舞をロック調にアレンジして振り付けたものだが、これが思いのほか出来が良く、迫力があってかっこいい。十年ほど前から中学の体育祭の演舞になり、それが話題となって地元の新聞社やテレビ局が取材にきたほどだ。秋祭り公演――公園の一角で踊るだけなので公演と呼ぶほどのものではないけれど――でも、毎年子供からお年寄りまで幅広い世代が楽しみに見に来てくれる。

「じゃあ、みんな、立ち位置決めるよ」

修一郎が声をかけると、集まった中高生たちは素直に従う。

「今回はじめてここで踊る中一の三人は後ろの列ね。うん、豊はそこ、良美が真ん中で、武蔵《むさし》が……、あー、ダメだ。武蔵、おまえ、デカ過ぎてバランス悪いから、やっぱ、真ん中入って」

今日集まったこの町内の中高生十一人の中で最年長は高二の仁美なのだが、成績優秀でしっかり者の修一郎が自然と場を仕切り、それぞれの立ち位置を次々と決めていく。

「で……、えっと……、最後、ほら、ここ立って」

修一郎が顎で指し示した場所に移動しながら、ああ、まただ、と仁美は思う。昔は「仁美ちゃん」と呼んでくれていたのに、彼を仰ぎ見るようになったころから、修一郎は仁美を名前で呼ばなくなった。「なぁ」とか「おい」とか、熟年夫婦かとつっこみたくなるような呼び方か、今みたいに顎で指すだけ、だ。

「はーい、じゃ、始めるよ。一回しかやらないから、みんな、集中して」

修一郎の号令で我に返ると、ボリュームを絞った音楽が流れてきて、通し稽古が始まる。

隣で踊る修一郎が気になって仁美はまったく集中できず、気がついたら終わっていたという体たらくだったけれど、あとから涼音が撮影してくれた動画を見ると、まあまあ踊れていた。毎年のことなので、頭がお留守でも体が覚えているらしい。

動画を見た修一郎がダメ出しを始めたが、仁美の意識はまた祭りのあとの約束へと飛んでいく。

修一郎はなにを話すつもりなのだろう。まさかとは思うけれど、もしかして……。

妄想の世界に入りかけたとき、「ねぇ」と背中を叩かれ、仁美は思わず声を上げそうになった。

振り返ると、母が眉間にしわを寄せ、立っている。

「な、なによ!? みんないるんだから、あっち行ってよ」

手で追い払いながら小声で文句を言う仁美に、母はどこか遠くを見たままつぶやく。

「エリカさん、どこへ行ったのかしら?」

「え?」

母の視線の先を目で追うと、西側奥のおしるこのテントが無人になっていた。

「やだ、さっきまでいたのに、どこ行っちゃったんだろう」

隣にいた涼音もエリカの不在に気づき、「ごめんなさい」と頭を下げてテントへ駆け出そうとする。

「涼音ちゃん、待って。おばさん、もう戻れるから、ふたりも行く必要ないわ」

「え、でも」

「涼音ちゃんは、おしるこ配るときに手伝ってくれれば大丈夫だから。あとでお願いね。修一郎君、みんなも、邪魔しちゃってごめんなさいね。演舞、楽しみにしてるから」

そう言って笑顔を見せる千草に、修一郎も満面の笑みを返した。

「僕らもおばさんのおしるこ、楽しみにしてます」

「ありがとう」と微笑みを残し、母はおしるこのテントへと足早に去っていった。

仁美は涼音と公園内を見回しエリカを捜したが、ちょうど子供神輿が帰ってきたため人が多くわちゃわちゃしていて、その姿はどこにも見つけられない。

「はい、じゃあ、これでいったん解散」と、修一郎が声を張った。「五時から本番だから、衣装に着替えて十分前にここに再集合ね。焼きそばとおしるこ、食い過ぎるなよ」

口々に礼を述べながら去っていく後輩たちを見送り、スマートフォンを涼音に返しながら、修一郎も目でエリカを捜す。

「もしかして怜音か萌音ちゃんが帰りたがって、エリカさんが家に連れて帰ったとか？」

「ううん、ふたりはあそこにいるから」

涼音が指差したおしるこのテントのすぐそばにあるヤギをかたどったベンチに、歳の離れた涼音の弟妹、四歳の怜音と二歳の萌音がちょこんと腰かけているのが見えた。

「おしるこ、食べてるのかな？」

ふたりが手にしている白い容器は、発泡スチロールでできたおしるこ用のおわんだろう。

「うん、そうみたい。まだ四時前なのに」

そうつぶやく涼音は一見無表情に見えるが、ほんの少しだけ口の端が下がっている。

取り決めを無視し、配布時間前におしるこを与えたエリカの行動を憂えているのだろう。

「仁美ちゃん、私、やっぱり先におばさんの手伝いに行くね」

自由奔放で空気など読まない母、エリカの反動か、幼いころから涼音は常に周囲に気を遣い、自分の気持ちを押し殺してしまうようなところがあった。

おしるこのテントでは、母がひとりで立ち働いている。一緒に行くと言おうと振り返った仁美より少し早く、「だったら……」と修一郎が口を開いた。「僕も一緒に行くよ、すず」

その言葉を耳にした瞬間、冷たい手で心臓を鷲づかみにされたような痛みが走った。

今、修一郎は涼音のことを、『すず』と呼んだ。

ごく自然に、そして、とても親しげに。子供のころは、『すずねちゃん』と呼んでいたはずだ。三か月前、涼音がこの町に戻ってきてからは、どうだっただろう。思い出せないけれど、彼が『すず』と呼ぶのを、仁美は今、はじめて聞いた。

たいしたことではないのかもしれない。幼なじみの名を少しだけ短く縮めて愛称のように呼んだだけだ。なのに、鷲づかみにされた心臓の冷たい感触が、じわじわと仁美の全身に広がってゆく。ゆっくりと時間をかけて少しずつ体を蝕んでゆく毒みたいに。

「……仁美ちゃん」

すぐ目の前にあった能面のような涼音の顔に、一瞬、凍りつくような恐怖を感じた。

かたちの良い眉をかすかに寄せているから、涼音は仁美のことを心配してくれているのだろう。

その顔をまじまじと見つめ、綺麗だな、と改めて思う。表情が乏しいのは相変わらずだが、以前の涼音がマネキンだとしたら、目の前にいる十五歳の彼女は人形作家が丹精込めて大切に創り作り上げた芸術作品みたいだ。エリカのような華やかさはないけれど、無垢な美しさに魅せられてしまう。

「仁美ちゃん、大丈夫?」

「え……? あ、えっと、大丈夫って、なにが?」

「今日、なんだか、いつもと違うから」

　心臓がきゅっと引きつる。感情表現が不得手なくせに、涼音は他人の気持ちには人一倍敏感なのだ。

「どうせまたしょーもないこと考えてただけだろ。おしること焼きそばどっちから食うかとかさ」

　混ぜ返す修一郎を、仁美は複雑な思いで睨みつける。

「……修一郎のおしるこ、白玉抜きにしてやる」

「は？　ふざけんなよ、白玉マシマシでくれよな」

「ふたりとも、ごめん。私、気になるから、やっぱり先に」

「あ、待って、涼音。私も一緒に……」

　追いかけようと、仁美が前を向いたそのときだった。

　テントのそばでおしるこを食べていた涼音の妹、萌音がふらっと前かがみになり、座っていたベンチから落ちた。

「あっ、萌音ちゃ……、涼音、萌音ちゃんが！」

「えっ？」

「早く！」

　叫ぶと同時に、涼音の手を強くつかみ、仁美は走り出す。さっきまでのざわざわした感情は、その衝撃で吹き飛んでいた。

　また公園の端から端まで全力で走り、息を切らして駆け寄ると、萌音は苦しそうにえずいていた。

　近くにおしるこが入ったおわんが転がっていたので、白玉をのどに詰まらせたのかもしれない。仁美は一瞬ためらったのち、吐き出させようとその小さな口に自分の指を突っ込む。

萌音はすぐにおえっともどしたものの、嘔吐物の中に白玉はない。

のどになにかが詰まっていたわけではなかった。なのに、萌音はなおも小さな手で苦しげにおなかを押さえ、胃の中のものを吐きもどそうとしている。背中をさすり、萌音の衣類をゆるめながら、ベンチに並んでおしるこを食べていた萌音の兄、怜音に仁美は訊いた。

「怜音、今日、萌音ちゃん、おしるこ以外になに食べた？」

返事はかえってこなかった。

彼もまた、ベンチから崩れ落ちるように倒れ、嘔吐していたからだ。

「怜音！　大丈夫？　怜音、しっかりして」

弟の名を叫びながら、涼音が懸命に背中をさする。

「涼音、この子たち、なにか食べ物にアレルギーある？」

「ないと思う。今までこんなふうになったことない」

無料配布用のおしるこは千草がつくり、白玉は仁美と涼音が丸めたものだ。あれが原因で食中毒を起こすとは思えないが……。

動揺している涼音を大丈夫だからとなだめて手伝わせ、嘔吐物で窒息しないよう怜音を横に向かせてから、仁美は立ち上がり会場に来ているはずの父を捜す。

父の姿を求め、イベント用のテントを振り返ると、コンロにかけたおしるこの鍋の陰で、母、千草までもがつらそうに体を折っていた。

驚いて駆け寄った仁美は、人目から隠すようにして母を吐かせると同時に大声で叫んだ。

「おしるこ、食べないで！」

その声に、修一郎の絶叫が重なる。

「かすみ、しっかりしろ！　誰か、救急車！」

見ると、少し離れた草むらで、小学生の女の子ふたりが口や腹を押さえて、悶え苦しんでいる。修一郎の妹、かすみと、町内会長の孫の麗奈だ。かすみは真っ青な顔でぐったりとうずくまってしまい、ひどく容体が悪そうだった。そんな妹を前にあの修一郎が取り乱し、どうにか助けようとその体に取りすがっている。

子供のころから通っている公園、毎年変わらない秋祭り、そんな日常の風景が一転し、地獄絵図と化していた。

「お父さん！　どこっ⁉」

「仁先生！」

父を呼ぶ仁美の声に修一郎の叫びが重なる。悲鳴のようなそれが届いたのかふたりの呼びかけに応え、公園の中ほどに置かれた子供神輿の陰から「ここだ！」と父が手を上げた。

だが、父の隣にも嘔吐している女性がいる。涼音の母、エリカだ。

彼女を介抱していた父が、こちらの惨状に気づいて、走ってくる。そして救急車を呼ぶよう仁美に指示し、一番症状の重そうなかすみから処置をはじめた。

仁美は安堵した。医師として町の人たちから厚い信頼を寄せられている父なら、必ずみんなを助けてくれるに違いない。

ほどなくして救急車が到着し、六人は二つ隣の駅前にある総合病院へと搬送された。

しかし、そのうち生きてこの町に帰ってこられたのは、たったふたりだけだった——。

二

この先も当たり前のように続いていくと信じていた日常が、一瞬にして不自然に捻じ曲げられてしまうことがある。

　それを受け入れるのは、容易ではない。

　だからあの祭りから一週間が過ぎても、朝起きて階下に下りるたび、仁美はいつも忙しく立ち働いていた華奢な背中を台所や庭の物干しに捜してしまう。振り向いて自分に向けられるはずの穏やかな笑顔を、無意識のうちに求めてしまう。

　そしてうんざりするほど当たり前だったそんな光景をもう二度と目にすることはできないという現実に打ちのめされ、長い時間、そこに立ち尽くすのだ。

　たいして仲のいい母娘ではなかった。いや、はっきり言って、世間体をやたらと気にしていつも周囲にいい顔をする母に苛立ち、反発しまくっていた。でもそれは同じような明日が来ることを疑っていなかったからで、十七歳でいきなりぶっつり断ち切られるとわかっていたら、あんなにキツい言葉を投げつけたりしなかったのに。

　突然どうしようもない哀しみに呑み込まれ、息をするのも苦しくなる。

　葬儀の際は精神的な疲労と混乱で泣く余裕すらなかったのに、今は涙腺が決壊したかのように涙が止まらず、仁美は父に気づかれないようベッドに潜って声を殺し泣き続けた。

　あの日を境に、仁美の生活は一変した。

　母の死を悼む間もなく、警察の事情聴取が始まり、祭りで起きた出来事について繰り返し何度も何度も同じ話をさせられた。そのたびに、おしるこを食べて苦しむ萌音と怜音、母、そしてかすみたちの姿が脳裏によみがえり、どうして助けられなかったのかと、なにかで抉《えぐ》られるようにギリギリと胸が痛んだ。

　彼らが口にしたおしるこには、パラコートという農薬が混入されていたという。初めてそれを聞かされたときは、頭の中が真っ白になった。

この家の台所でつくり、自分たちの手で公園に運び、テントの奥に設置されたコンロにかけてからも誰かが鍋のそばについていたおしるこにいつ、誰が、農薬を入れたのか——。

いや、ほんの一時だけ、テントが無人になってしまった時間帯があった。

それに、事件が起きる前、ちょっと気になる揉めごとがあったのも事実だ。

すべて正直に話したにもかかわらず、刑事たちは露骨ではないものの仁美にも疑いの目を向けてきた。傷ついたが、鍋のそばにいた自分が疑われるのはしかたないし、そばにいながらどうして防げなかったのかと自責の念にかられてもいた。

許せなかったのは、自分だけでなく、亡くなった母までもが疑われていたことだ。

おしるこを調理した家の中を調べさせてほしいと警察に請われたときは怒りを覚えた。それでも父が許可したのは亡き妻と娘の容疑を晴らしたいという思いがあったからだろう。

それが、まさかあんなことになるなんて……。

鈍い物音にビクッと過剰に体が反応したが、充電中のスマホが震えただけだった。

恐る恐る覗いた画面に表示された名前を見るなり、充電コードを引きちぎりそうな勢いで、仁美はスマホを引き寄せる。

修一郎から届いたメッセージは、ごくごく短いものだった。

——話がある。

修一郎が仁美の部屋に来たのは何年ぶりだろう。

小学生のころは涼音と三人でしょっちゅうここで遊んでいたのに、中学に入ってからはさすがに互いの部屋を行き来するようなことはなくなってしまった。

ふいに幼い彼が仁美の勉強机の椅子に逆座りし、半ズボンから伸びる少年特有の細くてしなやかな脚をぶらぶらさせながら、ゲームをしたりマンガを読んだりしていた姿がよみがえる。

今、目の前にいる十六歳の修一郎も、長い手足をもてあますように勉強机の椅子に逆座りしているけれど、記憶の中の少年とはまるで別人だ。

直視するのがつらくなるほど、修一郎はやつれ果てていた。

まだ小学六年生だった妹、かすみの死が、彼をここまで打ちのめしたのだ。

かすみは生まれつき体が弱く、幼いころから入退院を繰り返していたが、泣き言を言わず病気と闘う健気な妹を修一郎は溺愛していた。彼が医師を志したのも、かすみの病を治したいという強い思いがあったからに違いない。

どうにかして慰め、励ましたいと思いながら、仁美はかける言葉が見つからなかった。修一郎も同じなのか、なにか言いかけては口を閉ざし、深いため息をつく。

ふたりの間に流れる重い沈黙に耐え兼ね、仁美が口にしたのはあまりにもありきたりな言葉だった。

「……ごめん」

椅子の背もたれに顔を伏せかけていた修一郎が、ハッと仁美を見た。

「なんで?」

「え?」

「今、なんで謝った?」

「だって……、かすみちゃんのこと、助けられなかったから」

医師である父がついていながら、彼女を救えなかった。その原因となったおしるこは、母がつくり、仁美も手伝ったものだし、鍋のそばについていながら、農薬の混入に気づけなかった。それに、もしも吐き戻す萌音を見てすぐにおしるこを食べるなと仁美が警告を発していれば、かすみはあれを食べずに済んだかもしれない。

「そんなことない。あのとき、僕も萌音ちゃんのところへ走っている途中で苦しんでいるかすみに気づいた。あの時点でかすみはすでにおしるこを口にしていたんだ」

「でも……」

「悪くないのに謝っちゃだめだ。誤解される。悪いのは仁美でもおばさんでも仁先生でもない。おしるこの鍋に農薬を入れた犯人なんだから」

コクンと素直にうなずく。そう言ってもらえて本当にありがたかったし、久々に修一郎が名前を呼んでくれたことが、泣きたくなるほど嬉しかった。

なぜ修一郎が急に家にまで会いに来てくれたのか、もしかしたら、あの祭りの日にもらった『ふたりで話したい』というメッセージと関係があるのではないか……。

あんな事件が起きてしまい、祭りのあとに会う約束は当然果たせなかった。修一郎がふたりだけでなにを話そうとしていたのか、仁美はずっと気にかかっていたのだ。

だが……それを確かめる前に、玄関のチャイムが鳴った。覗いたドアスコープの円の中に立っていたのは、涼音だ。修一郎に呼ばれたのだという。

涼音もまた面やつれしていた。もともと華奢な体がさらにやせ細り、血色を失った肌は白を通り越して蒼く見えるほどだ。

にもかかわらず、涼音は美しかった。

その透きとおるように蒼白い肌は儚げで、頬がこけた分、ただでさえ大きな瞳がよりいっそう際立って見え、まるで精巧につくられた美しい人形と対峙しているみたいだ。

「……仁美ちゃん？」

声をかけられ、思わず見惚れていた仁美はハッと我に返る。

「あ……、涼音、ごめん、上がって」

脱いだ靴を修一郎のぶんまできちんと揃えながら、涼音がつぶやく。

「修一郎君、もう来てるんだね」

「うん。ヤバいくらいやつれちゃってる。仕方ないけどね」

仁美の顔を覗き込んだ涼音の形のよい眉が、わずかに下がった。いつにも増して表情の変化が乏しいが、それでも姉妹のように育った仁美にはわかってしまう。彼女は心配しているのだ。やはり涼音も修一郎のことを……？

「……仁美ちゃんは？」

「は？　え……、私？」

「仁美ちゃんは、大丈夫？」

こちらをまっすぐに見つめる瞳の奥に、仁美のことを案じる色が濃く宿っている。

「え？　あ、う、うん、大丈夫だよ。いつまでもオチてたら、らしくないしね」

驚きを隠し答えると、ホッとしたのか、ほんの少しだけ涼音の頬がゆるんだ。彼女と違って感情がすぐ顔に出る仁美は安堵を気取られないよう、うつむきがちに尋ねた。

「涼音は？　大丈夫？」

涼音の弟妹、怜音と萌音も救命叶わず、四歳と二歳で短かすぎる生涯を閉じていた。

放任主義のエリカに代わり、赤ちゃんのときからミルクをあげたり、おしめを替えたり、母親のようにふたりを可愛がってきた涼音の心痛は計り知れない。

だが、いつもどおり感情を押し殺したポーカーフェイスで、涼音はただ小さくうなずいただけだった。

「涼音、しんどくなったら、いつでも呼びな。真夜中でも駆けつけるから」

心配になってそう言うと、かすかに口角を上げ、涼音はシャツの上から胸元を押さえる。

「ありがと。仁美ちゃんも」

「うん。……じゃあ、二階、行こっか」

「あ、仁美ちゃん、ちょっと待って。その前に、これ、おばさんに」

そう言って涼音が差し出したのは、母が好きだったリンドウの花だ。自宅の庭から切ってきてくれたのだろう。涼音に請われ、仁美は彼女を後飾り祭壇に案内する。

母の遺影を目にしても涼音は泣き出しはしない。だが眉尻と唇の両端がかすかに下がったその顔から、彼女が母の死を悼んでくれていることが伝わってくる。

「こんな写真しかなくってさ」

遺影は家族旅行のスナップ写真を引き伸ばしたもので、母の顔はどこか間が抜けて見えた。必死に探したが、最近の写真は数えるほどしかなく、中学一年の夏を最後に家族旅行への参加を仁美が拒否したため、これも四年前の母の姿だ。

そんな遺影をじっと見つめ、涼音は静かに首を振る。

「いい写真だと思う。千草おばさんらしいもの」

カメラに向かって無理して微笑むその顔は、母らしいと言えば、らしいのかもしれない。

もらったリンドウの花を手に仁美はいったん下がったが、花瓶に活けて戻ってもまだ、涼音は母の遺影に手を合わせ続けていた。ついさっき涼音がシャツの上から押さえたネックレスが細い首できらりと光る。それは涼音が父親を亡くしたとき、千草が涼音と仁美にくれたもので、単体だとハート型なのだが、ふたつ合わせると天使の翼の形になる。これ、恋人同士がつけるやつでしょと文句をたれた仁美に、母は得意げに首を振った。

「これはね、女の子同士の絆を深めるネックレスなのよ。涼音ちゃんと仁美にはこれからもずっと本当の姉妹みたいに仲良く助け合ってほしいから」

そんな母の言葉に感動したのか、涼音はお守りのようにいつも大切に身に着けている。

遺影に祈る姿を見て、いつだったか涼音がぽつりとつぶやいた言葉を思い出した。

千草おばさんが、本当のお母さんだったらよかったのに……。

涼音は、仁美以上に、母、千草のことを慕っていたと思う。

でもそのとき、仁美は苦笑したのだ。自分もまったく同じことを考えていたから。

涼音の母、エリカが自分の母親だったらどんなに自由で楽だったろう、と。案外、その組み合わせのほうがしっくりきたのかもしれない。

母、千草も涼音も真面目で堅実で、なにごとに対しても見ているこちらが息苦しくなるほど一生懸命なところがそっくりだったし、片や、仁美は、他人の目なんて気にせずやりたいことをやる奔放なエリカと馬が合った。

いや、千草にとっても、自分は理想の娘像からはかけ離れた存在だったろう。

もしも涼音のような性格に生まれていたら、母を傷つけることなくもっといい関係が築けて、幸せにすることができたのかもしれない——。

抑え込んでいた感情が体の深いところから湧き上がってきそうになり、仁美は慌てて廊下に出た。ふたつも年下の涼音に甘えて泣くわけにはいかない。大きく息を吐いて、仁美は涼音が来るのを待った。

「痩せたな、すず」

部屋に連れていった涼音を見るなり、修一郎がボソッとつぶやいた。いったいどの口が言う？と呆れるほどすさまじい彼のやつれ具合に、さすがの涼音も目を見開く。

「修一郎君こそ、ちゃんと食べてるの？」

「僕は別に。すずほど痩せてないし」

「はぁ？　修一郎、あんた、ガッリガリで今にも死にそうなのに、自分で気づいてないの？」

驚きのあまり、仁美の声が裏返る。さっきは自分以上に病んでいる修一郎に気圧されてなにも言えなかったが、涼音が来てくれたおかげで、いつもの調子が少しずつ戻ってきた。

「涼音がチワワ一匹分痩せてるとしたら、修一郎なんて柴犬まるまる一匹分痩せてるっつーの！」

「なんだよ、その雑なたとえ。柴犬だってチワワみたいに小さいヤツもいるだろ」

「小さいのは柴犬じゃなくて、豆柴ですぅ」

「豆柴なんて犬種は存在しない。成犬になっても大きくならない柴犬が、通称で豆柴って呼ばれているだけだ」

「え？　そうなの？」

驚く仁美に、修一郎は冷ややかな視線を向けた。

「仁美は言うこともやることも、すべて適当で大雑把過ぎる」

呆れられているにもかかわらず、また『仁美』と呼ばれたことに思わず喜んでいる自分がいる。

「三人揃ったから」とすぐに話題を変え、修一郎は仁美と涼音を座らせて本題に入った。

「単刀直入に訊くけど、ふたりは、誰が毒を入れたと思ってる？」

いきなりの核心を突く質問に、仁美はぎょっとして修一郎を見た。

「そ、そんなのわかんないよ。わかってたら、警察に言って、犯人、逮捕させてるって」

「絶対に犯人とは言い切れなくても、犯人かもって疑ってるヤツはいるんじゃないか？　ふたりは演舞のリハ以外の時間、ずっと鍋のそばにいたんだから」

修一郎の言葉に、仁美は涼音と顔を見合わせる。

「確かに鍋のそばにはいたけど……」

ただいただけじゃなく、揉めごとにも巻き込まれた。だけど……。

「それでも私、正直いまだに信じられないんだよ。この町の人が鍋に農薬を入れたなんて」

秋祭りの参加者、百八名全員を、当然、仁美はよく知っていた。問題がある人もいるにはいたが、おしるこの鍋に毒を混入させ、四人もの命を奪っておいて何事もなかったかのように暮らしていけるほどの悪人がいるとは、どうしても思えないのだ。

「修一郎は、本当にこの町の誰かが無差別殺人をしたと思ってるの？」

少し考え、修一郎はゆっくりと首を振る。

「……いや、思ってない」

仁美も涼音もハッと顔を上げた。

「じゃあ、鍋に毒を入れたのは、外から来た誰かってこと？」

「は？」

端正な顔がゆがみ、眉間に露骨な縦じわが寄る。

「そんなことあるわけないだろ。警察があれだけ調べて、あの日、祭りの会場にいたのはこの町の住人、百八人だけだって言ってるんだから」

「えっ？　でも、だったら……」

「僕は無差別殺人だとは思っていないと言ったんだ。テレビのコメンテーターかなんかがそう言ってたらしいけど、無差別に人を殺すならこんな田舎じゃなくて、もっとインパクトのある場所でやるはずだよ」

「だったら、犯人はどうして鍋に農薬を入れたの？」

「動機は、怨恨《えんこん》だと思う」

「怨恨……？」

その言葉が腹に重く響いた。幼い怜音や萌音が誰かに殺したいほど恨まれていたとは思えない。小学六年生のかすみと麗奈も同じだろう。だとすると、母、千草かエリカを狙って、毒が盛られたってこと？

「ちょっと待って」と、涼音が口を挟んだ。

「それは無理があるんじゃないかな。だって、あの状況で、毒入りのおしるこを誰が食べるかなんて、犯人にも予測できなかったはずでしょう？」

涼音の言うとおりだ。エリカがおしるこを怜音と萌音に与え、かすみと麗奈にも四時前に配ってしまうなんて、その瞬間まで誰にもわからなかったはずだ。

「僕は毎年十番以内に並んでおしるこを食べていたから、時間どおりに配られていたら、犠牲になっていた可能性が高かった。去年はおしるこが足りなくなってもらえない人が出ただろ。だから、今年、おばさんのおしるこファンは絶対早めに並んだはずなんだ」

「修一郎君は、おしるこを楽しみにしていた誰かを狙った犯行だったって言うの？」

「それはわからないよ。可能性のひとつでしかないから。でもそう考えたら、特定の誰かを狙うのは無理だとは言い切れないだろ」

真剣な表情の修一郎に、涼音も口を閉じてうなずく。

「だからもう一度聞かせてほしい。当日の状況を。あの日、起こったことをすべて詳細に」

「……でも、修一郎の言うことが本当なら、犯人逮捕は時間の問題なんじゃないの？」

仁美の言葉に、修一郎は怪訝な顔を向けた。

「どうして？」

「だって容疑者はこの町の住人、百八人に限られてるわけでしょ」

「だから簡単に逮捕できるって？　事件から一週間経っても、警察は容疑者を絞り込めてすらいないのに？」

そう断言する修一郎を、仁美はまじまじと見た。

「それ、警察に訊いたの？」

首を横に振り、訊いてもなにも教えてくれないと、声に苛立ちを滲ませる。

「だったら、どうして？」

「だって、怪しい人物に心当たりがないか、いまだにしつこく僕なんかに訊いてくるの、おかしいだろ？　もし犯人の目星がついているなら、今ごろは証拠固めをしているはずだ。捜査は難航しているんだと思う」

「このまま犯人が逮捕されないかもしれないってこと？」

独り言のような涼音の言葉に、修一郎がうなずく。

「その可能性もあるし、この手の事件は冤罪を生む可能性も少なくないから、警察の思い込みで無実の人間が逮捕されないとも限らない。だから……」

驚いて顔を上げた仁美を見て、修一郎は言葉を呑んだ。

「どうした？」

「え……？　別に……、なんでもない」

目が泳いでいるのが自分でもわかるが、どうにもしようがない。

「なんでもないわけないだろ。なにかあったのか？」

訊かれても、話せない。たとえ相手が修一郎と涼音でも。

家の物置から、あんなものが発見されたなんて……。

でも、隠し通せることではないのかもしれない。捜査関係者のひとりが誰かに漏らせば、噂は瞬く間に広まるはずだ。そのとき、自分はどうすればいいんだろう？

いや、そもそも、どうしてあんなものがうちに……？

「ちょっと、聞いてる？」

「……え？　あ、うん」

母を喪《うしな》った悲しみからさえまだ立ち直れていないのに、どう捉えればいいのかわからないものの存在が仁美を混乱させていた。

「そんなにわかりやすく動揺しといて、なにもないとかありえないから」

「そうだよ、仁美ちゃん、心配ごとがあるなら話して」

眉根をかすかに寄せ、案じてくれている涼音に思わずすがりついてしまいたくなったが、仁美はなんとか自分を制し、声を絞り出す。

「……私、疑われてるんだ。警察に」

「えっ!?　どうして、仁美ちゃんが？」

涼音の問いに答えられず、思わずうつむく。

「ちゃんと話さないとわからないだろ」

修一郎の声が、優しく包み込むように降ってきて、深いところでじんと響いた。顔を覗き込んでくるまなざしも、いつもと違っていたわるように温かで真剣だ。

修一郎も涼音も、大切に思ってくれているのだと胸が熱くなる。

「なにがあった、仁美？」

情のこもった声で修一郎に名前を呼ばれ、頭で考えるより先に口が動いていた。

「……あったんだ、うちの物置に。警察の人が見つけた」

「あったって、なにが？」

なおも言いよどむ仁美に、修一郎がハッと目を見張る。

「……え、まさか」

驚く修一郎から視線を逸らし、仁美は小さくうなずいた。

「そう、パラコートが」

息をのむ修一郎の気配に、仁美の背中を冷たい汗が伝い落ちた。

張りつめた沈黙に針を突き立てるように、玄関のチャイムが鳴った。

ビクッと体を硬直させ、仁美はつぶやく。

「誰だろう？　……警察？」

続けざまにチャイムが鳴り、ドアが叩かれた。

「仁先生、いる？」

若い男の声がそう呼びかけてきた。少なくとも捜査関係者ではない。彼らが父を仁先生と呼ぶことはないはずだ。

「見てくる」

ぎこちない動きで立ち上がり、仁美は階段を下りて、玄関のドアスコープを覗く。そこにいたのは町内会長の息子、成富守《まもる》だった。急いで開錠しドアを開けると、日焼けした精悍な顔から白い歯がこぼれた。

「ああ、仁美、無事でよかった。出てくるの遅いからなにかあったのかと思ったよ」

「あ、ごめん。大丈夫」

何年か前まで金髪だった守の髪は、父親から成富建設社長の座を譲られたのを機に、落ち着いた暗めの茶色に染められ、若社長然とした姿になった。

「仁先生は？」

　仁美が自宅の裏にある真壁医院の方角を指差すと、守は驚いたように目を見開いた。

「もう仕事してるのか？」

「病院が休みだと困るお年寄りがいるだろうからって。守君、お父さんに用事？」

「仁先生にも来てほしかったけど、そういうことなら……、仁美、ちょっと顔貸してくれないか」

「え？　……どこへ？」

「そこの町内会館。親父が住民を集めたんだ。みんな不安がってるから、とにかく一度集まって話をしようって」

　言葉の途中で、守の視線が、仁美から背後に流れる。

「おう、おまえらもいたのか」

　彼の視線を追って振り返ると、階段の上から修一郎と涼音が心配そうにこちらを見つめていた。

「ちょうどよかった。修一郎と涼音も一緒に来てくれ」

　町内会館は、仁美の家からメーメー公園を挟んで斜め向かいにある。

　当たり前のように公園を突っ切ってショートカットする守について歩きながら、仁美は息が苦しくなるのを感じた。事件以来、この公園に足を踏み入れないようにしてきたのは、惨事の記憶がいやおうなくよみがえってくるからだ。しかも、それを引き起こしたかもしれない農薬が自宅の物置から発見されたのだ。その噂がどこかからかこの町の人たちに漏れ、これから吊るし上げられるのではないか。

　ふと見ると、隣を歩く涼音の手がお守り代わりのネックレスをぎゅっと握り締めている。

　ああ、つらくて怖いのは自分だけじゃない。涼音もここで幼い弟妹を喪ったのだ。

　対のネックレスの片割れをシャツの上から押さえ、涼音にドン！　と体をぶつける。思いが伝わったのか、張りつめていたものがほどけるように彼女はかすかに口角を上げた。

　連日公園に押しかけていたメディア関係者の姿が見えないと思ったら、町内会館に張り付いていて、仁美たちに気づくや否や、マイクやカメラを手に駆け寄ってきた。

「今日の集会の目的はなんですか？」

「犯人についてなにかわかったんですか？」

　取り囲まれ、仁美は怯んだが、すぐに屈強な若者たちが飛び出してきてリポーターたちの間に入り、四人を中へ通してくれた。

「自警団を結成したんだ」

　報道陣を閉め出し、会館のドアに鍵をかけてから、守が言った。

「マスコミの連中がしつこくてかなわないからどうにかしてくれって、みんなに泣きつかれてね。今のところまだ五人だけど、彼らが自警団の団員だ。なにか困ったことがあったら、なんでも言ってくれ。いつでも駆けつける」

　紹介された腕に覚えのある若い男たちの中に、体だけは他のメンバーに負けないくらい大きいけれど、まだ中学一年生の山田《やまだ》武蔵《むさし》がいる。

「武蔵、おまえも？」

　驚いて尋ねる修一郎に誇らしげな笑顔を見せ、武蔵は親指を立てた。

「『この町の人たちを守ろう』って、守さんが声かけてくれたんで、俺、やる気満々っすよ」

「もちろん武蔵は中学生だから学業を優先させるけど、こんな状況だからさ。よかったら、修一郎も一緒にやらないか？」

　守に誘われた修一郎は、「僕なんか役に立たないから」と、にべもなく断る。

「そんなことないさ。ブレーンとして働いてもらえたら助かる。考えておいてくれ」

修一郎の肩をポンと叩くと、守は靴を脱いで、引き戸を開け、座敷に集まっていた大勢の住民に声をかけた。

「みんな、仁美と修一郎、涼音を連れてきた」

一同の視線がいっせいに集まり、それに怯んで仁美は思わず視線を落とした。だが――。

「大丈夫か、仁美？　修一郎と涼音も。葬式のときよりもっと痩せちまってるじゃねぇか」

「本当だよ。病人みたいに青っ白い顔して……。ちゃんと食べてるのかい？」

「困ったことがあったらいつでも言え。俺たちはみんな、家族みたいなもんなんだから」

「そうそう、みんながついてるから、なにも心配いらないよ。千草さんには世話になった。あの人ができなかったぶんまで、あたしらが仁美たちの世話を焼かせてもらうからね」

口々にわめきながら走り寄ってきた近所のおばちゃんたちに抱き締められ、おじちゃんたちに頭を撫でられて、仁美は自分が小さな子供に戻ったような気がした。

そうだ、私が住んでいるのはこういう町だった。みんなが知り合いで家族みたいな。

誰も仁美のことを疑ったり、非難したりしていない。かけられた言葉は優しい思いやりに満ちていて心がじわりと温かくなり、不覚にも涙をこぼしそうになった。

「ほらほら、もうそれぐらいにして、三人を早く座敷に上げてやらないと」

穏やかな笑みを浮かべ、もみくちゃにされていた仁美たちを助けてくれたのは、博士こと博岡《ひろおか》聡《さとし》だった。

子供のころから博士と呼んでいるけれど、彼は成富建設の副社長だ。

博岡のおじさんはとても物知りで、昔、地域の清掃活動などで一緒になった際、仁美や修一郎がどんな質問をしても、例えば、草花の名前や動物の生態はもちろん、地球環境や宇宙のことまで、わかりやすく噛み砕いて教えてくれた。その博識ぶりにさすがの修一郎も舌を巻き、幅広い知識と教養を持つ博岡のことを名字をもじって博士と呼ぶようになった。博士は仁美の家の二軒隣り、公園の真向かいの家に住むご近所さんだ。

仁美たちが畳敷きの座敷に上がると、博士から合図を送られた町内会長が壇上からマイクで呼びかけてきた。

「修一郎、仁美、涼音、よく来てくれた。こっちへ、前へ出てきてくれ」

会長の野太い声に、ざわついていた室内が水を打ったように静まり返る。

大地主であり成富建設の会長でもある成富栄一はこの町で一目置かれる存在だ。強面でガタイもいいためパッと見怖そうだが、親分肌で面倒見がよく、齢七十を過ぎても、住民たちから頼りにされている。博士はそんな会長のブレーンであり懐刀だ。

「三人は今回の事件で大切な家族を失った。亡くなった四人は我々にとってもかけがえのない家族だ。まずは彼らの冥福を祈って黙とうを捧げようじゃないか」

会長の音頭でそこにいた全員がまぶたを閉じ、手を合わせた。仁美たちもステージ前の畳に座り、頭を垂れる。静まり返った会場のあちこちからすすり泣く声が聞こえてくる。

黙とうを終えた会長は、重々しい声で語り始めた。

「この町でこんなひどい事件が起きるなんて、ここにいる誰も想像すらしていなかったはずだ。だが、実際に起きてしまった。そして、みんなが怯え、わしのところに助けを求めにくる。そりゃ怖いだろう。犯人が捕まっていない上に、しるこに農薬を入れたのは、あの日、祭りに参加したこの町の住人だっていうんだからな。……仁美」

壇上から不意に呼びかけられ、ビクッと体に緊張が走る。

「仁美と涼音のふたりは、あの日、鍋の一番近くにいた。だから……」

「私はやってない！」という言葉が喉もとまでせり上がってきたが、仁美がそれを吐き出す前に、会長が言った。

「あの日、起きたことをすべて話してくれ」

「……え？」

安堵で全身の力が抜けた。会長は修一郎と同様にあの日の情報を求めているだけで、仁美を糾弾するつもりなどないのだ。

「でも、警察の人が……」

隣で涼音が無表情な顔を会長に向けたが、みなまで言わせず、彼は手を広げて制した。

「事件について余計なことは喋るなと言われたんだろうが、それで揉めごとが起こるのは、住民同士の信頼関係が築けていない集落だけで、ここは違う。警察の尻を叩いてはいるが、わしらはわしらで情報を共有し、力を合わせて一日も早く犯人を捕まえ、平和な日常を取り戻すべきだとわしは思う。みんなの意見はどうだ？」

「そうだ、そうだ」と、会長に賛同する声が飛ぶ中、修一郎が声を上げる。

「情報共有するのはいいけど……」

「なんだ、修一郎。言ってみろ」

会長に促され、彼は続けた。

「犯人とも共有することになるかもなって」

「は？」

「だって、この中にいるかもしれないわけでしょ、犯人が」

その一言に誰もが周りを気にして目を泳がせ、ざわつき始めた。今、ここに集まっている六十名近い人々のほとんどが、祭りに参加していたのだ。

「残念ながらその可能性はある。だが、だとしても、情報共有には意味があるはずだ」

会長から仁美と涼音にマイクが手渡され、祭りの日のことを一から話すよう促された。

仁美がなにから話せばいいのか戸惑っていると、それに気づいた涼音が話し始める。

あの朝、真壁家のキッチンで千草がおしるこをつくり、仁美と共に白玉を丸めたことを。

「千草おばさんが、白玉にはお豆腐を入れると硬くなりにくくなるのよって教えてくれて」

そう、母は手で崩したお豆腐に白玉粉を混ぜ、少しだけ水を加えてこねてみせた。

「耳たぶくらい柔らかくなったらこうやって丸めてねって、お手本を見せてくれました」

きっと母の姿を思い出したのだろう、涼音の声に涙が滲む。彼女の感情に引きずられないように、仁美はぎゅっと強く唇を噛んだ。涼音も自分を律するように目をきつく閉じ、

「仁美ちゃんとふたりで白玉つくるのは楽しかったけど、とにかく量が多くて、ね」と、最後は仁美に向かってほんの少しだけ微笑んで見せた。

相槌をうちながら、母と涼音と三人で台所に立つことはもう二度とないのだと、仁美は胸が苦しくなる。あの日も仁美は涼音のように素直に手伝いを買って出たわけではない。なんで私がこんなことしなきゃいけないんだよとさんざん母に文句を並べ、仏頂面をつくってしぶしぶ白玉粉をこねたのだ。

「でも、仁美ちゃんや私より、おばさんのほうがずっと大変だったと思う。前日から大量のあずきを大鍋で煮てくれていたから」

「千草おばさんは、できあがったおしるこの味見をしていた？」

修一郎からの質問に、「もちろん」と涼音が即答する。「おばさんだけじゃなく、私と仁美ちゃんも台所で味見させてもらったよ。上品な甘さの、すごくおいしいおしるこだった。だから断言できます。あの時点では、おしるこに毒なんて絶対入っていなかったって」

会長やみんなに向かい、強い口調で言い切ってくれた涼音に、仁美も大きくうなずく。

「そのあと、おしるこの鍋を誰が会場まで運んだの?」

「うちの父親だよ」と、仁美が修一郎に答える。

祭りの会場だった公園は仁美の自宅から道路を挟んで斜め向かいにあるので、父の仁が蓋をした大鍋を、あらかじめ借りてきてあった台車に積んで徒歩で運んだのだ。仁美と涼音、母も同行し、公園に着くと、会長の指示で西側のテントに運び、その奥に設置されていたコンロに大鍋を置いた。警察にも繰り返し聞かれたので、このあたりのことはすらすらと答えられる。

「そのあとすぐに会長のあいさつが始まって……」

祭りの開催を宣言する町内会長のあいさつをテントの中で聞いていたとき、北側の公園入口でざわめきが起きた。なんだろうと目をやると、人の波が割れ、そこから博士が現れたのだが、その後ろに付き従う夫人の顔を見て、仁美は息をのんだ。

右目のあたりがまるでお岩さんのように腫れ上がっていたからだ。

「ずっと気になってたんだけどさ……」と和菓子屋こやぎ庵の店主がおずおずと尋ねる。

「あの日、夫人……、いや、博岡さんの奥さんは、その……、どうして、あんなことに?」

華族の血を引いているとかで気位の高さが所作や言葉の端々に現れる博士の妻を、誰もが「夫人」と呼んでいた。悪気はないと思うがこの田舎町の住民をちょっと見下すような態度が見え隠れするので、揶揄を込めてそう呼ばれているのだろう。

「あんなことって?」

修一郎は遅れて祭りに参加したため夫人の姿を見ていない。首を傾げる彼に、博士が静かに答えた。

「あの日、妻は顔を腫らしていたんだ。家の中で転んでテーブルにぶつけてしまってね」

社交的で話好き——といっても、その大半は自慢話だが——な夫人は、夫とともに祭りや敬老会などのイベントに積極的に参加していたのだが、三年ほど前からそうした活動にパッタリと姿を見せなくなった。

母、千草や近所の人たちが心配して訪ねても、なんの問題もないと夫人に追い返されてしまっていたが、そのうち、怪しげな彼女の目撃情報が住民の間で囁かれるようになる。

片足を引きずりながらバスを降りたとか、夏の暑い日に帽子とマスクで眼帯をした顔を隠していたとか、買い物をして代金を払う際、腕に包帯がぐるぐる巻きにされているのが見えたとか……。

そしてついにある晩遅く、夫人は真壁家のドアを叩いた。病院の診療時間外だったのでうちに駆け込んできた夫人の顔は腫れ上がり、脚にもひどい火傷を負っていた。

驚く仁美を抑え、父は手際よく傷の手当てをしながらなにがあったのか尋ねた。夫人はなかなか答えようとしなかったが、穏やかな声で何度も促され、ようやく口を開く。

「……火にかけていたお鍋をうっかり落としてしまいましたの」

「それでどうして、顔まで腫れるんです？」

「顔……？　ああ、それはお鍋とは別ですわ。自転車に乗っていて転んでしまって……」

「手に怪我はされていませんよね？」

「ええ、手はこのとおり、なんとも……」

「自転車で転んだら、顔を打つ前に、普通は手を先につくものなんですよ」

静かに、だが、ぴしゃりと父に言われ、夫人は黙り込んでしまった。

「なぜ怪我をされたか話していただけませんか？　もしもご主人がなさったのだとしたら、夫婦げんかの度を越している。よければ、私がお宅にうかがってご主人と話を……」

「ダ、ダメです。およしになって、仁先生。うちにいらっしゃるなんて、絶対にダメ！」

「いや、でも……」

「本当に全部わたくしが自分でやったことなんです。お願い、仁先生、このことは誰にもおっしゃらないで。千草さんも、仁美ちゃんも、ごしょうですから」

男性にしては華奢で小柄な博士が、妻にこれほどの暴力を振るうなんて仁美には信じられなかったが、彼が不満を溜め込んでいるという噂も耳に入ってきていた。

三年前、成富栄一が成富建設社長の座を退くことになった際、次期社長の椅子には長年貢献してきた博士が座るものと誰もが思っていた。しかし、蓋を開けてみたら、会長となった栄一が社長に任命したのは、まだ二十歳そこそこで仕事のことなどなにもわかっていない息子の守だった。会長は五十を過ぎてはじめて授かった一人息子を盲愛していたのだ。

経験はないがやる気だけはある若社長に振り回されて、博士はストレスを溜め、その捌け口として妻に暴力を振るっているのではと住民は案じていたが、当の本人の夫人が否定するので、なにもできずにいた。

そのときも夫人に拝み倒され、引き下がらざるを得なかったものの、やはり見過ごせない問題と判断した父は、後日、彼らの一人息子、聡介《そうすけ》の連絡先を会長に尋ねに行った。

博士と夫人は現在、夫婦二人住まいだけれど、十年ほど前まで息子と三人で暮らしていた。東大に合格し実家を出た聡介は、卒業後、最大手のＩＴ企業に就職し、東京本社で働いている。その当時は夫人だけでなく、博士までもが優秀な息子に鼻を高くして、誰もが自慢話を聞かされていた。だが優秀過ぎて仕事が忙しいのか、聡介は盆暮れさえも実家に帰ってこられないようで、仁美ももう何年も彼に会っていない。

父は夫人を救うために彼と連絡をとろうとしたけれど、聡介は今、東京ではなくアメリカで働いているため、帰省を促すのは難しいと会長に言われたそうだ。

自分がなんとかするから他言しないでくれと頼まれた父は、会長にゆだねたそうだが、祭りでの状況を見る限り、ＤＶは続いていたということなのだろう。

お岩さんのように顔を腫らした夫人の登場に誰もが驚いたが、それは会長も同じだったらしく、あいさつを早々に切り上げて博士に駆け寄り、なにやらひそひそと話していた。おそらく、今すぐ夫人を連れて帰れと命じていたに違いない。だが、その間に夫人がひとりでふらふらと仁美たちのテントに近づいてきた。最初は助けを求めにきたのかと思ったが……。

「音楽がうるさいって、夫人、ずっとブツブツつぶやいていて」

仁美の言葉に、修一郎が顔をしかめる。「音楽がうるさい？」

「うん、そのときかかってた祭囃子のＢＧＭのことだと思うけど、そんなに大きな音じゃなかったのに、『うるさくありません、この音楽？　頭がガンガンしますでしょう？　どなたか止めてくださらない』みたいなことをずーっと喋ってて」

「え？　顔腫らしてるのに、音楽の話？」

修一郎の声のトーンから「のんきに音楽の話？」というニュアンスがうかがえたが、のんきというよりも、かなり危うい雰囲気だったのだ。

「夫人、目が泳いじゃってて、誰に話しかけてるのかわかんなかったし」

博士の前なので言葉を選びながら喋ったが、明らかに夫人は挙動不審だった。

イベント用のテントは学校行事などでよく使われる天幕のみのもので前面には長机が置かれていたが両サイドも後面も遮るものはなにもなく、夫人は脇から入ってこようとした。

「大丈夫ですか？」と駆け寄り、それを止めたのは父だ。「頭は打っていませんか？」と気遣う父に、夫人はきょとんとした顔で言った。

「やっぱりこの音楽、うるさくありません？　ああもううるさい、うるさい、うるさい！　うるさくて気が変になりそうだわ。仁先生もそうお思いになるでしょう？」

　両手で耳をパタパタ押さえながら、頭を振る夫人に、父は優しく声をかける。

「博岡さん、アメリカにいる息子さんに……、聡介君に相談されたらどうですか」

「聡介……」

　溺愛している自慢の息子の名前を出された途端、夫人はその瞳からポロポロと涙をこぼし、やがて子供のように声を上げて泣き崩れてしまった。慌てて抱き起こし、夫人を近くのベンチに運ぼうとする父を、仁美と母もテントから出て、手伝った。

「それで、どうなったの？」と、修一郎が先を急がせる。

「泣き声に気づいた会長がすっ飛んできて、博士と挟み撃ちするように夫人をつかまえて」

「挟み撃ち？　夫人はヤギのベンチで泣き崩れてたんだろ？」

「そうなんだけど、会長がベンチの左前から来て、博士が右後ろのテントの奥から……」

「えっ？　ちょっと待って、博士はおしるこのテントの中にいたってこと？」

　仁美と涼音がうなずくと、修一郎は「だったら……」と、直接、博士に尋ねた。

「博士は鍋に農薬を入れることができた……って、ことですよね？」

　ふーっと長い息を吐き、博士は修一郎を見つめる。

「修一郎君、君は、私がそんなことをする人間だと思っているの？」

「僕の主観ではなく、客観的な事実を述べています」

「私はおしるこに農薬を入れたりしてないよ。そんなひどいことをする意味がわからない」

「動機はわかりませんけど、毒を混入することができた人物を絞り込んでおくことは重要じゃないですか？　そもそも、どうしてテントの中にいたんです？」

「それは……、裏から連れて帰ろうと思ったからだよ、妻を」

テント内の一番奥、コンロが置かれた台から一メートルほど後ろにある植え込みを越えて道路を渡れば、そこにあるのは博士と夫人の家だ。

「でも、あそこの植え込みは、乗り越えられないでしょ」

修一郎が指摘したとおり、植え込みの高さは五十センチほどだが幅も同じくらいあるため跨いで渡れるような代物《しろもの》ではない。

「だから、それを確かめるためにテントの裏に行ったんだ。妻を祭りに連れて来たせいで、みんなに迷惑をかけてしまった。できるだけ目立たず迅速に連れて帰るには、植え込みを乗り越えるのが一番だと思った。実際に見て、無理だとわかったけれど」

そんなことはじめからわかっていただろうと書いてあるような修一郎の顔を見て、博士は涼音を振り返る。

「あのとき、テントにいたのは涼音ちゃんだよね？」

問われて、涼音は無表情にうなずく。仁美と母は号泣する夫人をベンチに運ぶためテントを離れ、涼音ひとりが残っていた。

「涼音ちゃんは、私が鍋に農薬を入れたと思うかい？」

涼音は感情の読みづらい瞳を博士に向け、はっきりした口調で「いいえ」と言い切った。

「もしも博士が鍋の蓋を開けていたら、私、音で気づいて振り返っていたと思うから」

「でも」と修一郎が声を張る。「すずは号泣する夫人に気を取られていたんだよね？　だったら、蓋を開け閉めする音を聞き逃した可能性だってあるんじゃないの？」

少しだけ考え、涼音は首を横に振った。「ないと思う」

その答えに会長は満足そうにうなずき、修一郎に尋ねる。

「その場にいた涼音が違うと言うのだから、博岡は犯人ではないとわしも思うが、まだ異論があるか、修一郎？」

「……いえ、まずはあの日起きたことを全部聞かせてもらうことにします」

修一郎に目顔で促され、仁美は涼音とともに、博士が夫人を連れて公園を出たあとのことを話す。

子供神輿が出発し、母が白玉を取りに自宅へ戻ったのち、テントに入り込んだ音無ウタがおしるこ鍋を倒そうとして暴れた。琴子と流星が駆けつけ、ウタをなだめてくれたこと。事態がどうにかおさまったと思っていたところへエリカが来て、ウタとエリカがつかみ合う騒ぎになったこと。

それを聞いた人々がどよめき、彼らの想いを代弁するように修一郎が口を開いた。

「ふたりが気づいたときには、音無のばあちゃんは、もう鍋の蓋を開けてたんだよね？　だったらそのとき、農薬を混入することができたんじゃないの？」

仁美は涼音と顔を見合わせてから、首をひねった。

「その可能性は低いと思う。テントの外に出ていた時間はそんなに長くなかったし。それに、農薬を入れていたとしたら、そのあとで鍋を倒そうとするわけなくない？」

「そうとは言い切れないよ。農薬を入れちゃってから、後悔して止めようと思ったのかもしれないだろ」

「そんなふうには見えなかったし、それに音無のおばあちゃん、手ぶらだったから」

否定した涼音に、修一郎が言葉を返す。

「ばあちゃん、なに着てた？　その服にポケットはなかった？　どうです、琴子さん？」

自信なさげな涼音から会場へ視線を移し、修一郎は一番後ろにいた琴子に尋ねた。

「え……？」

ふいに指名され、動揺する琴子に人々の視線が集まる。琴子は緊張した面持ちで身体を折り、深く頭を下げた。

「あ、あの……、その節はご迷惑をおかけして、本当に申し訳ありませんでした」

「お詫びはいいですから、答えてください。ばあちゃんが着ていたものについて」

「あ……、ごめんなさい。着ていたのは藤色のカーディガンです。……ポケット付きの」

「じゃあ、ポケットに隠して農薬を持ち込むことができたってことですね？」

修一郎の言葉に被せるように、「こりゃ決まりだな」とこやぎ庵の店主が声を上げた。

「昔のばあちゃんなら考えられないけど、英雄が死んで、おかしくなっちまったからな」

「確かにウタさんならやりかねないよ。仁先生や千草さんのこと逆恨みしてたし」

「この町には他に毒を入れそうな人間なんていないしな」

「琴子さんよぉ、あんた、どうしてばあちゃんから目を離したんだよ」

「そうよ、そのせいで四人も亡くなったのよ。どうやってつぐなうつもりなの？」

青い顔でうつむいていた琴子が、「ちょっと待ってください」と声を震わせる。

「義母は……、義母は、お、おしるこに農薬を入れたりしていません」

「最初からテントにいたわけでもないのに、どうしてそんなことが言い切れるんですか？」

問い詰める修一郎の鋭い視線から逃れるように、琴子はまた足もとに目を落とす。

「ずっと畑をやってたばあちゃんなら、農薬を持ってたはずですよね？」

質問を重ねる修一郎の言葉に顔を上げ、琴子は「誤解です」と首を振った。

「義母は現在も家族が食べる野菜を畑で育てていますが、農薬は一切使っていません。義父《ちち》が亡くなり、私たち家族が同居した際、農薬を処分してもらいました。流星に安全な野菜を食べさせたかったから。ですから、うちにはパラコートなんてないんです」

そのとき五時を知らせる『七つの子』のメロディが会館内に響き渡り、琴子はハッと立ち上がる。

「あのお話の途中ですみませんが、義母を迎えに行かなければならないので、これで失礼させていただきます」

また深く体を折り、頭を下げた琴子に、修一郎が尋ねた。

「ばあちゃんは、病院ですか？」

「……いえ」

一瞬、ためらったが、すぐに顔を上げ、琴子は毅然と答える。

「警察で事情聴取を受けています。もちろん任意ですが」

彼女の言葉に誰もが息をのんだ。そして、琴子が再度頭を下げて、会館から出て行くと、のんだ息を吐き出すように、会場内がざわつき始めた。

「警察に調べられてるってことは、やっぱり音無のばあちゃんが犯人なんじゃねぇか？」

「でも、今、琴子さんが農薬はないって」

「あのばあちゃんならどこの家に農薬があるかわかってるさ。物置から失敬したに違いねぇ」

「仁先生を逆恨みして、千草さんを犯人にするため農薬を入れたってことか？　許せねぇ」

口々に好き勝手なことをいう住民たちに驚いたのか、「ママー」と母親に話しかける女児の甲高い声が会館中に響いた。

「麗奈ちゃんに毒を飲ませたのは、イワオの幽霊なんでしょ？」

誰もがハッとして声の主に目を向ける。その視線の先で若い母親が幼い我が子の口を慌てて押さえていた。

子供に罪はない。おそらく小学校ではそういう噂が飛び交っているのだろう。

四年前の夜、会長の孫の麗奈が自宅からさらわれるという事件が起きた。

当時小学二年生だった麗奈をおそらくいたずら目的で連れ出したのは、会長の家で下働きをしていたイワオ——宅間《たくま》巌《いわお》という男だった。会長は村の男たちを使って死に物狂いで麗奈を捜し、彼女は夜鬼山で無事に保護されたものの、ふたりを見つけたウタの息子の音無英雄が命を落とした。麗奈を助けようとしてイワオと揉み合いになり、崖から突き落とされたらしい。

その後、イワオ自身も壮絶な自殺を遂げ、そのせいかイワオの幽霊を見たという目撃談が相次いだ。以来、なにか悪いことが起こると、イワオの幽霊のせいではないかと、子供たちは怖れ戦《おのの》いている。第四小学校の七不思議は、仁美が通っていたころとは異なり、すべてイワオがらみの怪談になっているそうだ。

気まずい空気が流れる中、皆、会長を気遣い、彼の反応をさりげなく窺う。

取りなそうと博士が口を開いたが、その声が仁美の耳に届くことはなかった。ぐらりと天地が揺れ、視界が暗転したからだ。

三

重いまぶたを開けると、見慣れた天井と壁紙がそこにあった。

ホッとして再び目をつぶりかけた仁美の顔を、切れ長の瞳が心配そうに覗き込んでくる。

「大丈夫か？」

思いのほか至近距離にあったその端正な顔にオタオタし、仁美の声は上擦る。

「修一郎!?　え？　あれ……、なんで、私の部屋に……？」

「覚えてないのか？　気を失ったんだ、町内会館で。座ってたからどこも打ってはいないと思うけど、どこか痛むか？」

首を振る仁美に安堵の息を吐き、修一郎はつぶやいた。

「……悪かったな、無理させて」

事態がうまく飲み込めず、「涼音は？」と尋ねると、修一郎が階下を指差す。

ヨロヨロと起き上がり、トイレに行くと断って部屋を出た瞬間、ごま油の香ばしい匂いが鼻腔をくすぐった。懐かしさに泣きそうになり、仁美は慌てて階段を下りる。台所のドアを開けたら、母の後ろ姿があるはずだ。だってこの匂いは……。

「あ、仁美ちゃん」

コンロにかけたスープ鍋から振り返ったのは母ではなく、涼音だった。母がここにいるわけがない。わかっているのに、仁美はその場に呆然とたたずむ。

「仁美ちゃん、大丈夫？　どこか痛いの？」

心配そうに顔を覗き込んでくる涼音に、慌てて首を振る。

「よかった。あ、ごめんね。お台所、勝手に借りちゃって。冷蔵庫のお野菜とか、悪くなりそうなものも使わせてもらっちゃった」

「……ああ、腐らせるだけだから全然いいけど、なにつくってるの？」

「仁美ちゃん、好きだったでしょ？　千草おばさんのけんちん汁」

ああ、だからか。だから母が台所にいると……。涼音は母の手料理が好きでよくここで母を手伝い、仲良く立ち働いていた。母に任せきりでなにもしなかった仁美よりも、涼音のほうがよほどこの台所に詳しい。その事実に胸の奥がまたちりちりと焼けるように疼く。

「仁美ちゃん、本当に大丈夫？」

「あ、うん。ったく、立ちくらみならわかるけど、座りくらみなんて聞いたことないよね」

恥ずかしくて笑いに変えようとしたけれど、涼音は固い表情のまま、「本当によかった」とつぶやく。「心配しちゃったよ」と。

「修一郎君もすごく心配してたよ。博士も会長もみんなオロオロして、守君が真壁医院に運ぶって言ったんだけど、修一郎君が倒れた仁美ちゃんをおんぶして」

「えっ⁉　マジで？」

「うん。でも真壁医院が閉まってたから、部屋に運んだんだけど、仁先生、訪問診療かな？」

そんなことはどうでもいい。骨太のこの体があの細い修一郎に運ばれたのかと思うと、顔から火が出そうだし、口からはバクバクうるさい心臓が飛び出してきそうだ。

「優しいよね、修一郎君」

顔は相変わらず無表情だが、そういう涼音の声には修一郎への想いがにじんでいるような気がしないでもない。

「仁美ちゃんも修一郎君もちゃんと食べないと。この町の人たちのためにも末永く元気でいてもらわないとね。真壁医院の次期院長と院長夫人には」

「えっ⁉」

動揺のあまり、テーブルの上の皿を危うく落としかけた。

「ちょっ、なに言ってんの、涼音」

「千草おばさんと話してたの。そうなるといいねって」

「そんなことあるわけないでしょ。あいつ、年下だし」

「おじいちゃんが怜音に言ってたよ。『一つ年上の女房は金《かね》のわらじを履いてでも探せ』って」

修一郎を憎からず想っていることは自分の胸の内だけにとどめ、誰にも話していない。にもかかわらず、他人の気持ちに敏感な涼音にはバレバレだったらしい。涼音と修一郎が互いに好意を寄せ合っているのではと下衆の勘ぐりをした自分が恥ずかしく顔が上げられない。

「それって、金のわらじ探すほうが大変じゃね？」とふざけてごまかし、仁美は続ける。

「とにかく無理やりにでも食べさせて、修一郎を柴犬一匹分、太らせないとね」

ふっと、涼音は口角を少しだけ上げた。

「あ、けんちん汁、仁先生の分もあるから、食べてもらって」

「喜ぶよ。ありがと」

「……仁先生は、大丈夫？」

「うーん、どうだろ？　私以上にショックを受けてたみたいだから」

普段あまり動じない父が、狼狽える姿をはじめて見たし、その憔悴ぶりも仁美の想像をはるかに越えていた。四人の命を救えなかったことに、医師として責任を感じているのだと思うが、母を亡くした喪失感も大きかったようだ。母の部屋で何時間も呆然と座り込んでいる抜け殻のような父を見たときにはぎょっとしたし、心配にもなった。婿養子となって病院を継いでくれた父に母が一方的に尽くしているように見え、父の反応は薄かったが、仁美と同様に、喪ってはじめていかにかけがえのない存在だったか気づかされたのではないだろうか。

いずれにしろ、仕事に復帰しこの町の人のために働くことは、父自身にとっても救いになっているのだと思う。

涼音がつくってくれたけんちん汁とおにぎりをふたりで二階に運び、修一郎にも勧めた。

食欲をそそるたまらない匂いを放っているのに、修一郎は見つめるだけで手を伸ばそうとしない。その姿を見て、涼音が顔色を変え、「あ……、ごめん、私……」と頭を下げる。

「あんなことがあって、他人がつくったものを口にするのは怖いに決まってるのに、私、なにも考えずに勝手なことしちゃって……」

確かに、あれ以来、食べることが恐怖になった。

母を亡くした仁美と父の食事を心配して、近所のおばちゃんたちが料理をつくって差し入れしてくれたけれど、申し訳ないが怖くて口にすることができなかった。

事件によるショックで食欲も失せ、仁美はペットボトルのお茶だけを飲んで――もちろんそれもキャップが開栓されていないか、どこかに毒物を混入した針の跡がないかなどなど目を皿のようにして調べてからだが――しばらくは固形物を摂らずに過ごした。

だが、それに気づいた父が、完全に個別包装された栄養調整食品やレトルトのカレー、パスタソースなどを大量に購入してきて、お願いだから食べてくれと懇願された。仕方なく口にしたものの、まるで砂を嚙むようで、仁美にとって食事は苦行でしかなかった。

「……すずは、バカなの？」

修一郎の辛辣な言葉に、涼音は本物の人形みたいに固まってしまう。

「僕がすずのことを、毒殺犯だと疑うとでも？」怒ったように言い捨て、修一郎は最後に小声でつぶやいた。「思っただけだよ。これ、かすみにも食べさせてやりたかったなって」

顔を伏せた修一郎から目を逸らし、涼音は「ごめん」と謝る。

「……怜音と萌音もね、これ、好きだったの。野菜嫌いなのに、いつもおかわり！　って」

宙を見つめ無表情につぶやく涼音の声に涙が滲んだ気がして、仁美は思わず頭を下げた。

「涼音、ごめん！　本当にごめんね、萌音ちゃんと怜音君……、助けられなくて」

かすかに目を見開き、涼音は仁美を見た。表情の変化は乏しいが、驚いているのだ。

「仁美ちゃん、なに言ってるの？　あの子たちのために、あんなに頑張ってくれたのに」

「私、頭悪くて医者になるの諦めちゃったからさ、もしも私が修一郎みたいに冷静で賢かったら、もっとなにかできたんじゃないかって……」

「仁美ちゃんのせいじゃない。仁美ちゃんはよくやってくれたよ。なにもできなかったのは、私のほう。あの子たちを守ってあげなきゃいけなかったのに、パニックになって、ただみっともなくオロオロしてただけ……」

　ああ、涼音も自分自身を責めているのだと、仁美は胸が苦しくなる。

　蒼白い顔をうつむけたまま、涼音は今にも消え入りそうな声で話す。

「あの日、家を出る直前、萌音が『プリン食べる！』って言い出したの。そしたら、怜音も『僕も食べたい！』って。でも、私、急いでたし、『あとでおしるこ食べるんだから、ダメ』って言って、あの子たちにプリンあげなかった。まさかこんなことになるなんて、夢にも思わなかったから。まだ、たった二歳と四歳だったのに。これから美味しいもの、いくらでも食べられたはずなのに。こんなことになるなら、プリン好きなだけ食べさせてあげればよかった。あの子たち、きっと今でも……、プリン……食べたがってる」

　声に涙をにじませながら、それでも淡々とした表情で語る涼音の姿に、仁美のほうが泣きそうになる。そんなにつらい思いを抱えているなら泣き叫べばいいのに、それができない涼音はその折れそうに細い体の中に悲しみをどんどん蓄積させ、いつか飽和状態になって彼女の皮膚が裂けてあふれ出すのではないかと、心配でたまらない。

「謝らなきゃいけないのは僕だ。僕が本当に冷静で賢かったら、こんなことには……」

「修一郎……？」

「確かに僕には知識があったよ。あれが食中毒でないことは一目でわかった。食中毒なら経口摂取から症状が出るまでに早くても三十分はかかる。持病のあるかすみの食事に気を配っていた母が傷んだものを食べさせるわけがない。口にしたばかりのおしるこが腹痛の原因に違いなかった。だとすれば、食べてすぐ症状が出ているんだから、おしるこの中に毒物が入っていたとしか考えられない」

いつも冷静な修一郎が、昂ぶる感情を抑えきれずに、早口で喋り続ける。

「なんの毒かはわからなかった。でもいずれにしろ、一刻も早く吐き出させなければいけないと思った。応急処置として嘔吐させる方法も知っていた。仁美が萌音ちゃんにしたように、かすみの口に指やスプーンを突っ込んで吐かせればいい。わかっていたのに、頭の中が真っ白になって、救急車を呼んでと叫ぶことしかできなかった。怖かったんだ。僕がなにかしたことでかすみが死んでしまうんじゃないかって。かすみが苦しんでいたのに、怖くてなにもできなかった。かすみになにも……、なにもしてやれなかった」

自分を罰するように背もたれに頭を打ち付けながら、修一郎はつらい心情を吐露する。そのたびに椅子がギーギーと苦しげな音を立てた。

仁美は無知であるがゆえになにもできなかった自分を責めたが、修一郎は知識があるのに実践できなかった自分に苦悩していたのだ。

「怖くて当たり前だよ、修一郎。私たち、なんの訓練も受けていないのに、いきなりあんな異常な状況に放り込まれたんだから」

「でも、仁美は……」

「私は考えるより先にやっちゃったけど、毒物によっては無理に吐かせたらいけないケースもあるって、あとで父親に言われた。胃や食道を損傷させちゃうこともあるんだって」

「……そうか。だったら、僕が知識があるって思ってたこと自体がうぬぼれに過ぎなかったってわけだ」

今にも泣き出しそうな顔で苦笑し、肺から絞りだすように息を吐くと、修一郎は疲弊した顔をまた背もたれにうずめる。

よかれと思って言ったつもりだったが、修一郎をより深く傷つけてしまったらしい。

「修一郎、無神経なこと言ってごめん。ねぇ……、とにかく食べない？　涼音がせっかくつくってくれた料理が冷めちゃう」

目を伏せたまま、修一郎は涼音の手からおわん取り、乱暴に汁をすする。無理をしているのは明らかだったが、一口飲んで動きを止めたのち、なにかに憑かれたように修一郎はけんちん汁を食べ始めた。

恐る恐る、仁美もおわんに口をつける。その瞬間、まず舌が美味しいと歓び、体の隅々にまで栄養が染み渡っていくような感覚があった。野菜の甘さや滋味が口だけでなく心の中まで優しく満たすそのけんちん汁は、仁美に母を思い起こさせた。

心を揺さぶられたのは修一郎も同じだったらしく、三人ともほとんど口を利かず、夢中になって料理を口に運んだ。仁美だけでなく、修一郎もそして涼音も、顔には出さなかったけれど久々に味わった食べる歓びに打ち震えていたのではないかと思う。

腹ごしらえを済ませ、少し落ち着いたところで、修一郎が「ごめん」と頭を下げた。

「大人げなくて悪かった」

「ううん。みんなの前でみっともなくぶっ倒れた私よりマシだよ」

仁美の言葉を受け、涼音がポツリとつぶやいた。

「……きつかったよね、あの日のこと思い出して話すの」

やっぱり涼音も同じ思いでいたらしい。

「私の場合、ダブルだったから余計にね。さっき言ったアレのことがみんなにバレたんじゃないかと思って、ずっと不安だったから」

「アレって？」

そう尋ねてすぐに気づいたらしく、修一郎は「ああ、パラコートか」とうなずく。

「あ、それなら、大丈夫だよ、仁美ちゃん」

さらりと涼音にそう言い切られ、仁美の口から「は？」と尖った声が漏れる。

「大丈夫なわけないでしょ。おしるこに入っていた農薬がうちの物置から見つかったんだよ」

つい声を荒らげてしまったが、「ううん、大丈夫」と、無表情に涼音は首を横に振る。

「それ、仁美ちゃんの家だけじゃないから」

「……だけじゃないって？　涼音、どういうこと？」

「うちの納屋にもあった」

予想外の答えに、思わず「えっ⁉」と仁美は叫んだ。

「嘘……、パラコートが？」

「うん、事件のあと、おじいちゃんが来て、あらぬ疑いをかけられたら困るって、慌てて持って帰った」

涼音が今住んでいるのは、もともと彼女の祖父が暮らしていた家で、涼音の父が亡くなり、エリカと涼音が東京へ引っ越したあとは、彼がひとりで守っていた。エリカの離婚後、定職についていない彼女の子育てを案じた祖父が涼音たちを呼び戻し、自分は隣町に住む次男夫婦の家に移ったのだ。

「昔はこのあたり、ほとんどが農家で、農地をつぶして住宅を増やしたから、パラコートを持ってる家も少なくないって、おじいちゃんが言ってた」

「それ、本当？」

「うん。畑やってた家ならあるはずだよ。たとえば、成富会長の家なんかも」

涼音の言葉に、仁美の肩からほーっと力が抜けていく。確かに、亡くなった仁美の祖父も、医者をしながら、畑で野菜を育てていた。

「ママがおしるこに農薬なんか入れるわけないって信じてたけど、それでも怖くて……」

安堵する仁美とは対照的に、張りつめた表情を浮かべ、修一郎が訊く。

「警察は仁美の家で発見されたパラコートの容器の指紋について、なにか言ってた？」

仁美は首を横に振る。父が訊いたが、なにも答えてはもらえなかった。

「ここの家の物置、鍵なんかかかってないだろ？」

「うん、私もあんなとこに、人を殺せる毒物があるなんて夢にも思ってなかった」

「パラコートを所有している家は近所にいくつかあると予想していたけど、まさか仁美やすずのところにまであるとは思ってもみなかった。そんな管理のゆるい状態であちこちにあるなら、毒物の入手ルートから犯人を割り出すのは相当難しいってことになる」

勉強机の椅子に逆座りし、難しい顔で考え込んでいた修一郎が涼音を見た。

「やっぱり、話聞けないかな？　エリカさんから」

うつむいたまま、なにも答えない涼音の顔を仁美は覗き込む。

「どうしたの、涼音？　エリカちゃん、そんなに悪いの？」

黙ったまま首を振り、涼音は声を絞り出す。

「お酒、飲んじゃってるから」

「えっ？　お酒？」

「今日は私が家にいないから、たぶん浴びるほど飲んで、話ができる状態じゃないと思う」

表情の読みづらい顔で、涼音は「ごめんなさい」と頭を下げた。

「え、ちょっと、それ、ヤバくない？　エリカちゃんだって危ないところだったのに……」

エリカのことが心配で、仁美はつい咎めるような口調になってしまったが、答える涼音の声には、エリカを案ずる気持ちが滲んでいた。

「お酒が体に良くないことはもちろんわかってる。でもいくら注意しても聞いてくれなくて……、止められないの」

そうか。エリカだって飲みたくて飲んでいるわけではないのだ。母を亡くした仁美がこれほどつらいのだから、幼い我が子をふたりも喪った彼女は、心痛を酒で紛らわせるしかないのだろう。

「でも母から話は聞いた。鍋の番を代わってから、気になることはなにも起こらなかったって」

涼音によると、あのあと、エリカと怜音と萌音がいたテントには、かすみと麗奈、そして、少し遅れて会長が来ただけで、誰も鍋には近づいていないという。

「どうしてエリカさんは時間よりも早くおしるこを配ったんだろう？」

修一郎の問いかけに、涼音は目を伏せたまま答える。

「怜音と萌音には、千草おばさんに頼まれて味見しようとしたとき、ふたりが自分たちも食べたいってねだったから、三人分のおしるこをおわんによそったって」

「……かすみと、麗奈ちゃんには？」

感情を抑え、努めて冷静に尋ねた修一郎に、涼音は少し眉を寄せ、つらそうに話す。

「ちょうどおしるこを怜音と萌音に手渡ししているところにかすみちゃんたちが来て、『私たちにももらえませんか』って、麗奈ちゃんに言われて……」

ルールになど縛られないエリカは「ＯＫ」と二つ返事で応じ、彼女たちにもおしるこをあげてしまったらしい。そのあと会長が来て、相手をするのが面倒になったエリカは、子供神輿と一緒に帰ってきた父、仁を見つけて走り寄ったそうだ。

「いずれにしても、無人となったテントに侵入した犯人が毒を入れたわけではない、ってことだな」

修一郎の言うとおりだ。テントを離れる前にエリカが配ったおしるこには、すでに毒が入っていたのだから。それを食べた怜音と萌音とかすみが亡くなり、エリカと麗奈は辛くも一命を取りとめた。

　五人の状況はわかった。でも、仁美にはわからない。味見を済ませていたはずの母が、なぜまたおしるこを食べたのだろう——？

「母のせいだと思う」と、涼音が消え入りそうな声で答えた。「一瞬でもテントが無人になっていたから、責任感の強い千草おばさんは気になって食べざるを得なかったんだよ」

　うつむき、小さくなっている涼音の背中に、仁美は言った。

「責任感っていうか、あの人、めちゃくちゃ心配性だったからね。でも、それは、エリカちゃんのせいじゃないよ」

　エリカのせいでも、涼音のせいでも、もちろん修一郎のせいでもない。悪いのは犯人なのに、みんなが自分を責め、つらい思いをしているなんて理不尽だ。

　顔を上げると、修一郎が眉間にしわを寄せ、なにやら考え込んでいた。

「どうしたの？」

「えっ？　あ、いや、警察の捜査が今どういう状況なのか、探る方法がないか考えてた」

「そっか。私が訊いても教えてくれっこないよね、疑われてるし」

「誰が訊いても警察は捜査情報を明かしてなんかくれないよ。でも本当に疑われているならぐずぐずしてもいられない」

「でも、警察に訊けないんじゃ、どうにもしようが……」

「他にもいるだろ、町内会館の前に群がってた連中とかさ」

「え？　マスコミの人たち？」

「ウザくてイラつくけど、ヤツらは情報を持ってるはずだ。こっちが取材に応じるって言えば取引できるかもしれないけど、かすみを売るような真似はしたくないし……」

「だね。私もしつこく追い回されて怖かった。マスコミの仕事、ちょっと憧れてたんだけど、人の心に土足で踏み込むような真似、私にはできないって思ったよ」

「いや、できそうだけどな。すずと僕には無理だけど」

「仁美ちゃん、文章書くのうまいしね」

「文章書くより、リポーターのほうが似合うよ。他人の家にメシ食いに行く突撃レポとか、大食いチャレンジとか、あと、昆虫の食レポとか」

「私が憧れてんのは、琴子さんみたいな新聞記者だっつーの。なにが悲しくて体張ってバッタとかコオロギとかタガメとか食わなきゃいけないんだよ！」

「ちょっと待て」

　修一郎が真顔で仁美を見た。

「今、なんて言った？」

「だから、なんでバッタとかコオロギとか……」

「違う、その前」

「えっと……、憧れてんのは、琴子さんみたいな新聞記者？」

「それだよ！」と、修一郎は目を輝かせる。「音無さんから警察の捜査状況を聞き出せるんじゃないか？　あの人、地元の新聞社に勤めてたんだろ？」

「そうだけど、もうずいぶん前に辞めちゃってるよ」

「辞めていようがなんだろうが、この町に住んでる元社員に新聞社が接触してこないわけがない。音無さんは住民の情報とかいろいろ訊かれているはずだし、その流れで捜査状況もある程度入ってきていると思う。ただ、すべてを正直に話してくれるかどうかはわからないけど……」

「どうして？　琴子さん、いい人だよ」

「いい人でも、身内が犯罪に関わっていたら、隠すだろ」

「あ……、音無のおばあちゃん？　確かに琴子さん今日暗かったよね。あんなふうにみんなに責められたら、暗くもなるだろうけど」

「身内が容疑者のひとりなら、新聞社は百パー彼女に接触してる。ばあちゃんについては話半分で聞くとして、試してみる価値は十分あるよ」

「でも……」と、涼音が心配そうな声を出した。

「仁美ちゃん、大丈夫？　また音無のおばあちゃんになにかされちゃうんじゃない？　そもそも、なんで、おばあちゃんは仁先生が人殺しだなんて……？」

「流星君のお父さん、仕事が忙しくて検診に来てなかったのに、具合が悪そうだと心配するおばあちゃんたちに、仁先生の所で診てもらってるから大丈夫って嘘ついてたんだって」

　四年前、倒れて真壁医院に運ばれて来たときには英雄の病気は進行してしまっていて、手術したものの、五年生存率五十パーセントと言われたらしい。息子の言葉を信じて疑わなかったウタはそれがよほど悔しくて許せなかったのだろう。英雄はその後、転落死したのに、彼女の中ではヤブ医者が病気を見落としたせいで死んだと記憶がすり替えられている。

「琴子さんに出てきてもらって外で会えば大丈夫だし。逆におばあちゃんのせいで迷惑をかけてるって思ってくれてるから協力してもらえるかも。私、電話して頼んでみる」

「……ごめん、母のことが心配だから先に帰ってもいいかな？」

「呼び出して悪かったな、すず。音無さんへの連絡は仁美に任せて、今日はこれで解散ってことで」

そう言って立ち上がろうとした修一郎を、涼音がやんわりと手で制した。

「修一郎君はゆっくりしていって」

「なんで？」

「ほら、マスコミの人がいるかもしれないから、一緒に帰らないほうがいいと思って」

そう言って帰りしな、涼音はめずらしくちょっと意味ありげな視線を仁美に投げた。

仁美と修一郎がふたりきりになれるよう、さりげなく気をきかせてくれたのだ。

せっかくの計らいだったが、修一郎にはなにも伝わらなかったようで、時間差をつけたからよしとばかりに、涼音が帰ってきっかり五分後に「じゃあ、また明後日な」と手を振り、部屋を出ていった。その背中を見送りながら、仁美は深いため息をつく。

祭りのあと、修一郎がふたりきりでなにを話そうとしたのか、結局、その日も聞けずじまいだった。


遅くに帰宅した父は疲れ切っていて、医師ではなく患者のように顔色が悪かった。

「お父さん、大丈夫？　そんなに忙しかったの？」

「ああ、いろいろやらなきゃいけないことがあってね。ごはん、ちゃんと食べたか？」

「うん、涼音がけんちん汁つくってくれたから。食べるでしょ？　温めるね」

「いや、いい。昼が遅かったから。涼音ちゃんが来てたのか」

「うん、涼音と修一郎が。あ、そうだ、涼音から聞いたんだけど……」

パラコートを所有しているのはうちだけではないと話すと、父はその場に座り込んでほーっと長い息を吐き、安堵の表情を浮かべた。なかなか立ち上がらない父に、思わず訊く。

「お父さん、疑ってたの……、ママのこと？」

「な……、そんなこと、あるわけないだろ」

「腰が抜けたみたいになってるから」

「ちょっと疲れただけだよ」

やはり四人を救えなかった自責の念が、父を追い詰めているのだろうか。

「お父さんまで倒れないでよね。そんなことになったら、この町のみんなが困るんだから」

父はふっと疲れた笑みを浮かべた。

「あ、そうだ、時間があったら、エリカちゃんのところへ行ってみてくれない？」

「え……？」

父の顔から笑みが消え、代わりに困惑したような表情が浮かぶ。

「どうして？」

「いや、エリカちゃん、涼音が止めても、お酒飲んじゃってるらしくて心配だからさ」

「あ……、ああ、そうか。わかった。わかったから、仁美は心配しないで早く寝なさい」

仁美の肩をいたわるようにポンと叩き、階段を上っていく父の全身から疲労がにじみ出ていた。

四

二日後、久しぶりに気持ちよく晴れ渡った空の下、仁美は景浦家の門扉を開けて、琴子を迎え入れた。

「琴子さん、忙しいのに来てくれてありがとう。おばあちゃん、大丈夫でした？」

「ええ、夜鬼山に山菜採りに出かけたから、しばらくは。でも、どうして景浦さんのお宅なの？エリカさんも一緒にお話を？」

「ううん、エリカちゃんはまだ体調が戻らなくて」

「そう」と、琴子は顔を曇らせた。

「お隣だし、なにか料理をつくってお持ちしようかとも考えたんだけど、あんなことがあったあとだし、かえってご迷惑になるんじゃないかと思って……」

やはり琴子さんはこの辺りのおばちゃんたちとは違う。彼女のように受け取る側の気持ちを察してくれたら、もらった煮物を箸もつけずそのまま捨てることに罪悪感を覚えずに済んだのに……。

「大丈夫。涼音は料理がうまいから。私は全然ダメだけど」

「あら、私も決してうまくないわよ。つくるのは素材頼みのシンプルな料理ばかりだし」

琴子さんらしい、と、仁美は思う。

ノーメイクに近い薄化粧、後ろでひとつに束ねた黒い髪、そして着心地の良さそうなゆったりとした白いシャツにシンプルなベージュのパンツを合わせた服装からも、彼女がナチュラル志向であることが見てとれる。

日々、丁寧な暮らしを心がけていそうな彼女の柔らかな雰囲気からは、新聞記者というかつての職業が意外に映るけれど、眼鏡の奥の瞳は理知的で、芯の強さがうかがえる。

「あ、琴子さん、玄関じゃなくて、今日は裏庭のほうで」

「裏庭？」

「こっち、こっち」

仁美の案内で裏庭の木々の中に可愛らしいツリーハウスを見つけ、琴子は目をみはった。

「すごいでしょ。涼音のお父さんがつくってくれて、子供のころ、私たちの秘密基地だったの」

「音無さん、いらっしゃい」

窓から手を振る修一郎と涼音を見て、琴子は驚きをあらわにする。

「あ、言ってなかったけど、あのふたりも一緒にいいですか？」

「え、ええ、もちろん。ごめんなさい、ちょっとびっくりしちゃって。私、高いところがあんまり得意じゃないものだから」

「えっ？　そうだったんですか？」

「だったら、ここつらいですよね。場所変えましょう」

そう言って降りてこようとした修一郎を、琴子は慌てて止めた。

「ううん、もっと高いと足がすくんじゃうけど、このくらいならなんとかなりそう」

無理しているのではと心配だったが、琴子はしっかりとした足取りではしご段を上り、頭がぶつからないよう身をかがめてツリーハウスに入ると、涼音が用意したクッションに腰を下ろした。

「琴子さん、気分悪くなったら言ってね。すぐに場所変えるし」

はしごを上りながら仁美が声をかけると、琴子は「ありがとう」と笑顔をみせた。少し緊張しているようだが、大丈夫そうだ。

「ツリーハウスなんて、生まれて初めて。木々に囲まれて本当に秘密基地みたいね」

「琴子さんのおうちに近いほうがいいと思ってここにしたんですけど、四人だと狭かったですね」

ペットボトルのお茶を手渡しながら、涼音が表情を動かさずにつぶやく。琴子の隣に仁美が、向かいに修一郎と涼音が座り、膝を突き合わせるような恰好になった。

「そんなことないわ。気持ちのいい風が通って快適だし。素敵なご招待、ありがとう」

「こちらこそ、お呼び立てして、すみません」

一礼する修一郎に倣《なら》い、仁美も涼音も頭を下げた。

「私、おふたりも一緒だとは思ってなくて、このたびは本当に……」

襟を正してお悔やみを述べようとした琴子を、修一郎が止める。

「音無さん、葬儀の際はいろいろとありがとうございました。それで、今日は僕らに協力してほしくて……」

言葉の途中で顔を上げた修一郎は、琴子の姿に目を見開き、言葉をのんだ。膝の上で結んだ彼女の両手がぶるぶると震えている。その震動が体の深いところにあった感情を押し上げたかのように琴子はポロポロと涙をこぼし始めた。

「琴子さん、大丈夫？」

高いところへの拒否反応が出たのではと仁美は驚いて声をかけたが、琴子は取り出したハンカチで目頭を押さえると、体と同じように震える声を喉の奥から絞り出す。

「ごめんなさい。ご家族を亡くされた皆さんの気持ちを考えたら……」

声を詰まらせた琴子もまた、四年前に夫を亡くしている。大切な人を喪うつらさを知っているからこそ、感情が抑えられなくなってしまったのだろう。

「琴子さん……」

思わずもらい泣きしながら、仁美は彼女が落ち着くのを待った。

「本当にごめんなさいね。千草さんにはいろいろと良くしていただいて、教わることが多かったし、かすみちゃんはうちの流星と仲良くしてくれて、本当にいいお嬢さんだった。可愛いかった怜音君と萌音ちゃんの声もお隣から聞こえてこなくなってしまって、まだあんなに小さかったのにどうしてこんなことに……って……」

「音無さん、そう思ってくださるなら、亡くなった四人のために協力してもらえませんか」

修一郎の言葉に、琴子は涙を拭いながら「協力？　私が？」と、怪訝な顔で訊き返す。

「私にできることがあるなら……、それはもちろん力になりたいけれど」

「ありがとう、琴子さん。私ね、警察に疑われてて、このまま逮捕されたらどうしようって思ってたの」

「えっ、仁美さんが？　なんで？」

「そんな話、出てなかったですか？　音無さん、昔勤めていた新聞社の方から取材を受けてますよね？」

「ええ、元同僚にいろいろ訊かれたけど、そんな話は……。警察は相手が誰であれまず疑ってかかるから、仁美さん、気にすることないと思うわよ」

修一郎から仁美に視線を移し、そう言い切る琴子は、今まで泣いていたのが嘘のように頼れる大人の顔をしていた。

「それに、本当に疑われているなら、嫌というほど事情聴取されてるはず。うちの義母がそうだったようにね。仁美さんたちに迷惑をかけてしまったから、仕方ないけれど」

「失礼ですが、音無のおばあちゃんの疑いは晴れたんですか？」

修一郎の質問に、琴子は静かにうなずく。

「だと……思いますよ。警察が家中探したけれど、農薬は見つからなかったから」

「同居したときに処分したって本当だったんですね」

音無のおばあちゃんが犯人ではなかったとわかり、仁美はホッと息を吐く。もしも彼女が鍋に毒を入れていたなら、そばにいたのに気づけなかった自分の責任も大きいと思っていたのだ。でも、だとしたら、いったい誰が……？

「音無さん」と、修一郎が真顔で琴子を見た。

「……音無さんは、誰が鍋に毒を入れたと思っていますか？」

琴子はぎょっと目を見開き、しばし考えてから口を開いた。

「……私にはわからないわ」

声に戸惑いをにじませ、琴子はうつむく。

「事件が起きたときにはもう、義母を連れて公園から自宅に帰ってきてしまっていたし、まさかこの町でこんなひどいことが起きるなんて夢にも思っていなかったから」

「でも……」と、修一郎は琴子の顔を見据えた。「新聞記者だった音無さんなら、独自の視点で気づいたことがあるんじゃないかな」

「新聞記者っていっても、私は社会部ではなく生活部でずっと家庭欄を担当していたのよ」

「元同僚の方とは、どんな話をされたんですか？」

「え？　どんなって……」

困惑する琴子に、修一郎が重ねて訊く。

「僕、警察の捜査が行き詰まってるんじゃないかと危惧しているんですが、ちゃんと進展しているんでしょうか？」

「ちょっと待って、そんなこと私に訊かれても」

「元同僚の方、捜査状況についてなにか言ってませんでした？　音無さんもある程度は聞いてると思うんだけどな。だって、音無さんはこの町の住人の情報を元同僚の人に流しているんでしょ？」

「え……」

口を開けたまま、琴子は固まってしまった。彼女がこんなふうに責め立てられると思っていなかった仁美は、驚いて修一郎を見る。余計なことは言うなと修一郎は目で制し、押し黙ってしまった琴子に頭を下げた。

「情報を流すって言い方はよくなかったですね。すみません。でも、僕、責めてるわけじゃないんです。僕が元同僚なら当然音無さんからこの町の住人の情報を訊き出すだろうし、僕が音無さんでもそれに応じると思うから。僕が知りたいのは、そのとき、音無さんが聞いた捜査情報です」

「確かに取材には応じています。でも、捜査情報なんて……」

琴子の言葉を遮り、修一郎は言い募る。

「元同僚の方が住人の情報を得るとき、自分がつかんでいる捜査情報を流れで音無さんに話すと思うんですよ。新聞社が欲しいのは祭りに参加した百八名全員の情報ではなく、毒を入れた犯人とその被害者の人となりや生い立ち、エピソード、とりわけ今一番欲しいのは、警察が誰を容疑者とにらんでいて、その人物がなぜこんな事件を起こしたのか、でしょ？　もし相手が漏らさなくても、どんな質問をされたかで音無さんなら推察することができたはずです。疑惑の人物については当然、根掘り葉掘り訊かれまくったでしょうから」

うつむいていた琴子が顔を上げ、修一郎を見た。

「さっき僕が誰が犯人と思うか訊いたとき、音無さんはなにか考えてから、わからないって答えましたよね。あれ、犯人が誰かわからないじゃなくて、心当たりはあるけど、ここで話していいかわからないっていうふうに僕には聞こえたんですが、違いますか？」

冷静な口調でまくしたてる修一郎を前に、琴子の口からふーっと長い息が漏れた。

「これは仮定の話だけど」と前置きし、琴子は尋ねる。

「もし仮に、私が捜査について元同僚から聞いていたとして、修一郎さんはそれを知って、いったいどうするつもりなの？」

「それは、話の内容によります。僕が知りたいのは、誰が、なぜ、おしるこに農薬を混入したか、ということです。そして、僕が恐れているのは捜査ミスにより警察が犯人を取り逃がし、僕の知りたいことが永遠に闇に葬られてしまうこと」

「それは、日本の警察をバカにし過ぎているんじゃないかしら」

「そうでしょうか。こんな小さな田舎町で、容疑者は百八名の田舎者に限られているのだから、事件はすぐに解決できるはず、と、警察は高をくくっている気がします。僕の印象ではこの手の事件は、犯人が毒を入れる瞬間を目撃されていない限り、捜査が難しい。実際、過去に起きた類似事件でも、冤罪が疑われるものや未解決事件が多いですよね。僕の言ってること、間違ってますか？」

　琴子の表情が一瞬ふっと弛んだ。喋り続ける修一郎に苦笑したのだろうか。

「そうね、あなたの言うことは間違っていないと思うわ」

「だったら教えてもらえませんか。音無さんが知り得た捜査に関する情報を。警察は今、誰を最有力容疑者と見ているのか」

「知っていたとしても、やはり私があなたがたにそれを話すのは問題があるし、少し待てばそうした報道がなされるはずよ」

「問題があるというのは、僕らが被害者遺族だから？　容疑者の名前を聞いたら、僕がカッとなって復讐するとでも？」

　琴子はほんの一瞬考えてから、静かに首を横に振る。

「修一郎さんみたいに冷静で頭のいい人が、そんなことをするとは思ってないわ」

「いいえ、僕は復讐するかもしれません」

　鋭く言い放った修一郎に、琴子は目を大きく見開いた。

「でも……、そのタイミングは今じゃない。さっきも言ったけど、僕は、誰が、なぜ、毒を入れたか知りたいんです。納得のいく答えが得られるまで、そいつには口がきける状態でいてもらわないと。『目には目と歯』は、そのあとです」

「目には目と歯……？」

「目には目を、だけじゃ生ぬるいから、目を潰したあと、歯も一本残らずペンチで引き抜いてやろうと思って」

なにかに打たれたように、琴子がハッと顔を上げる。

「ちょっと、修一郎」

心配になって、仁美は止めた。修一郎自身も、そして記者と通じている琴子が彼をどう思うかも心配だった。

だが意外にも、その強い言葉が彼女の中のなにかに触れたのか、修一郎を見る琴子の瞳にはそれまで以上に真剣な光が宿っていた。

「……大切な人を喪ったり、傷つけられたりするつらさは、私にもよくわかるわ」

四年前に夫を亡くした琴子はそう言って居住まいを正し、修一郎に向き合う。

「理解してもらえて嬉しいです。音無さんにご迷惑をおかけするようなことは、絶対にしません。ここなら周りの木々が目隠しになって、マスコミの連中が来ても気づかれないし、このくらいの音量で喋っているぶんには声も通りまでは届きません」

この場所を提案したのは修一郎だったが、そこまで考えていたのかと、仁美は舌を巻く。

「修一郎さん、ひとつだけ訊かせて。警察の捜査が行き詰っているんじゃないかと疑っていながら、あなたは最初から私が容疑者を知っていると決めてかかった口振りだったわよね。それは、犯人が誰だと思うか訊かれ、私が一瞬考えた、それだけの理由で？」

「いいえ、あなたが言ったからです。音無のばあちゃんの疑いは晴れたと思うって。自宅から農薬が見つからなくても、このふたりの話を聞く限り、音無のばあちゃんは最有力容疑者のひとりなはずです。そのばあちゃんが警察の事情聴取を受けずに山菜採りに行ってるってことは、大本命が現れて、警察はそっちの証拠固めに走っているんじゃないかと思ったから」

「大本命ね……」とつぶやき、琴子は修一郎を見た。

「それ、修一郎さんは、誰だと思う?」

「順当に行けば、博士……、博岡聡さん」

言いながら、修一郎は琴子の顔を無遠慮なほどじっと見つめ返す。かすかな表情の変化をも見逃すまいとするかのように。先に視線を外したのは、琴子のほうだった。

「……私ね、この町に来てまだ七年くらいなの」

修一郎の答えになんの反応も示さず、琴子は言った。

「だから、この町の人たちのこと、私よりも、あなたがたのほうがよっぽど詳しくご存じだと思うのよ」

なんのことやらわからず、自分の眉間にしわが寄るのを感じていた仁美の斜め向かいで、修一郎が「いいですよ」と大きくうなずく。

「僕らが知ってる博岡さんの情報をお話しします。記事にするなら、夫人の情報もあったほうがいいですよね」

目だけで微笑み、無言のまま鞄から手帳とペンを取り出した琴子に、修一郎は話し始める。博士について、彼の人柄やそれにまつわるエピソードを。そして夫人のことまで喋り終えた修一郎に「家が近所だから」と仁美は話をふられ、本当に博士が最有力容疑者なのかと胸が苦しくなった。

彼が毒物を混入したなら、あのテントにいながらそれに気づけなかった自分にも責任の一端がある。博士が鍋の蓋を開けていたら音で気づいたはずと言い張っていた涼音も、膝の上に置いた手をぎゅっと強く握り締めていた。

それでも修一郎に促され、仁美は博士と夫人について自分が知る情報を話して聞かせる。

「事件当日、博岡華子《はなこ》さんがなぜ顔を腫らして公園に来たかについては、ご本人もご主人もなにもおっしゃってなかった？」

琴子に問われ、仁美はうなずく。

「父にDVを疑われて、夫人はすごく取り乱してたけど、訊いても自分でやったって答えたんじゃないかな。うちへ駆けこんできたときは、自転車で転んだだけって言い張ってたから」

「ご主人が暴力を振るうような問題が、おふたりの間にはあったのかしら？」

思い当たらず首を傾げた仁美に代わり、修一郎が「ふたりの間にっていうより……」と口を開いた。

「次期社長と目されていた博士が守君の下で働かされ、そこで溜まったストレスを夫人にぶつけて、捌け口にしているんじゃないかって噂は耳にしてましたけど」

「こんなことをあなたがたに訊くのはどうかと思うけれど、その……」

言いづらそうに一度視線を落としてから、琴子は続ける。

「どちらかが他の方とおつきあいされているというような話は聞いてない？」

「不倫ってことですか？　僕は聞いたことないな」

修一郎にうなずいたのち、琴子は涼音を見たが、彼女も首を横に振った。

「……そう。変なこと訊いてごめんなさいね」と謝り、琴子は話題を変える。

「私は一度もお会いしたことがないのだけれど、皆さんは、一人息子の博岡聡介さんについてもご存じよね？」

「ええ」と修一郎が答えた。

「歳が離れているから一緒に遊んだ記憶はないけど、優秀なお兄さんとしてこのあたりでは有名でしたから」

修一郎は、博岡聡介が自分も志望している難関の進学校に合格し、東大へ進み、そのまま大学院を卒業後、誰もが知る最大手のＩＴ企業に就職して現在はアメリカで働いていると話して聞かせる。

「親子関係は良好だったのかしら？」

「夫人はいつも聡介君の自慢をしてましたね。博士との関係も悪くなかったと思いますよ。子供のころ、父子で一緒に清掃活動とかしていた記憶があるし、一流企業に就職が決まったときは、博士もすごく嬉しそうだったから」

「最近、聡介さんに会ったことは？」

「もうずっと会ってないです。仕事が忙しいみたいでお正月にも帰ってきてなかったし、な」と、修一郎に同意を求められ、仁美はうなずく。

「じゃあ、最後に彼に会ったのはいつか覚えてる？」

記憶を辿ったが、そもそもそれほど親しくしていたわけではないので、まったく思い出せなかった。修一郎も涼音も同様らしく、首を横に振る。

「聡介君がお勤めしてすぐのころは夏休みに帰ってきてたのを覚えてるけど……」

仁美が小学三年生くらいの記憶なので、ずいぶんと昔のことだ。今、聡介は三十代のはずだから、もしかしたらアメリカで結婚して家族がいるのだろうか。

「聡介さんの連絡先は、わからない？」

「直接取材するんですか？」

修一郎に訊かれた琴子は、曖昧な笑みを浮かべる。

「誰か聡介さんと親しかった人を知っていたら教えてほしいんだけど。今も彼と連絡を取り合っているような」

琴子は食い下がって質問を重ねたが、誰も思い当たらず、首を横に振るしかなかった。

会話が途切れたところで、「あの……」と、涼音がおずおずと小さく手を上げる。

「本当に博士が毒を入れたと、警察は考えているんですか？」

困った顔でなにも答えない琴子に、仁美も疑問をぶつけた。

「私も博士がなんでそんなことをしたのか理解できない。物知りで優しくて、無差別に人を殺せるような人とはとても思えないから」

「音無さん、警察は犯行の動機を解明せずに、消去法で博士を犯人と決めつけたわけではないんですよね？　博士がなぜ大本命として警察にマークされているのか、知っていることを話してもらえませんか」

意外そうな顔で、琴子は修一郎を見た。

「修一郎さんは、もう察していると思っていたわ」

「……なにをです？」

「嫌だ、だって、さっきあなたが言ったんじゃない」

「僕が？　え、なんのことですか？」

「……あ、ごめんなさい。なんでもないわ。私も警察が犯行の動機をどう見ているのかなんて聞いたわけじゃないからわからないの。ただ推察してみただけで」

「その音無さんの推察を教えてください」

修一郎に真顔で懇願された琴子は、「義母が警察に疑われて……」と、唐突に話題を変えた。

「やってもいない殺人の嫌疑をかけられてすごく怖い思いをした。だから、証拠もないのに推測でめったなことを言うわけにはいかない」

「それってずるくないですか？」

「ずるい？」

「僕らに情報を提供させておいて、そちらは教えてくれないってフェアじゃないですよ」

「でも、それは……」

「さっき、博士夫妻の不倫について訊かれたけど、それって事件の動機に関係してます？　そんな噂を元同僚の方はつかんでいるんですか？」

畳みかける修一郎に、琴子は大きく息を吐き、やむを得ないといった感じで口を開く。

「動機に関係しているかどうかはわからない。でも……、彼が取材した中にそういう話をする人はいたみたい」

「そういうって？」

「だから、夫人がエリカさんを恨んでいたんじゃないかって」

「え？　え？　なんで？」

仁美の口から思わず大きな声が漏れた。

「どうして夫人がエリカちゃんを恨むの？」

「だって、博岡さんはエリカさんにご執心でお店に通い詰めていたんでしょう？」

「それは、博士じゃなくて、会長だよ」

「あら、エリカさんに最初に熱を上げたのは博岡さんだって聞いたわよ。だけど、後から来た会長に横取りされて……」

琴子はハッとして口をつぐみ、すぐさま申し訳なさそうな顔で涼音を見た。

「ごめんなさい、お嬢さんの前でこんな話……。でもただの噂だから」

「大丈夫です」と、慌てる琴子を涼音が気遣う。「博士の話は初めて聞きましたけど、そういうの、慣れてますから」

「琴子さん、誰がそんなこと言ってるの？　そもそもテントに入ってきてない夫人に毒が入れられるはずないんだから、ありえないのに」

「誰の発言かは私も聞いてないの。聞きたくもないし。噂ってそういうふうに一人歩きするから怖いのよ。言った人も夫人やエリカさんを悪く思っていたわけではなく、ただ怖かっただけなんじゃないかしら」

「怖かっただけ？」

　意味がわからずオウム返しする仁美に、琴子はうなずく。

「みんな、怖くて疑心暗鬼になっているんだと思うわ。顔見知りの百八人の中に毒殺犯がいるんですもの。犯人が誰だかわからないのが怖いし、自分が犯人だと疑われるのも怖い」

「それでお互いに密告し合うようになってしまっているってことですか？」

　尋ねる涼音に無言でうなずくと、琴子はペンと手帳をしまって立ち上がりかけた。

「私も確証のない推察を披露するのは控えて、これで失礼するわね」

「ちょっと待ってください。それじゃあ本当に博士が毒を入れた犯人かどうかわか……」

　身を乗り出した修一郎の言葉を、琴子は手を上げて遮る。

「それは私にもわからないわ。今現在、警察が彼をマークしているらしいというだけだから。私が話せるのはそれだけ」

「音無さん、だったら、流星君と話をさせてもらえませんか？」

　はしごへ向かっていた琴子は息子の名前に足を止め、今までとは違う母親の顔で振り返った。

「流星と？」

「さっき琴子さんも言ってたけど、流星君、かすみと麗奈ちゃんと仲が良かったでしょ」

「ええ、最近は塾が忙しくてあまりおつきあいがなかったみたいだけど、昔はよく一緒に遊んで、まるであなたがた三人のように仲が良かったわよね」

「ここのところかすみの様子が少しおかしかったって母が言うんです。毎年楽しみにしていた祭りにも行くのを嫌がってたらしくて……。なにか知らないか、流星君に訊かせてほしいんですけど」

「……あのお祭り以来、流星はずっと体調を崩していて、今朝もかなり熱が高かったから休ませたの。かすみちゃんたちのことがやっぱりすごくショックだったみたいで」

「あ、あれ、流星君じゃない？」

仁美が指差した隣の家の二階の窓辺に、少年がひとり佇んでいた。

琴子は心配そうに一人息子の様子を見つめた。パジャマ姿の流星はおでこに冷却ジェルシートを貼り付けているから、彼女が言ったとおり具合が悪いのだろう。

「悪いけど、流星に話を聞くのはもう少しよくなってからにしてもらえないかしら。私が訊いて、なにかあれば修一郎さんに連絡するから」

「……わかりました。流星君にお大事にって伝えてください」

「ありがとう。流星、修一郎さんと同じ中学を目指していて、あなたのこと、とても尊敬しているから喜ぶわ。いろいろ教えてもらえると嬉しい。よろしくお願いしますね」

ふいに、祭りの日にエリカが口にした疑問が脳裏に蘇り、仁美は帰りかけた琴子を呼び止める。

「琴子さん……、あの日、流星君、どうしてお神輿を担がなかったの？」

「え……？」と、怪訝そうな瞳を、琴子はこちらに向けた。

「小学生の男の子はみんなお神輿担いでいたのに、流星君はおばあちゃんと家にいたんでしょ？」

「ああ、流星、ちょっと神経質なところがあるから、お神輿みたいなものは得意じゃないのよ」

確かに流星は線が細く繊細そうで、そこらへんの悪ガキと一緒に野山を駆けまわる姿なんてまったく想像できない大人びた少年だが……。

「それに、私が焼きそばをつくる係だったから、流星は家に残って、おばあちゃんを見ていてくれたの。また面倒をかけるといけないからって。でも結局、義母が迷惑をおかけすることになってしま……」

言葉の途中で琴子の携帯が鳴り、彼女は仁美たちに断って電話に出る。そして、すぐさま顔色を変えた。

「えっ、義母が⁉」

知らせを受けた琴子と一緒に隣町の総合病院を訪れると、ウタは腕に包帯を巻かれた痛々しい姿で病室のベッドに横たわっていた。

山菜採りに行った夜鬼山の崖から転落したのだ。

腕と肋骨を骨折していたものの、幸い、内臓への損傷はないようだと医師からの説明を受け、琴子は眠っているウタを見下ろし、安堵の息を吐く。病室の入口に立っていた仁美と修一郎、そして涼音は、退出する医師と看護師に会釈し、見送った。

「琴子さん、おばあちゃん、よかったね。あ……、よかったなんて言っちゃいけないのかもしれないけど」

声をかけた仁美を振り返り、琴子は「いいえ」と首を横に振る。

「あの高さから落ちてこれで済んだのは不幸中の幸いだったと思うわ」

琴子の言うとおりだと、仁美も思う。だって、あそこは……。

「誰……だい？」

かぼそい声に驚き、四人はそろってベッドに目を向けた。

「……琴子さん、かい？」

呼びかけられた琴子はハッとし、ウタの顔を覗き込む。

「お義母さん、気がつきました？　大丈夫ですか？　ごめんなさいね。私が一緒に行っていたら、こんなことには……」

声を詰まらせ、琴子は包帯の巻かれていないウタの左手にそっと触れる。

「なんの話だい？」

「覚えてないんですか？　お義母さん、崖から足を滑らせて転落したんですよ？」

「転落？」

ぼんやりとしていたウタの瞳が、ふいに大きく見開かれた。

「……違う」

「え？　違うって、ほら、見てください。実際にお義母さんは怪我を……」

「違う……、違う、違う！　あの山は……、私の庭……みたいなもんだ。足を滑らせたり……するもんか」

顔を歪め、ウタは途切れ途切れにしわがれた声を絞り出す。

「でも、じゃあ、どうして……？」

心配そうに見つめる琴子に、ウタは声を震わせ訴えた。

「背中を……押された」

「えっ⁉　嘘でしょ、お義母さん……」

「嘘じゃない。崖から、突き落とされたんだ」

ウタの言葉に仁美は息をのみ、修一郎と涼音と顔を見合わせた。

「突き落とされたって、誰に？　お義母さん、誰に背中を押されたんです？」

琴子に問いただされたウタは口惜しそうに唇を嚙み、わからないと首を振る。

崖に花を供えて手を合わせていたウタは、背後から近づいてくる足音に気づいて振り返ろうとした刹那、強い力で突き飛ばされ、相手の顔も姿も見えなかったらしい。

夜鬼山の頂上付近に開けた空間があり、昔から鬼の踊り場と呼ばれている。片側は切り立った崖で、ウタの息子、英雄は四年前、そこから転落し亡くなったのだ。

「いったい誰が、そんなひどいことを……」

「あんただって知ってるだろ、あの山に入るのは、地元の人間だけさ」

「この町の誰かがお義母さんを崖から突き落としたって言うんですか？　それ、殺人未遂ですよ」

「もちろん、殺すつもりで押したんだ。英雄のときのように」

「えっ⁉　でも……、イワオはもう死んでいるじゃないですか」

「誰が押したかは、わかってる。やったのは……、あいつだ」

ウタの言葉に、病室の入口で見守っていた仁美と修一郎、涼音も、思わず身を乗り出す。

「えっ？　誰なの、お義母さん⁉　誰に押されたの？」

「あの人殺しだよ」と、憎々しげにウタは顔をゆがめる。「おしるこの鍋に毒を入れただけじゃ飽き足らず、今度はこの私を殺そうとしたんだ」

「お義母さん、もしかして、仁先生のことを言ってるの？」

「そうだよ。あのヤブ医者かあいつの娘がやったんだ。そうに決まってる」

「ちょっと待って、お義母さん、そんなわけないわ。だって、仁美さんは……」

「いや、私は確かに、見た。私を突き落とした犯人はその仁美だよ。絶対に間違いない！」

いきなり殺人未遂の犯人に仕立て上げられ動揺した仁美は喉からぐえっと妙な音を漏らす。ウタの小さな目が、ゆっくりとこちらを向く。それまで琴子しか視界に入っていなかったらしく、そこに仁美の姿を認めた瞬間、その表情は豹変し鬼のように険しくなった。

「なんでおまえが、ここにいるんだっ⁉」

金切り声を上げるウタを、琴子が必死になだめる。

「お義母さん、仁美さんはお義母さんを心配して来てくれたのよ。それに、お母さんが転落したとき、仁美さんは私と一緒に……」

「そんなわけないだろ。私はこの娘に殺されかけたんだよ。出て行け、今すぐここから出て行け！」

腕が動かせたなら間違いなく手近にあるものを投げつけてきたに違いないウタの剣幕に怖れをなし、仁美たちは慌てて病室を飛び出した。


「よかったな」

病院からの帰り道、そうつぶやいた修一郎に、仁美は「はぁ？」と思わず声を荒らげる。

「確かにおばあちゃんは無事でよかったけど、私、崖から突き落とした犯人にされちゃってんだよ」

「だから、琴子さんと一緒にいてよかったなって言ったんだよ。ばあちゃんが崖から落ちた時間、仁美にアリバイがなければ、ばあちゃんの言葉を信じる人間がいたかもしれない」

「えっ？　誰が信じるっていうの？　私がおばあちゃんを突き落とすわけないでしょ」

「音無のばあちゃんは、鍋に農薬を入れたのは仁先生だって証拠もないのに思い込んでる。事件で千草おばさんを亡くした仁美が、ばあちゃんにそう罵られたら、ついカッとなって……って、考える人間がいないとも限らないだろ」

その状況を想像し、背筋がぞわっと寒くなった。黙り込んでしまった仁美の隣で、修一郎がぽつりと独りごちる。

「冤罪って、こんな感じで生まれるんだろうな」

「仁美ちゃんや仁先生がそんなことするわけないけど、誰かがおばあちゃんの背中を押した……かもしれないんだよね？」

涼音の問いかけに、仁美は首をかしげる。

「そんなことする人、いる？　おばあちゃん、勘違いしてるだけじゃないの？」

「でも、ばあちゃん、足腰だけはおそろしく丈夫だし、雨で滑りやすくなっていたわけでもないのに、自分の庭みたいな夜鬼山から足を滑らせたって考えづらくないか？　ばあちゃんの話が本当なら……」

修一郎は一度言葉を切り、ポツリとつぶやいた。

「同一犯じゃないのかな」

「えっ⁉　同一犯って、毒しるこ事件と？」

「声デカすぎ。ボリューム落とせよ」と、仁美に顔をしかめながら、修一郎は応じる。

「こんな田舎の小さな町で立て続けに事件が起こるなんて、その可能性が高いだろ」

「じゃあ、おばあちゃんを突き落としたのも博士だって言うの？　どうして博士がそんなことを？」

「わからないよ。警察にマークされてるってだけで、博士が毒殺犯かどうかすらわかっていないんだし」

「……どうして毒しるこ事件の犯人が、音無のおばあちゃんを崖から突き落とすの？」

表情のない顔でおずおずと尋ねた涼音を、修一郎は見つめる。

「普通に考えれば、ばあちゃんを殺す動機は、犯人にとってまずい場面を目撃されたから、じゃない？」

「でも、おばあちゃんは仁先生が犯人だって……」

涼音の言葉に、仁美の顔が強ばる。毒を混入する現場を目撃された父が、口封じのため、音無のおばあちゃんを殺そうとしたってこと？

「そんなことするはずがないよ！　仁先生は絶対にそんなことする人じゃない」

仁美が反論するより早く、涼音自身が強い口調で言い切ってくれた。

「すず、僕も仁先生が犯人だなんて思ってない。ばあちゃんは目撃してないのに、犯人だけが見られたと思ってることも。まぁ、それも可能性のひとつに過ぎないけどな。もっと最悪なケースだって考えられるし……」

「さ、最悪のケースって、なに？」

恐る恐る尋ねた仁美に、修一郎は足もとに視線を落としたまま答える。

「もしかしたら、まだ、終わってないんじゃないか……って」

「終わってないって、なにがよ、修一郎？」

「僕は、毒しるこ事件の動機は怨恨だと思ってる。その仮説が正しかったとして……」

真剣な面持ちで話す修一郎を、仁美と涼音は固唾をのんで見つめる。

「犯人が殺したいほど恨んでいた人間が、毒しるこ事件で殺せずにまだ生きている、もしくは、ターゲットはもともと複数の人間、あるいはこの町の全員だったとしたら……」

　言葉を切って顔を上げた修一郎は、仁美と涼音を見据え、静かに言い放つ。

「殺害は……、これからもまだ、続いていくのかもしれない」

　仁美と涼音は息をのんだ。張り詰めた空気を掻き消すように、修一郎が明るい声を出す。

「考え過ぎかもしれない。でも一応、用心しといたほうがいいだろ。ここ、呪われた町って言われてるしさ」

　そうネットに書き込んでいる人間がいるのだという。毒しるこ事件の四年前にもイワオという男が人を殺し、自殺しているらしい。町が呪われているとしか思えない、と。

「なに、それ⁉　ひどくない？　私はここに十七年間ずっと住んでるけど、事件らしい事件が起きたのって、そのふたつだけで、それ以外は平和そのものなのに」

　仁美は思わず憤慨したが、これだけの事件が起きていれば、呪われていると言われても、仕方がないのだろうか……。

　涼音がぽつりとつぶやいた。

「四年前の事件、ちょうどお父さんの法事でこの町に来ていたときに起きたんだよね」

　そういえば、そうだった。イワオが夜中に麗奈をさらって、夜鬼山の鬼の踊り場に行ったのは、涼音とエリカが東京から戻ってきた晩だ。

「仁美ちゃんや修一郎君は、イワオって人と話したことあるの？」

「僕はほとんどないな。避けられてたから」

「私も」

　イワオこと宅間巌はどこからかこの町に流れてきた大柄な若い男で、力が強いことを成富会長に買われ彼の屋敷で下働きをしていたが、人と関わることが苦手なようだった。けれど、小さな子供たちと遊ぶ姿はメーメー公園でも何度か見かけた。よれよれの灰色のコートをまとったイワオが子供を追いかける様はかなり怪しげだったが。

四年前、麗奈が夜中にいなくなったとき、みんながイワオを疑ったのもそういう経緯があったからだろう。真っ先に彼が寝起きしていた夜鬼山のふもとの小屋へ向かったところ、案の定、そこにイワオの姿はなかったのだ。

イワオと麗奈が英雄によって発見された鬼の踊り場は、人工灯がないため、この辺りでは一番星が綺麗に見えるスポットだ。と同時に、開けた空間の周囲には藪や茂みがあり、若者がラブホテル代わりにする場所とも噂されていた。

悲鳴に驚き、慌てて鬼の踊り場に向かった捜索隊の男たちは、崖から英雄が転落したことを知り、イワオを取り押さえた。イワオが突き落としたのかと問われると、麗奈は震えながらうなずいたという。英雄は脳挫傷を起こし、数日後に死亡した。

警察の取り調べを受けた宅間巌は、いたずら目的で幼女をさらったことも音無英雄を崖から突き落としたことも認めなかった。しかし、麗奈がそう証言したため、彼への疑いは深まっていく。そして何度目かの事情聴取ののち、イワオは住んでいた小屋の前で灯油を被り、大勢の住人の目の前で焼身自殺を図ったのだ。

その衝撃的な死にざまのせいか、その後、イワオの幽霊を見たという目撃談があちこちで囁かれた。

さらに地元の第四小学校では、旧校舎の昇降口にある鏡に焼けただれたイワオの顔が映るとか、二階の一番奥のトイレに入ると、「熱い、熱い」とうめくイワオの声が聞こえるとか、理科準備室に最後まで残っていた生徒は、イワオに襲われて連れていかれてしまうなどなど、イワオの幽霊話が学校の七不思議になっている。話自体はどこにでもありそうな怪談なのだが、本当に人を殺した男の霊が次なる獲物を狙って彷徨っているという設定は、子供たちを恐怖に陥れているようだ。

「どうしておしるこに毒を入れたのまで、イワオって人の幽霊だと思われているんだろう?」

涼音の疑問に、ため息をつきながら仁美が応える。

「小学生にとって、ここらで起きる怖いことは、全部イワオの幽霊のしわざになっちゃうみたい。特に今回は被害者のひとりが麗奈ちゃんだから」

より信憑性が高まるのだろう。イワオの幽霊がいまだに麗奈を狙っている、と。

会話が途切れ、虫の声に包まれた。呪われていると噂されるこの町の夜は、こんなにものどかなのに……。

五

『夜鬼町で殺人未遂　毒しるこ事件との関連は!?』

翌日の地方紙の夕刊に、ウタの転落事件の記事が掲載された。

町はまた騒然となり、マスコミの取材は苛烈を極め、住民たちの静かな生活は乱される。しつこい取材に苛立って、小さな諍いがあちこちで起き、そのたびに守たち自警団が呼ばれて、なんとか場を収めた。

しかし、彼らがすべての揉めごとに対応できるわけもなく、住民たちは目に見えて疲弊していった。

町内会長が再び集会を開くとお触れを出したのは、そんな状況を憂慮したからだろう。

仕事を休めない父に代わり、仁美が町内会館に足を運ぶと、すでに大勢の人が集まっていた。しかし、前回とは雰囲気がずいぶんと異なる。いつもならうるさいくらいに話しかけてくるおじさん、おばさんたちも口数が少なく、どこか張り詰めた表情で互いに無言の圧をかけあっているように見えた。入口の近くに修一郎の姿を見つけてホッとし、仁美は隣ににじり寄る。

「よっ、修一郎。涼音は？」

「来てないみたいだな」

エリカを置いて来られなかったのかと、スマホを確認する仁美に、修一郎がささやく。

「博士と夫人もいない」

「えっ⁉　じゃあ、やっぱり琴子さんが言ったとおり……」

言いかけて言葉をのみ、会館内をざっと見回す。涼音、博士、そして、琴子のところ以外は全世帯出席しているのではないだろうか。みんな、不安でじっとしていられないのだ。

会館の引き戸が開き、涼音が来たのかと顔を向けた。しかし、そこにいたのは週刊誌のカメラマンらしき男でいきなり写真を撮り始める。

「おい、勝手に入ってくるな！　マスコミは立ち入り禁止だ！」

守が声を上げると、自警団のメンバーが駆け寄ってカメラを取り上げ、男の肩を突いて乱暴に外へ押し出す。その様子を見ながら、修一郎がボソッとつぶやいた。

「ぴりぴりしてんな」

それは仁美も肌で感じていた。

マスコミを閉め出し、ようやく町内会長がマイクを手に壇上へ上がる。

「えー、忙しいところすまんな。みんなも新聞等ですでに承知していると思うが、先日、山菜を採りに夜鬼山へ入った音無のばあちゃんが、崖から転落して怪我をした。ばあちゃんはまだ入院中だけども、幸い、命には別条ないそうだ」

会場に琴子の姿がないのは、おそらく入院中のウタに付き添っているからだろう。

「会長、新聞に書いてあったばあちゃんが誰かに突き落とされたってのは、本当なのか？」

憮然とした表情で会長は「ああ」と答える。「ばあちゃんはそう言ってるらしい」

「誰にやられたんだ？」

「顔は見てないから、わからんそうだ。夜鬼山周辺で怪しい人物を見た者はいるか？」

会長が呼びかけたが、誰も思い当たらないらしく、それぞれに勝手なことを話し始める。

「誰がそんなことしたんだ？　夜鬼山なんて、地元の人間しか行かねぇだろ」

「おい、俺たちの誰かがやったって言うのか？　音無のばあちゃんなんて、誰が殺すよ？　ほっといても棺桶に片足突っ込んどるのに」

「だよなぁ、誰もわざわざ突き落としたりしねぇって。やるとすれば、嫁じゃねぇのか？」

「バカ言うな、おまえんとこと違って、あそこはできた嫁で、あんなふうになっちまったウタさんともうまくやってるだろうが」

「でも、他に音無のばあちゃんを殺したいと思っとる人間なんて……」

口々に言いたいことを言っていた近所のおじさん、おばさんたちが急に押し黙り、仁美に視線を向けた。ある者は不安げに様子を窺い、ある者は疑惑の目をこちらに投げる。

ウタに逆恨みされ、嫌がらせを受けていた仁美なら、殺してもおかしくないと思っているのかと、怒りよりも先に恐怖に襲われ、仁美は口が利けなくなる。

そんな仁美の隣で、修一郎が声を発した。

「まさかと思うけど、僕らを疑ってませんよね？　あの日、音無のばあちゃんが崖から落ちたとき、僕も仁美も景浦の家で琴子さんと一緒にいたから、夜鬼山でばあちゃんを突き落とすなんてどうやってもできない芸当なんだけど」

「ああ、そうなんか。いや、誰も修一郎のことなんか疑っとりゃせんよ。あ、ああ、もちろん、仁美もな」

「そういえば、新聞には毒入りしるこ事件と関係があるかもって書いてあったよな？」

「毒を入れた犯人が、ばあちゃんも殺そうとしたのか？」

「やめてよ、怖いこと言うの。これからも誰か狙われるかもしれないってことかい？」

「警察はなにやってんだよ、どうしていまだに犯人が捕まらないんだ？」

「いや、待てよ、毒を入れたのは音無のばあちゃんだろ？　わしはそう聞いとったぞ」

「そうだよねぇ、一番怪しいのはウタさんだよ」

　容疑は晴れたと思うと琴子は言ったが、多くの住民が今も、ウタを犯人と疑っている。

「音無のばあちゃんが毒しるこ事件の犯人だとすると、突き飛ばしたのは被害者の遺族なんじゃ……？」

　探るように再び向けられた視線に仁美はまた恐怖を感じたが、今度は会長が止めてくれた。

「みんな、聞いてくれ。まだ確かなことがわかってないのに、憶測で勝手なことを言うな」

「いや、会長、そうは言っても、この町の住人で、しるこに農薬を入れるなんてひどいことができるやつが他にいると思うか？」

「それは……」

「崖から突き落とされたっていうのも、音無のばあちゃんの狂言なんじゃねぇか」

「ちょっと待て、実際にばあちゃんは怪我して入院してるんだぞ」

「でもよ、会長、あの崖はほら、その、なんだ……、四年前にばあちゃんの息子の英雄が亡くなった場所だろ。あそこから落ちてたいした怪我してないなんておかしいだろうが」

言葉に詰まる会長に代わり、和菓子屋こやぎ庵の店主が「だよな」と同意を示す。

「あのババア、低い場所からちょろっと転がって、自分で傷をこさえたんじゃねぇのか」

嫌な空気が流れる中、ひとりの若い男が咳払いをして、立ち上がる。会長の息子の守だ。

「なぁ、みんな、不安な気持ちはわかるけど、少し頭を冷やそう。こやぎ庵のおじさんも落ち着いてくれよ。音無のばあちゃんはお宅の常連さんで、仲が良かったじゃないか」

「俺は落ち着いてるだろうが！　仲が良かったなんて、はるか昔のことだ」

こやぎ庵の主人は、守になだめられて憤慨し、唾を飛ばして喋りだす。

「あのババアがしるこに毒入れくさったおかげで、もう誰も和菓子なんて買いに来ん。どこの誰だかわからん奴から、おまえんとこのあんにも農薬入ってるんだろ？　なんてふざけた電話がじゃんじゃんかかってきて、かみさんも娘も寝込んじまうし、このままじゃじいさんの代から守ってきた店潰して一家離散だ」

少し前に地元のテレビ局がこやぎ庵の看板商品であるやぎの顔をかたどった最中を紹介し、それが話題となったため、こやぎ庵のおじさんは借金をして新たな機械を導入していた。今回の事件のせいで売り上げが落ちれば、借金だけが重くのしかかるのだろう。

「こやぎ庵さん、こんなことになって、みんな外食を避けてるから、食べものを扱う店はどこも大変だ。それはよくわかるよ。だけど……」

理解を示そうとした守の言葉を、こやぎ庵は怒りをあらわに遮る。

「ちょっと待ってくれ。うちと蕎麦《そば》辰《たつ》を一緒にしてくれるな。地元の人間が蕎麦食わなくても、こいつの店は昼も夜もマスコミの連中が大勢飲み食いするんで、普段以上に儲かってウハウハなんだぞ」

確かに町に一軒しかない飲食店の蕎麦辰は、マスコミ御用達の食堂のようになっている。

「ハイエナみたいな奴らにへーこらしやがって、この町の住人のことも、こいつがマスコミにペラペラ喋ってるにちがいねぇんだ」

名指しされた蕎麦辰の店主が、カッとなって立ち上がる。

「なんだと、このやろう！　いつ、俺がマスコミにこの町の住人を売ったっていうんだ、言ってみろ！」

口汚く罵り合う和菓子屋と蕎麦屋を、仁美は呆然と見つめる。ふたりとも温厚な人柄で、こやぎ庵で買い物をすると、仁美の好きなみたらし団子や季節の和菓子をいつもこっそりおまけしてくれたし、蕎麦辰のおじさんにも、食べっぷりがよくて気持ちがいいと褒められ、いもの天ぷらやそば粉のアイスを何度もサービスしてもらった。

いつもニコニコしていて声を荒らげるところなど想像もできなかった彼らが、今にもつかみかからんばかりの形相でにらみ合う姿は、仁美を動揺させ、混乱させた。

いや、このふたりだけでなく、ウタを犯人と決めつけ、口々に好き勝手なことを喋っていた人々も、外見は仁美のよく知る近所のおじさん、おばさんたちだが、中身は別人のような気がした。

田舎だからかこの町の住人は、穏やかでのんびりとした人たちが多く、なにか問題が生じても、互いに譲り合って解決してきたはずだった。争いごとを好まず、相手に不快な思いをさせないよう気遣いを心がけてきた彼らが、なぜここまで変わってしまったのだろう。

耳を塞ぎたくなるようなふたりの言い争いが、突然ピタッと止まった。

仁美が驚いて顔を上げると、和菓子屋と蕎麦屋はともに会館の出入口を見つめ、動きを止めている。ふたりの視線を追った先に、引き戸を後ろ手に閉める琴子の姿があった。

「遅くなって申し訳ありません」

全員の注目を集めながら、琴子は座敷に上がって正座し、頭を下げる。

呆然としていた会長がようやく我に返り、「ウタさんは大丈夫なのか？」と言葉をかけた。

「おかげさまで、十日ほどで退院できるのではないかと先生が」

「そりゃ、不幸中の幸いだったな」

微妙な雰囲気を感じとった琴子が「お話を遮ってしまってすみません。どうぞ続けてください」と促したが、誰も口を開かず、室内の空気が重みを増していく。

重苦しい沈黙を破ったのは、やはりこやぎ庵の店主だった。

「なぁ、音無のばあちゃんがやったんだろ？」

責めるのではなく懇願するようなその口調に、琴子は戸惑いをあらわに訊き返す。

「なんの……お話ですか？」

「なんのって、決まってるだろ。しるこに農薬入れたの、ばあちゃんなんだろ？」

「まさか……。義母はそんなことしていません。警察もうちにパラコートがなかったことを確認していますし……」

「自宅になくても、音無のばあちゃんならどこにあるかわかってて、よそんちの物置とかからだって持ち出せただろうよ」

「確かにウタさんなら、昔のつきあいで知っててもおかしくないよな」と、こやぎ庵の意見に同意する声が、あちこちで囁かれ始め、やがて琴子を糾弾する声になっていく。

「なぁ、琴子さんよ」と、こやぎ庵の店主が、疲労の滲む声で呼びかけた。

「犯人がつかまらないと困る人間がここには大勢いるんだ。頼むからばあちゃんを自首させてくれよ。このとおりだからさ」

頭を下げるこやぎ庵の店主を、琴子は呆然と見つめる。

「おっしゃっていることがめちゃくちゃです。やってもいない罪で義母を自首させろって言うんですか？　そんなこと、絶対にできません」

きっぱりと言い切り、琴子は立ち上がった。

「どういうお話をされていたのかよくわかりました。私はここにいないほうがよさそうなので、これで失礼します」

一礼して靴を履く琴子の背中に、こやぎ庵の店主が「逃げるのか？」と言葉を放つ。

「いいえ、私も皆さんと同じでどこにも逃げられません。これまで義母がご迷惑をおかけしてきたことについては、嫁としていたらないところがあったと深く反省し、お詫び申し上げます。ですが、農薬を混入できた人間が義母だけだったという決めつけには、同意いたしかねます。本当に義母以外にいなかったのか、もう一度よくお考えください。それから、誰が母を崖から突き落としたのかについても。もしかしたら……、母以外にも、今後、狙われて被害に遭う人が出るかもしれません」

恐怖に凍りつく一同を見回し、琴子は続ける。

「これから十日以内になにか事件が起きたなら、少なくともその犯人は義母ではない。義母は病院のベッドから起き上がれずにいるんですから」

言い切って、もう一度深く頭を下げ、琴子は町内会館を後にした。


「なんか……、みんな、怖かったね。琴子さん、大丈夫かな」

集会からの帰り道、仁美は修一郎に感じたままの思いを吐き出す。

「って、心配している場合じゃないのかもしれないけど。修一郎が言ったとおり、もしアリバイがなかったら、私が音無のおばあちゃんを突き落とした犯人にされてたよ……ね？」

なんの反応も返ってこないので顔を覗き込むと、修一郎はなにか別のことを考えていたらしく、

「な、なんだよ？」と驚いてのけぞった。

「そっちこそ、なによ？　……なに考えてたの？」

「……どうしてみんな、音無のばあちゃんが毒を入れたと決めつけてんのかな、って。博士だって同じくらい怪しいはずなのに」

「博士には動機がないし、優しくて穏やかで紳士的な人だって、誰もが知ってるからじゃない？」

「優しくて穏やかな紳士が、奥さんをボコボコにするか？」

確かに、優しくて穏やかだと思っていた和菓子屋と蕎麦屋の店主が豹変する姿を目の当たりにしたばかりだ。

「夫人は、自分でやったって言ってるけど」

「ありえないだろ。そんなの誰も信じてないのに……。問題が家庭内で収まってて、自分たちのほうに火の粉が飛んでこなけりゃ、なにも起きてないのと同じってことなのかよ」

仁美が歩きスマホで田んぼに落ちたことがトップニュースになるような平和な町で、トラブルと思われていたのは、真壁家に対する音無ウタの嫌がらせと、博士による夫人へのＤＶ疑惑だけだ。ウタと博士があの日、テントに入っていたのは偶然なのだろうが、今日の集会で博士の話題は確かに一度も出てきていない。

少しだけ先を歩いていた修一郎が突然足を止め、仁美はあやうくぶつかりそうになった。

「ちょっと、なに……？」

修一郎の視線の先には、記者と思われる男を振り払おうとしている髪の長い少女がいた。助けを求めるように顔を上げた彼女と目が合う。会長の孫娘、成富麗奈だ。

すぐに動いた修一郎に一瞬遅れて、仁美も走り出す。

「なにやってるんですか⁉　あんた、どこの記者？」

「あれ？　岸田修一郎君と真壁仁美さんじゃない。ちょうどよかった。ちょっとお話聞かせてもらえる？　僕、こういうものなんだけど」

　差し出された名刺を受け取りながら、修一郎は冷ややかに言い放つ。

「権藤《ごんどう》さんか。へー、大手出版社の記者さんでも、嫌がる小学生の女の子につきまとって無理やり話を訊き出すなんてゲスなことするんですね」

　仁美は麗奈の手を引いて、記者から引き離す。彼女の胸には可愛い仔犬が抱かれていた。

「やだなぁ、ゲスな、とか言わないでよ。普通に話聞いてただけなんだから」

「ただでさえ子供への執拗な取材は問題なのに、彼女、病み上がりなのわかってますよね？　あまりにもタチが悪すぎるから、今後はこの町の住人全員、あなたの取材を拒否します」

「え、ちょっと待ってよ。いくらなんでもそんな……」

「これ以上しつこくすると、出るとこ出ますよ」

　ぴしゃりと言い放ち、修一郎は麗奈の背を押し、歩き出す。権藤という記者もそれ以上追いかけてはこなかった。

「大丈夫だった？　なにか変なことされてない？」

　会長宅へ送る道すがら気遣う仁美に、麗奈は青い顔をしたままコクンとうなずく。

「今、ああいう人たちがいっぱいいるから、絶対にひとりで出歩いちゃダメだよ。っていうか、麗奈ちゃん、体の具合はもう大丈夫なの？」

　また小さくうなずき、「このコが……」と麗奈は仔犬を抱きしめる。

「おうちから飛び出しちゃって。すぐ捕まえたけど、ずっとお散歩連れて行ってあげられなくて可哀想だったから、ちょっと歩いてたらあのおじさんが……」

麗奈の胸の中で仔犬がキューンと甘えた声で鳴いた。

「そっか。麗奈ちゃんは優しいね。でもこれからは気をつけて。ねぇ、今のおじさんになに訊かれた？」

「最初は、具合はもういいの？　とか、おしるこはどんな味がした？　とか、誰がおしるこに毒を入れたと思う？　とか、それから……、お友達が亡くなったのに君だけ助かってどう感じた？って……」

それを聞いた瞬間、修一郎の表情が歪むのを、仁美は見た。いくら仕事とはいえ、ぎりぎりのところで生還した小学生の女の子にそんな質問をするなんてどうかしている。

「なんなの、あいつ！　殴ってやればよかった！」

声を荒らげ振り返ったが、もう記者の姿はどこにも見えない。

「あのおじさん……」と麗奈がうつむく。「麗奈のせいだと思ってる。たぶん、みんなも」

「それ、どういうこと？」と、食い気味に尋ねる修一郎に気圧され、麗奈が後ずさった。

「自分が誰かに狙われる心当たりがあるの？」

「ちょっと、修一郎。小学生の麗奈ちゃんを誰が狙うっていうのよ？」

見かねて口を挟んだ仁美が、この町にそんな大人はいないはずだと訴えると、修一郎は冷ややかに反論する。

「なぜ大人と決めつける？　毒殺なら非力な小学生にも可能だし、パラコートが家にあれば、子供にだって簡単に持ち出せる。それに殺したい人間以外にも大勢が死ぬかもしれない可能性に思いが至らなかったのだとしたら、逆にとても幼稚な人間の犯行って気がするんだ」

「でもあの日、テントに入った小学生は流星君だけで、彼は麗奈ちゃんともかすみちゃんとも仲が良かったじゃない。ねぇ、麗奈ちゃん」

麗奈は仁美にうなずき、「流星君がそんなことするわけない」と強く言い切った。

「麗奈が狙われたって言われてるのは、みんな、イワオの幽霊が毒を入れたと思ってるからだよ。そんな話信じたくないけど、次は自分がイワオに殺されるかもって、給食を食べない子もたくさんいるって聞いた」

麗奈の目が不安そうに揺れる。声もかすかに震えていた。大人びて見えるけれど、まだ小学生なのだ。

「麗奈ちゃん、怖がることないよ。幽霊なんて絶対にいないんだから」

努めて明るい声で呼びかけた仁美を、麗奈はすがるような目で見つめる。

「死んだ人間が鍋に毒を入れるなんて、どう考えてもありえないでしょ？　それに、もし本当に幽霊がいるなら……、私たちのところに来てないの、おかしくない？」

「え……？」

おどろく麗奈に、仁美は目顔で語りかける。言葉にしなくても伝わるに違いないから。

死んでしまった人間が生きている人間のもとを訪れることができるなら、仁美のところには母が、修一郎と麗奈のところにはかすみが会いに来てくれているはずだ、と。

「そっか……」とつぶやく麗奈の大きな瞳が潤む。「……幽霊なんて、いないんだね」

「そうだよ、絶対いないって。だから、麗奈ちゃん、そんなバカな噂、信じちゃダメ」

「うん。ありがとう、仁美ちゃ……ん」

ずっとひとりで抱えてきた苦しい思いを吐き出すみたいに泣き出した麗奈を、仁美は仔犬ごとぎゅっと抱きしめる。ようやく鼻をすすりながら麗奈が顔を上げると、待ち構えていたように、修一郎が質問をぶつけた。

「あの日、かすみはお祭りに行くのを嫌がってたって聞いたんだけど、その理由わからないかな？　麗奈ちゃんが迎えに来たとき、なにか言ってなかった？」

麗奈は目を伏せ、ふるふると首を横に振る。

「麗奈ちゃん、君、祭りの一週間くらい前に誰かに告白されたでしょ？」

「えっ⁉　……されてない」

「本当のこと教えてくれないかな。なにが犯人逮捕の手掛りになるかわからないから」

「本当に……、されてない。どうして、そんなこと訊くの？」

「書いてあったんだ。かすみの日記に。ただ……」

これまではちゃんと文章で綴られていた日記が、少し前から箇条書きが多くなり、その日も、『麗奈ちゃん　告白　もう嫌だ』とだけ記されていたという。

それを聞いて麗奈は驚き、押し黙った。

「麗奈ちゃん、なんで嘘ついたの？」

「嘘……なんか、ついてない」

「だって……」

「告られてなんかいないもん。告られたの、麗奈じゃなくて……、かすみ」

「かすみが？」

修一郎の声が上擦る。同じように仁美も驚いていた。彼が話していた、最近かすみの様子がおかしかったのも、祭りに行くのをしぶっていたのも、そのせいだったのか……？

「誰に？　かすみ、誰に告白されたの⁉」

助けを求めるように麗奈は仁美を見たが、修一郎は追及の手を緩めなかった。

六

麗奈を会長の家に送り届け、その足で修一郎と仁美は彼の家に向かう。

玄関チャイムを鳴らしたが、応答がない。

「いないみたいだね」

あきらめて帰ろうとした仁美を無視し、修一郎は門扉を開けて中に入り、玄関のドアを乱暴に叩く。

「ねぇ、いないの？　本当はいるんだろ、中に⁉」

ドアをガンガン叩きながら大声で呼びかける修一郎に仁美は目を剝いた。

「ちょっと、やめてよ。大きな声出すと、マスコミのヤツらが来ちゃうかも……」

だがそれより早く内側から開錠音が響き、ドアが細く開けられた。

その隙間から覗く眼鏡の奥の昏い瞳と整った蒼白い相貌は、音無流星のものだ。

「すみません。具合悪くて寝てたので」

「そうなんだ。悪いけど、少しだけ話を聞かせてくれない？」

言葉は丁寧だが有無を言わさぬ口調で告げると、修一郎はドアを引き、強引に中へ入る。中性的な美貌を持つ流星の細い体はなす術もなく、押し戻された。

「上がらせてもらうよ」

勝手に階段を上がる修一郎を呆然と見送り、仁美は「いきなり、ごめんね」と流星に詫びる。

「琴子さんは？」

「おばあちゃんの病院だと思います」

彼女はさっき病院から町内会館へ来たようだったから、買い物でもしているのだろうか。

「流星君、もしかして熱ある？」

明らかに体調が悪そうな流星を気遣うと、「大丈夫です。解熱剤飲んだから」と蚊の鳴くような声が返ってきた。

流星と一緒に二階に上がった仁美が部屋のドアを開けると、修一郎が勝手に流星のクローゼットを開け、中の引き出しを物色していた。

「ちょっと、修一郎！」

「仁美、ドア」

「は？」

「入って、ドア閉めて」

有無を言わさぬ口調に仕方なく従うと、修一郎は引き出しをひっかきまわしていた手を止め、流星を振り返った。

「流星君、おしるこに農薬を入れたのは、君？」

「え……？」

驚愕の表情を浮かべる流星に、修一郎が詰め寄る。

「テントにいた君ならできたんじゃない？　パラコートを入れた容器は？　処分した？」

ブルブルと首を振りながら、流星は後ずさり、勉強机に腰をぶつけた。その机にも本棚にも参考書がずらりと並んでいる。片隅に天体望遠鏡が置かれているものの、マンガやゲームやおもちゃのたぐいがなにひとつ見当たらないので、小学生の部屋とはとても思えない。

「修一郎、ちょっと落ち着こう。流星君、熱があるから」

仁美は死人のように青い顔をした流星の具合を案じたが、修一郎はかまわず続ける。

「なんでそんなに動揺してるの？　君がかすみたちを殺したから？」

苦しげに顔を歪め、流星はうめくように言葉を吐き出す。

「ごめん……なさい。ごめんなさい。ごめんなさい」

頭を抱え、うずくまってしまった流星を、修一郎と仁美は驚いて見つめた。

「本当に君がやったの？　かすみに告白して振られたから、その腹いせに？」

「告……白？」

「麗奈ちゃんから聞いたよ。告白したんでしょ、かすみに？」

一瞬驚いたように目を見開いた流星が、「あ……、告白は、はい」と小さくうなずく。

麗奈が流星のことを大好きなのは、誰の目にも明らかだった。流星が本当にかすみに告白したということは、仲良し三人組の間でなにかあったのだろうか。

たとえかすみに振られていたとしても、流星がかすみを狙って毒を入れたとは仁美には思えなかった。ふたりが仲良さそうに話している姿を何度も目にしていたからだ。それは、修一郎が涼音や自分に毒を盛るのと同じくらい違和感がある。修一郎もそう感じているのか声のトーンが少し下がり、怪訝な顔を流星に向けた。

「なに、そのリアクション？　告白したんだよね？　かすみが祭りに行くのを嫌がってたのは、君に会うのが気まずかったからじゃないの？」

流星が大きく目を見開いた。

「嫌がってた？　それなら、……なんで祭りに行ったんだよ!?」

はじめて感情的な反応を見せた流星を、修一郎はじっと見つめる。

「なんで怒ってるの？　なにに対する怒り？　かすみに死んでほしくなかった？」

「当り前じゃないですか、友達だったんだから」

「友達じゃなくてつきあいたかったから、告白したんでしょ？」

力なく首を左右に振り、流星はつぶやく。

「あれは……」

あきらめたように息を吐き、流星は声を絞り出す。

「……罰ゲームだったから」

「罰ゲーム？」

驚きのあまり修一郎の声がひっくり返った。

「罰ゲームって……、誰かに、かすみに告白してこいって言われたってことか？」

下を向いたまま、彼は小さく首を縦に動かす。

「誰に？」

「……え？」

「誰が君にそんなことを命じたの？」

消え入りそうな声で「武蔵君」と、流星は体の大きな中学生の名前を告げた。

「なんで中一の武蔵が、小六の君にそんなことをさせたんだよ？」

「わかりません」

「どうして告白の相手が、かすみだったんだ？」

「それも、わかりません」

「罰ゲームなら、罰を受ける理由があったはずだよな？　なんで君が罰を受けることになった？」

「……たぶん、つきあいが悪いから。呼ばれても、塾とかで行けないし」

そういえば、武蔵が小学生を何人か引き連れて歩いてるのを、仁美も見たことがあった。

流星が嘘をついているようには見えない。ただ、彼はこんなに昏い眼をした子供だったろうか。

「じゃあ、君はかすみに振られたことを恨んで、おしるこに毒を入れたんじゃないの？」

流星はうつむいたまま、ブルブルと首を横に振る。

「だったら、なんでさっきごめんなさいって謝ったんだよ？」

胸倉をつかんで揺さぶる修一郎に、流星は口を開く。

「僕……、僕は……」

次の瞬間、階段を駆け上がってくる足音が聞こえた。

「流星、お客様？」

いつの間に帰ってきたのか、琴子の声がし、修一郎は流星のスウェッーから手を放す。ドアを開けた琴子の顔は、硬く強張っていた。

「あら、仁美さんと修一郎さんだったのね」

「あ……、すみません、えっと、流星君のお見舞いに」

引き攣った顔で仁美が取り繕うと、琴子は「まあ」と驚き、ホッとしたような笑みを浮かべた。だがそれは瞬く間に消え、彼女はきゅっと唇を引き結ぶ。涙を堪えるように。

「え？　え？　琴子さん、どうしたの？」

「ごめんなさい、やだ、私ったら」

今にも泣き出しそうな表情で、琴子は微笑む。

「おふたりが流星を気遣ってくれたのが、嬉しくて」

申し訳なさ過ぎて居心地が悪くなり、仁美は「じゃあ、私たちはそろそろ」と修一郎の背中を押した。

「そんな……、せめてお茶だけでも飲んでいって」

「ううん、流星君、熱あるみたいだし、琴子さんだって、おばあちゃんのお世話で疲れてるでしょ。流星君、具合悪いとこ、ごめんね。早く元気になってね」

流星に手を振り、修一郎とともに階段を下りる仁美に、琴子は追いすがる。

「本当にもう帰ってしまうの？」

仁美がうなずき、玄関でスニーカーに足を突っ込むと、これ以上引き留めるのは失礼だと思ったのか、琴子は真顔で頭を下げた。

「流星を見舞ってくれてありがとう。本当に嬉しかった」

狼狽した仁美は、胸の前で慌てて手を振る。

「やめてよ、琴子さん。そんなお礼を言われるほどのことじゃ……」

「言われるほどのことよ。今、流星のことを心配してくれる人なんて、この町には他に誰もいないもの」

強い口調で言い切る琴子に驚き、仁美は目を見開く。

「見たでしょ、さっき。町内会館にいた人たち、みんな、義母がやったと決めつけて……」

その光景を思い出し、仁美は思わず訊いた。

「琴子さん、どうして言わなかったの？　警察にマークされてるのは博士だって」

「まさか、そんなこと言えるわけないわ。本当に彼がやったのかなんて、わからないし」

それでも仁美が琴子だったら、そして、あんな状況に追い込まれたら、きっと口にしてしまっただろう。

「私、さっき、町内会館でね、ふっと思ったの。ああ、義母は囚人なんだって」

「しゅうじん？」

意味がわからず訊き返した仁美に、琴子はうなずく。

「そう、囚人。それで、他の人たちは看守」

看守と聞いてはじめて、しゅうじんは囚人のことかと漢字が思い浮かんだけれど、それでも意味がわからない。困惑する仁美の隣で、修一郎がハッとして、琴子を見た。

「ルシファー・エフェクト？」

琴子がうなずき、ふたりは通じ合ってるようだったが、聞き覚えのない言葉に、仁美は眉を寄せる。

「なに、それ？」

「監獄実験って聞いたことあるだろ？　映画の題材にもなった」

知っていて当然のように訊いてくる修一郎に首を横に振ると、「マジか」とつぶやきながらも説明してくれた。

「スタンフォード大学の心理学者、フィリップ・ジンバルドーが提唱した概念で、人間は天使でも悪魔でもないけれど、監獄のような環境に置かれ、囚人役と看守役に割り振られると、罪を犯してもいない囚人役の人間はあっという間に従順になり、看守役は強権的になる」

「は？　なに、それ？　きょうけんてきって、どういうこと？」

「だから、囚人役の人間にはどんなひどいことをしてもかまわないと、看守役は残虐性をエスカレートさせてしまうってこと」

「えー、役でやってるだけでしょ？　そんなふうになるかな？」

にわかには信じられず、疑いの目を向ける仁美に、琴子が言った。

「普段は優しい普通の人間が、そういう状況下では、簡単に悪魔になってしまうのよ」

ルシファーとはもともとは天使だったのに、神に逆らって、地獄に落とされた悪魔の名なのだそうだ。

「えっと、つまり、音無のおばあちゃんが囚人役で、他のみんなが看守役だから、みんなが琴子さんにひどいこと言ったってこと？」

「それだけじゃない。ばあちゃんを崖から突き落としたのは、看守役の誰かじゃないか……ってことですよね？」

修一郎に問われた琴子はうなずきこそしなかったが、その目に光が宿ったように見えた。

「え？　え？　看守役ってどういうこと？」

「だから……」と、修一郎は仁美に向きなおる。

「鍋に毒を入れた音無のばあちゃんは囚人だから、どんなことをしても……、殺してしまってもかまわないと思った人間が、背中を押したんじゃないかってことだよ」

「おばあちゃんが犯人と決まったわけでもないのに？」

「そうだけど、集会でみんなそう決めつけて、ばあちゃんが犯人って思い込んでただろ」

「いや、でも、急にそんなふうになるものかな？　実際に崖から突き落とすなんて……、ついこの間まで、みんな、仲良くしてたのにさ」

納得できず唇を尖らせた仁美に、琴子は静かに語りかける。

「あんな事件が起きて、この町は今、特殊な状況下に置かれてるでしょう。役割は看守と囚人ではなく被害者と加害者なのかもしれないけど、集会に来ていた人たちに、私は恐怖を感じた。みんな、自分が被害者でいるために、誰かを加害者にして、この町から排除しようとしているんじゃないかって」

切々と訴える琴子の声が、玄関の暗く淀んだ空気に吸い込まれていく。あの集会で自分や琴子に向けられた被害者然とした人々の視線が脳裏に蘇り、仁美はぶるりと身震いした。

七

エリカが雇われママをしているスナックは、駅に近いさびれた飲食街の片隅にある。

店の前に自転車を止めた仁美は、マスコミの人間に尾行されていないか周囲を確かめてから、『本日貸切』の札が掛けられた重い扉を恐る恐る開けた。

入口正面にカウンターが、左手には十人ぐらい座れそうなコーナーソファを配した大きなテーブル席があり、その真ん中にどかっと座った会長が、隣にエリカをはべらせ、酒を飲んでいる。

会長が計画していた被害者の追悼会は、先日の集会が揉めたせいで無期延期となってしまった。納得のいかない彼が規模を縮小し参加したい人間だけでやると断行したのが今日のこの会だ。主催者の会長はすでにかなり出来上がっている様子だが、周りを取り囲む近所のおじさんたちは、皆、成富建設に勤める彼の部下なので争い事は起こりそうにない。

「仁美ちゃん！」

呼ばれて右手を見ると、四人掛けのテーブル席で涼音が手を振っていた。その向かいにいた修一郎が「あれ、仁先生は？」と目を瞬かせる。

「ちょっと疲れてるみたいだったから、無理しなくていいつって、私だけ来た」

「そっか。うちの親も同じ。そんな気分じゃないよな」

涼音の隣に座ろうとした仁美の背中に、少し低めのセクシーな声が飛んできた。

「仁美……」

振り返ると、シンプルな黒いドレスを纏ったエリカがソファから立ち上がる。

照明を落とした薄暗い店内で、そこにだけスポットライトが当たっているかのように、エリカの姿がきらきらと浮き上がって見えた。

　彼女のやつれた顔は見たくないと思っていたが、いくぶん頬がこけたものの、その痛々しい危うさのせいかエリカの美貌はさらに凄みを増して、匂い立つようだ。テーブルの間をすり抜け近づいて来たエリカは、いきなり仁美の体をぎゅっと抱きしめた。

「ごめんね、仁美、私のせいで千草さんまで……」

　捨てられた猫みたいに哀しげなエリカの瞳が、みるみる涙の膜に覆われていく。

　謝られるなんて思っていなかった上に、エリカが泣く姿を初めて見た仁美は動揺し、ただオロオロと涼音を振り返った。

「ママ、仁美ちゃん、困ってるから」

　涼音に注意されてもエリカは仁美から離れず、小さな子供のようにしゃくり上げる。

「私が時間通りにおしるこ配ってたら、こんなことには……」

「エリカちゃんのせいじゃないって、何回言ったらわかってくれるんだよ」

　心配そうに近づいてきた会長が、泣きじゃくるエリカの肩をそっと抱く。

「逆に」と修一郎が声を発した。「去年みたいに行列ができてからおしるこを配ってたら、もっと多くの犠牲者が出ていたはずですよ」

「さすが、修一郎、よく言った」

　会長は修一郎の背中をバンバン叩き、部下のおじさんたちにも拍手を強要する。

「修一郎の言うとおりだ。エリカちゃんは被害者なんだから、責任を感じることなんてないんだよ。とにかく今日はパーッとやろう」

　会長に腰を抱かれ、もとの席へいざなわれていくエリカに、ようやく我に返った仁美が声をかける。

「エリカちゃん！　エリカちゃんが悪いなんて私も全然思ってないから。だから……」

もう自分を責めないで――。そう言いたかったけれど、みんなが見ている前で口にするのはこっ恥ずかしく、直前で言葉を変えた。

「……だから、飲み過ぎんなよ」

それでも思いは伝わったらしく、エリカはその美しい顔をくしゃくしゃにして駆け戻ってくると、仁美をもう一度ぎゅっと強く抱きしめた。しなやかな肉体とそこから立ち上る南国の花のような甘い匂いに魅了され、頭がくらくらする。香水をつけているのだろうが、それだけではないエリカ自身が発する匂いと相まって生み出された得も言われぬ香りに、女の仁美までもが蕩《とろ》けて膝から崩れ落ちそうになる。

それに、この大粒の真珠のような涙。普段はクールでズケズケ物を言うエリカが、子供のように泣く姿なんて想像したこともなかった。目の前でこんなエリカを見たら、どんな男も骨抜きにされてしまうだろう。がっつり骨抜きにされた会長が、世界で一番壊れやすい宝物を見るような目で、エリカを眺めている。

妻を亡くし独身とはいえ、七十過ぎの会長をエリカが本気で相手にするとは思えない。成富会長は間違いなくこの町で一番の金持ちで権力者だけれど、エリカの再婚相手や再再婚相手と比べれば、雲泥の差どころか、比較するのもおこがましいのだ。

かつて仁美はエリカと涼音の新居に遊びに行かせてもらい、度肝を抜かれた。

保険会社の重役だった二番目の夫がエリカのために購入したのは、東京の夜景が一望できる六本木のタワーマンションだったし、資産家である三番目の夫の家は、プール付きの豪邸だった。

老いらくの恋が実を結ぶ可能性は低いというかゼロだと思うが、こんな田舎町にエリカのような女性が現れたら、舞い上がってしまう会長の気持ちもわからなくはない。

「会長、今日、博士は？」

エリカに見惚れていた会長は、尋ねた修一郎に目もくれず、上の空で答えた。

「博岡か？　声かけたから、後で来るだろ。そんなことより、エリカちゃん、そんなに泣くと化粧がとれちゃうよ。まあ、エリカちゃんはすっぴんでも、化粧を塗りたくったそこらへんの女どもより何万倍も綺麗だろうけどな」

「あ……、やだ、私、ひどい顔してる？」

仁美にそう尋ねたエリカは確かにマスカラが滲んでパンダ目になりかけていたけれど、それさえも逆にチャーミングだと感じさせるなにかがこの人にはある。

「お化粧なおしてこよ。あ、そうだ、仁美、修一郎、なに飲む？」

「だから、エリカちゃんは気を遣わなくていいんだって、今日はエリカちゃんを励ます会なんだから」

と、会長がエリカの背中を化粧室へと優しく押しやる。

『追悼会』のはずが、いつの間にか『エリカちゃんを励ます会』になっていたけれど、酔った会長は気づかず、部下のおじさんたちをどやしつけた。

「おまえら、なにボサッと酒飲んでんだよ。未来ある若者たちにドリンク用意してやれよ。ったく気が利かねえな」

会長に一喝され、慌てて走ってきた取り巻きのひとりは真壁家の隣に住むおじさんだった。

「仁美ちゃん、大変だったね。修一郎君も涼音ちゃんも。みんな、なんでも好きなもの飲んでね、会長のおごりだから」

最後だけ声を潜め、おじさんは引き攣った笑顔で額の汗を拭う。

涼音が自分でやると断ったが、「いや、おじさんが会長に怒られちゃうからさ」とまた汗を拭い、おじさんはそれぞれが頼んだ飲み物をおつまみのお菓子とともに四人掛けのテーブルに運んで、またそそくさと会長の席へ戻っていった。

その後ろ姿を見つめ、修一郎がポツリとつぶやく。

「会長、酔うとめんどくさいな」

「だね。博士は、また警察で事情聴取されてるのかな？」

「ここに来てないってことは、その可能性が高いんじゃないか」

「来たら、博士に訊いてみたいな。博士は看守なの？　って」

「囚人なのかもしれないしな。ツリーハウスで音無さんに言われたことがずっと気になって仕方ないんだ」

なんの話かわからず、仁美は眉を寄せて、修一郎の顔を見る。

「ほら、『修一郎さんは、もう察していると思った』って、音無さん言ったろ。あれ、なんのことだったんだろうって。それがわかれば、博士が警察にマークされてる理由につながる気がするんだけど……」

修一郎の言葉を、会長の豪快な笑い声がかき消す。

「いい飲みっぷりだねぇ。さすが、エリカちゃん。さ、さ、もう一杯いこう」

化粧室から戻ったエリカにやたらと酒を飲ませようとする会長を、仁美は思わず睨みつけた。

「エリカちゃん、思ったより元気そうで安心したけど、あんなに飲まされて大丈夫？」

「飲まされてっていうか、自分から進んで飲んでる気もするけど、なるべく早めに切り上げさせて、連れて帰るね」

涼音の言葉の途中で、スマホが震え、修一郎はそれを手に外へ出て行く。誰からだろうと気にしながら、その背中を見つめていた仁美に、涼音がささやいた。

「たぶん、また、お母さんじゃないかな、修一郎君の」

「え？　またって？」

　親からの信頼が厚い修一郎は、帰りが遅くなろうと、電話がかかってくることなどまずなかった。

「かすみちゃんが亡くなってから、修一郎君を心配してやたらと電話かけてくるようになっちゃったみたい」

「そう……だったんだ」

　修一郎の母親は知的で気丈な女性だが、息子まで失うまいと神経を尖らせているのだろうか。いたたまれない思いでため息を吐いた仁美に、涼音がウーロン茶のペットボトルを差しだす。開栓されていないか確認してから、仁美はキャップを捻り、恐る恐る口をつけた。

「よーし、今日はエリカちゃんのために、高い酒入れてやろう」

　会長の浮かれた声と取り巻きの拍手が、やかましく店内に響き渡る。深紅を基調としたこのレトロな場末のスナックは、どう考えても、エリカにふさわしい場所ではない。

「涼音、訊いてもいい？」

「うん、なに？」

「エリカちゃん、どうして離婚したの？」

　涼音の父とは死別し、二番目の夫に関しては、他の男——それが三番目の夫となる人だが——と恋に落ちたエリカが離婚を切り出し、すったもんだの末、別れたと耳にしていたが、三番目の夫と離婚した理由を聞いたことがなかった。都内のプール付きの豪邸での贅沢な暮らしを捨て、なぜエリカはこの町に戻ってきたのだろう。

「……私もよくわからないんだ」

恋多きエリカのことだから、前回同様、好きな男性ができたのかと思ったが、どうやらそうではないらしい。それどころか、涼音の話では、決定的な離婚理由があったわけではないようだ。

「嘘、理由がないのに、あんなにゴージャスな生活を捨てて子供三人抱えてここに帰ってくるなんてありえなくない？　エリカちゃんにちゃんと訊いたの？」

「訊いたよ。私も学校辞めたくはなかったから」

そうだ、母親が離婚してここに帰ることになったせいで、涼音は必死に勉強して合格した都内でも有数の難関お嬢様中学を辞めざるを得なくなってしまったのだ。

「エリカちゃん、なんて答えた？」

「『飽きた』って」

「はぁ？」

思わず大きな声が出て、会長やエリカがこちらを見たので、仁美はへらっと愛想笑いを浮かべて声を落とす。

「信じらんない。それ、私だったら、ブチ切れてる」

「私も必死に頼んだし、三番目の父はせっかく合格したんだから、離婚後も卒業するまで涼音だけこの家に残ったらって言ってくれたんだけど……」

「三番目のパパ、金持ちなのに、めっちゃいいヤツじゃん」

「でも、結局、許してもらえなかった」

涼音の淡々とした口調の中に、仁美は抑圧された苛立ちを感じる。エリカをじっと見つめる人形のような瞳の中にも、怒りとも哀しみともとれる複雑な色がにじんでいた。

「やっぱり……、恋していたのかも」

会長になにか言われて笑っているエリカから視線を逸らすことなく、涼音が唐突につぶやいた。

「恋？」

「こっちに帰ってきてからは、ああ、また恋してるんだなって思ってたの。ものすごくわかりやすく顔や態度に出る人だから。始まったのはここに来てからじゃなく、離婚する前から誰か好きな人がいたのかもしれない」

「えー、エリカちゃん、誰とつきあってるの？」

「さぁ。訊いてないから、わからない」

「なんで訊かないのよ？　四番目のパパになるかもしれないのに」

「バツ2がすぐにバツ3になるだけだよ」

「もしかして、その人……」

　言いかけたが、仁美は途中で言葉をのんだ。

「もしかして、なに？」

「ううん、やっぱ、いいや」

「え、なによ、仁美ちゃん。気になるから、言って」

　涼音にせがまれ、仁美はしぶしぶ口にする。

「いや、ちょっと思っちゃっただけ。博士……ってことはないのかなって。ほら、琴子さんが、夫人がエリカちゃんに嫉妬してるみたいなこと言ってたから」

「え……、さすがに、それはないよ。博士は結婚してるんだし」

「だよね。ごめん、忘れて。不倫はダメだけど、そういう人がいてくれたら、今のエリカちゃんにとっては支えになるのかもって思っちゃったんだ。このお店で働くのだってしんどいだろうし」

　人形のように無表情のまま、涼音は「しんどい？」と、声のトーンだけで驚きを表した。

「そんなはずない。あの人は、しんどいことや嫌なことは絶対にやらない主義だから」

冷めた口調で言い切る涼音に、仁美は驚く。ふいに、小学生のころ、涼音の家に泊まりに行ったときの記憶が蘇った。

仁美は、涼音とエリカと三人で、ボードゲームをして盛り上がっていた。

たいていの大人は、子供につきあってやりたくもないゲームをやってやっているという思いが顔や所作に出てしまい、子供に見透かされるものだが、エリカは大人げなく本気で勝ちにきて、負ければ地団駄を踏んで悔しがり、勝てば喜びを爆発させて仁美に抱きついてくる。楽しむことに貪欲なエリカが一緒だと、どんな遊びをしても、いつもの三割増しで面白かった。

その日も楽しさのあまり時間を忘れて夢中で遊び、気がついたときにはもう外は真っ暗になっていた。仁美のお腹がぎゅるぎゅると鳴ったのを聞いたエリカが、「パパ、遅いね」と唇を尖らせる。

「ごはん、つくってもらおうと思ってたのに」

「えっ？　パパがごはんつくるの？」

仁美は驚いて思わず訊いた。涼音の父は普通に会社勤めをしていたからだ。

「そうだよ。だって、私もう疲れちゃったから、ごはんなんかつくりたくないもん」

仁美の家では食事はいつも母、千草がつくる。どこかに出かけて疲れて帰ってきたときでも母がつくるのが当たり前だったから、その発言は衝撃的だった。

涼音の父から仕事で遅くなると連絡が入り、ピザでも取ろうかとメニューを探しに行ったエリカが「ねぇねぇ」と、顔を輝かせ戻ってきた。

「いいこと思いついちゃった」

後ろ手になにか隠し持ち、近づいてくるエリカの顔にはいたずらっ子のような笑みが浮かんでいる。

「なになに？　エリカちゃん、なに持ってるの⁉」

　ジャーン！　とエリカが披露した袋の中には、クッキーやチョコレートなど、パチンコの景品だというお菓子がぎっしり詰まっていた。

「お菓子の家をつくろう！」

　エリカの提案にわーっと盛り上がり、仁美と涼音は目を輝かせ、夢中になってお菓子の家をつくった。

　ホイップクリームを挟んだ食パンをベースにして、レンジで温めたチョコレートを接着剤代わりにサブレをぐるりと周りに貼り付けて壁にする。三角屋根はウエハースで土台をつくり、その上に四角いチョコレートクッキーを重ねて並べた。

　おやつはいつも母の手づくりで、市販のお菓子を食べさせてもらえなかった仁美は、つくりながらクッキーやチョコをつまみ食いして、幸せを噛みしめた。体に悪いからと買ってもらえなかった毒々しい色のジャンクフードほど、打ち震えるほど美味しかった。

　ワインを飲みながら参加していたエリカが、チョコ棒を煙突に見立てて屋根に差し、周りにカラフルなチョコレートを散りばめていく。それがすごくきれいで素敵で、センスのいいエリカを真似て仁美と涼音も手伝った。最後にエリカが黒い屋根の上に粉砂糖をふりかけると、雪をまとった可愛らしいお菓子の家が完成し、仁美は歓声を上げた。

「すごい、すごい、こんなに可愛いのがつくれちゃうなんて、信じられない。もったいなくて食べられない」

　興奮してはしゃぐ仁美にエリカがニヤリと笑い、涼音にささやく。

「仁美は食べられないって言ってるから、ふたりで食べようね、涼音」

「えっ！　嘘、嘘、食べる！　でも、食べる前に写真撮って、写真！」

あのときお菓子の家を囲んで三人で撮った写真は今でも大切に飾ってあるし、切り分けて食べたお菓子の家の、目が丸くなるような美味しさも鮮烈に記憶に刻み込まれている。

確かにエリカはしんどいことや、やりたいと思えないことはやらない人だ。けれど、家事能力が低いわけでは決してなく、翌朝、彼女がつくってくれたスープやオムレツはシンプルなのに味わい深く、仁美を驚かせた。

「エリカちゃん、お料理上手なんだね」

「これが美味しいのは、仁美に食べてほしくて、私がつくりたくてつくったから。昨日みたいに、つくりたくないときにつくると、面倒くさくて最悪って気持ちが料理に入っちゃって、クソまずいものしかできない。だから、最初からやらないの」

それは冗談だったのだろうが、エリカはやらないだけで、やろうと思えばなんでもできてしまう万事においてセンスのよい人なのだと、仁美は思っている。

「よっしゃ、エリカちゃん、罰ゲーム！」

会長のしわがれた声が、仁美を現実に引き戻す。彼は取り巻きを煽って、一気コールをかけ、エリカに水割りを一気飲みさせようとしていた。

怒りを覚え、仁美はすっくと立ちあがる。手を叩きながら、「一気、一気」と連呼する会長に歩み寄ろうとした仁美の前に、いつの間に来たのか博士が立ちはだかった。

「ちょっと、博士、邪魔しないでよ」

博士は「シーッ」と人差し指を自分の口の前に立て、仁美を四人掛けのテーブルへと押し戻しながら、ささやく。

「大丈夫、あのお酒、ほぼウーロン茶だから」

「えっ？」

「エリカさんが病み上がりなのわかってるし、水割りは全部極薄でつくってるから心配しなくていいよ。邪魔されると、会長が怒って飲みの時間が長くなっちゃうから、これで」と、博士はふたたび人差し指を口の前に立てて見せた。

「……わかった。ありがとう。博士。今日も警察に呼ばれてたの？」

「え……？　ああ、まあ」

　誤魔化して目を伏せた博士の顔は、町内会館で会ったときよりずいぶんと頬がこけ、眠れていないのか、目の下にくっきりとクマが表われている。

「どうして？　なんで博士が疑われてるの？」

「さぁ……、それは私にも……」

　わからないよと疲れた笑みを浮かべ、首を横に振る。博士にもわからないことがあるんだ、と、仁美はぼんやり思った。

「警察で、なにを訊かれたの？」

　しつこく食い下がる仁美から博士を助けようと思ったのか、手洗いに行きかけていた隣の家のおじさんが、「仁美ちゃん」と、突然会話に割って入ってきた。

「おじさんとこにも昨日また、警察来たよ。でさ、誰が怪しいと思うかとか、お決まりの質問したあとにさ、変なこと訊いてきたんだよ」

　隣の家のおじさんの話には一ミリも興味がなかったが、最後の変なことに、ちょっとだけ反応してしまった。

「あ、仁美ちゃん、今、気になったでしょ？　聞きたい？　変なこと、聞きたい？」

　面倒くさくなって聞きたいと答えると、犬の話だという。

「うちで飼ってた犬が、なんで死んだのかって」

「どうして死んだんですか？」

背後から食い気味に尋ねたのは、電話を終え店に戻ってきた修一郎だった。博士がいることに気づいていながら、犬の話に食いついている。

「どうしてかはわからないんだけどさ、半年くらい前、朝起きて犬小屋覗いたら、泡吹いて倒れてたんだよ。まだ若い犬だったし、その前の晩までは元気だったのに、突然でびっくりしちゃってさ」

「おじさん、原因を調べなかったの？」

驚く仁美に、おじさんも驚いた顔を返す。

「だって、犬コロだぜ」

このあたりのおじさんにとって、犬は愛玩動物ではなく、番犬の犬コロなのだ。

「でも、そのあとで、裏の佐久間《さくま》さんとこでも同じように犬が死んだって聞いてさ」

「あ……、佐久間さんちのタローが死んじゃったのは覚えてる。おじさん、警察はそれについてなんて言ってた？」

「なんてって、こっちに訊くだけ訊いて、とっとと帰っちまったから……」

「おーい、氷がないぞ！」

会長に呼ばれたおじさんは慌ててカウンターに走って消えた。

「修一郎、タローが死んだとき、うちの父親が言ってた。なにか盛られたんじゃないかって」

「犯人が犬にパラコートを飲ませていたかもしれないってことか？」

「えっ、でも、さっきおじさん、犬が死んだのは半年前って言ってたよね？」

涼音の言葉を受け、「それが本当なら……」と、修一郎が眉間のしわを深める。

「犯人は事件を起こす半年も前から、犬で実験していたのかも」

毒入りしるこ事件は、周到に計画された犯罪だったのだろうか――？

意見を求めたかったのに、気づいたら、博士も姿を消していた。

調子っぱずれな会長のがなり声が、張りつめた空気を破る。いつの間にか、店の奥の小さなステージでマイクを握り、カラオケでエリカへの愛を熱唱していた。

「うわ、また始まっちゃったよ、ジャイアン」

白い目を向ける仁美たちのことなどおかまいなしに、気持ちよさそうに一曲歌い上げた会長は、部下のおじさんたちに割れんばかりの拍手でヨイショされ、すぐさま次の曲をリクエストしている。

「ほら、エリカちゃん、早く、早く」

ムーディーな音楽が流れると、エリカをステージに招き上げて、今度はデュエット曲を歌い始めた。エリカの腰を抱きよせ、ささやくように歌う会長はかなり気持ち悪かったけれど、酒に酔ったのか、エリカもそんな会長にしなだれかかっている。

「エリカちゃん、大丈夫かな？」

仁美は心配したが、いつものことなのか涼音は動じず、「カラオケ好きだから」とほんの少し肩をすくめただけだった。

音程を外しまくった会長のパートが終わり、エリカが歌い始めると、その澄んだ歌声に仁美は息をのんだ。

「うわ、エリカちゃんって、こんなに歌うまかったの？　歌手になれるレベルじゃない？」

うっとりとエリカの歌に聴き惚れていた仁美に、会長が身振りでなにか伝えてくる。ピースサインを出されてもなんのことやらわからず困惑していると、「動画だよ、動画！」と怒鳴られた。

なんで私が？　と思いながら、仁美は仕方なくスマホを取り出し、歌うふたりの姿を動画に収める。カメラのレンズも美しいものに吸い寄せられるようで、エリカばかりを撮影し、会長は添え物のようになったが、別にかまわないだろう。

　デュエットが終わると曲調ががらりと変わって、アップテンポの曲が流れだし、会長と取り巻きからエリカコールが起こった。唸るようなコールに煽られて、エリカがひとりでステージに立つ。十八番と思われる曲をノリノリで歌い踊るエリカに、会長の指示でスマホを向けたが、いつしか仁美は彼女の魅力に心を奪われ、陶然と撮影を続けていた。

　ひとしきりカラオケで盛り上がったのち、手洗いに立ったついでに酔った会長が絡んできた。

「おい、おまえら、なにシケたツラしてんだよ？　あ、なんだこれ？　ウーロン茶じゃねぇか。こんなもん飲んでるから辛気臭くなるんだ。酒を飲め、酒を！」

　勝手なことを言い散らかし、席に戻ろうとした会長を、修一郎が呼び止める。

「会長、会長も毒を入れた犯人は、音無のばあちゃんだと思ってるんですか？」

「ちょっ、修一郎、おまえ、せっかく楽しく飲んでるのに、酔いが醒めるようなこと言うなよ。たとえそう思ってたとしても、わしの立場で、そうだ！　とは言えんだろうが。早急に犯人を逮捕するよう警察に言いつけてあるから、事件は間もなく解決する。大船に乗ったつもりでいろ」

「もし本当に音無のばあちゃんが犯人だったとしたら、琴子さんと流星はどうなります？」

「琴子と流星？　どうなるってそりゃ、家族は連帯責任だからな。一昔前なら、村八分よ」

「村八分？」

「いや、今はそんなことはせんが、ばあちゃんが四人も殺しとったら、当然、ここには居れんだろ。琴子はいい嫁だし、流星もデキがいいから惜しいがな」

　会長の話を聞きながら、仁美は琴子の言葉を思い出していた。

自分が被害者でいるために誰かを加害者にして、この町から排除しようとしている――。

これ以上訊いても無駄と思ったのか、修一郎が話題を変えた。

「会長、聡介君はアメリカから帰ってこないんですか？　こんな騒ぎになってるのに」

「は？　博岡の息子？　なにおまえまで、刑事みたいなこと言ってんだよ。聡介はデキが良すぎて向こうで大変な仕事を任されてんだよ。そうそう簡単に帰って来られるわけがないだろ」

突然、「あ！」と叫んで、会長は背後から仁美に近寄ってきた。

「そういや、この間、悪かったな。孫が世話になって」

言いながら、なぜか会長は仁美の肩を揉む。首筋がぞわぞわしたが、それに耐えつつ、仁美は答えた。

「ああ、麗奈ちゃん、大丈夫でした？」

隠し切れない不快感が露骨に顔に出ているはずなのに、会長は肩を揉むのをやめない。

「あんなひどい目に遭った小さな女の子からしつこく話を聞こうとするなんて、その記者、ろくなもんじゃねぇよな。おまえ、鬼畜か⁉　って、怒鳴り散らしてやったわ」

その日のうちに会長が修一郎の家に押しかけてきて記者の名刺を持ち帰り、苦情の電話をかけたという話は仁美も聞かされていた。

「うん、麗奈ちゃん、自分が狙われたと思われてるって、落ち込んでたから」

言葉の途中で、肩に置かれた会長の手が、ピタッと動きを止めた。

「麗奈が狙われた？　なんだ、それ？　どういうことだ？」

「あ、会長、本当のことじゃないよ。麗奈ちゃんを狙ってイワオの幽霊が毒を入れたって、小学校で噂になってるみたいで」

「イワオ……？　って、宅間巌……か？」

仁美がうなずくと、酔いが吹き飛んだのか、会長は急に真顔になった。

「そ、そんなバカな話があるか！　イワオは死んでるんだぞ！　どうして、イワオが出てくるんだ？　あいつはなんの関係もないのに……」

「関係なくても、子供たちはなにか怖いことが起こると、なんでもかんでもイワオの幽霊がやったってことにしちゃってるらしいの」

「子供だけじゃないですよ」と、修一郎が口を挟む。

「ネット上でも、おしるこの鍋に毒を入れたのはイワオの幽霊って噂が飛び交ってる」

「は？　どこのどいつがそんなくだらんことを言ってるんだ？」

「誰が書き込んだかなんて、僕にはわかりませんよ」

「それを調べられんのか、修一郎？　調べてすぐにやめさせろ」

「無茶言わないでくださいよ。書き込まれた内容が個人の権利を侵害するような場合は情報開示を求められますけど……」

「侵害してるじゃないか、現に、麗奈を狙ってイワオの幽霊が毒を入れたと言ってるバカがいるんだろう？」

　ポケットから取り出そうとした煙草を床に取り落としてしまい、会長は怒りを露わにダン！とテーブルを叩いた。

「会長、なにをそんなに動揺しているんですか？」

　尋ねた修一郎に、会長は声を荒らげた。

「動揺なんかしとらん、怒っとるんだ！　そんな昔の話を持ち出して、ここが呪われた町だなんて風評を立てられたらたまらんからな」

「イワオは、この町の人間じゃなかったんですよね？」

「ああ、故郷を追われて、ここに流れてきた」

「僕、ほとんど話したことないんですけど、会長はどうしてそんな人を雇ったんですか？」

「悪い奴には見えなかったし、力が強くて畑仕事でもなんでも言われたことはちゃんとやるんで拾ってやったんだ。まさかあんなかたちで恩をあだで返されるとは……」

大人とはほとんど口を利かないイワオが、幼い麗奈にやたら親しげに接する様子を見て、麗奈の母親は事件が起きる前から心配していたらしい。

「麗奈が怖い目に遭ったのは、人を見る目がないわしのせいだといまだに責められとる」

「でも、会長、イワオはいたずら目的で麗奈ちゃんを夜鬼山に連れていったことも、音無のおじさんを崖から突き落としたことも認めなかったんですよね？」

「人を殺して、はい、自分がやりましたって素直に認める犯人ばっかりなら、警察は楽できるだろうよ」

「でも、その警察の取り調べも任意だったわけでしょ？　イワオは自分が住んでいた小屋の前で亡くなったんだから」

眉間に深いしわを寄せ、会長は修一郎を睨むように見た。

「おまえ……、なにが言いたいんだ？」

怯むことなく、修一郎はゆっくりと口を開く。

「イワオは本当に、音無のおじさんを殺したのかなって」

「はぁ？　イワオは自ら命を絶ったんだぞ。殺してなければ、自殺なんかするはずないだろうが！」

熱くなって唾を飛ばす会長とは対照的に、修一郎は淡々と質問を重ねる。

「彼は本当に自殺したんでしょうか？」

「当たり前だ！　目撃者が何人もいたんだから。わしもヤツが頭から灯油かぶって、自分で火をつけるところをこの目で見た。他にもわしの部下や音無のばあちゃんや琴了、こやぎ庵や蕎麦辰、ああ、そう、仁先生も、二十人くらいの人間が、ヤツの自殺を目の前で見るはめになっちまったんだ」

「それだけ大勢の人間が目撃しているなら、彼の自殺は間違いなさそうですね」

「修一郎、おまえ、イワオは自殺ではなく、殺されたとでも思ったのか？」

「僕、ずっと前から気になってたんですよ。おかしいなって」

「なにがだ？　なにが、おかしい？」

「小学校の七不思議にもなってる『イワオの幽霊』ですよ。どうしてみんな、そこまでイワオを怖がるのかなって」

「自分で火だるまになって死んだ人間が近くにいたら、ガキが怖がるのは当然だろうが」

「それはわかるんですけど、普通は幽霊って、四谷怪談のお岩さんも、番町皿屋敷のお菊さんも不遇の死を遂げた被害者なんですよ。だから、誰かを恨んで化けて出る。四年前の事件でも、殺された音無のおじさんが幽霊になって出るならわかります。でも、いくら焼身自殺という衝撃的な方法で亡くなったとはいえ、いわば自業自得で死に至ったイワオがどうして幽霊として学校の下駄箱の鏡やトイレに出てくるのか、すごく不思議で」

「それは……、怖いからじゃないのか？」

「怖い……から？」

「学校の怪談なんて、どうせガキがガキを怖がらせるためにつくったもんだろ。幽霊が殺人犯で、自分も殺されるかもしれないって設定のほうが、ガキどもには怖いんじゃないのか」

「……なるほど、そういう考え方もあるのかもしれないですね」

少しも納得していない口調で、修一郎は話を終わらせた。

八

数日後、ある週刊誌に『毒入りしるこ事件　疑惑のＡ氏』という見出しが躍った。

事件の容疑者として浮上したのは地元企業で重役を務めるＡ氏だと書かれていて、実名こそ伏せられているものの、この町の住民なら誰が読んでも博士こと博岡聡のことだとわかる内容だった。

記事には、祭りの当日、会場にいた地元住民Ｂさんの証言として、Ａ氏は妻を伴い公園に現れたが、その妻の顔が殴られたようにひどく腫れ上がっていたこと、彼女がおしるこのテントに近づいて騒ぎを起こしたこと、そして人々の注意が妻に向いたその隙を突くように、Ａ氏がおしるこのテントに裏から侵入し、鍋に農薬を入れるチャンスがあったことなどが詳細に記されていた。また、祭りの日以前にも彼の妻が怪我をしている姿が度々目撃されており、二人暮らしの家庭で日常的に暴力が振るわれていたのではないかとＢさんは語っている。

彼はなぜＡ氏が鍋に毒を入れたのか、動機については言及していなかったが、別の住民Ｃさんの談として、博士の置かれた状況が書かれていた。

数年前、Ａ氏が勤める地元企業で社長が退任する際、次期社長にＡ氏を推す声が多かったにもかかわらず、経験の浅い社長の息子がその座に就き、Ａ氏は不満とストレスを溜め込んでいたようだ、と。

ＢさんとＣさんが誰なのか、仁美にはわからなかったが、地元企業とは成富建設以外に考えられず、会長が記事を見たら怒り狂うことだけは容易に想像できた。あの会長に不満を募らせている部下も案外多いのかもしれない。

携帯電話に涼音からの着信があり、出るとめずらしく余裕のない声が受話口から聞こえてきた。

「仁美ちゃん、記事読んだ？」

「あ、うん、今」

「あれのせいで、今、家にマスコミの人がたくさん来てて……」

「へ？　あれって？」

「だから、母のこと」

「エリカちゃんのことって、なに？」

今、読んだ記事の中に、エリカと思われる人物は出てこなかったはずだ。

嚙み合わない会話の原因はすぐにわかった。互いに違う週刊誌を読んでいたのだ。

涼音が読んだ記事も博士を犯人と疑う内容だったが、仁美の週刊誌にはなかった動機が書かれていたという。不倫関係にあった水商売の女性との破局が、博士を凶行に駆り立てたのではないか、と。

「はぁ？　それがエリカちゃんだって言うの？　なに、そのデタラメな記事？　涼音、今すぐ、そっち行くから！」

「ダメだよ、仁美ちゃん。言ったでしょ、うち、マスコミの人に囲まれちゃってるから」

それを聞いて一瞬ためらったが、涼音の不安げな声に背中を押され、仁美は自転車で家を飛び出す。

だが、漕ぎだしてすぐ、急ブレーキをかけた。二軒隣の博士の家の前にマスコミが群がっていたからだ。自警団のメンバーが来ているけれど、マスコミの人数が多すぎて対処できていない。

エリカと涼音が心配になり、仁美は自転車をUターンさせ、ペダルを蹴る。全力で立ち漕ぎしながら、考えた。

　エリカと博士が不倫しているなんて、いったい誰がそんなデマを流したんだろう。ふたりの関係を疑っていた夫人か。それとも……。

　エリカは総じて女受けがよくない。仁美は大好きなのだが、やりたくないことはやらず、好きなことだけを貫くエリカの姿勢は、同じように生きることのできないこの町の女性たちの反感を買ってしまう。それが美人で若々しく、当たり前のように男にちやほやされる女ならばなおさらだ。この町に戻った当初は、当番なのにゴミ集積所の掃除をしないなど、小さなトラブルがいくつかあったようだが、今では涼音が代わりをつとめているので、実害はないはずだ。しかし、こんな記事が出たら、エリカはまた吊るし上げを食うかもしれない。

　涼音の家も博士宅と変わらないほどの報道陣に取り囲まれていて、自転車で突っ込んだ仁美はマイクを向けられ、もみくちゃにされる。

「離れてください。危ないから、彼女から離れて！」

　仁美に気づいた守が体を張ってマスコミから守り、家の中へ通してくれた。

「仁美ちゃん、大丈夫だった？」

　出迎えた涼音の声には、不安がにじんでいる。

「守君が中へ入れてくれたから」

「よかった。さっきまでチャイム鳴りっぱなしだったんだけど、それも守君が止めてくれたみたい。仁美ちゃん……、あの……」

「ん？　なに、涼音、どうした？」

「ありがとう……、来てくれて」

「へ？　なによ、改まって」

「仁美ちゃん、私が困ってると、いつも助けに来てくれたから。子供のころからずっと」

相変わらず無表情だが、涼音の手は、細い首で光る仁美とペアのネックレスを押さえている。震える声に涼音の想いが溢れていた。

助けられているのは仁美も同じだ。忌引きが明けて高校へ行ったとき、クラスメイトは仁美をとても心配してくれた。けれど高二で家族を失う経験をしている子は決して多くない。亡くなり方が異常だったこともあるのだろう、皆、どう仁美と接していいのかわからず、明らかに戸惑っていた。多くは腫れ物に触るように仁美を遠巻きに眺め、親しくしていた友人たちは、仁美を励まそうと過剰に明るく振る舞う。ありがたいと思いつつ、仁美はそのテンションについていけず、疲れて学校を休みがちになった。友達は多いほうだと思っていたけれど、孤独だった。

そんなとき、涼音と修一郎の存在が、どれほど支えになり、救われたことか――。

「涼音、エリカちゃんは？」

「それが……、起きてくれなくて……」

「えっ⁉　まだ寝てんの？」

こんな騒ぎの中でと驚いたが、午前中だから、エリカにとってはいつものことだ。

「じゃあ、記事のことも知らないの？」

「うん。私もさっき三番目の父からの連絡で知って、読んですぐ起こしに行ったんだけど、最近は、お酒と一緒に眠れる薬も飲んじゃってるから全然ダメで……」

涼音のスマホを受け取り、仁美もその記事に目を走らせる。思わずため息が漏れたが、すぐに顔を上げた。

「涼音、もう一度、エリカちゃん、起こしに行こう」

仁美は涼音とともに二階へ上がり、エリカの寝室のドアをノックする。

「エリカちゃん、起きて！　エリカちゃん！」

「無理。そんなんじゃ起きっこないから」

涼音は部屋に入り、ベッドで眠っているエリカの身体を揺する。

「ママ、起きて！　大変なことになってるから」

うーんと不快そうな声を漏らし、エリカは布団を頭の上までたくし上げる。

「起きてったら！」

すっぽり被った布団を涼音に剝ぎ取られ、エリカはようやく薄目を開けた。

「ちょっとぉ、やめてよ。昨日も遅かったの、知ってるでしょ」

「ママのことが記事になってるの」

「はぁ？　なんで、私が？　ねぇ、なんか外、うるさくない？」

「だから記事のせいでマスコミの人が大勢来てるんだってば。さっきまでチャイム鳴らしてたでしょ」

「嘘。全然気づかなかった。涼音、とりあえず、煙草ちょうだい」

「ダメ、その前に、これ読んで！」

涼音はスマホの画面をエリカに突きつける。しぶしぶ受け取り、眠そうな目で文字を追ったエリカは仏頂面のまま、携帯をポンと投げて返した。

「あれ、仁美？　いたんだ？　サンキュ」

頭を掻きながらキョロキョロするエリカに、仁美はシガレットケースを差し出す。

エリカは煙草を一本抜いて火をつけ、紫煙を燻らせる。励まそうと、仁美は努めて明るい声を出した。

「エリカちゃん、大丈夫だよ」

ふーっと煙を吐き出しながら、エリカは気だるげに「ん？」と顔を上げる。

「誰がそんなデマ流したのか知らないけど、事実じゃないってわかれば、こんな騒ぎ、すぐに収まるはずだから」

「事実じゃないって？」

「だから……、えっと、博士との、なんだ、その、不倫ってやつ？」

「事実だったら？」

「事実だったらそりゃヤバいよ。もっと大騒ぎに……って、え？　エリカちゃん、事実じゃないよね？」

「事実だよ」

なんでもないことのように答えるエリカを、仁美はまじまじと見る。こんな状況にもかかわらず、この人はやはり美しかった。

「嘘……でしょ？」

苦し気な声を漏らしたのは、いつも以上に表情を失くした涼音だ。

「ママ、博士と不倫してたの？」

「ずっと前にちょこっとだけだよ。もう何年も前に終わってるし」

「ずっと前だって不倫は不倫じゃない。博士には奥さんがいるんだよ」

「しょうがないでしょ。拓《たく》ちゃん、急に死んじゃって、どうしていいかわかんなかったんだもん」

拓人《たくと》は涼音の父親の名だ。彼が亡くなった五年前、ふたりはそういう関係にあったということか。

「エリカちゃん、三番目の人と別れてここに帰ってきてから、博士とは？」

「なにもないよ。いい友達って感じ？　お店をはじめた当初は毎晩のように通ってきてくれてたし」

　友達と思っていたのは、エリカだけだったのだろう。博士のほうはおそらく未練があって、彼女の店に通い詰めていた。エリカにその気がないことがわかり、会長が猛アタックをはじめたから、博士は店へ行くのを控えたのではないか。

「エリカちゃん、博士に恨まれるようなことしてないよね？」

「は？　なに、それ、ウケる」

「ウケてないで答えて。博士はエリカちゃんを殺そうと思って、毒を入れたりしてない？」

　すっと真顔になって、エリカは細い煙草を灰皿で揉み消す。

「ありえない。あの人、頭はいいけど度胸ないから。そんなことができるタマじゃない」

　本当にそうか？

　だとしたら、警察はどうして博士を何度も事情聴取しているのだろう――？

　その答えは、意外と早くもたらされた。

　エリカと涼音のことが心配で、なかなか寝付けなかった仁美は、翌朝、修一郎からの電話で叩き起こされた。

「新聞、読んだか⁉」

「……はぁ？　勘弁してよ。修一郎くらいの天才になると、寝ながら新聞読めるわけ？」

「とっとと起きろよ、もう九時過ぎだぞ」

「無理。やっとさっき寝たばっかなんだからね」

　ようやく眠れたと思ったら、夢の中までエリカと博士が追いかけてきて、うなされた。なにも知らないお気楽な修一郎が羨ましい。

「ダメだ、死ぬほど眠い。用がないなら、切るよ」

通話を切ってから新聞がどうとか言ってたっけと思ったが、睡魔には勝てず、仁美は眠りの沼に引きずり込まれていく。心地よくあたたかい沼底にズブズブと沈みかけていた仁美の意識を引き戻したのは、地鳴りのようなどよめきだった。外でなにかが起きている。気になって重い身体を起こし、窓から覗くと、カメラやマイクを手にした報道陣が、二軒先の博士と夫人の家に殺到していた。昨日とは比べものにならないマスコミの数が、とんでもないことが起きていることを物語っている。


一気に覚醒し、ベランダへ出ようと窓を開け放ったとき、再び修一郎から電話がかかってきた。


「勝手に切るなよ、用があるから電話したに決まってるだろ」

サンダルをつっかけてベランダに出ながら、仁美は怒りを孕《はら》んだその声を遮る。

「今、なんか騒ぎが起きてるから、あとでかけ直す」

切ろうとしたスマホから「ちょっ、待て、待って！」と修一郎の焦りが伝わってきた。

「騒ぎって、二軒隣？」

「うん。博士の家の前に車が停まってて、マスコミが群がってる」

「それ、実況して」

「は？　実況？」

「車って、警察車両？　誰か乗ってる？」

「わかんない。普通の車だけど、中まで見えない……」

言葉の途中で喧騒がひときわ大きくなり、そこにいる人々の視線やカメラが博士の家の玄関に向いた。彼らの声が届いたのだろう、なにがあった？　と電話口から修一郎が食いついてくる。

「家から誰か出てくるみたい。ここからだと玄関見えないけど」

テレビで見たことのあるレポーターの女性が、「博岡さん！」と声をかけた。

「今の声、聞こえた？　博士か夫人が出てくるみたい」

だが、刑事らしき男に支えられるようにして、玄関から門扉へと続くスロープに現れたのは、体重が百キロを超えていそうなでっぷりと太った人物だった。上下とも薄汚れたスウェットをまとったその男は大勢のマスコミに怯えたのか、怪鳥のような奇声を上げ、ボサボサの頭を掻きむしる。呆然と見つめていた仁美の口から、言葉がこぼれた。

「……誰？」

「おい、なにがあった？　誰が出てきたんだよ？」

修一郎に訊かれても答えられなかった。

刑事と思われる人たちが暴れる男を押さえてなんとか車に向かわせる。太った男にマイクを向けるリポーターの声が響いた。

〝博岡さん、博岡聡介さんですよね？〟

「は？　んなわけないじゃん。聡介君はアメリカだし、っていうか、全然別人だし」

そうつぶやく仁美の眼下で、他のリポーターも男に「聡介さん」と声をかける。

〝聡介さん、いつからこの家にいたんですか？〟

「だから、聡介君じゃないって」と、突っ込む仁美の耳朶を、修一郎の声が打つ。

「仁美、動画！　動画撮って」

仁美は男が車に乗せられていくところを慌ててスマホで撮影する。逃れようと暴れた男が振り返った際、怯えた瞳がこちらを向いたが、やはりどこにも聡介の面影はない。だが、だとしたら、博士と夫人の家から出てきたこの太った男は誰だろう？

車が見えなくなるまで撮影し、仁美はすぐにその動画を修一郎に送った。そして、電話が待ちきれず、こちらからかけた。

「見た？」

「見た」

「聡介君の要素、一ミリもないよね？」

「だな」

「ってことは、これ、誰？」

「聡介君だろ」

「は？」

淡々と答える修一郎に、苛立ちが募る。

「動画見たんだよね？」

「だから、見たって」

「あのキモいおっさんが聡介君なわけないでしょ。今、聡介君の要素一ミリもないって言ったばっかじゃん。それに、聡介君はアメリカにいるんでしょ？」

「いや、別人レベルの衝撃的な変貌を遂げているけど、あれは聡介君だ。今朝の新聞を読めばわかる」

仁美は階段を駆け下り、いつもどおり食卓の上に置かれた地方紙を開く。かつて琴子が勤めていた新聞社のものだ。

記事はすぐに見つかった。というよりも、衝撃的なタイトルが目に飛び込んできた。

『毒入りしるこ事件、住民も知らない百九人目の関係者』

「……なに、これ？」

紙面にざっと目を走らせ、理解できずにもう一度最初から読む。それでも、顔を上げた仁美は再び同じ言葉を繰り返した。

「なに……、これ？」

読み終わるまで待っていてくれたらしく、スマホから修一郎の声がした。

「百九人目の関係者は、博岡聡介だ。音無さんがにおわせていたろ」

「嘘、琴子さん、そんなこと言ってなかったよ」

「彼女は僕らに聡介君のことを根掘り葉掘り訊いたよね。僕に、察していると思っていたって言ったのは、そういうことだったんだ」

「で、でも、聡介君はお祭りに来てない」

「ああ。でも自分で手を下さなくても、人を使ってやらせることはできた」

「……博士と夫人？」

「それで警察は彼らをマークしていたんだろうな」

記事によると、事件後、現場に駆けつけた新聞社のカメラマンが撮影した現場周辺の写真の中に、気になるものがあったという。それは公園に隣接する博岡宅の二階の窓から、現場検証を行う刑事たちの様子を眺める人影だった。一見なにもおかしくはなかったが、この家の住人と照合してみたところ、その太った男の影が、やせ型の博岡聡とも女性である華子とも合致しない。近所で聞き込みをしても、博岡家は夫婦二人暮らしで、一人息子はもう十年以上前に家を出て、現在はアメリカで働いているという。

では、この男は誰だということになり、写真を拡大して卒業アルバムの写真と照合したり、勤務先に問い合わせるなどして調べる過程で、博岡聡介について様々なことがわかったそうだ。

幼い頃から神童と呼ばれ、東大の大学院を卒業し、最大手のＩＴ企業に入社してアメリカでバリバリ仕事をしていたはずの博岡聡介は、就職したところまでは本当だが、仕事で成果が出せず人間関係にもつまずいて、一年足らずで会社を辞めたらしい。

その後、アメリカの企業に再就職したのかと調査をしたがそのような事実はなく、博岡聡介は日本を出国すらしていなかった。

つまり、就職して人生初の挫折を味わった聡介はその直後に実家へ逃げ帰り、そのまま引きこもっていたのではないかと、取材した記者は結んでいた。

それが事実だとすると、聡介はあの事件が起きた祭りの日だけでなく、もう十年近くずっと自宅に引きこもっていたことになる。

「十年も前から聡介君が二軒隣の家に引きこもっていたなんて、そんなのありえないよ」

「確かに信じられないけど、引きこもりの長期化は社会問題になってる」

「でも、引きこもりっていじめとかにあった子供がなるものじゃないの？　聡介君、もう三十代後半のはずなのに……」

十年前、町中で息子の自慢をしまくっていた博士と夫人は聡介が戻ってきたことを誰にも、会長にさえも知らせることができなかったのだろうか。

きっと初めのうちは、少し休めば新たな職に就いて活躍すると信じていたはずだ。なにせ聡介は誰よりも優秀だったのだから。少なくとも、その後十年間も引きこもることになるとは、誰も想像できなかったに違いない。

仁美の記憶の中にある将来を嘱望されていた大学院生だったころの聡介と、さっきの醜く太った中年男は少しも重なるところがない。

けれど、住民も知らない百九人目の関係者は、博士と夫人の一人息子、博岡聡介だったのだ――。

それ以降、聡介は堕ちた神童として週刊誌やテレビのワイドショーなどでも取り上げられ、世間を騒がせた。

十年を超える引きこもり生活で聡介は徐々に精神を病み、あの日、自宅の目の前にある公園で行われた秋祭りがうるさいとキレて、やめさせてこいと両親に怒りをぶつけたという。それは無理だと博士が説得しようとしたが、聡介は聞く耳を持たなかった。祭りをめちゃくちゃにして中止させるか、このやかましさで俺の頭が割れるか、どちらかだ。おまえらは俺が死ぬことを望んでいるのかと暴れて、夫人を殴りつけた。博士も息子の暴力を止められず、祭りをぶっ壊すまで帰ってくるなと家から叩き出され、あの日、ふたりはメーメー公園へ来たらしい。

半年前にも聡介は近所の飼い犬の鳴き声がうるさくて頭が割れると怒り狂い、ネットで農薬を購入し、夫人に命じて毒物入りの肉を犬に食べさせたという。近所の犬が怪死したのは、彼のせいだったのだ。

これまで夫人に暴力を振るっていたのも、博士ではなく息子の聡介だったと報じられ、やはりあの温厚な博士が夫人を痛めつけていたわけではなかったのだと、仁美は腑に落ちた。

夫人は仕事に適応できずに逃げ帰ってきた聡介を庇い、悪いのは彼の力を引き出せなかった会社のほうだと決めつけて、それまで以上に一人息子を甘やかしたらしい。息子にべったりで子離れできていなかった夫人は、また聡介と一緒に暮らせることをどこかで喜んでいたのかもしれない。

彼女の過剰な愛情が聡介の引きこもりを長引かせ、家庭内暴力へと発展させ、ひいては毒しるこ事件を引き起こしたのだと、小さな町はその話題で持ち切りとなった。

九

三回目の集会に、仁美ははじめて父、仁とともに出席した。

集まった住民の数は今までで一番多かったけれど、そこには前回感じたギリギリまで引き絞った弦のような張り詰めた空気は流れていない。

町内会館に並んでいるのは、どこか安堵したような住民の顔だった。

もとの穏やかな生活にすぐに戻れるわけではないけれど、とにかく犯人が捕まった。もう農薬の入ったおしるこを食べさせられることはない。

終わりの見えない恐怖と緊張をずっと強いられてきた人々の気持ちがようやくホッと緩んだようだった。

その中に警察に連れて行かれた博岡家の三人の姿はもちろんない。そして、あの記事の影響だろう、エリカと涼音も来ていなかった。

壇上に立った会長は一同を見渡し、開口一番、博岡聡の辞表を受理したと告げた。

「縁が切れたとはいえ、事件当時、博岡が我が成富建設の副社長であったのは事実で、博岡がわしや守に聡介のことを相談してくれてさえいれば、こんなことにはならなかったのにと慚愧《ざんき》の念に堪えない。いや、本来ならわしが博岡の家の異変に気づいて、聡介が事件を起こす前に手を打たなければならなかった。わしの不徳の致すところだ。今回の事件で家族を亡くした真壁家、岸田家、景浦家、そして、不安と恐怖の中で生活しなければならなかったここにいるみんなに心から詫びたい。本当にすまなかった」

深く頭を下げた会長に、住民たちは驚き、慌てて声を上げる。

「会長のせいじゃねぇって」

「そうだよ、あんたも孫を殺されかけた被害者じゃないか」

「頭を上げてくれよ、会長」

「私たちだって、誰もあの家のことに気づけなかったんだ。そんなこと言ったらこれはみんなの責任だよ」

　皆、会長に同情的で、彼を責める人間はひとりもいなかった。この町には成富建設で働いている人間が多いし、そうでなくても会長や彼の会社からなんらかの恩恵を受けている者がほとんどだ。

「いや、会長は悪くないけど、みんなの責任ってのも違うだろう。悪いのは博岡と夫人だ。あいつらが息子をちゃんとしつけてさえいればこんなことにはならなかったんだから、責任はすべて親が取るべきだ」

　強い口調でそう言い切ったのは、和菓子屋こやぎ庵のおじさんだ。

「確かに、そのとおりだな」と乗っかったのは、前回つかみ合いの喧嘩をしかけた蕎麦辰の店主だった。

「俺が博岡なら家も土地も売って全財産を被害者遺族とこの町に捧げて腹を搔っ切るね。そんなことされたって怒りはおさまらねぇが、この事件がこの町に与えた損失は計り知れない。やつらのせいで、ここは呪われた町って呼ばれるようになっちまったんだからな」

「そうだよ、ここの出身ってだけで、子供や孫がいじめにあうかもしれないんだぜ」

「移住者を募ったって、これだけ悪いイメージがついちゃ、もう誰も来ないだろうしな」

「博岡と聡介は、当然死刑になるんだよな？」

　尖った声で恐ろしいことを言い放ったのは、やはりこやぎ庵だ。

「そりゃ、そうだろ。四人も殺してるんだから」と、また蕎麦辰が応じる。

「だよな。それは当然として、実際に手を下していない夫人はどうなる？　すぐに出所して、この町に戻ってくるんじゃねぇだろうな？」

「冗談じゃねぇよ。もし戻って来ても、うちの店の蕎麦は二度と食わせねぇ。おい、八百作さんよ、あんたんとこに買い物に来たらどうするよ？」

「え……、うち？」

　町に一軒だけのスーパー八百作のおじさんは突然の指名に口をもごもごさせる。

「まさか、犯罪者に食料を売ってやる気か？」

「あ……、いや、その、うちだって、そりゃ、買い物してほしくはないけど……」

「ちょっと待ってくれ」と、さすがに会長が止めに入ったが、蕎麦辰の暴走は止まらない。

「もしかしたら、音無のばあちゃんを崖から突き落としたのも、聡介なんじゃねぇか？」

「ありうるな。他にそんなことするやつ、ここにはいねぇんだからよ」

　あんなに太った男が町を歩いていたら人目につかないはずがないし、そもそもあの体では夜鬼山へ登ることなどできないだろう。にもかかわらず、多くの住民が頷いて賛同し、ウタを殺害しようとしたのも聡介だと本気で思い込んでいるように見えた。

　彼らの顔からはここに来たときに浮かんでいた安堵の表情が消え、嫌悪と怒りが綯い交ぜになったような形相で、ここにいない博岡家に対し、口々に悪罵を吐く。

「正直、俺はもともとあの家族、虫が好かなかったんだ。ちょっと頭がいいからって博岡は偉そうだし、女房も気取りやがっていつも上から目線だしよ」

「俺もだ。息子がああなっちまったのもあいつら、親の責任だろ」

　同意する声が上がる中、ひとりの女性が「でもさ」と顔をしかめる。

「……夫人も、ちょっと気の毒なんじゃない？」

「気の毒？　なに言ってんだよ、気の毒なのは家族を殺された仁美たちだろ」

「それはもちろんそうだけど、夫人が息子にべったりだったのは、だんなとうまくいってなかったからじゃないの？　浮気されてたんでしょ？」

「言えてる。悪いのは博岡さんだよ。こんな狭い町で不倫するなんてさ」

「でもよ、それはしょうがないんじゃねぇの。相手が相手なんだから。毎日、夫人の顔見てうんざりしてるとこに、あれだけの美女が現れたら、そりゃ行っちゃうだろ、男は」

「ちょっと、あんた、あたしの前でよくそんなことが言えるわね！　あんたもあの女とデキてんじゃないでしょうね？」

近所のおじさんとおばさんがヒートアップし、夫婦げんかが勃発しそうになる。

「バカ、なに言ってんだよ。俺なんか、エリカちゃんに相手にされるわけないだろ」

「えっ⁉」と驚く父の声が、思いのほか大きく響き、周囲の人間がこちらを振り返った。

「なによ、仁先生、知らなかったの？　ここのとこ、その噂で持ち切りだったじゃない」

「そうそう、博岡さんとエリカさん、いい仲だったんですってよ。ホント夫人が可哀想」

「やめましょうよ、そんな根も葉もないデマを流すのは」

エリカを庇おうとした父を、おばちゃんたちが含み笑いでからかう。

「あら、ちょっと、仁先生まであの女にたぶらかされちゃってるんじゃないでしょうね」

「週刊誌にちゃんと書いてあるんだから。仁先生、あとで貸してあげるわよ」

「週刊誌なんて、デタラメばっかりじゃないですか。そんなの事実とは限りませんよ」

「仁先生、あんな泥棒猫の肩を持っちゃダメよ。痛くもない腹を探られることになるわよ」

「あれ、そういえば……」と、八百作のおじさんが口を挟んだ。

「仁先生、この間、エリカさんの家から出てきたよね？　確か……、ああ、そうだ、最初にここで住民集会が開かれた日だ」

　景浦家の近所へ配達に行き、そこから集会に向かう途中で父を見たという八百作の言葉に、

「ああ、それは……」と、短い間ののち、父が口を開く。

「仁美からエリカさんが酒……、あ、いや、体調があまりよくないって聞いて、それでちょっと寄らせてもらっただけですよ」

「やだ、仁先生、あの女のところにだけはひとりで訪問診療なんてしないでちょうだい。危ないわ。相手が妻帯者だろうが、見境ないんだから、先生も襲われちゃうわよ」

　吊るし上げのターゲットが、博岡家からエリカに移り、今度はおばちゃんたちがこぞってエリカを糾弾する。あれだけ彼女にご執心だった会長も、博士との関係を知って気持ちが冷めたのか、庇おうとすらしない。可愛さ余って憎さ百倍の境地なのかもしれない。このままでは、エリカと涼音もこの町で暮らせなくなってしまう。焦った仁美は、おばちゃんたちに訴えた。

「でもエリカちゃんがそんなことしたのは、いや、してたと仮定してってことだけど、涼音のパパが亡くなって不安でたまらなかったときでしょ。だったら、仕方ないんじゃ……」

「仁美、なら訊くけど、仁先生が亡くなったとして、千草さんがそんなことしたと思う？」

……いや、母なら、絶対にしなかったろう。

「やめてください。子供にする話じゃないでしょう。それに、今の仁美にそんなたとえ……」

つらそうに顔を歪める父に、おばちゃんも我に返ったようにハッとし、頭を下げた。

「ごめん、無神経なこと言っちゃって……」

「もうそのへんにしときましょうよ」

そう言って立ち上がったのは、会長の息子の守だった。

「エリカさんは犯罪者ってわけじゃないんだから」

「そうだよな、彼女だって子供を亡くした被害者なんだし」

「守社長の言うとおりだ。犯人は博岡親子なんだから」

守に追従するおじさんたちの言葉に、「そうなのかな？」と、修一郎が疑問を呈した。

「なにがだ？」

守に問われた修一郎に、住民たちの視線がいっせいに集まる。

「博士と聡介君が本当に犯人なのかなって」

「は？　どうした、修一郎、彼らは逮捕されたじゃないか」

「逮捕って、別件逮捕でしょ」

「聡介も夫人も認めてるんだぞ。農薬を使って犬を毒殺したことを」

「犬だけですよね。人を毒殺したことは認めていない」

「まだな。それを認めたら死刑だってわかってるから、簡単には認められないんだろ。でも、時間の問題だよ。日本の警察は優秀だからな」

「いくら優秀でも、状況証拠だけで逮捕できるのかな」

「三人を別々に事情聴取して話の食い違いやほころびを執拗に追及し、刑事は犯人を落とすんだよ。夫人あたりが耐え切れずにもうゲロっちゃってると思うぜ」

守のそばにいた自警団メンバーで唯一の中学生、武蔵も、彼の言葉に巨体を大きく揺らし、うなずいている。

仁美と修一郎は、罰ゲームでかすみに告白させられたと流星から聞いたのち、武蔵を呼び出し、なぜそんなことをさせたのか問い詰めた。武蔵は命令したことは認めたが、悪ふざけでやってしまったことで、流星とかすみを選んだことに意味はないと言い、今は自警団の仕事にやりがいを感じているから、そんなバカなことは二度としないと詫びた。

確かに武蔵は自警団の活動に熱心で、最近は小学生を子分のように引き連れている姿を見ることはなく、代わりに自分が守の子分であるかのようにいつも彼に付き従っている。

今も守に歯向かう修一郎にいくらか敵意を孕んだ視線を向け、武蔵は低く野太い声をぶつけた。

「守さんの言う通り、博士たちが犯人に決まってるんだから、変なこと言わないでくださいよ、修一郎君」

「ああ、そうだ、そうだ」

「消去法で考えたって、他にそんなことするヤツ、この町にはいねぇんだから」

守と武蔵に加勢するおじさんたちに、修一郎は冷ややかに言い放つ。

「ついこの間まで、消去法で、犯人は音無のばあちゃんだって言ってたじゃないですか」

痛いところを突かれたおじさんたちは、「いや、それはさ……」と口をもごもごさせたが、なにも言い返せず気まずそうに目を伏せた。

修一郎がちらと向けた視線の先には、琴子がいる。気づいた周りの人間が居心地悪そうにする中、琴子は表情を変えず、ただ黙ってなにもない宙を見つめていた。

その晩遅く、仁美は階下の物音で目が覚めた。

泥棒かと驚き、急いで父の部屋へ向かったが、ベッドはもぬけの殻だ。足音を忍ばせ、階段から様子を窺うと、紙袋を手に玄関を出ようとしている父の姿が見えた。

もう深夜零時を過ぎているのに、こんな時間にどこへ……？

パジャマ代わりのスウェットのまま、仁美は父の後を追い、外へ出る。

人通りのない深夜の町で素人の尾行が成功するとは思えなかったが、気づかれることなく、父の行き先を突き止めることができた。しかし、なぜここに？　という驚きが、仁美を動揺させる。

周囲に人影がないか確認してから門扉を開け、父が入って行ったのは、二軒隣の博岡家だった。灯りのついていない玄関のドアを父が静かに叩くと、ドアはすぐに中から開いた。その隙間に体を滑り込ませようとした父は、再度用心深く人目がないか背後を振り返り、ビクッと体を硬直させた。月明りの下に立つ仁美と目が合ったからだ。

「……なにしてるんだ？」

ごくごく小さな声で問いかけてきた父に、仁美は呆れる。

「それは、こっちのセリフでしょ。お父さんこそ、なにやってんの？　ママを殺したかもしれない人の家……」

シッ！　と口の前に人差し指を立て、父は仁美の言葉を遮った。

「あとで話すから、とにかく帰れ」

「イヤだ」

仁美が博岡家の玄関に歩み寄ると、父は困ったように顔を歪めたが、隣の家の玄関に灯りが点ったのを見て、仁美を中へ引き入れ、急いでドアを閉めた。

上がりかまちにペタンと座り込んでいた人影に、仁美は悲鳴を上げそうになり、また「シッ！」と父に睨まれる。

真っ暗な家の中、光源は彼が手にした懐中電灯だけで、その灯りに浮かび上がったのは、げっそりとやつれた博士の顔だった。

「え？　なに、これ？　どうして博士がここに？　脱走したの？」

「バカなこと言うんじゃない。博岡さんは任意同行に応じただけで、犬殺しに関わっていないから、逮捕なんてされてない」

声を潜めて仁美を叱ってから、父は博士に顔を向ける。

「娘がついてきちゃって、すみません」

疲れきった博士の顔が、かすかに左右に揺れた。

「博岡さん、これ、よかったら……」

父が差し出した紙袋の中には、栄養調整食品や果物などがぎっしりと詰め込まれていた。

「仁先生……」

目を潤ませ、博士はなにか言いかけたが、それ以上言葉が出てこない。

「どうして？　なんで、お父さんがこんなことを？」

仁美は憮然とした表情を父に向ける。

「博岡さんが店に買いものに行ったらどうなるか、今日の集会に出てればわかるだろ」

「だからって、どうしてお父さんが？　意味わかんないんだけど。だって、ママは聡介君に……」

「仁美ちゃん、違うんだ」

消え入りそうな弱々しい声で、だが、はっきりと博士は言った。

「聡介をあんなふうにしてしまったのは私たちの責任だ。だが、あの日、聡介は毒を入れてこいなんて一言も言ってないし、私も妻もそんな恐ろしいことはしていない。できるわけないじゃないか」

「嘘よ、犬には毒を飲ませたんでしょ？」

「それは……」

額が床に着いてしまうほど、博士は深く頭を垂れた。

「……知らなかったとはいえ、本当に申し訳ないことをした。お詫びのしようもない。妻もひどく後悔していたんだ。だから、おしるこに毒なんて入れられるはずがない。どうか、信じてほしい。どうか……」

　ボロボロと涙を流す博士の姿に、仁美は胸を衝かれ、なにも言えなくなってしまった。


「こんなことをしているのが誰かにバレたら、今度はお父さんが吊るし上げられるよ。それでもいいの？」

　自宅に戻るや否や、仁美は不安を父にぶつけた。

「仁美は博岡さんを放っておけっていうのかい？」

「別にうちがやらなくても……」

「誰かがやってくれるとでも？」

　なにも答えられない仁美を、父はじっと見つめる。

「確かに、バレたら仁美にも迷惑がかかるかもしれない。だけど、お父さんは間違ったことはしていない、だろ？」

「それ、本当？」

「なにがだい？」

「お父さん、本当に間違ったことしてない？」

「どうしたんだ、仁美？」

「今日の集会で、お父さん、嘘ついたよね？」

「……え？　嘘なんて、ついてないよ」

　答える父の目がわずかに泳いだ……ような気がした。

「ついたよ。お父さん、なんでエリカちゃんの家に行ったの？」

「それは……、仁美が言ったからじゃないか。エリカさんがお酒を飲み過ぎてるみたいで心配だって」

「言ったけど、そう言ったのは、あの最初の集会から帰った晩だよ。お父さんがエリカちゃんのところへ行ったのは、集会の前でしょ？　仕事が忙しいから集会には行けないって言ったのに、エリカちゃんとこに行って、帰ってきてから、私の話を聞いたんだよね？」

「……え？　違うはずだよ。お父さんは仁美から話を聞いて、それで景浦さんのお宅へ……」

「さっき、集会で八百作のおじさんがはっきり言ってたじゃない！　最初の集会に来る途中で見たって」

「いや、さっきはみんなヒートアップしてたから、そんな細かいことまで突っ込まないほうがいいと思ったけど、八百作さんが勘違いしてるんだよ」

「本当に？」

「どうしたんだ、仁美？　そんなことで嘘をついたってしょうがないだろ。いろいろあったから、仁美も神経が立ってるんだ。今日はとにかく早く寝たほうがいい。ホットミルクでもつくろうか？」

「いらない」と、仁美は顔も見ず、つっけんどんに父の申し出を断った。

　父のつくるホットミルクはただレンジで牛乳をあたためただけの代物だ。

　眠れない夜、母はいつも弱火にかけたミルクパンをスプーンで丁寧にかき混ぜながら、生姜とほんの少しのハチミツを入れて、ホットミルクをつくってくれた。仁美がなにも言わなくても、落ち込んでいるときはマシュマロを足し、ダイエット中はシナモンを入れて。

　仁美が今飲みたいのは、母がつくるホットミルクだ。母が仁美のためにつくってくれるホットミルクが、今、無性に飲みたかった。

そんな騒ぎがあったせいで翌朝は寝坊してしまった。寝癖がついたまま制服姿で自転車にまたがったが、家の敷地を出たところですぐにブレーキをかけた。

二軒隣の博岡家の前に、またマスコミが群がっていたからだ。すぐさま昨夜の博士の様子が脳裏に蘇り、なにかあったのかと案じたが、彼らが撮影しているのは人ではなく、壁だ。

博岡家をぐるりと囲む白い壁に、赤や黒の毒々しいペンキで派手に落書きがされていた。書き殴られた言葉に、仁美は息をのむ。

『人殺しの家』『鬼畜』『毒飲んで死ね！』

いったい誰がこんなことを――？

呆然と見つめる仁美の耳に、リポーターの女性の声が響いた。

「ご近所の方にお話を伺いたいと思います。すみません、この落書き、どなたが描いたんでしょう？　この町の住人の方だと思われますか？」

慌てふためいて自転車を方向転換させた仁美の背後で、それに答える男の声がした。振り返ると、報道陣の影に、壁の落書きを消している守の姿があった。今の質問は自分にではなく、守に向けられたものだったのだ。安堵の息を吐き、仁美は急いでその場を離れた。

「ねぇ、仁美、今朝、テレビに出てた守って人、知り合い？」

教室に入るなり、それほど仲が良くない女子に声をかけられ、仁美は驚く。

「えっ？　守って、成富守君のこと、かな？」

「あの人、ヤバくない？　毒殺犯の家の落書き消してあげるなんて、超優しい」

朝の情報番組ですでに彼の映像が流れたらしく、他の女子からも守について尋ねられた。彼女たちの興味の対象は、犯罪者にまで優しい気遣いを見せる細マッチョなイケメン社長であって、まだ毒殺犯と決まったわけでもない博士の家が落書きされた事実については、誰ひとり関心を持っていなかった。

放課後、まっすぐ自宅に帰る気になれず、仁美は涼音の家に寄る。

エリカと博士の不倫が週刊誌で報道されて以降、中学を休みがちになっていた涼音は、その日も家にいて、かすかに口角を上げ、仁美を招き入れてくれた。口の端の上がった角度はほんの少しだけれど、それでも、涼音が喜んでくれていることが伝わってくる。

「あれ？　今日、エリカちゃんは？」

「それが……、いつの間にか出かけちゃったみたいで」

携帯にも出ないと聞いて仁美は気をもんだが、涼音にとってはいつものことらしく、あきらめたように息をもらす。

「仁美ちゃんが心配して来てくれたのは、この間の集会であの人がいろいろ言われたからでしょ？」

「知ってたの？」

「修一郎君に教えてもらった。気をつけたほうがいいって」

「そっか。エリカちゃんもそれ知ってるの？　知ってて出かけたの？」

「うん。でも、なにも感じてないみたい。博士との不倫が町中に知られていたら、普通は恥ずかしくて外なんか歩けないと思うけど、あの人には羞恥心とかないから」

優しい涼音がかなり辛辣な口を利く。彼女自身もこの騒ぎで相当まいっているのだろう。

「よりによってどうして博士とって思う。怜音と萌音を殺した人だよ」

その一言で、博岡家の惨状を思い出した。

「涼音、ごめん、ちょっとテレビ見ていい？」

断ってチャンネルを報道番組に合わせると、ほどなくして朝見た博岡家の外観が映し出された。

「なに、これ……？」

ほとんど表情を変えない涼音も、驚いて顔をしかめる。

「昨日の夜はなんにも書いてなかったのに、朝学校行くときにはこうなってた」

「誰がこんな落書きを？」

涼音の声に、朝、仁美が聞いたリポーターの質問が重なる。テレビ画面の中の守は、壁の落書きを消す手を止めることなく、きっぱりと答えた。

「この町の住人が、こんな落書きするわけないでしょ。最近、面白半分にこの町を見に来る人たちがいる。この間も夜中にバイクを連ねて来た連中がいたんで、注意したばかりだ。落書きをするとしたら、人の痛みのわからないそういう人たちなんじゃないですか」

そう言い切る守を見つめながら、涼音がつぶやく。

「本当にそうなのかな？」

守が言うとおり、外部の人間の犯行であってほしい。でも……。

仁美は黙って首を振る。たぶん、違う、と。

だって、まだ守の手が届いていない壁に、赤い文字ででかでかと書いてあるから。

『ここから出て行け』——と。

博士、大丈夫だったかな……。

思いが口に出ていたらしく、涼音がこちらを見た。

「どういうこと？」

「あ……、うん、博士、あの家に帰ってきてたから」

昨夜、父が訪ねて差し入れをしたことを話すと、涼音はかすかに目を見開いた。

「仁先生、どうして……？　千草おばさんを殺した人たちなのに……」

「聡介君はそんなこと命じてないって、だから農薬も入れてないって、博士が言ってた」

「仁美ちゃん、それ、信じるの？」

「わからない。でも……」

嘘をついてるようには見えなかったのだ。

テレビに目をやると、画面が陰惨な落書きをされた博岡家から、愛らしいキャラクターが歌い踊るディズニーランドへといつしか切り替わっていた。

東京に遊びに行ったとき、涼音の二番目の父親にディズニーランドへ連れて行ってもらったことがある。三、四年前のことなのに、もうずっと昔のことのような気がした。

「楽しかったね、ディズニー」

気分を変えたくてそう言ってみたけれど、声が届かなかったのか、涼音は疲れた顔でボソッとつぶやいた。

「いったい、いつまで続くんだろう……」

みんな、限界ギリギリまで追い詰められている。だから一日も早く終わりにしたくて、博士と聡介の逮捕を待ち望んでいる。

陰惨な日常が一瞬にして夢の世界に切り替わったらいいのに、現実は陰惨なままだらだらと続いていく。


「仁美、起きなさい！」

その晩、深い眠りに落ちていた仁美は、体を揺する手を無意識に振り払った。

「仁美、起きるんだ！」

無理やり腕をつかまれて引き起こされ、不機嫌極まりない声が出た。

「なによ、今、何時？」

「火事だ」

一瞬、父がふざけているのかと思った。だが、消防車のサイレン音が近づいてくる。

「えっ、本当に火事？」

「早く！」

父は仁美の腕をつかみ、そのまま階段を駆け下りる。その間、炎はもちろん煙らしきものも見えないし、異臭もしなかった。

「火事って、どこが燃え……？」

玄関から外へ連れ出された瞬間、その答えが眼前に現れた。燃えているのは二軒隣の博岡家だ。

父はすぐさま集まった近所の人たちの中に博士の姿を探す。

「博岡さん！　博岡さん、いませんか⁉」

隣の家のおじさんがそんな父の腕をつかんで制する。

「仁先生、博岡さんがここにいるわけないじゃない。警察に留置されてるはずだろ」

その手を振り払い、父は消防隊員に駆け寄り、訴えた。

「中に男性がいるはずです。助けてください！」

炎は壁を舐めて広がり、家を呑み込もうとしていた。

十

『毒入りしるこ事件関係者宅が火事　放火か⁉』

センセーショナルなテロップとともに、燃える博岡邸の様子がテレビで繰り返し報道され、仁

郵便はがき

料金受取人払郵便

牛込局承認

7395

差出有効期間
2023年6月
1日まで

162−8790

新宿区東五軒町3−28

㈱双葉社

文芸出版部 行

ご住所	〒		
お名前	（フリガナ）	☎	
		男・女　　歳	既婚・未婚
職業	【学生・会社員・公務員・団体職員・自営業・自由業・主婦(夫)・無職・その他】		

ご購読ありがとうございます。下記の項目についてお答えください。ご記入いただきましたアンケートの内容は、よりよい本づくりの参考とさせていただきます。その他の目的では使用いたしません。また第三者には開示いたしませんので、ご協力をお願いいたします。

書名（　　　　　　　　　　　　　　　　　　　　）

●本書をお読みになってのご意見・ご感想をお書き下さい。

※お書き頂いたご意見・ご感想を本書の帯、広告等（文庫化の時を含む）に掲載してもよろしいですか？

1. はい　　2. いいえ　　3. 事前に連絡してほしい　　4. 名前を掲載しなければよい

●ご購入の動機は？

1. 著者の作品が好きなので　　2. タイトルにひかれて　　3. 装丁にひかれて
4. 帯にひかれて　　5. 書評・紹介記事を読んで　　6. 作品のテーマに興味があったので
7.「小説推理」の連載を読んでいたので　　8. 新聞・雑誌広告（　　　　　　　　）

●本書の定価についてどう思いますか？

1. 高い　　2. 安い　　3. 妥当

●好きな作家を挙げてください。

（　　　　　　　　　　　　　　　　　　　　）

●最近読んで特に面白かった本のタイトルをお書き下さい。

（　　　　　　　　　　　　　　　　　　　　）

●定期購読新聞および定期購読雑誌をお教えください。

（　　　　　　　　　　　　　　　　　　　　）

美は胸が苦しくなる。

昨夜、燃えさかる炎は隣家の壁をも焦がし、一時は二軒先の仁美の家にまで回るのではと危ぶまれたが、消防隊員の迅速な消火活動によって延焼は免れた。

父の訴えを聞いて助けに飛び込んだ勇敢な隊員のおかげで、博士は救出された。

だが、画面の中のアナウンサーは、病院に搬送されたものの、博士は現在意識不明の重体だと報じている。

火元となった一階の和室の窓が割られており、放火の疑いが極めて高いらしい。

リポーターからマイクを向けられた住民たちは、放火だとしても、この町の住人ではなく、外部の人間の仕業だと口々に訴えている。

だが、本当にそうだろうか。

集会で博岡家を非難し、この町から排除したいと願っていた誰かが、火を放った可能性もあるのではないか。

自分たちはおしるこに農薬など入れていない、信じてほしいと懇願する博士の姿が脳裏によみがえり、仁美は苦い思いとともに深い息を吐いた。

こんなときくらいそばにいてほしかったのに、父は今朝もいつも通り病院へ出かけた。

「眠れてないんだから、仁美は学校を休んで寝ていなさい」と言いおいて。

確かに昨日の深夜、火事だと叩き起こされてから、一睡もできていない。

でも、マスコミの人間がコメントを求めてひっきりなしにチャイムを鳴らす中、眠れるわけなどないではないか。

それに、家の中がひどく臭い。どこから入り込んだのか焦げ臭い異様な臭いが今も強く残っていて、消臭スプレーをいくら撒いても消えず、仁美は途方に暮れる。

ママがいてくれたら——。

事件以来、何度思ったかしれない叶わぬ願いをまた胸の中でつぶやいてしまう。手は無意識に、母がくれた涼音とペアのネックレスを握りしめていた。

きれい好きだった母なら、この悪臭の対処法も心得ていて、てきぱきと消してくれたのではないか。なにかを手伝ってとお願いされるたび、いつも文句をたれて嫌々やっていたけれど、今なら喜んで母に従う。

家がきれいなのは当たり前だと思っていたが、キッチンの流しもトイレもすぐ汚れるし、風呂場にはカビが生え、部屋の床は驚くほどの早さでホコリが溜まる。母が毎日どれほどの時間と労力をかけ、家族のために快適な空間をつくりあげていたのか、失って初めてわかるなんて……。

どうにも気持ちが沈んでしまい、仁美はベッドに倒れ込んだ。さすがにあきらめたのか、チャイムが鳴らなくなったから、臭いを我慢して寝てしまえば少しは楽になるかもしれない。だが目を閉じると、眼裏《まなうら》には赤く燃え上がる博士の家が浮かぶ。誰かが火のついた紙切れを投げ込むだけで、この家だっていとも簡単に炎に呑まれてしまう。

恐る恐る覗いた窓から裏口に走り込んでくる人影が見え、心臓が大きく跳ねた。だが、大きな荷物を抱えたその人物は、博士の家の火事を知り、心配して来てくれた涼音だった。

仁美の無事を確認する涼音に、亡き母の姿が重なる。困っている仁美のために、母が涼音を遣わしてくれたのではないか。ジンと胸が熱くなったが、涼音は感傷に浸る暇を与えてくれず、腕まくりしながら言った。「仁美ちゃん、脚立どこ？」

脚立を手に二階に上がるや否や、涼音はカーテンを外し、仁美にはシーツや枕カバーを洗濯するよう指示する。

「この臭い、なかなかとれないんだよね」

そう言って大きな袋から取り出した洗剤と雑巾で、涼音は網戸を拭き始めた。東京でエリカが煙草でボヤ騒ぎを起こし、強烈な臭いが残ることを知っていたのだという。

洗濯機に寝具を放り込んで戻った仁美は、涼音と並んで窓を拭く。その後も天井や壁を一心に拭き掃除していった。てきぱきと働く涼音に倣ってなにも考えず身体を動かしていると、自分の中に渦巻いていたどろどろした不安や恐怖といった負の感情が汗と一緒に流れ出ていくような気がした。床を磨きながら、自然と言葉がこぼれる。

「涼音、ありがとう。来てくれて本当に助かった。昨日の夜は修一郎も来てくれたし」

心配して駆け付けた修一郎も消火活動中の博士の家を見て呆然としていた。でも、すぐに辺りを見回しそこにいる人物を確かめ、自分が来る前からいたのは誰かと尋ねてきた。

「放火犯は現場に戻るって言うから、かな?」

「涼音、修一郎の考えてることよくわかるね。言われて必死に思い出したけど、いたのは近所の家から飛び出してきた人たちや、自警団の守君や武蔵で、あそこにいて不自然な人はいなかったんだよね。こやぎ庵や蕎麦辰のおじさんみたいなさ」

彼らは集会で死刑だとか切腹しろとか言って博士を排除したがっていた。しかし、修一郎は彼らは博士が家にいることを知らなかったのではないかと話す。

確かに父は夜中に博士が家に戻るところを偶然見かけて知ったらしく、彼の身を案じ、誰にもそのことを話していないと言っていた。

不在だと思ってつけ火され、博士が重傷を負ったのなら、それもまたやりきれない。

「……ママのことは見てないよね、昨日の夜?」

「えっ?　エリカちゃんも火事のとき、来てたの?　私は見てないけど」

涼音の頬がほんの少し弛む。ホッとしたのだろうか。

「さっき警察が来て、連れて行かれたから。任意だけど」

まさか、博士と不倫関係にあったエリカが放火の疑いをかけられているのか？

「昨日、エリカちゃん、家にいなかったの？」

「いたと思うけど、私が寝たあと、ひとりでふらっと外へ出ちゃうことがあるから」

エリカが火をつけるなんてありえない。けれど、この町の住人はどう思うだろう。

涼音の顔もかすかに強張っている。たぶん同じことを心配しているのだ。仁美の視線に気づいたのか、無理やり口角を上げ、涼音は再び床を拭く手に力を込めた。


「お父さん、今日の集会行かないの？　六時からだから診療終わってるよね」

博岡家に放火した犯人はいまだ捕まらず、不安で疑心暗鬼になっている住民のために、また集会を開くと会長からお達しがあった。

修一郎は塾で欠席だし、涼音もエリカのことでなにを言われるかわからないから来ないはず。ひとりで行くのは気が重く、仕方なく父を誘ったのだが、急ぎの仕事があるという。

本当だろうかと、仁美は訝しむ。父は前回はじめて集会に参加して、懲りてしまったのではないか。争い事を好まない父にとって、今まで仲良くしてきた隣人たちが博士やエリカを口汚く罵る姿は衝撃だったろう。あんな場所に身を置きたくないと思うのはわかるが、それは仁美だって同じだ。

「だったら、私も出ないけど、いい？　うちから誰も行かないと、まずいんじゃない？　なに言われるかわかんないよ」

「いいよ。仁美も行かないほうがいいと、お父さんは思う」

そんな会話を今朝交わし、間もなく集会が始まる六時になろうとしているけれど、やはり父は病院から帰ってこない。そして仁美もどうにも行く気が起きず、うだうだしている。

今日の集会は、博士の家に放火した犯人は誰かという話題で持ち切りになるはずだ。

それなのに、あの場にいなくて大丈夫だろうか？　二軒隣に住む自分たちが疑われることもあるのでは？　なにより警察に任意同行を求められたエリカのことが心配だ。誰かが止めないと、おばちゃんたちのエリカ攻撃はとめどなくエスカレートする。

しばらくぐずぐずしていたけれど、行かなければ行かないで、いったいどんな話し合いがなされているのかと気になって仕方がない。ついに耐えられなくなった仁美は、自分の小心さに苛立ちながら、スマホをポケットに突っ込み、家を出た。

外はすでにとっぷりと暮れ、あたりに人影はない。風がメーメー公園の木々を揺らし、不気味な音をたてる。

公園を斜めに突っ切れば、集会が開かれている町内会館はすぐそこなのに、植え込みの陰に誰かが潜んでいるような気がして、足がすくむ。

生まれたときからここで暮らし、今、目の前にあるのは十七年間見続けてきた景色だ。にもかかわらず、まるで見知らぬ町のようによそよそしく、恐ろしい。一連の事件が、人だけでなく、この町までも変えてしまったみたいに。

「やめてっ！」　ふいに若い女性の声が響き、仁美はびくりと身をすくめる。

公園で女性が襲われてる？　またしても事件かと身構えたが恐怖に縛られ、助けに行くことができない。とにかく警察に通報しようとスマホを手にしたとき、再び声が聞こえた。

「本当にいい加減にしてよ！」

女性の声に恐怖や緊迫感はなく、憤りのようなものを感じる。すぐに衣擦れの音がし、なにか揉めながらやってくる男女の姿が、公園の灯りの下にあらわになった。

会長の孫娘の麗奈と、自警団に所属する中学一年生の山田武蔵だ。

武蔵の低い声はもごもごして聞き取りづらいが、麗奈の甲高いソプラノはよく通る。

事情はわからないが、麗奈がひとつ年上で体の大きな武蔵を叱りつけているように聞こえた。

事件ではなかったことにホッとし、声をかけようと近づきかけたそのとき、暗闇に麗奈の声が鋭く響いた。

「もう二度と流星君に余計なことしないで！」

その言葉に仁美は足を止める。ついさっき修一郎からスマホに、流星の気になる写真が送られてきたばかりだったからだ。

公園を出たふたりは、そこにいる仁美に気づかず、住宅街を歩いていく。

直接訊いてもはぐらかされそうな気がして、仁美は彼らのあとをつけた。

人気のない夜の住宅街は尾行に適した場所とはいえない。相手が振り向いても気づかないくらい安全な距離を保ってついていくと、ボソボソした武蔵の声はまったく聞き取れない。仕方なく仁美は足音を殺して、少しずつ距離を詰めていく。

流星のことが好きな麗奈に、武蔵はおそらく好意を寄せている。美女と野獣だとは思っていたが、麗奈が武蔵にこんなに辛辣な口を利くような関係だとは思ってもみなかった。

聞こえない会話にイライラし、さらに距離を縮めようとした仁美の目の前で、ふたりが突然走り出した。まかれてなるものかと、駆け足で後を追う仁美は、高い塀の角を曲がったところで、悲鳴を上げる。

暗がりで武蔵の大きな身体が待ち構えていたからだ。

「なにしてんすか？」

麗奈と接していたときとは明らかに異なる、凄みをきかせた声で武蔵が睨む。

「……え？　え？　なにって……、ちょっとこっちに用があって」

「尾行バレバレっすよ。俺、一応、自警団なんで」

中学生離れした巨体だけでなく、武蔵の目にも声にも迫力がある。

「なにが目的で俺らをつけてたんすか？」

仁美ははーっと息を吐き、どうせバレバレならぶっちゃけようと心を決めた。

「知りたかったからだよ。武蔵が流星君にした余計なことってなにか」

口ごもる武蔵に代わって、麗奈が答えた。

「仁美ちゃん、知ってるでしょ。武蔵君が流星君に、罰ゲームでかすみに告らせたことだよ」

「麗奈ちゃんと武蔵、仲良かったんだね？　武蔵は麗奈ちゃんのことが好きなの？」

「なっ、なに言ってんすか？　関係ないっしょ、んなこと」

低い声が跳ね上がり、武蔵の顔も上気している。めちゃくちゃわかりやすい反応だ。

「それで流星君に嘘の告白させたりして、いじめたわけ？」

「は？　んなわけないっしょ。いじめって……、先に俺や麗奈のこと無視し出したのは、流星のほう……」

「武蔵君」

麗奈が鋭い声を上げ、武蔵を止めた。

「麗奈ちゃん、それ、ホント？　あんなに仲が良かった流星君が麗奈ちゃんのことを無視するなんて、いったいどうして？」

深いため息とともに、麗奈は仁美に向き直る。

「わからない。麗奈が訊きたい」

「いつから？」

「三か月くらい前から……かな」

武蔵がなにか言おうとしたのを遮るように、「仁美ちゃん」と麗奈が仁美をじっと見る。

「今から一緒に行ってくれない？　流星君の家に」

頼まれるまま同行し、音無家のチャイムを鳴らす。二度三度鳴らしても応答がないので、前回修一郎がしたように、仁美はドアを叩いて、自分の名を名乗る。

ほどなくしてドアが細く開き、おでこに冷却ジェルシートを貼った流星が顔を覗かせた。

「あ、流星君、ごめんね。実は……」

仁美の言葉の途中で、背後から麗奈が駆け寄り、手にしたノートを流星に差し出す。

「流星君、大丈夫？　麗奈、さっきも来たんだよ。これ、学校のプリントと授業のノート」

受け取ろうとしない流星に苛立ち、近づいてきた武蔵がノートを彼の胸に突きつける。

「せっかく麗奈が持ってきてくれたのに、何様なんだよ？　おまえ、イワオの幽霊にとり憑かれてんじゃねぇのか？」

麗奈が必死に止めようとしたが、流星は武蔵を見上げ、「そう……かもね」とつぶやき、ドアを閉めてしまう。再び仁美が呼びかけても、そのドアが開くことはなかった。

「武蔵君、余計なことしないでって言ったでしょ！」

「いや、でも、麗奈、今のは流星が悪いだろ」

言い返しながらも、大きな身体をシュンと縮こませる武蔵に仁美は訊く。

「流星君がイワオの幽霊にとり憑かれてるってどういうこと？」

それに答えたのは武蔵ではなく、またしても麗奈だ。

「この人が小学生みたいなこと言ってるだけで、なんの意味もないから。幽霊なんていないしね。仁美ちゃんつきあってくれてありがとう。もう行っていいかな？」

麗奈は会長に言われて集会に出ていたが、気分が悪くなり、帰るところだったという。

体調が悪いようには見えない麗奈を引き留め、修一郎から送られて来た写真を見せた。

「この写真、かすみちゃんが小二とか小三のとき持たされていた携帯にあったんだって」

写っているのは犬を胸に抱き、カメラ目線で微笑む幼い麗奈の姿だ。

「これ、麗奈ちゃんが小二くらい？　可愛いよね。かすみちゃんが撮ったのかな？」

「たぶん……」

訝しげな表情を浮かべる麗奈の目の前で、仁美は写真をピンチアウトし拡大する。後ろにヤギのベンチが現れ、そこがメーメー公園であることがわかる。よれよれのコートをまとい、ベンチに座っている大柄な男は——。

「イワオ!?」と、覗き込んだ武蔵が声を上げた。

写真を撮られている幼い麗奈の背後で、ベンチに腰掛けたイワオが笑みを浮かべている。

「うわっ、これ、麗奈を見て、ニヤニヤしてるんじゃね？　イワオ、キモっ！」

顔をしかめる武蔵と麗奈に向け、仁美はさらに写真を拡大させた。

イワオの隣に、半分見切れた幼い男の子の顔があった。

「……流星君」

そうつぶやく麗奈に「だよね」と仁美もうなずく。

「流星君、笑ってるみたいに見えない？　イワオも笑ってるからかな、身体は大きいけど、そんなに怖い感じがしない」

見入っていた写真から、麗奈が目を逸らした。

「うちのママは気味悪がってたよ。かすみのママも」

「それなのに、麗奈ちゃんは流星君がイワオと話すの、止めなかったの？」

「やめたほうがいいよって言ったけど……、あの頃、流星君のお父さんが病気になって、お母さんもお祖母ちゃんも大変だったみたいで、流星君、公園でよくイワオと一緒にいた」

「ふたりは話してただけ？　遊んだりは？」

「流星君とは話してただけじゃないかな。イワオが来てすぐのころは、他の子たちと鬼ごっことかしてたけど、遊んじゃダメってみんな、ママから言われるようになったから」

「イワオって、小学生の子供が話して楽しい人だったの？」

「わからないけど、大人なのに子供みたいだったし、自分の好きなこととかは詳しかったんじゃない？」

「好きなことって？」

「知らない。仁美ちゃん、もう行っていい？　イワオのこと話してたら、気持ち悪くなってきちゃった」

仮病ではないらしく、本当に顔色が悪い。武蔵は非難がましい目を仁美に向け、麗奈の背中を押した。

麗奈と武蔵の姿が見えなくなり、暗闇にひとり取り残された仁美は、急に心細くなって、家へと走り出す。

真壁医院が視界に入り、ホッと歩調を緩めたとき、病院の門扉が内側から開き、髪の長い女性が出てくるのが見えた。

「エリカちゃん……？」

なぜ診療時間外の病院からエリカが出てきたのか？　父が集会を欠席したのは、エリカと会うためだったの——？

反対方向へよろよろと歩いていくエリカに声をかけようとして、思いとどまる。

街灯に照らされ、一瞬はっきりと見えたエリカの横顔がひどく憔悴し、泣いているように見えたからだ。

いつもの仁美なら、そのまま真壁医院に乗り込み、父を詰問していたはずだ。けれど、仁美はそれをせず、自宅へと歩き出す。なんだかすごく疲れていたし、父を問い詰めるのが怖かった。とにかく今は、なにも考えず、あたたかいお風呂に身体を沈めたい。しかし、そんなささやかな夢さえも、叶えることができなかった。

家の前に、琴子が立っていたからだ。

それに気づいた瞬間、仁美は新たな恐怖に襲われる。ここにいたなら琴子にも見えたはずだ。診療時間外の真壁医院からひとりで出てきたエリカの姿が。

「仁美さん、遅くにごめんなさい。仁先生にお話ししたいことがあって」

そのとき、真壁医院の灯りが消えた。ほどなくして父がドアを開け、施錠を終えて、こちらに歩いてくる。そして自宅の前に立っている仁美と琴子に気づき、足を止めた。

「音無さん？　どうされたんですか、こんなところで？」

父の声に動揺は感じられない。人の好い父は、急な症状で困っている人がいれば、時間外診療も厭わない。もしかしたら、エリカは眠れる薬が欲しくて来ただけかもしれないと、仁美は自分自身に言い聞かせる。

「仁先生、お疲れのところ大変申し訳ありません。またお詫びしなければいけないことが……」

琴子はその場で深く頭を下げる。驚いた父が、こんなところじゃなんですから、とにかく中へと促した。

父に頼まれ、キッチンでお湯を沸かす仁美の耳に、ふたりの会話が聞こえてくる。

「義母が今日、退院いたしまして」

「ああ、そうでしたか。おめでとうございます。ウタさんの具合はいかがですか？」

「痛みはあるようですが、おかげさまでなんとか」

「それは、よかった」

「いえ、それが……」

退院早々、音無のおばあちゃんがまたなにかやらかしたのだろうか。お茶を淹れてリビングに運ぶと、琴子が父に深々と頭を下げていた。

「仁先生、申し訳ございません。私のせいで……」

「音無さん、なにがあったのかわかりませんが、どうか顔を上げてください」

父が優しく声をかけても、琴子はひれ伏したままだ。

お茶を出しながら、仁美も「琴子さん」と呼びかける。「おばあちゃんがまたなにか言ったんでしょ？　だとしても、それ、琴子さんのせいじゃないから」

「いいえ」と首を振りながらようやく顔を上げ、琴子は仁美を見た。

「違うの、仁美さん。私のせいなの。私が義母を集会に連れて行ったりしなければ……」

「もしかして、おばあちゃん、集会で私に崖から突き落とされたって言ったの？」

琴子はさらに激しく首を振り、「実は……」と話し始める。

今日の午後、退院の手続きをしてウタを自宅へ連れ帰った琴子は、彼女を寝かせ、その間に集会に出ようとした。だが、ウタは一緒に行くと言ってきかなかったのだそうだ。

「嘘をついてごまかしてでも、義母を流星にまかせ、置いていくべきでした。最終的に同行を許してしまったのは、私の中に義母を疑った人たちへの意趣返しのような気持ちがあったからだと思います」

琴子がウタを連れて町内会館を訪れると、ウタに自首してくれとまで言ったこやぎ庵の店主たちは一様に気まずそうな表情を浮かべた。一方で、ウタを気遣い、無事に退院できてよかったと優しい言葉をかけてくれる人もいたそうだ。

「義母の体調もいつもより良くて、初めのうちは穏やかな笑みを浮かべて会長たちの話を黙って聞いていたんです」

やはり今日の集会は、誰が博士の家に放火したのかという話で持ち切りだったらしい。

「守さんたちはよそから来た人間が火をつけたに違いないと言い、成富建設にお勤めの方々はそれに倣っていましたけど、やはり、この町の住人が犯人ではないかと不安に思う人もいて、義母を崖から突き落とした人物と同一犯ではないかという声も上がって……」

夜鬼山で背中を押されたときの状況を質問され、ウタが答えたそうだ。

自分を突き落としたのは、ヤブ医者の真壁仁かもしれない——と。

「本当に申し訳ありませんが、義母が仁先生を逆恨みしていることはみんなわかってますから、思い違いということでその話はいったん終わったんです。でも……」

それはまだ序章に過ぎなかったということらしい。

「誰かが言ったんです。『押したのは、仁先生じゃなくて、博岡だったんじゃないか』って」

真犯人である博士か聡介が、ウタに罪を着せて口を封じるために崖から突き落としたのではないか、と。それに同調する声が次々に上がったと琴子は話す。

「博岡さんが犯人と決まったわけではないのに。だったら放火は誰がやったっていうんだ」

苦々しい顔で独りごちた父に、琴子は答えた。

「それも、自作自演だったんじゃないかって。博岡さんが自分で火をつけて、犯人は他にいると思わせようとしたか、もしくは、死んでお詫びをするふりをして、同情を買おうとしたのかもしれないと」

「なにを言ってるんだ、博岡さんは今なお危険な状態だっていうのに」

父は声を荒らげたが、すぐに怒りを露わにした自分を恥じるように目を伏せ、残念です、とつぶやいた。

集会では追随するように、博岡家を非難する声が上がり、誰かが言ったそうだ。

博岡はおしるこ鍋に農薬を入れて四人も殺したんだから、自業自得だ——と。

「それまでおとなしくしていた義母が、突然、その言葉に反応したんです。『おしるこに農薬を入れたのは、博岡さんじゃない。あの家には農薬なんてあるはずがない』って」

近くにいた人間が、博岡の息子が犬を毒殺するためにネットで購入したのだとウタに説明したらしいが……。

「義母はネットなんてわかりませんから、あの家に農薬はないって言い張って、みんなの前で大声で叫んでしまったんです」

騙されるな！　農薬があるのは、博岡の家じゃない。真壁の家だ——、と。

仁美は息を呑んだ。周りの酸素が急に薄くなったような気がして、思わず喉を押さえる。

動揺しちゃダメだ。涼音のように感情を殺し、平気な顔をしていなくては……。だがそう思って焦れば焦るほど、仁美の顔は不自然に強張り、引き攣ってしまう。

「仁美……さん？」

異変に気づいた琴子が、仁美の顔を覗き込んでくる。

「どうかしたんですか？」

「う……、ううん」

声が掠れて上擦り、仁美は必死に顔を左右に振った。助けを求めて父を見ると、彼もまた顔色を失い呆然としている。仁美の視線を追った琴子もそれに気づいてしまったようだ。

「もしかして、本当にお宅にあったんですか、農薬が？」

否定しなければいけない。今こそ顔を左右に振らなければならないのに、見えないなにかに押さえつけられているかのように体が固まり、自分の意思で動かせない。

「義母が言ってました。真壁医院の先代の院長先生が畑をやっていらしたときの農薬が、真壁の家の物置に絶対あるはずだって。仁先生を逆恨みしている母の妄想だと思っていましたが、それは、本当のことだったんですね？」

静かに尋ねる琴子の言葉を、父も否定してくれず、ただじっと黙っている。以前、修一郎が言っていた。沈黙は、肯定を意味する、と。

琴子もそう受け取ったのだろう、驚きを表さないよう自分を抑えているのがわかる。

「音無さん……」

ようやく呪縛から解かれたように、父が口を開いた。

「警察はもう知っています」

「お父さん！」

否定してほしかったのに、父ははっきりと認めてしまった。琴子は新聞社と通じているのに……。焦る仁美を目で抑え、父は琴子に向き直って続ける。

「だから、それについて他言しないでいただきたい」

父に懇願された琴子は身じろぎせずになにか考えていたが、返事の代わりに小声で父にささやく。

「ちょっとお耳に入れておきたいことがあるんですが、ふたりでお話しさせてもらえないでしょうか？」

「どうして？」

父が答えるより先に仁美が叫んだ。「なんで私が聞いちゃダメなの!? 私も聞く!」

琴子は困ったように父を見る。仁美があきらめないことを知っている彼は、かまわないからここで話してくださいと琴子を促した。少し逡巡したのち、彼女は口を開く。

「義母が真壁家に農薬があったと話したとき、皆さん、私と同じ反応で、また音無のおばあちゃんが仁先生を貶めようとしていると、誰も聞く耳を持ちませんでした。でも……」

スーパー八百作のおじさんがおずおずと発言したらしい。

仁先生の所にあった農薬を、景浦エリカが使ったのではないか。あのふたりは千草さんが亡くなる前から、デキていたんじゃないか、と。

「え……?」

驚く仁美から琴子は目を逸らす。自分もそう言われて驚いたし、そんなはずはないと思ったが、八百作の店主に続いて、仁とエリカの関係を疑っていたと言い出す人間が何人か現れたのだと、言葉を選びながら話した。

「なんで? 誰がそんなことを……?」

動揺する仁美に琴子は説明する。診療時間が終わった遅い時間に真壁医院から出てくるエリカの姿を見た人がいたようだ、と。琴子にどんな顔をすればいいのかわからず、仁美はうつむく。あれは今日だけのことではなく、複数の人に目撃されてしまうほど頻繁にあったことなのか。

「それは、診療が長引いてしまっただけで……」

父の弁明に、琴子はうなずいた。彼女がなにを考えているのかわからないが、先程目にしたことを父に話すつもりはないらしい。

「集会は途中からその話で持ち切りになってしまって、もともとは義母が真壁さんのところに農薬があると嘘を言い出したせいだと思い、謝罪にうかがったんですが、まさか本当にあったなんて……」

「で、でも、うちだけじゃなくて、農薬があった家は他にもたくさんあったって聞いたよ」

「いいえ、そんなはずないわ。おしるこに入れられた農薬はかなり古いものらしいから」

強い口調で琴子に言い切られ、仁美は思わず反論する。

「嘘だよ、そんなことないよ。だって、涼音の家にもあったって言ってたもん。疑われないようにおじいちゃんが持って帰ったって……」

「仁美！」

鋭い父の一喝にハッとして、仁美は口をつぐむ。

だがすでに時遅く、不用意な自分の口から飛び出した言葉は琴子に届いてしまっていた。

「それ、本当？」

問いかけてくる琴子は記者の目をしている。

仁美は思わず顔を背けた。

十一

翌日、涼音からかかってきた電話に心臓が大きく跳ねた。

もしかしたら琴子が、あるいは彼女から話を聞いた元同僚の新聞記者が、涼音の家を訪ねたのではないか。景浦の家に農薬があったかどうかを確かめるために――。

大事な秘密をなぜうっかり口走ってしまったんだろう。ただでさえ住民の反感を買っているエリカが、自分のせいで、完全に窮地に立たされてしまうかもしれない。

ためらっているうちに、電話は切れた。

かすかに眉尻を下げた涼音の姿が脳裏に浮かぶ。表情の乏しい彼女が困ったときに見せる顔だ。自分のせいで涼音が苦境に追い込まれているのだとしたら、逃げるわけにはいかない。意を決して電話をかけなおす。ワンコール待たずに「仁美ちゃん」と応じた涼音の声は、やはりいつもより少し硬かった。

「涼音、ごめん、電話出られなくて。……なにか、あった?」

「あ、ううん、なにかあったわけじゃないんだけど、ちょっと……仁美ちゃんの声が聴きたくなったっていうか……」

農薬の件ではないとわかってホッとすると同時に、自分を心配して電話をくれたのだと察し、申し訳ない気持ちでいっぱいになる。

昨夜の自分の失態を涼音に話して謝らなければ……。そう思いながら、どう話せばいいのかわからず、仁美は途方に暮れる。

言い出せないまま、とりとめのない会話を続け、「じゃあ、そろそろ切るね」という涼音の言葉にどこか救われたような気持ちで、「うん」と応じた。

通話を切る直前、涼音がなにか言った。よく聞き取れず、「なに?」と訊き返す。

「仁美ちゃん……」

「ん?」

「……修一郎君のこと、好きなんだよね?」

このタイミングで全く想定していなかったストレートな問いかけに面食らい、あたふたして声が上擦る。

「ちょっ、涼音、いきなりなに言ってんの? そんなことないって。修一郎、年下だし。って、これ、前にも言ったじゃん。あ、そういえばさ、ちょっとかっこいい人に会ったって話したっけ？　週刊誌の記者なんだけど、私が他の記者にしつこくつきまとわれてたら助けてくれて、なんかキュンとしちゃって……」

異常なテンションでどうでもいいことをベラベラ喋りながらも、頭の中では農薬の二文字が点滅し続けていた。だが結局、打ち明けることも謝罪することもできずに電話を切り、仁美は深いため息をつく。

昨夜、誰にも言わないでとあれほど頼んだのだから、琴子は景浦家に農薬があったことを黙っていてくれるかもしれない。それに、落ち込む仁美に父が言ってくれた。

「涼音ちゃんの家にあった農薬が、うちにあったものと同じとは限らないから大丈夫だ」

父の言うとおりだと、仁美は自分自身に言い聞かせる。そもそも、聡介も夫人も、警察から帰されていないのだ。おしるこに入っていた農薬が、聡介がネットで買ったものと一致するなら、どこの家にパラコートがあろうが、そんなことはどうでもいいはずだ。

そう思うことで、仁美はなんとか心の平安を保とうとしたのだが……。

その日の晩、警察の会見がニュースで報じられた。

分析の結果、おしるこの鍋から検出されたパラコートと、聡介がネットを通じて購入した農薬は同一のものではないことが判明した、と。

博岡家の人間が犯人と確定する証拠が出て、事件が収束してくれれば……。そんな仁美の身勝手な願いは、脆くも崩れ去った。博士が言ったことは、やはり嘘ではなかったのだ。

聡介と夫人は犬を毒殺したけれど、毒しるこ事件の犯人ではない。もちろん、博士もだ。

にもかかわらず、彼は家に火をかけられ、重傷を負って今も病院のベッドの上にいる。

すべてが振り出しに戻ってしまった。

そしてそれは、仁美と父にとって、最悪のタイミングだった。

前回の集会で、真壁家の物置に農薬があり、仁とエリカは千草の生前から不倫していたのではないかという疑惑が、住民の記憶にしっかり刷り込まれていたのだから。

自分を取り巻く町の空気が変わったことを、仁美は肌で感じた。

いつも笑顔で鬱陶しいほど話しかけてきていた近所のおじさん、おばさんたちの態度が明らかによそよそしくなった。井戸端会議に興じていても、仁美が通りかかると、ピタッと口を閉ざし、仁美と目を合わせないよう顔を伏せたり背けたりして、挨拶しても曖昧な反応をされる。だが仁美が通り過ぎるや否や、またヒソヒソ話を再開させるのだ。こちらにチラチラと嫌な視線を投げかけながら。

真壁医院を訪れる患者も減っているようだった。

どうしても治療が必要な患者は来るものの、それまで体の不調を訴えながらも、父との世間話を楽しみに来院していたような多くのおじいちゃん、おばあちゃんたちは姿を見せなくなった。

父に不安を訴えても、仁美はなにも悪いことをしていないのだから、堂々としていればいいといなされてしまう。

恐る恐る尋ねたエリカとの関係も、心配するようなことはなにもないと父は言う。

そう答えるまでに一瞬の間があったが、仁美はそれを指摘できなかった。

毒しるこ事件はもとより、博岡家の放火も音無ウタを崖から突き落とした犯人も捕まっていないのだ。そんな中、仲良くしていた近所の人たちが手のひらを返したように冷たくなって、こちらに疑いの目を向けている。父のことだけは信じたい。

父が言うように堂々としていたかったが、そんな生活が続くうち、仁美は外へ出るのが怖くなり、学校も休みがちになった。

戦争やテロ、殺人事件、世の中には恐ろしいことがあふれていて、悲惨な出来事を毎日のようにニュースで目にしてきた。でも、それは遠い異国の話だったり、映画やドラマみたいに自分は安全な場所から眺めていられるものでしかなく、この町がそんな世界と地続きだなんて思ってもみなかった。

今、仁美はその渦中にいる。家族を殺され、親戚みたいだった人たちを疑い、疑われ、自分や自分の大切な人たちも殺されるのではないかと怯えている。

毒しるこ事件以降、怖いことが起こり続け、心が麻痺するのではと思ったけれど、少しも慣れない。恐怖は日々積み重なって、自分の中で大きく膨らんでいき、もはやパンク寸前だ。

その日も学校をさぼってベッドの上で悪い想像ばかりしていたら、玄関のチャイムが鳴った。

週刊誌の記者かテレビ局のリポーターが父とエリカの関係を訊きに来たのではないか。

もしくは、近所の人が父と仁美を吊るし上げに来たのかも……。

動けずにいると、ピシッと窓になにかが当たった。

閉め切ったカーテンを細く開けた瞬間、こちらを見上げていた背の高い少年と目が合う。転がるように階段を下り、玄関のドアを開けた仁美に、こやぎのイラストが描かれた紙袋が突き付けられた。

修一郎から受け取ったその小さな袋を胸に抱え、仁美はその場にしゃがみ込んでしまう。

「な……、おい、どうした？」

同じように屈んだ修一郎が、心配そうに顔を覗きこんでくる。

嬉しかったのだ。震えて立っていられないほど。

伝えたくて口を開いたのに、照れ臭さが違う言葉を喉から押し出す。

「……おなか、すいた」

「は？」

呆れたように一瞬歪んだ修一郎の顔が、すぐに笑み崩れた。

「だと思った」

お茶の支度をして二階の仁美の部屋に上がり、こやぎ庵の紙袋を開ける。

「わー、みたらし団子だ！」

中にはみたらし団子が一本と、仔やぎの顔をかたどったこやぎ最中がふたつ入っていた。

「涼音の湯飲みも持ってきとけばよかった」

「なんで？」

「え？　だって、来るんでしょ？　三人分のお菓子……」

「僕の分、盗られそうな気がしたんで買っただけだよ」

「嘘、これ、私の？　こやぎ最中も食べていいの？　やったー、朝からなんも食べてなかったんだ」


さっきカーテンを開けたとき、外がすでに薄暗くなっていたことに驚いた。今日も朝から生産的なことをなにひとつしないまま、きちんと学校へ行ってしっかり授業を受けてきた修一郎が帰宅する時刻になってしまっていたのだ。


みたらし団子に毒が入っていないか少しだけかじってみる。この癖は直らない。用心しながらも、あまりの美味しさに思わず食らいつく仁美を見て、修一郎がふっと微笑む。

「それだけ食い意地が張ってりゃ、大丈夫だな」

その一言に鼻の奥がつん、と痺れ、目頭がじわじわ熱くなる。

修一郎はこの状況を心配し、わざわざ仁美の好物を買い、訪ねてきてくれたのだ。

たとえ、町中の人間が敵になろうとも、私には修一郎がいてくれる。そして、涼音も。それがどれほどありがたいことか、今の仁美には身に染みてわかる。

もしかしたら、仁美のことを心配した涼音が、修一郎をひとりでここに来させたのかもしれない。涙を堪えようとして、頬張ったみたらし団子にむせた。

「なにやってんだよ。お茶飲め、お茶」

お茶で団子を飲み下す仁美を見つめ、修一郎はぽつりと言った。

「なにを言われても気にするな。仁先生はすごい人だ。僕は、あの人を尊敬してる」

医者を志す修一郎は、幼いころから真壁医院によく出入りして、父に様々な質問をしてきた。今でも診療の合間に勉強を教わりに来ることがある。

「修一郎……、うん、噂になってるようなことはなにもないって、お父さんが……」

「だろ。信じようぜ、仁先生を」

修一郎に言われると、素直にうなずくことができた。

「涼音とエリカちゃんは大丈夫かな？」

「すずのとこも、かなりヤバいことになってる」

博士の家のように壁に落書きされたり、庭に汚物を投げ込まれたりしたらしい。

監視カメラをつけることでそれはなくなったが、景浦家のゴミだけ回収してもらえず、道に中身をばらまかれたり、回覧板を飛ばされて、断水を知らせてもらえなかったりと、陰湿な嫌がらせを受けているという。

「……修一郎、どうしよう。それ、私のせいかも」

仁美は琴子にうっかり涼音の家にパラコートがあったと話してしまったことを告げる。

「それはまずかったけど、仁美のせいではない。その前からエリカさん犯人説は暴走を始めてた」

「涼音とエリカちゃんを助けなきゃ。博士みたいになる前に……。博士、助かるよね？」

「なにも悪いことしてなかったんだ。助からなきゃおかしいだろ」

修一郎はふっと遠い目をして、つぶやく。

「博士にはいろんなとこ連れてってもらったな。水族館とか植物園とか科学館とか」

「星を見に連れて行ってもらったこともあったよね。夜鬼山に」

「あった、あった。鬼の踊り場な。流星群の日で星すごかったよな。仁美、めちゃくちゃテンション上がって、願いごとしまくって」

「私だけじゃないよ。みんな、してたじゃん。一番はしゃいでたの、エリカちゃんだし」

　鬼の踊り場へ星座観測に行ったのは涼音の父が生きていたから、六年前のことだ。博士が主催し、夫人とエリカ夫婦、そして仁美の両親も参加した。普段は控えめな母も空から降ってくるような美しい星にわーっと少女のような歓声を上げ、博士の星座の話に熱心に耳を傾けながら、いつまでも空を見上げていた。

「あのとき、博士、なんの話してくれたっけ？」

「星座にまつわるギリシャ神話の話だったろ。オリオン座がどうしてできたか、とか」

「全然覚えてないや。どんな話？」

「オリオンは月と狩りの女神アルテミスに好意を寄せられるんだけど、それに嫉妬したアポロンがアルテミスに遠くの黄金の岩を弓で射ることができるかって挑発するんだ。でもそれは岩じゃなくてオリオンの頭で、アルテミスは大切な人を射殺してしまうっていう」

「なに、その悲惨な話」

「だから、アルテミスはゼウスに頼んで、オリオンにいつでも会えるように星座にしてもらったって話だったよ、確か」

もしかしたら、博士はその当時からエリカのことが好きだったのだろうか。それで、嫉妬や三角関係の話をしたと勘ぐるのは考え過ぎか……？

ふいに、鬼の踊り場に着いた直後、降るような星にテンションの上がったエリカがキャーッと叫んで博士に抱きついた光景を思い出した。

「ありがとう、こんな素敵なところに連れてきてくれて！」と。

エリカは嬉しいと喜びを爆発させ、よく抱きついてくるので深い意味はない。でも、抱きつかれた博士は、そして、夫人は、自分の美しさに無自覚なエリカの行動をどんな思いで見ていたのだろう。六年前のあの日、誰もこんな未来は予想できなかったはずだ。そう思ったら、なにかに押されるように、仁美はずっと胸の中にあった質問を口にしていた。

「修一郎、あれ、なんだったの？」

「は？　あれって？」

「あの日……、あのお祭りの日……、ふたりだけで話したいことがあるって……」

「あ、ああ、それ」

修一郎はなにか考えるように宙に視線を彷徨わせた。

答えを待つ仁美の左胸で小さな生き物が暴れる。大きな音が彼の耳にまで届いてしまいそうで思わず胸を押さえたが、修一郎の視線が仁美の上で止まると、暴れていた生き物も死んだように動きを止めた。

「もう少し待って」

「え……？」

「今はまだ話せるタイミングじゃないから」

「タイミング……って？」

はぐらかされたのかと思ったが、修一郎は仁美の目をまっすぐに見つめながら続ける。

「こんなことがあって、今、そういう話をするのは不謹慎だと思うし」

不幸があったこの状況で口にするのは、不謹慎な話ということ……？

「えっと、じゃあ……、聞かせてもらえない、の？」

修一郎は静かに首を左右に振る。

「……話すよ。この騒ぎが落ち着いたら」

左胸に巣食う生き物が、また大きくどくんと跳ねた。


翌日、仁美は自転車に積めるだけの食料を積んで、涼音の家を訪ねた。

土下座する勢いで、琴子にパラコートのことを喋ってしまったことを詫びると、さすがの涼音も驚いていたが、その事実は誰からも指摘されていないという。

「顔を上げて、仁美ちゃん。今、問題になっているのは、テントにひとり残っていたママなら毒を入れることができたっていう状況証拠と、あの人の素行の悪さだから」

そのエリカは外出しているという。こんな状態なのにと心配になったが、涼音がいくら言っても、エリカを止めることはできないらしい。

「仁美ちゃん、お昼ごはん食べていかない？　お野菜とかいっぱい持ってきてくれたから、なんでも作れそう。なにか食べたいものない？」

「……この前つくってくれたけんちん汁って難しい？」

「ううん、そんなことないよ。お出汁さえちゃんと取れば」

「じゃあさ……」

言いかけて黙ってしまった仁美に、涼音がささやく。

「あ、でも、野菜切るのは結構大変なんだ。仁美ちゃんも手伝ってくれる？」

「……え？」

「仁美ちゃんと一緒につくりたい。そうだ、千草おばさんに習ったレシピ、これからふたりで全部チャレンジしようよ」

　教わる機会を失い後悔していた母の料理を、涼音に習ってつくることができたら……。父も喜ぶに違いないし、もしかしたら、いつかは自分の子供にも、大好きだった母の味をずっと伝え遺すことができるかもしれない。

　素直になれない仁美の気持ちをいつも優しく察してくれる涼音は、本当の妹みたいだ。

涼音に教えてもらって昆布と鰹の削り節で丁寧に出汁を取り、切った野菜をごま油で炒めると、たまらない香りが立った。

「千草おばさんはもっと長い時間かけて出汁を取ってたけど、今日は時短版で」

「そうだったんだ。ママがどんなふうに料理してたか全然知らなくてさ。涼音がいてくれて本当によかった」

「お礼を言うのはこっちのほうだよ。私が料理できるのは千草おばさんのおかげだもの」

「……エリカちゃん、どこ行っちゃったんだろうね」

「もしかしたら……、誰かにお金を借りに行ってるのかも」

　驚く仁美に、涼音は淡々と話す。

「我慢って概念が欠落してるから、離婚前と同じ感覚で暮らしてるんだよね。もう誰にも頼れないのに」

「え……、大丈夫なの？　それってかなり……」

　そのとき、「ただいまー」と声がし、ご機嫌なエリカが顔を覗かせた。

「あー、仁美ぃ、来てたのぉ、嬉しいぃ」

抱きついてきたエリカは相変わらず美しいが肌が少し荒れ、昼なのに酒の臭いがする。どうして診療時間外に父の病院に来たのか尋ねたかったが、涼音が先に口を開いた。

「ママ、どこへ行ってたの？」

そう尋ねる顔はいつものように無表情だが、声には焦燥と心配と疲労が入り混じっている。

「うん、ちょっとねー」とごまかすエリカに仁美も思わず言った。

「エリカちゃん、ひとりで出歩かないほうがいいよ。マジで危ないから」

「大丈夫だって。仁美まで涼音みたいにうるさいこと言わないでよ」

「だって、もし博士みたいなことになったら……」

「……博岡さん、まだ意識戻らないの？」

「うん、そうみたい」

エリカは目を逸らし、黙り込む。暗い雰囲気を払拭したくて仁美は明るい声を出した。

「昨日、修一郎と話してたんだ。博士に星を観に連れて行ってもらったねって」

「……星？」と、エリカが首を傾げる。少し酔っているのか、いつもより反応が鈍い。

「みんなで行ったでしょ、鬼の踊り場。エリカちゃん、流れ星に願い事してたじゃん」

「ああ、行ったね。うん、星すごかった。人生で二番目にたくさん流れ星見た」

「えー、嘘、あれが一番じゃないの？」

「あのあと、もっとすごいの見たもん。同じ場所だけど、音無さんと……」

エリカは途中でハッと言葉を呑み込んだ。

「音無さんって、エリカちゃん、琴子さんと星見に行ったの？」

尋ねながら、そんなわけないと思う。エリカが一緒に星を見に行くとしたら……。

「ママ、流星君のお父さんと夜鬼山へ行ったの？」と、涼音が声を尖らせる。

星を観に行くだけならいいが、鬼の踊り場は若いカップルがラブホ代わりにしていると噂される場所でもある。

「琴子さんの旦那さんと変なことになってないよね、ママ？」

涼音に詰問され、エリカはうんざりしたように息を吐く。

「しょうがないでしょ。かわいそうでついほだされちゃったんだもん」

絶句する涼音に代わって、仁美が訊いた。「かわいそうって？」

「音無さん、病気して五年生存率五十パーセントって言われて、自分の人生これでいいのかって思ったんだって。本当にやりたいことなにもしてないって。死ぬ前にどうしてもって泣かれたら、断われないじゃん」

「信じられない。ママ、普通は断るよ。相手は琴子さんのご主人なんだから！」

音無英雄の病気がわかったのは、エリカたちが東京へ引っ越した後だ。

「エリカちゃん、それ、いつの話？」

「えーっと、あれは、拓ちゃんの法要でこの町に戻ったとき、かな？」

「嘘！　それって、あの事件が起きた日じゃないの？　エリカちゃん、イワオが流星君のお父さんを転落死させたとき、その場にいたってこと？」

「仁美ぃ、ごめん、もう喋らない。涼音が怒ってるんだもん」

口を閉ざしてしまったエリカをなだめすかして訊き出したところ、エリカと音無英雄が事に及んでいたところへ、イワオと麗奈が来たらしい。急いで服を着たものの、ふたりが崖の近くに座ったため、茂みから出るに出られなくなり、そうこうしているうちに、英雄のスマホに麗奈がイワオにさらわれたから捜索してほしいとメッセージが届いたそうだ。彼は驚き、イワオを説得して麗奈を連れ帰ろうと、ひとりで近づいていったという。

「じゃあ、エリカちゃん、流星君のお父さんがイワオに殺されるところを見たの？」

「暗かったし距離もあったから、叫び声がして見たらもう姿が見えなくなってたって感じ」

英雄とイワオが声を荒らげて争うようなこともなかったらしい。「大丈夫か？」と叫びながら男たちが上ってきたため、エリカは気づかれないよう藪伝いに移動し、山を下りたという。

「パパの三回忌の晩になにやってるの？」

「だから、さすがにヤバいと思って、バレないように帰ってきたんじゃん」

「もういい加減にして！」

珍しく涼音が声を荒らげた直後、ドンッ！　と鈍い音がした。

三人は顔を見合わせ、音がしたキッチンのほうへ恐る恐る移動する。勝手口のドアを細く開けたエリカが小さく叫んだ。そこにカラスの死骸が落ちていた。


涼音が持たせてくれたけんちん汁を、父は美味しい、美味しいと喜んで食べた。

食が細くなったので心配していたが、仁美が料理したことが嬉しかったのか、お代わりまでしてくれた。

「涼音にレシピ教えてもらうから、食べたいものあったらリクエストしてよ、ママの料理」

「え……？　ああ、わかった」

もっと喜んでくれると思ったのに、父の顔が一瞬翳《かげ》った。取り繕うような笑顔を浮かべる父の姿に、高波のような不安が押し寄せてくる。

「今日、エリカちゃんちの勝手口のドアに……カラスの死骸が投げつけられた」

食器を流しに運びながらそう告げると、父の目は大きく見開かれた。

「守君がすぐ来て処理してくれたけど、エリカちゃん、あの家にいるのヤバいと思う」

誰があんなひどいことをしたのか、近くに人影は見えなかった。昼日中のことだし近所の人が見ているかもと守に話したが、目撃者は見つからなかったという。この家のほうがまだ安全だろうから涼音たちを呼びたいけれど、エリカと父が同居なんかしたら、またなにを言われるかわからない。

「二番目のパパが東京に避難してこないかって言ってくれたのに、エリカちゃん、断っちゃったんだって」

「え？」

「涼音だけでも安全なところにいてほしいのに、なんでだと思う？　お父さん、本当にエリカちゃんに関わってないよね？」

うつむいた父の目はテーブルの上のスマホに届いたメッセージをすがるように見た。

「仁美……、お父さん、ちょっと行かないと……」

「逃げないで！　そうやってごまかさないでよ」

「そうじゃない。今、病院から連絡が来た。博岡さんが……、亡くなったって」

「博士……が？」

父の口は動き続けていたが、言葉はもう耳に入ってこなかった。

糸を切られた操り人形のように、仁美はその場にしゃがみ込んだ。

十二

博士の通夜は、市内の斎場で執り行われた。

父とともに訪れた仁美は、斎場をぐるりと取り囲むマスコミ陣の数に驚き、足を止める。仁美たちに気づいてマイクを手に走り寄ってくるリポーターたちにたじろいだけれど、すぐに武蔵たち自警団のメンバーが彼らを制し、中へ通してくれた。

受付を済ませ、読経の響く会場に足を踏み入れる。優しそうな笑みを浮かべた博士の遺影に迎えられ、仁美は胸を衝かれた。

重度の熱傷を負って入院していた博士は、一度も意識が回復することなく、息を引き取ったという。どうして博士が殺されなければならなかったんだろう。悪いことなど、なにもしていなかったのに……。

父に促され、焼香の列に並ぶ。そこに修一郎や涼音の姿はない。修一郎は塾があるので開式前に焼香をさせてもらったらしく、涼音とエリカは参列を見合わせたのだろう。

遺族席に目を遣ると、白髪の老婆がひとりぽつんと座っていた。一瞬、博士の母親かと思ったが、どこか見覚えがある。誰だか気づいて、仁美は思わず叫びそうになった。

夫人だ。久しぶりに見た彼女はやつれ果て、白髪のせいもあるが別人のように老け込んでいた。

「夫人、帰ってきてたの……？」

仁美のつぶやきに父が小声で答える。近所の犬を毒殺した罪で逮捕されていた夫人と息子の聡介は、毒しるこ事件の容疑が晴れたため、不起訴になったらしい、と。

「でも、放火された家には戻れないから、夫人は実家に身を寄せているそうだ」

「聡介君も？」

「彼は、入院していると聞いた」

警察に連れていかれたときの聡介の姿が脳裏に蘇る。父親の葬儀にも参列できないほど、よくない状態ということなのだろうか。

順番が回ってきて焼香台の前に立った仁美は静かに手を合わせ、心の中で博士に何度も詫び、小さい頃からの感謝を伝えた。

斎場の中にある座敷で、通夜ぶるまいが行われていた。

博士のために一杯だけと守にビールを勧められた父は断り切れず、座敷に上がる。仁美も寿司を食べていけと言われたけれど、こやぎ庵や蕎麦辰の店主が酒を飲んでいるのを見て、ひとりで先に帰ることにした。斎場を出ようとしたとき、焼香を待つ人の列の中に、琴子の背中を見つけ、仁美は足を止める。焼香を終えて化粧室へと向かう琴子を追いかけ、誰もいない廊下で声をかけた。

「琴子さん、話したんでしょ？」

驚いて振り返った琴子に、仁美は詰め寄る。

「約束したのに涼音の家の農薬のこと喋ったよね？　だからみんなエリカちゃんを……」

「仁美さん、落ち着いて。言わないでって頼まれはしたけど、私、約束した覚えはないわ。それにこの町の人には話してない。でも警察はあなたが思っているより優秀よ。あなたや私が喋らなくても、エリカさんのところに農薬があったことはいずれ明らかになったはず」

「新聞社の人に話したの？　ひどいよ、琴子さんのこと、味方だと思ってたのに。無実のエリカちゃんがどうして警察に疑われなきゃならないの？」

「ねぇ、なんでエリカさんが無実だって言い切れるの？　彼女がひとりで鍋の番をしていた直後、彼女からおしるこを渡された人たちがそれを食べて亡くなったのよ。しかも、エリカさんの家には農薬があった」

「でも、エリカちゃんがそんなことするわけない」

「どうして？　彼女には動機もあったかもしれないじゃない。千草さんを殺害したいという動機が」

「嘘だよ。エリカちゃんはいろいろアレだけど、人殺しなんてできる人じゃないよ。それに、エリカちゃんだって被害者じゃん。怜音と萌音を殺されてるんだから」

突然、焼香会場のほうでどよめきが起こり、仁美は振り返る。

なにごとかと慌てて戻った仁美の目に、喪服をまとった美しい女が飛び込んできた。

「エリカちゃん……」

彼女の後ろには張りつめた表情の涼音もいた。エリカは通夜ぶるまいの席にいる父に気づき、吸い寄せられるように二、三歩近づいたが、「ママ」と涼音に腕をつかまれ、制される。うなずいて、ふたりは誰もいなくなった焼香台へ向かい、博士の遺影に一礼した。

さっきまでお経を唱えていた僧侶はすでに辞していたのに、どこからか読経のような旋律が聞こえてくる。だが、その暗く低い地を這うような声は……。

「おまえのせいだ、おまえのせいだ、おまえのせいだ……」

じっとエリカを見つめ、呪いの言葉を吐いているのは、遺族席にひとり残された夫人だった。住民たちの冷ややかな好奇の視線と、呪詛の言葉を浴びながら、エリカと涼音は博士の遺影に手を合わせた。

「よく来られたもんだな、自分で殺しておいて」

焼香を済ませ、急いで会場を出ようとしていたエリカが、こやぎ庵の店主の言葉に足を止める。

「なんであたしが博岡さんを殺すの？」

「博岡さんがあの家にいることはみんな知らなかった。でも、元カノのあんたは知ってたんだろ？　それで毒しるこ事件の罪を被せるために口を封じたんだ」

「おじさん、なんの証拠もないのに、ひどいよ！」

仁美の口が勝手に動き、叫んでいた。酒に酔って絡むこやぎ庵に心底うんざりしていた。最初は音無ウタ、次は博士のことを犯人と決めつけ、今度はエリカだ。結局、誰も犯人じゃなかったのに。疑われたせいで命を落としたかもしれない博士の通夜の席なのに！

「仁美、なんでおまえが庇う？　母親を殺した相手だぞ。全部この女がやったんだ。毒しるこ事件も、音無のばあちゃん崖から突き落としたのも」

「どうして、あたしが？」

エリカがこやぎ庵を睨みつけた。

「そりゃ、千草さんを殺して仁先生と一緒になるためだろ？」

そう言われたエリカは一瞬、父を見たが、硬い表情でうつむいたままだ。

「あたしはおしるこに毒なんて入れてない！　誰も殺してなんかいない―」

叫ぶエリカを見る住人たちの目は、みな冷ややかだ。これはエリカとこやぎ庵一対一の闘いではない。ここにいるほとんどの人がエリカを敵視している。

「もうやめませんか」と、止めに入ってくれたのは、琴子だった。「言い合っても嫌な思いをするだけですよ。誰が犯人か捜査するのは私たちではなく警察の仕事なんですから」

ウタが疑われ、嫌な思いをさせられた琴子の言葉は重い。だが酒に酔ったこやぎ庵はおかまいなしに続けた。

「警察が使えねぇから俺が言ってやってるんじゃねぇか。この女を自首させるためによ。だいたい、なんであんたがこいつの肩持つんだよ。俺は知ってるぞ。死んだあんたの亭主もこの女にご執心だったんだぜ。なぁ、エリカさんよ」

ぎくりとして仁美が目を遣ると、エリカはなにも言わず、俯いていた。

「こやぎ庵さん」と呼びかけ、沈黙を破ったのは琴子だ。

「亡くなった主人を貶めるような発言は控えていただけませんか」

「あ、いや、貶めるとかそういうんじゃなくて、悪いのは全部、人殺しのこの女だから」

「人殺しって……」　別人のように抑揚のない冷たい声をエリカが放つ。「あたしが怜音と萌音も殺したっていうの？　毒の入ったおしるこを自分の子供に食べさせる親がいると思う？　ねぇ、答えなさいよ。あんた、あたしがあの子たちを殺したって本気で思ってるの？」

　エリカが怜音と萌音を可愛がっていた姿はたくさんの人が目にしていたはずだ。エリカが犯人のはずがない。エリカは被害者なのだから。

　目を真っ赤にして訴えるエリカから、こやぎ庵も顔を逸らした。涼音がエリカの背中を押し、斎場の出口へと歩きだす。後を追おうとした仁美にすっと近寄り、琴子が囁く。

「世の中にはいるのよ。自分の子供を平気で手にかける母親も」

　驚いて目を見開く仁美に小さくうなずくと、琴子は足早に会場を後にした。


　その夜、仁美は塾から帰った修一郎に電話をかけ、斎場での出来事を話した。

「修一郎、エリカちゃんが犯人なんてこと、絶対にないよね」

「当たり前だろ。なに言ってんだよ。怜音と萌音を殺された被害者なのに」

「うん、ありえないってわかってる。でも、琴子さんのあの言葉……」

　琴子は新聞社の元同僚などから、エリカに関する情報をなにかつかんでいるのではないか。

「僕が確かめてみるよ。流星のところへ行ったときに」

　流星が武蔵と麗奈を拒絶したと仁美から聞き、修一郎は音無家を何度も訪ねたらしい。しかし具合が悪いと琴子に断られ、流星には一度も会わせてもらえていないそうだ。

「いずれにしろ、犯人が見つからずにこのままの状態が長く続くとまずい」

「まずいって、エリカちゃんが逮捕されちゃうってこと？」

「冤罪も怖いけど、この間のカラスの死骸投げ込みみたいなことが、エスカレートしていく可能性もあるし」

仁美の脳裏に遺影の博士の顔が蘇る。涼音やエリカまで喪うなんて絶対に嫌だ。

「そうだ！　涼音の二番目のパパが金曜の夜にこっちに来るんだって。私、学校終わったら会いに行って、落ち着くまでふたりを東京で生活させてくださいって頼んでみる」

「じゃあ、僕も行く」

「え？　でも、修一郎、塾あるでしょ？」

「いいよ、そんなの。ふたりを安全なところへ避難させ、その間に真犯人を突き止めよう」

仁美も思わず「おう」と応じる。修一郎となら、それが叶えられそうな気がした。


金曜日、授業が終わると同時に、仁美は学生鞄を手に教室を飛び出した。必死に走ったにもかかわらず、無情にも目の前で電車のドアが閉まってしまった。

エリカが涼音とともに二番目の夫、鍵谷《かぎや》に会うのはここから七つ先の駅にあるホテルのラウンジで、時間は午後五時からと聞いている。現在時刻は四時三十七分。呼ばれてもいないのに行くので彼らが待っていてくれるはずもなく、下手したら二番目のパパに会えずじまいになってしまう。修一郎に連絡すると、三十分位遅れそうと返信が来た。とりあえず涼音にできるだけ引き延ばしてとメッセージを送り、仁美はやっと来た電車に乗り込む。

ようやく辿り着いたホテルの三十階にあるラウンジは思っていた以上に格式が高く、入口で制服を着た女性に「ご予約のお名前をお教え願えますか？」と微笑まれ、仁美は泡を食う。後から来た修一郎が景浦さんとここで会う約束をしていると伝え、中に入ろうとしたが、「こちらでお調べしてお呼びしますので」と止められてしまった。

強行突破するか？　と顎をしゃくる修一郎に、うなずいたそのとき、中からグラスが割れる音が響いた。

「だから、骨は渡さないって言ってるでしょ！」

続いて聞こえてきたのはエリカの声だ。鍵谷とモメているらしい。ホテルのスタッフが布巾を手に駆け寄るのに乗じて、仁美と修一郎もラウンジに足を踏み入れた。

まずは全面ガラス張りのラウンジからの眺望に圧倒された。暮れかかった空に山の稜線を超えて彩雲がかかり、おもちゃのように小さなビルや家々に明かりが灯り始めている。そんな圧倒的な景色が楽しめる窓際のソファからエリカは立ち上がり、肩を怒らせていた。足もとには割れたシャンパングラスが転がっている。

「とにかく座れよ、みっともない」

向かいに座っていた色の浅黒い、スーツを着崩した男の声も怒気を孕んでいる。

「そっちがしつこいからいけないんでしょ！　怜音の骨は絶対に渡さない」

「俺は玲音の父親だぞ。渡さないって墓もないのにどうするんだよ」

「お墓になんて入れない。ずっと一緒にいたいから、庭に撒く」

「そんなのダメなんだよ、死体遺棄罪になるぞ」

「うるさいっ！」

地団駄を踏むエリカを「ママ、声が大きい。落ち着いて」と涼音が座らせる。

「金か？」と、二番目の夫、鍵谷が薄笑いを浮かべ、エリカを見た。

「は？」

「相当困ってるみたいだもんな。遺骨を渡さないってゴネて金を取ろうって魂胆か？」

「ちょっと、ふざけないでよ！」

つかみかかりそうになるエリカを、涼音が止める。仁美と修一郎も思わず駆け寄った。

「おじさん、今のはひどいよ。エリカちゃん、そんな人じゃないのわかってるでしょ？」

「誰？」

「あ……、えっと、前に東京のマンションに泊めてもらった、真壁仁美」

「ああ、真壁って、あの事件でお母さんを亡くした」

「はい。あの、遺骨のことはちょっと置いといて、涼音とエリカちゃんを東京で生活させてもらえませんか？　私たち、それを頼みに来たの」

「なに言ってんの、仁美。こんなヤツと住むなんて、絶対に嫌よ」

鍵谷を指差して暴れるエリカを、涼音が必死に押さえる。

「聞いたでしょ。僕もふたりを心配して東京に避難してこないかって何度も言ったんだよ。でも、彼女、娘を危ない目に遭わせようが、自分のことしか考えられない人だからさ」

「岸田修一郎と言います。すみませんが、ちょっと声落としてください。誰が聞いてるかわからないから。僕からもふたりのことお願いします。エリカさん、今は一時的にこちらにお世話になったほうがいいって。すずになにかあったらどうするんだよ」

「じゃあ、修一郎が守ってよぉ」

「そういうことじゃないって。酒飲んでるの？　大事な話なのに」

「呆れるだろ、修一郎君。でも、この人こういう人だから。いくら話しても時間の無駄だ。私もさすがにあきらめた。もう行くよ」

立ち上がる鍵谷に仁美は慌てる。

「待ってください。エリカちゃんのことは説得しますから。ね、涼音」

同意を求めたが、涼音は無表情な顔をいつも以上に強張らせ、黙っている。

「とにかく失敬するよ。じゃあ、涼音、もう会うこともないと思うけど、元気で」

立ち上がり出口へ向かう鍵谷に仁美が追いすがる。

「本当に心配なんです。ふたりのことが。嫌がらせのこととか、聞いてますよね？　やってもいないのに犯人と決めつけられて、もっとひどい目に遭わされるかも……」

「やってもいない？　どうしてそう言い切れるの？」

「ちょっと、なに言ってるんですか？」

くってかかる仁美を制し、修一郎が低く抑えた声で鍵谷に言う。

「エリカさんが、自分の子供を殺すわけないでしょ？」

「あのさ、君らが来る前、困ってるなら一緒に住むかって言ったんだよ。僕の提案を彼女、なんて言って断ったと思う？」

鍵谷は仁美の目を見つめ、薄笑いを浮かべながら言葉を放つ。

「『ここに好きな人がいるから』だって」

その一言に、ぎゅっと心臓が締めつけられ、仁美は息ができなくなる。

「もうひとついいこと教えてあげようか」と、鍵谷は修一郎に視線を向ける。

「君、彼女が子供を殺すわけないって言ったけど、あの人、保険金かけてるよ、怜音と萌音に」

十三

その日の晩、父が帰宅した直後に玄関のチャイムが鳴った。

「出ないで。きっとマスコミだから」

鍵谷の告白は衝撃だったが、彼が去ったあとで、また新たな衝撃にみまわれた。ホテルのラウンジに顔見知りがいたのだ。よりにもよって週刊誌の記者で、以前、しつこい他社の記者から仁美を助けてくれた白《しら》都《と》優《ゆう》也《や》だった。彼はエリカと涼音を尾行し、ここへ来たらしい。話を訊かせてほしいと頭を下げる白都を振り切って、自宅へ戻ったが、仁美はなにもする気が起きず、父が帰るまで暗がりでただ膝を抱えていた。

「そう……かな？　もしかしたら、患者さんかもしれない」

仁美が止めるのも聞かず、父は玄関へ向かう。

父とともに現れた男の姿に、仁美はホッと息を吐いた。

「守君……」

「あ、もしかして、仁先生、今帰ったの？　じゃあ、メシこれからか？」

「いや、いいよ、あんまり食欲ないから。あ、守君がもしまだなら、なにか……」

「大丈夫。俺は家で食ってきたから。本当は親父も一緒に来るって言ってたんだけど、ビール一杯飲んだだけなのにコロッと寝ちまってさ。ガーガーいびきかいて、いくら起こしても起きなくて。やっぱり親父も歳だな」

「いびき？」

「あ、守君、なんか飲む？　コーヒーとか？」

「おう、仁美、さんきゅ。悪ぃな」

仁美がキッチンへお湯を沸かしに行くと、守は父に向き直り、小声で話し始めた。

「仁先生、今日来たのは、一応、ちゃんと確認させてもらおうと思って。ぶっちゃけ、どうなってんの、エリカさんと？」

「それは……、どうもなってないけど、それより、守君、会長は普段もいびきを？」

「いや、うるさいと思ったことはないな」

「なのに、今夜はいきなり寝ちゃって、そんなにひどいいびきをかいていたの？」

「ああ。今回の件で、親父も相当疲れてんだな。ストレスも溜まってるだろうし」

「今、家にいるのは会長だけ？」

「え？　離れに姉貴と麗奈がいるけど」

「電話して、会長の様子を見に行くように言ってもらえる？　あ、いびきかいてたら、絶対に体を揺さぶったりしないで、大きな声をかけて起こしてみてって」

「なに、仁先生、親父、なんかヤバいの？」

「わからないけど、ちょっと気になるから、電話をかけながら私たちも行こう。仁美、戸締りちゃんとして、留守番頼んだよ」

守の背中を押し、慌ただしく出て行く父を仁美は複雑な思いで見送った。

しばらくして玄関のチャイムが鳴り、父だと思って扉を開けたが、そこにいたのは――。

「……エリカちゃん？」

門扉に寄り掛かるようにして立っていたのは、エリカだった。

「仁美ぃ……、仁先生はぁ？」

エリカは門扉を開けようとしたが、うまく開けられずガチャガチャと大きな音を立てる。

「ちょっと、なにやってんの、エリカちゃん、今、開けるから」

近寄ると、エリカの体からは南国の花の香りではなく、強烈な酒の臭いが漂った。

「エリカちゃん、どんだけ飲んだの？」

仁美が開けた門扉にエリカはよろけてぶつかり、派手な音を立てる。

「うわっ、ちょっと大丈夫？　飲みすぎだってば」

「仁先生、どこ？」

「今、いないよ。守君と一緒に会長の家に行ったから」

「嘘っ！　嘘、嘘、嘘、嘘、嘘！　本当はいるんでしょ、中に？」

すごい剣幕で言い寄られ、仁美は唖然とする。

「なんれ？　なんで、仁美までそんな嘘つくの？」

「嘘なんかついてないって、今、会長の家にいけば、そこにいるよ」

「ほんろう？」

呂律が回っていないエリカにうなずくと、彼女は出ていこうと踵を返したが、バランスを崩して前のめりに倒れ、門扉の前の短い階段を転げ落ちそうになる。

「ちょっ、危ないって、エリカちゃん！」

慌てて腕をつかんで支えたが、彼女はそんな仁美の手を振りほどこうともがく。

「暴れないでよ。ねぇ、うちに入ろう。水飲んで酔いを醒ましたほうがいいって。さっきのラウンジでの話も訊きたいし」

　エリカはかぶりをふり、叫んだ。

「イヤら！　そんな話しない。仁先生がいないなら、会長の家に行く！」

「無理だよ、まともに歩けてないでしょ。とにかくうち入って休もう。冴音に電話して、迎えに来てもらうから」

「ヤーだ！　今すぐ会って話したいの、仁先生と！」

「大きな声出さないでよ。待ってれば、そのうち帰ってくるから」

「帰ってこないかもしれないれしょ？」

「そんなことあるわけないじゃん」

「あるよ！　らって、あたし……、避けられてる」

「お父さんに？　それは、今、噂になるとまずいからだよ。エリカちゃんだって、変に誤解されたくないでしょ？」

「ねぇ、仁美……」

　動きを止めたエリカが仁美を見つめ、そのままドンと抱き着いてきた。

「仁美は嫌じゃないでしょ？」

「嫌じゃないって、なにが？」

「あたしが、ママになるの」

「はぁ？　誰のママになるわけ？」

「決まってるでしょ、あんたのママに」

　驚きのあまり、体を離そうとしたが、酔ったエリカは体重を仁美にあずけ、寄り掛かってくる。

「……なに、言ってんの？　そんなことあるわけないじゃん」

「どうして？　あるでしょ、あたしと仁先生が結婚すれば」

「だから、なに言ってんのよ！　ママが死んだばっかりなのに！」

　声を抑えることができず、思いのほか大きな声で怒鳴りつけるようになってしまった。

「仁美……、仁美はあたしの味方じゃないの？」

「お父さんと、なにか……あったの？」

　訊いておきながら、仁美はすぐに「ううん」と、自分でそれを打ち消す。

「そんなはずない。そんなことあるわけない」

「なんで、そんなことあるわけないの？」

「あるわけないよ。だって、お父さんにはママが……」

「そうだけど、千草さんには悪いと思ったけど、好きになっちゃったんだもん、仁先生のこと」

「……な、なに、言ってんの？」

「しょうがないでしょ、もう気持ち抑えられなくなっちゃったんだから。どうしても、どうしてもどうしても……、なにもかも全部捨てても欲しくてたまらないものは、この手で奪い取るしかないじゃない」

「やめて。聞きたくない」

首を横に振り、後ずさる仁美を逃がすまいと、エリカは迫ってくる。

「仁美、聞いて。あたし、本気なんだってば。仁先生のことが好きで好きでたまらないの。仁先生なしで生きてくなんて、もう考えられない」

あんなに憧れていたエリカが、盛りのついた薄汚い野良猫みたいに見えた。黙り込んだ仁美の胸の内に気づかず、エリカは酒臭い息をまき散らしながら喋り続ける。

「仁美はあたしの味方でしょ？　ねぇ、一緒に楽しくやっていこうよ。仁先生とあたしと、仁美と涼音の四人で」

微笑みながら、腕をぎゅっとつかんできたエリカの手を、仁美は乱暴に振り払う。

「触らないで！」

ビクッと体を震わせ、エリカは酒で濁った目を一瞬大きく見開いたが、すぐに仁美を懐柔するような笑みを浮かべ、しなだれかかってくる。その体のやわらかでみだらな弾力に、鳥肌が立った。

「仁美ぃ、そんな冷たいこと言わないでよぉ。あたしと仁美の仲じゃない」

耳もとで囁かれる甘やかな響きに虫唾《むしず》が走り、体の深いところから拒絶反応が湧き上がってくる。

「キモ……い」

「……えっ？」

「キモい、キモい、キモい！　気持ち悪いから、触らないで！」

怒鳴られ、再び体を振り払われて、さすがのエリカも顔色を失った。

呆然と立ち尽くす彼女の背後で黒い影が動いた。頭に上っていた血が一瞬で冷え、仁美は息をのみ、闇に目を凝らす。大きな声を出してしまったので、きっと近所の人が様子を見に出てきたのだ。今の会話を聞かれていたら、エリカも父もこの町では暮らしていけなくなってしまう。予想通り、近所のおばさんと思しき数人の影を通りに見とめたが、かなり距離がある。今、エリカの後ろで動いたのは別の……。


　ふいにカシャッという音が闇を裂き、辺りはまばゆい光に包まれた。

シャッターを切った男が庭に入り込んできて、なおもエリカにカメラを向ける。玄関の灯りに照らされたその男の顔に見覚えがあった。麗奈につきまとっていた週刊誌の記者、権藤だ。

「ちょっと、やめてよ。なんなの、あんた⁉」

「どうも、景浦エリカさんですよね？　私、こういう者です」

　差し出された名刺を無視し、エリカは記者を睨みつけた。

「偶然、そこを通りかかったら、おふたりのお話が耳に飛び込んできたものですから。失礼ですが、あなたと真壁仁先生はいわゆる不倫関係にあるということですよね？　それはいつごろ始まったんでしょうか？　真壁先生の奥様が亡くなられる前から、男女の関係にあったということですか？」

　矢継ぎ早に質問され、エリカも少し酔いが醒めたのか、怯んでいるように見えた。

「……写真」

「はい？」

「今、撮った写真、消して」

「いやぁ、それはもったいない。お美しく撮れてますから。そうやって話をはぐらかさないでくださいよ。否定されないってことは、お認めになったってことでよろしいですね？」

　人を食ったような男の猫なで声に、仁美まで背筋がぞわぞわした。

「つまり、真壁千草さんの生前から、あなたと仁先生は不倫しておられた、と」

「あんたに話すことなんて、なにもないから」

「そんなつれないこと言わないでほしいなぁ。なんならこれから飲みに行きませんか？　朝までとことん付き合いますけど」

「誰があんたなんかと」

　この場から逃れようと、ふらふらと歩き出したエリカの前に、男が立ち塞がる。

「ちょっと、そこ、どいてよ」

「待ってくださいよ。さっきみたいに、思いの丈を私にぶつけてみませんか？　すっきりすると思いますよ」

「邪魔だって言ってるじゃない！」

「いいんですか？　このままなんの申し開きもせずに帰ってしまって」

「申し開きってなによ？　私はただちょっと酔っ払って、だから、なに言ったかも覚えてないし、酔って言ったことなんて全部冗談に決まってるでしょ」

「冗談には聞こえませんでしたよ。ものすごく気持ちがこもってましたからね。『仁先生のことが好きで好きでたまらないの』って」

「……そんなこと、言ってない」

「言いましたよ。奥さんから奪い取ろうとしたこともね。そんな中、真壁千草さんは農薬入りのおしるこを食べさせられて死亡し、仁先生はフリーになった。これって偶然なんでしょうか？」

「……なにがいいたいの？」

「いや、別に。ただ、偶然にしてはでき過ぎてるなぁ、と。そう思いません？」

最後の言葉を、記者は仁美を見つめ、発した。そのまま目を逸らさず、話し続ける。

「農薬混入を疑われた音無ウタさんや博岡さん一家の疑いがほぼ晴れた今、警察はおしるこ担当だった人たちを洗い直しているらしいんですよ。ま、当然ですよね。ずっとおしるこの鍋のそばにいた人たちなら、人目につかずに農薬を入れるチャンスが他の方々よりもあったでしょうから。特に……」

一度言葉を切り、男は意味ありげな視線をエリカに向けた。

「ひとりでテントにいたあなたになら、難なくやれたんじゃないですか、景浦エリカさん」

「ふざけんじゃないよ！　なんで私が疑われなきゃなんないの？」

「だって、あなたにはすべてあったじゃないですか。動機、チャンス、そして農薬」

驚きのあまり仁美は息ができなくなる。それは、エリカも同じだったらしい。

「……誰がそんなこと？」

「否定されないんですね。否定しないってことは、お認めになったのと同じなんですよ」

「やってない！　私は農薬なんて知らない！」

そう叫び、出ていこうとしたエリカに男が追いすがる。

「だったら、なんで逃げるんですか？　やってないなら、堂々と取材に答えてくださいよ」

「あんたらは自分らの都合のいいように、面白おかしく捻じ曲げてしか書かないじゃない」

「申し開きせずに帰っちゃっていいんですか？　私、そのまま書いちゃいますよ」

「うるさい、いいから、どいて！」

　記者は、門扉を開けて逃げ帰ろうとするエリカの前に回り込み、道を塞ぐ。

「本当に書きますよ。ここで聞いたことも。お宅に農薬があったことも――……」

「邪魔だって言ってるでしょ！　消えて！」

　立ちはだかる記者をどかそうと、エリカが振り回したバッグが彼の鼻に当たってしまい、あっと思う間もなく、男は門扉の前階段を背中から落ちていった。


　かすかな物音で目覚めると、リビングのソファの上だった。

　あれ？　なんで自分のベッドで寝てないんだっけ？　カーテンから差し込む朝の日差しをぼんやり見つめていると、寝ぼけた頭に昨夜の出来事が唐突に蘇ってきた。

　今しがた聞いた物音は、玄関の開錠音ではないか。ようやく父が帰ってきたのだ。

　仁美は跳ね起きて玄関へ走ったが、そこに父の姿はなく、鍵も閉まったままだ。

　玄関の時計は八時三十五分を指している。さっき聞いたのは出勤のため家を出た父が鍵を閉める音だったのだ。すぐさま開錠してドアを開けると、「真壁さん！」と叫ぶ声が響いた。だが、仁美が呼ばれたわけではない。真壁家の前には、誰もいない。

「真壁さん、お話聞かせてください！」

　声は同じ敷地内に建つ真壁医院のほうから聞こえてくる。

　不穏なざわめきに胸がわななき、仁美はサンダルをつっかけて表に飛び出す。

「真壁先生、景浦エリカさんとおつきあいされているって本当ですか？」

　真壁医院の入口の前で、父が大勢の報道陣に取り囲まれていた。中には大きなカメラを担いだテレビクルーの姿まである。

「すみません、九時から診療なので、通してください」

「答えていただけたらすぐに帰りますよ。真壁先生と景浦エリカさんは、不倫関係にあったということでいいんですよね？」

「おふたりのご関係は、いつからですか？　毒しるこ事件の前からおふたりは交際されていたんですか？　そのことを奥様はご存じでしたか？」

　体の芯がひやりと冷たくなる。昨夜、ここで起きたことを伝えようと父に何度も電話をしたがつながらなかった。帰りを待ちながら、いつの間にか眠ってしまった自分を仁美は呪う。

　そのあとで帰宅した父は、いつものように職場に向かおうとしたところを彼らに捕まってしまったのだ。

　父の留守番電話に残したのは、エリカが訪ねてきたことだけで、衝撃の告白についてはなにも伝えていない。それは仁美にとって、あまりにおぞましいものだったからだ。

　おそらく父はなにが起きたのかわからず、困惑しているに違いない。どうにかして、知らせなければ。

　仁美がスマホを取りに戻りかけたとき、よく通る声が、マスコミ陣の質問を遮った。

「道を開けて！　彼を通してください。仁先生が病院へ行けなければ、患者が困ることになる。この町は年寄りが多いんだ。なにか問題が起きたら、あなたたちの責任ですよ！」

　通りの向こう、車から降りた守がそう叫びながら、自警団のメンバー三人を引き連れ、駆けつけてきた。

「真壁さんが質問に答えてくれたら、すぐに退散しますよ」

「仁先生が質問に答えなきゃならない義務なんてないでしょ」

「ありますよ。この人の不倫相手に階段から突き落とされて、私、怪我をしたんですから」

自分の後頭部を叩いて示しながら、守とやり合っているのは、権藤だ。

彼が元気でいることに仁美は安堵したが、同時に、別の不安が湧き上がってくる。あの男は昨夜のエリカの発言を聞いている。

「なんの話をしているんです？　仁先生は不倫なんてしてませんよ」

「それは守さんがご存じないだけでしょう。昨夜、ここで、真壁先生の秘密の恋人が、どんな醜態をさらしたか」

「秘密の恋人がいるなんて決めつけるなよ。仁先生に失礼じゃないか！　あんた、以前、うちの麗奈にしつこくつきまとってた週刊誌の記者だよね？　親父に怒鳴りつけられたはずだけど、少しも凝りてないんだな」

「話をすり替えないでください。私は真壁先生の不倫問題について訊いているんですから」

「だからそんな事実はないって言ってるだろ。仁先生は、俺にそう誓ってくれたんだから」

守は昨夜ここで起きたことを知らない。これ以上記者を刺激して怒らせないでほしいと、仁美は祈るような思いだった。父を挟んでやり合う記者と守の姿がテレビカメラで撮影され、全国に放送されてしまうかもしれないのだ。

「ほー、そうだったんですか？　そんなはずないんだけどな。ずっと黙ったままの真壁先生は昨夜ここでなにが起きたか、ご存じのようですね？　景浦エリカさんからお聞きになったんでしょう？　先生がお帰りになったのは今朝六時過ぎでしたもんね？　そんな時間までどこでなにをされていたんです？　昨夜の一件をどうやって誤魔化すか、景浦エリカさんと口裏合わせでもなさっていたんじゃないですか？」

「あんた、本当に下衆なことしか言わないな。仁先生はそんなことしてないよ」

「どうして守さんがそんなこと言い切れるんですか？　この人を見張っていたとでも？」

「そんなわけないだろ。昨夜、仁先生は俺と一緒にいたからだよ」

「へ？　一緒に……？　ああ、そういえば、確か、こちらの娘さんが、仁先生は会長の家に行ったと……。でも、朝までずっと一緒にいたわけではないでしょう？」

「いたんだよ、一緒に。親父が脳梗塞を起こしてね。仁先生がそれに気づいて、病院へ運んでくれて、手術が終わるまで俺ら家族と一緒に付き添ってくれていたんだ」

　驚く記者の顔が見えたが、仁美も同じように驚いていた。

「だから、あんたが言うように、秘密の恋人と会って口裏合わせなんて絶対にしてないんだよ」

「……そうですか。それは私の思い違いだったようですね。でも、おふたりが不倫関係にあったことは紛れもない事実だ。私は証拠を握っているんですから」

「証拠？」

「ええ、昨夜、ここをたまたま通りかかったら、真壁先生を訪ねてきた景浦エリカさんが酔っ払って、仁美さんに絡んでましてね。そのときの会話を録音させてもらったんですよ」

　足もとのアスファルトが砂になって崩れ、仁美は昏く深い穴にずぶずぶと呑み込まれていくような気がした。

「相変わらず卑劣なことしてますね。それ、聞かせてくださいよ。今、ここで」

　記者を挑発するように言葉をぶつける守を、仁美はハラハラしながら見つめる。余計なこと言わないでと怒鳴りつけたかった。あんなものがみんなに聞かれたら、もう終わりだ。

「いやいや、それはできませんよ。うちだけのスクープですから」

「やっぱりハッタリじゃないですか。行きましょう、仁先生」

「ちょっと待ってください。ハッタリなんかじゃありませんよ」

「だったら、聞かせられるでしょ。別にテレビカメラの前でとは言わないからさ」

「聞かせたら、うちの独占取材に応じてもらえるんですか？」

「それは内容によるよ。まずは聞いてからだ」

「……わかりました。おふたりにだけお聞かせしましょう」

「よし、じゃあ、他の皆さんはご遠慮ください。仁先生、家を借りますよ」

守に背中を押された父は言われるがまま、記者と三人でこちらへ向かって歩いてくる。道に突っ立っていた仁美も慌てて戻り、彼らを迎え入れる格好になってしまった。

「仁美、朝っぱらから悪いな。あ、スリッパとかいらないから。家に上げる必要ないよ。ここで聞かせてもらいましょう」

守はそう言って、玄関に立たせたままの記者を促す。庭では自警団のメンバーが、他のメディアの人間が入ってこないよう見張っているようだ。

もったいぶった仕草で記者はボイスレコーダーを取り出し、再生ボタンを押す。

昨夜のエリカの声が流れだすと、むせるような酒臭さが鼻の奥に蘇り、仁美は吐き気を覚えた。

「仁美、聞いて。私、本気なんだってば。仁先生のことが好きで好きでたまらないの。仁先生なしで生きてくなんて、もう考えられない」

呂律の回らない舌で父への愛を語るエリカの言葉を再び聞かされ、耳を塞いで叫び出したい衝動に駆られる。

盗み見た父の顔は色を失い、何も映していないような瞳は、処分できず玄関の隅に置かれたままになっていた母のつっかけサンダルに注がれている。そんな父の様子が吐き気をさらに強めたが、この場を離れるわけにもいかず、仁美は最後までなんとか堪えた。

「これで、おわかりいただけたでしょう？」

昨夜のエリカの言葉をすべてを聞かせ終えた記者は停止ボタンを押し、なんとも言えない得意げな表情で父の顔を覗き込む。仁美も祈るような思いで父を見たが、彼はなんの弁明もせず、目を伏せたままだ。そんな父に代わり、守が強い口調で記者に尋ねた。

「なにがです？」

「なにがって、決まってるじゃないですか、真壁先生と景浦エリカさんが不倫関係にあったということがですよ」

「不倫関係？　僕が聞く限り、酔ったエリカさんが仁先生への一方的な恋愛感情をぶちまけただけだと思うけど」

「いや、でも、どう考えたって……」

「エリカさんも酔って冗談を言っただけだって、不倫の事実を認めてないじゃないですか。この音声のどの部分が不倫の証拠になるんです？」

「すべてがそれを物語っているじゃないですか。彼女だって小娘じゃないんだ。当然、男女の関係だったからこそ……」

「それこそあなたの思い込みじゃないですか。そんなんでよく記者がつとまりますね」

「守さん、あなたのご意見はもう結構です。私は真壁先生に話をうかがいたい。景浦エリカさんは結婚を口にされていましたが、先生もそのおつもりだったんでしょ？　それで奥さんが邪魔になって……」

　黙ったままの父を庇うように立ち、守が声を荒らげる。

「仁先生に失礼なことを言うな！　帰ってくれ！」

「ちょっと待ってください。どうしてなにも答えてくれないんですか、真壁先生！　やましいところがあるからでしょう？」

「やましいところ？　そりゃあるよ」

語気を強めた守に、記者は身を乗り出す。

「守さん、なにかご存じなんですか？」

「ああ。俺だけじゃなく、この町の人間なら誰でも知ってる。仁先生がエリカさんに強く出られないのは、彼女の子供たちを助けられなかったことをやましく思っているからだって」

「は？」

「仁先生は優しいから、エリカさんに一方的に思いを寄せられて困っていたんだろう。そんな中、毒しるこ事件が起きて、彼女は幼い子供をふたりも喪った。責任感の強い仁先生は感じる必要のない責任と罪悪感を感じ、心の拠りどころを求める不安定なエリカさんを突き放すことができなかったんだ」

「いや、でも……」

反論しようとする記者を手のひらで制し、守は玄関扉を開ける。

「そういうことですから、お引き取り下さい」

背中を押された記者は、なおも父に向って質問を続けようとしたが、守はそれを許さず、「帰れって言ってるだろ！」と、乱暴に彼を叩き出す。

「こんなものを根拠に不倫の記事なんか書き立てたら、あんたを訴えるからな！」

外に待機していた自警団のメンバーに記者を引き渡すと、守はドアを閉め、大きく息を吐いた。

「仁先生、こういうことはこれっきりにしてくれ」

記者の質問にはなにひとつ答えなかった父が、その言葉に顔を上げ、「守君」とうめくような声を発した。なにか言おうとした父の言葉をさえぎり、守は続ける。

「先生は親父を助けてくれた恩人だ。いくら感謝してもしきれない。だけど、これだけは言わせてくれ。仁美と今の生活を守りたいなら……」

守はぐいっと顔を近づけ、父の耳もとでささやく。

「あの女とは二度と会うな。患者として病院へ来ても追い返せ」

静かだが有無を言わさぬ口調に、父は息を呑む。

「じゃないと、今手にしているもの、すべて失うことになるよ」

ずしりと重い言葉を残し、守は帰っていった。

しばらく呆然と立ち尽くしていた父が、ふいにハッと我に返り、ドアノブに手をかけた。

「お父さん、どこへ行くの？」

「病院へ」

「でも、まだマスコミがたくさん……」

大丈夫だというようにうなずき、出て行こうとした父の背中に仁美は声を震わせ尋ねる。

「お父さん、本当に、エリカちゃんと……？」

否定も肯定もせずドアを開けた父は、仁美と目を合わせることなくポツリとつぶやいた。

すまなかった、と。

確認しなくてもわかっていた。それでも、確認せずにはいられなかったのだ。

嘘であってほしいと、ずっとどこかで願っていたから。

「キモい」

昨夜、エリカにぶつけた言葉が再び口からこぼれた。仁美はそこにあった父のスニーカーをつかみ、今、彼が出て行った玄関の扉に思い切り投げつける。ぶつかって跳ね返ったスニーカーは落ちて転がり、母のつっかけサンダルに重なって止まった。ゴミ出しや近所に買い物に行くときに、母が愛用していた、エリカなら絶対に履かないであろうおばさんくさいデザインのサンダルが歪んでにじみ、見えなくなる。いつしか涙があふれていた。

十四

その日の昼過ぎにはもう、エリカがさらした昨夜の醜態は、町中に知れ渡っていた。話して回ったのは守でも記者でもなく、昨夜、家の外まで出て遠巻きに見物していた近所のおばさんたちだろう。

そして、それ以降、町はエリカの噂で持ち切りとなった。

戦々恐々としていた仁美だったが、誰かに会うたび「大変だったね」と同情され、「仁先生がそんなことするはずないから」と慰められ、励まされた。

どこまで本心でそう思っているのかつかめなかったけれど、そのあとに仁先生は会長の命の恩人と誰もが讃えるので、会長や守の手前、悪く言えないという空気を仁美は感じる。

たとえふたりが不倫関係にあったとしても、一方的にエリカが迫り、仁先生が押し切られてしまったに違いないから悪いのはエリカだと、父を擁護する向きもあった。

父が守られたぶん、おのずとエリカひとりが悪者にされ、あちこちで陰口を叩かれていた。もともと女性を敵にまわしやすい人だったので、おばちゃんたちがエリカを悪く言うのは想定内だったが、彼女に憧れ、ちやほやしていた男性陣までもがそれに加わった。

エリカを守ろうとする人間がいなくなってしまった背景は他にもあった。会長がエリカに多額の金を貢がされていたことがわかり、守が激怒したからだ。

そんな中、涼音から電話がかかってきた。

どうしているか気になりながら、連絡することをためらっていた仁美は、勢い込んで電話に出る。

「涼音、大丈夫？」

「……仁美ちゃん、ごめんね」

　弱々しい涼音の声に胸が締め付けられた。

「まさか、仁先生にまで……。千草おばさんにあんなによくしてもらったのに、私、どうやって謝ったらいいか……」

　受話口から聞こえてくる声が、泣いているように震える。

「エリカちゃんだけが悪いわけじゃないし」

「ううん、悪いのはママだよ。ママが仁先生を……」

「だとしても、涼音は関係ないんだから、謝る必要なんてないよ。それより、大丈夫？　家にマスコミが押しかけてきてるでしょ？」

「うん。でも、それは仁美ちゃんのところだって」

「こっちは少し落ち着いてきた。男手がないから、そっちのほうが心配だよ。涼音だけでも、二番目か三番目のパパのところに行くことはできないの？」

「私とは血がつながってないし、ママも許さないと思う」

「でも、なにかあってからじゃ……。守君に涼音の家の見回り強化してって頼んだけど」

「守君……、怒ってるんだよね、ママのこと」

「あの話、本当なの？　エリカちゃん、なににそんなにお金使ってたんだろう？」

「わからないけど、エステとか買い物とか、かな」

　言葉尻がため息に変わる。

「涼音、よかったら、うちに来ない？」

　エリカも一緒にというわけにはいかないが、涼音の安全だけでも守りたい。

「ありがとう、仁美ちゃん。でも、ママをひとりにするわけにはいかないから」

エリカの自由で奔放な一面に惹かれ、自分の母親を堅苦しくてつまらないと侮ってきたが、仁美は今、痛感していた。あの他人の目を気にし過ぎる堅実な母親に育てられたことがいかに幸せなことだったかを。

そしてまだ中学三年生なのに、ずっとエリカの尻ぬぐいをさせられ、本来なら守ってくれるはずの母親のせいで危険な状況に置かれている涼音を、心の底から気の毒に思った。

「本当にどうしてこんなことになっちゃったんだろう」

涼音の声はこれまでにないほど疲弊しきっていた。なんとか励まそうと明るい話題を振っても、涼音は言葉数少なく電話口で何度もため息をつき、ついには黙り込んでしまう。

そのとき、仁美は窓の桟にあるはずのないものを見つけた。それは蝶の死骸だった。

部屋に迷い込んで出られなくなり、息絶えたのだろうか。

秋の蝶の死が修一郎から聞いた話を思い出させた。

不吉な前兆のようで不安になった仁美は、暗い沈黙を保つ涼音に一方的に話しかける。

監獄実験って知ってる？

アメリカの大学で実際に行われた心理実験でね、健康な男子学生を囚人チームと看守チームに分けて刑務所みたいな場所で生活させると、看守役の人たちは次第に看守らしくふるまうようになって、囚人役に暴言を吐いたり、屈辱的な罰を与えたり、平気で残酷なことができるようになるんだって。

話を聞いたときは信じられなかった。

でも……、今はなんかわかる気がする。

普通に優しかった人たちが、平気で酷いことを言ったりしたりするのを、たくさん見てきたからかな。

この町は、今、監獄……なのかもしれない。

毒殺犯だと疑われた人が囚人で、それ以外の全員が看守。

看守は囚人にどんな酷いことをしてもいいって思ってる。

だって罪を犯した囚人なんだから。

ううん、毒を入れた証拠なんてない。でも、看守たちはあんな惨いことができる人間は他にいないって、いつの間にか囚人と決めつけてる。

監獄実験でコイントスみたいに無作為に振り分けられた囚人役の人にまで非人道的なことができるなら、毒殺犯に違いないって思い込まれてしまったら最後、その囚人は看守たちにどこまでも残虐なことをされ、……殺されてしまうかもしれない。

だから、逃げてほしい。

監獄みたいなこの町から。

看守の手が絶対に届かないところまで――。


翌日は、朝から冷たい雨が降っていた。

自転車をあきらめ、バスで登校した仁美は、放課後、指定されたカフェに向かう。

「まさか、君の方から連絡もらえると思ってなかったから嬉しかったよ」

そう言って立ち上がったのは、以前、他社の記者にしつこくつきまとわれていたところを助けてくれた白都だ。彼もまた都内にある中堅出版社の週刊誌記者なのだが、同県の出身で土地勘があるからとこの事件を任されたそうで、他の記者のようにぎらついたところがない。男性にしては小柄だし、優しい顔立ちなので威圧感もなく、以前、涼音にちょっとかっこいい人に会ったと話したこともあった。

「今日は冷えるね。よかったら、あったかい紅茶とケーキでもどうかな？」

白都に心を開いたわけではもちろんないが、ここと似たような田舎町出身だという彼とはわかり合えることが多く、これまでの対応からもマスコミの人間の中では唯一信頼できると思える人だ。だから呼び出した。涼音のため、真犯人の情報を探りたかったから。

「正直ホッとしたよ。この間の尾行で嫌われたんじゃないかと思ってたから」

「あのときのホテルラウンジでのこと、記事にするんですか？」

「……悪いけど、それが仕事だからね」

「白都さんは、エリカちゃん以外の人のことも取材してるんですよね？」

「え？　どういうこと？」

「私、バカだからこういう言い方しかできないけど、真犯人を見つけたいんです」

「景浦エリカさんは犯人じゃないと？」

「はい。エリカちゃんが怜音と萌音を殺すなんて、やっぱり考えられない」

「ラウンジで鍵谷さんの話を聞いたのに？」

「知ってるから、エリカちゃんがあの子たちを可愛がっていたこと。だらしなくてダメな人なのは確かだけど、人は殺せない」

「人にはいろんな面があるよ。彼女にも君の知らない一面があるかもしれない」

「他に容疑者はいないってことですか？」

「すぐに記事になるから話すけど、鍵谷さん、いろいろ暴露してる。いかに彼女が奔放で男性にだらしなかったか。好きになると周りが一切見えなくなり、家族の迷惑や誰かを傷つけることなどおかまいなしに狂ったように恋に突き進んでしまうって。あと金遣いの荒さも。実際に借金がかなりあるし、町の人以外でも心証は最悪じゃないかな」

エリカの浮気が原因で離婚された鍵谷は、復縁のチャンスを狙っていたのだろう。窮地に陥ったエリカに救いの手を差し伸べたが断られ、憤慨してマスコミに彼女を売ったのだ。

「もし、このまま逮捕されるようなことになったら……」

不安に押しつぶされそうになる仁美をいたわるように見つめ、白都は口を開く。

「景浦涼音さんのことを心配してるのかな？　優しいね」

これはここだけの話だけど、と前置きし、白都は涼音の祖父について話す。

「連日警察に任意同行を求められていたんだけど、ついに認めたらしいよ。秋祭りの日、景浦家には農薬があり、事件のあとで疑われないよう自分が持ち帰ったって」

言葉の途中で、仁美は立ち上がり、勢いで倒れた椅子が大きな音を立てた。

「ちょっ、どうしたの？」

「どうしよう。私のせいだ。涼音……。私、行かなきゃ……」

仁美は店を飛び出し、雨の中、涼音の家へと走る。涼音の祖父の証言は、噂を真実へと昇華させ、エリカを逃げ場のない窮地に追い込みかねない。

景浦家の前には、マスコミの人間がたむろしていた。彼らに見つからないよう、仁美は裏口からそっと中に入る。敷地の中を玄関へ向かいかけた仁美は、途中でハッと足を止めた。しとしとと降り続く弱い雨の中、どこからか声が聞こえてきたからだ。すすり泣くような涼音の声が。

すぐに思い当たり、仁美は来た道を戻る。涼音は気持ちが沈んだときやひとりになりたいとき、決まってあそこにいた。

ツリーハウスに近づくごとに、涼音の泣き声は大きくなり、仁美の胸は締め付けられた。

きっと祖父から連絡があり、農薬の件を警察に話してしまったことを聞いたのだろう。

涼音を守りたいと思っていたのに、自分の不用意な発言が涼音を悲しませている。

ふたりで助け合うようにと母が涼音と自分にくれたハート型のペアネックレスを制服の上からぎゅっと押さえ、仁美ははしごに手をかけ、意を決して上る。

薄闇の中で泣いている涼音の背中が目に飛び込んできた。

だが、はしご段の途中で、仁美の手が止まる。

そこにいたのは、彼女だけではなかったからだ。

泣きじゃくる涼音を抱きしめていたのは——。

気配に気づき、彼が振り返った。

逃げ出したいのに、足が動かない。

「仁美……?」

涼音がビクッと顔を上げ、修一郎の胸から顔を離す。

「……仁美ちゃん?」

仁美はなにも言えず、バカみたいにそこにじっとしていた。立ち去りたいのに、強力な接着剤かなにかではしご段に貼りつけられたように手足が動かない。

「仁美ちゃん、ごめん……」

涼音の言葉に、なにが?　という疑問が浮かぶ。

なにに対して謝っているの?

エリカが、母から父を奪おうとしていたこと?

それとも、自分の気持ちを知りながら、今、修一郎と抱き合っていること?

この町の人たちのためにも末永く元気でいてもらわないとね。真壁医院の次期院長と院長夫人には——。

あの言葉は、なんだったの？

　相変わらず涼音の表情は、感情が読み取りづらい。

　いつもなら、かすかに寄せられた眉や少し下がった口角などから、涼音の気持ちが伝わってくるのに、今はさっぱりわからない。

　もしかしたら、修一郎は泣いている涼音をただ慰めていただけなのかもしれない。

　かすかな希望を胸に修一郎を見ると、彼が口を開いた。

「……えっと、こういうこと、だったんだ」

「こういう……こと？」

「だから、あの日……、あの祭りのあと、話したかったこと」

　意味がわからず、立ち尽くす仁美に、修一郎は少し照れ臭そうに話す。

「仁美に相談したら、すずが僕のことをどう思ってるか、うまいこと聞き出してくれるんじゃないかと思って。でも……」

　エリカが犯人と疑われるようになって景浦家に防犯カメラをつけたり、涼音の相談に乗ったり、ふたりで会う機会が増え、四回目の集会のあと、修一郎は自分で想いを伝えたのだという。

「……で、僕ら、つきあうことになったから」


　気がついたら、ずぶ濡れで自分の部屋にいた。

　どうやってあの場から立ち去り、どうやって家までたどり着いたのか、覚えていない。

　傘を持っていたはずなのに、なぜバケツの水を浴びたように髪も服も全身が濡れているのかも。

　ひとつだけ良かったことがあるとすれば、これだけ濡れていたら、途中で誰かに会っていたとしても涙で顔がぐしゃぐしゃだとはバレずに済んだことだろう。

母の死でもう枯れ果てたと思っていたのに、涙があとからあとからあふれてこぼれ落ちる。

自分の一部が、死んだような気がした。

殺したのは、妹のように思い、信頼しきっていた涼音だ。息をすることさえ苦しくて、仁美は考えることも感じることも放棄し、身体を床に横たえる。

ずぶ濡れなのはわかっていたが、風呂へ入る気力も髪をタオルで拭く力さえ残されてはいなかった。ただ、ひとつだけやらなければいけないことがある。仁美は首に手をかけ、ずっとそこにあった涼音とペアのネックレスを残された最後の力で引きちぎり、壁に投げつけた。

死んでもいいと思っていたのに、気がついたら自分のベッドに横たわり、高熱に浮かされていた。

はっきり覚えていないけれど、母の夢を見たような気がする。

意識を取り戻した仁美に気づき、父が泣き崩れたのは、おそらく夢ではなかったのだろう。

三日後、嘘のように熱が引き、身体が楽になった。

父は仁美を叱った。叱られながら、叱られるのはずいぶんと久しぶりだと思った。

それは、夜中に何度も額に置かれた彼の手のように、どこか仁美を安心させた。

鏡を覗くと、なぜか目が少し腫れていた。熱に浮かされながら泣いていたのだろうか。

翌日、仁美はいつも通りに登校し、いつも通りに授業を受け、いつも以上に明るく振る舞った。それを奇異に感じた人もいたようだが、母親を亡くして間もないから、あるいは父親とエリカの関係に心を痛めているからと、間違った解釈をして余計なことを訊かずにのみ込んでくれて助かった。

涼音からはメッセージが嫌というほど届き、電話もかかってきたけれど、そのすべてを仁美は無視した。

今さら言い訳など聞きたくなかったし、今後はもういっさい関わりたくなかった。

あと一年と少し――。

それだけ我慢すれば、この町を出ていける。高校を卒業し、東京の短大か専門学校へ進んで、ここから離れるのだ。そうしたら、もう涼音ともエリカとも顔を合わせずに済む。


そうやって淡々と日々をやり過ごしているうちに、エリカへの疑惑とバッシングはますますエスカレートしていった。

エリカの二番目の夫の暴露話が週刊誌の紙面に踊ると、マスコミはエリカを執拗に追いかけ回すようになった。

守の脅しが効いたのか、あの録音がそのまま世に出ることはなかったが、エリカに階段から落とされた記者の権藤は、毒しるこ事件の疑惑の人物として、エリカについて書き立てた。

実名は伏せられていたものの、この町の人間が読めばエリカであることが一目瞭然の記事が週刊誌やテレビのワイドショーをにぎわす。

離婚と再婚を繰り返す恋多きエリカの人生は読みものとしても面白かった。そして、東京で彼女がどれほど豪奢な生活を送っていたかが写真や映像で報じられると、住民たち――特に女性陣――は自分たちとの格差に愕然とし、エリカへの敵意と反発をますます強めた。

それまでマスコミに口を閉ざしていた人たちも、エリカがいかに問題のある住民であったか、町内会のルールを無視し、幼い子供を放任して男と酒に溺れる彼女の生活を虚実綯い交ぜにして語り出し、それがまた週刊誌で面白おかしく記事にされた。

マスコミが煽っているせいもあるのだろうが、博士の通夜の席でこやぎ庵の店主が言っていたように、毒しるこ事件だけでなく、音無ウタを崖から突き落としたのも、博岡家に放火したのもエリカに違いないという空気が、いつの間にかこの町を支配していた。

十五

事態はなにも収束していなかったが、ひとつの区切りとして慰霊祭が執り行われることとなった。

よく晴れた日曜の夕刻、体調の悪い者や、どうしても仕事が休めなかった数名を除き、すべての住民が喪服姿でメーメー公園に集まった。

いや、もう一人、姿を見せなかった人間がいる。エリカだ。代わりに涼音が洒落た黒いドレスをまとって現れた。隣には修一郎が彼女を守るようにぴったりと寄り添っている。

涼音は、父とともに参列した仁美に気づいてなにか言いたげな表情を見せた。だが、仁美は目を逸らし、彼らと距離を取る。

そういえば、出かけしな郵便受けの投函口にギリギリ入るくらい分厚くて大きな封筒が突っ込まれているのに気づいたが、表に書かれた「仁美ちゃんへ」という文字が涼音のものだったので、見なかったことにして、そのまま置いてきた。なにが入っているのかわからないが、慰霊祭の前に心を乱されたくなかったからだ。

マスコミは公園内に入らないよう自警団と地元の警察が見張り、撮影も禁止されていたけれど、こんなところで涼音に感情を揺さぶられ、醜態を晒すのは絶対に嫌だった。

会長に代わって守が弔辞を述べ、千草、かすみ、怜音、萌音、そして議論の末、置かれることとなった博士の遺影に、長い黙とうが捧げられた。その後、献花をおこない、全員で空に風船を放つ。

　百を超える風船が舞い上がり、夕空に溶けていくさまは幻想的で幼い子供たちは歓声を上げたけれど、犯人が逮捕されていないのに慰霊になるのだろうかと、仁美は虚しさを覚えた。

　最後にろうそくに火を灯し、全員で公園に並べる。

　暗くなってきた園内で慰霊の火が揺らぐ美しくも神秘的な情景を眺め、誰かがぽつりとつぶやいた。

「いつになったらいい報告ができるんだろうねぇ。もういい加減くたびれ果てちまったよ」

　仁美と同じように感じていた者が多かったようで、皆、次々に口を開く。

「本当だよ。警察はなにやってんだ！　こっちがこんなに協力してるのにさ」

「警察が無能じゃなければ、もうとっくに事件は解決してたはずだぜ」

「そのとおり。あいつらのせいで、俺ら首くくる寸前だ。どうしてとっとと景浦エリカを逮捕しないんだ⁉」

　こやぎ庵の店主が大きな声を出し、公園が一瞬、静まり返った。

「こやぎ庵さん、やめてくれ。涼音の前だぞ」

　守が止めに入ったが、げっそりとやつれ、目を血走らせたこやぎ庵の店主の怒りは収まらない。

「関係ねぇよ。みんなそう思ってるくせに、なんで黙ってんだよ？」

「なにを根拠にそんなこと言うんです？」と、冷ややかな声を発したのは修一郎だ。

「だって音無のばあちゃんでも博岡の息子でもなかったら、あとはもうあのときしるこのテントにいた人間しかいねぇだろ。テントにひとりでいたあの女なら、いつだって毒を入れられたんだ」

「エリカさんは怜音と萌音を亡くしてるんですよ」

「……修一郎、まさか、読んでないのか、今日発売された週刊誌？」

唖然とするこやぎ庵の店主に、修一郎は毅然と言い返す。

「週刊誌は読んでないけど、保険金の話なら知ってます」

「じゃあ、あの女が街金から借金してたって話は？」

「街金？　借金があるっていうのは聞いてたけど……。でも、ひとりで子供三人も育ててたんだから、お金はかかりますよね。ある程度は仕方ないじゃないですか」

「修一郎、おまえはおめでたいな。あの女が子供のために金使うと思ってんのか？　あいつの借金は……」

「全部自分のためよ」と、週刊誌を手にした女性陣がこやぎ庵の言葉を奪う。

「私たちが見たこともないような高価なドレスや靴、ブランドもののバッグ、指輪、アクセサリー。自分を飾り立てるための買い物に湯水のように金を使いまくったって書いてある」

「それだけじゃないよ」別のおばちゃんが意地の悪い笑みを浮かべる。

「美と若さを保つため、引っ張り上げたり吸い取ったり、いろんな美容施術に大枚をつぎ込んでるんだってさ。どうりでお美しいわけだよ」

「あら、こっちの週刊誌にはもっとすごいこと書いてあったわよ。あの人、整形してるんだって。あっちこっちのおなおしにかかった費用、一千万越えだってよ」

「一千万？　それだけかけりゃ、誰だってきれいになれるわよねぇ」

「結構なご身分だよ。こっちは旦那や子供に少しでもうまいもん食わせてやろうと思って節約してんのに、貞操観念だけじゃなく、金銭感覚も狂ってんだね」

「でも、それで男釣り上げていい思いさせてもらってんだから、顔と身体には金かけないと仕方ないんじゃない。あの人にはそれしかないんだから」

「金かけても限界ってことだったんじゃない？　いくら若作りしたって、あの人、もう四十近いでしょ」

「うまいこと次の金持ちじじいが見つかってれば、景浦エリカも子供殺したりせずに済んだのに」

「いい加減にしてください！　週刊誌の記事なんて嘘ばっかりじゃないか」

　肩を震わせ、怒りの声を上げた修一郎に、こやぎ庵の店主が薄笑いを浮かべる。

「普通はな。でもこれ、エリカの二番目の夫の独占インタビューだから信憑性高いはずだろ」

　鍵谷の浅黒い顔が仁美の脳裏に浮かぶ。少し前まで彼の暴露に憤りを覚えていたけれど、こうしなければ気が済まないほど深いのだろうと今は思う。エリカに抉られた心の傷が。

「信憑性が高いからなんなんだよ。金銭感覚が狂ってたって子供を殺したことにはならないだろ」

「修一郎……」と、こやぎ庵の店主が憐れむような眼差しを彼に向ける。

「おまえ、保険金のこと知ってるって言ったけど、子供の死亡保険なんてたいした額じゃないと思ってんじゃねぇか。普通はそうだけどよ、怜音と萌音が死んで、あの女が手に入れる金、いったいいくらだと思う？」

　もったいぶって間を置いたのち、こやぎ庵は口もとにニッと嫌な笑いを浮かべた。

「一億を超えるんだってよ」

「一億……？」

　目を見開いた修一郎が涼音を振り返るが、彼女も知らないというように首を横に振る。

「嘘よ！」

　鋭い声が空気を裂き、皆が公園の北側に視線を向ける。

そこに、エリカがいた。

ふらふらした足取りだったので、また酔っているのかと思ったが、彼女はこやぎ庵をまっすぐに見つめ、言い返す。

「一億なんて嘘っぱち。そんな高額な保険、かけてない」

「本当か？　でもそういうことじゃないだろ。あんた、今、我が子に保険かけてたって認めたんだぜ。金に困って、借金してるってのによ」

「忘れてたの」

「はぁ？　忘れてた？」

「そうよ。そもそもかけたくてかけたわけじゃない。あいつに……、二番目の夫に言われてかけただけ。ノルマを達成しなきゃいけないとかなんとか、はっきり覚えていないけど」

「へー、よくそんな都合よく忘れられるもんだな、自分の子供のことなのに」

こやぎ庵の店主の横で、音無ウタも吼《ほ》える。

「この売女は子供のことなんてこれっぽちも考えちゃいないよ！」

疑いの目が無数にエリカを取り囲む。それを撥ねつけるように、エリカは叫んだ。

「街金から金借りてたのは本当だし、整形したってのも本当。だけど、あたしは、金のために子供を殺してなんか……」

突然、無数のフラッシュが焚かれ、南側の入口からマスコミの人間がなだれ込んできた。

「景浦さん、借金の事実はお認めになるんですね？　あれだけの金額をどうやって返済するおつもりだったんですか？」

エリカにマイクを向けるリポーターの女を、守が怒鳴りつける。

「慰霊祭の取材はしないって、約束だっただろ！」

自警団と地元警察が止めようとしたが、数で負けていた。

「エリカさん、お子さんにかけられていた死亡保険はおいくらなんですか？」

「掛け金は二番目のご主人ではなく、あなたが払っていたんでしょう？」

「鍵谷さん、あなたに自分の息子を殺されたと憤ってさらなる暴露話をされたみたいですよ。このままでいいんですか？　言いたいことを吐き出してみませんか？」

「……さい」

エリカの言葉が、彼らにかき消されて届かない。

「今、なんとおっしゃいました？」

「景浦さん、もう一度お願いします」

「うるさい、うるさい、うるさい、うるさい、うるさい、うるさい！」

叫びながら、エリカはそこにあった火のついたロウソクをカメラを持った男に投げつける。

「うわっ、危ねぇな。なにすんだよ！」

「それはこっちのセリフよ！」

「落ち着きましょうよ、景浦さん」

「あんたたちに、子供を失った親の気持ちがわかるかっ！」

エリカは火のついたロウソクを次々手に取り、マスコミの人間目掛けて狂ったように投げつける。

その姿は、テレビカメラにしっかりと収められ、その後、連日のように全国のお茶の間に垂れ流されることになる。

「いい加減におし、この人殺しが！」

そう叫びながらウタが投げたロウソクが、エリカに当たった。

その場にうずくまった彼女のこめかみから、血が流れ落ちる。駆け寄ろうとした父の腕をつかんで、仁美が止めた。

誰からも救いの手を差し伸べられず、傷口を押さえてふらふらと立ち上がったエリカが、ウタと琴子、そこにいる住民たちを睨みつける。

「狂ってるのはあんたたちのほうだ。あんたら全員……」

住民ひとりひとりに挑むように投げられたエリカの視線が、父と仁美の上で止まった。その瞳は一瞬、悲しげに揺れ、通り過ぎていく。

「……地獄に落ちればいい！」

絞り出すように呻いた低い声は、なぜかとても痛々しかった。エリカはひとり、肩を落とし、メーメー公園を後にする。

涼音が追いかけるだろうと思ったが、彼女も修一郎も動かず、エリカの寂しげな背中が夕闇に溶けていった。

我に返った守が号令をかけ、自警団のメンバーや警察がマスコミの人間を公園から追い出して、住民たちはエリカがめちゃくちゃにしたロウソクをなおす。そして、亡くなった五人を悼んだ。

その後、酒や菓子などがふるまわれ、故人の思い出を語り偲ぶ時間となったが、それはまたすぐにエリカを誹謗する時間へと変わっていった。

母がこの場にいるなら、なにを思うだろうと、仁美は暮れていく空を見上げた。

その日の夜、修一郎から電話があった。無視したが、すぐにメッセージが送られてくる。

『そっちにエリカさん、行ってない？』

嫌な予感がして階下に下りたけれど、洗面所で父が歯を磨いているだけだった。ホッと息を吐き、時計を見る。夜の十時。あんなことがあった後だから心配するのはわかるが、エリカにとってこの時間はまだ宵の口だろう。来ていないとだけ返信し、仁美はベッドに横たわる。

浅い眠りが電話のベルで破られたのは、まだあたりが暗い夜明け前だった。

電話に出た父の声に聞き耳を立てる。部屋に戻った彼が慌てて着替える気配に、仁美はベッドから飛び降り、父の部屋のドアを乱暴に開けた。

「お父さん、まさか行くんじゃないよね？」

着替え途中の父は「起こしちゃったか」と詫び、「もちろん、行くよ」と答えた。

「信じられない。ママに悪いと思わないの？　それに、お父さん、守君に言われたよね」

「……仁美、なんの話だ？　今の電話、守君だけど」

「えっ？」

「流星君が行方不明らしい」

昨日の夜十時までは自分の部屋のベッドで寝ていたことを琴子が確認しているが、朝五時に氷枕を換えようと部屋に入ったら、流星が消えていたという。スニーカーが一足ないので自分の意志で外出した可能性もあるが、町にはコンビニもないし、財布もスマホも持ち出していないらしい。熱のある体で出歩くとは考え難いと琴子に相談された守は、念のため自警団と有志で捜索することに決めたそうだ。

仁美も流星のことが気になり、父と一緒に外へ出た。合流した自警団の武蔵になにか知らないのかと尋ねたけれど、仁美と一緒に家を訪ねて以来流星には会っておらず、麗奈も心当たりがなく心配していると疲れた顔で答えた。

最初は懐中電灯を手にしていたが、すぐにあたりが明るくなってきた。守の指示で手分けをし、用水路や竹やぶ、水田の畦畔などを流星の名前を呼びながら捜す。

一通り見て回ったが見つけられず、夜鬼山も見たほうがいいのではという意見が出た。

「あんなとこ、熱があるのに、自分じゃ登らんだろ」

「まぁ、そうだが、流星の親父やばあちゃんがあそこで被害にあってるしな」

武蔵たち自警団の若者が夜鬼山へ向かい、仁美は父や守と国道沿いの捜索を続けた。

しばらくして守のスマホが鳴った。連絡してきたのは武蔵で、流星が見つかったという。

その場所に駆けつけた仁美は思わず叫び声を上げる。頭から血を流した流星が、崖下に横たわっていたからだ。父が駆け寄り、止血をしたが、流星はぴくりとも動かない。

仁美は夜鬼木山の切り立った崖を見上げる。おそらくあそこ——鬼の踊り場——から落ちたのだ。彼の父、英雄と同じように。

救急車を呼んだという武蔵に、守は警察と琴子への連絡を指示し、みんなに向き直った。

「ここは仁先生に任せて、辺りを捜索しよう。流星をこんな目に遭わせた犯人がまだ近くにいるかもしれない」

誰かに送らせるから仁美は帰れと守に言われたが、ひとりで家にいるほうがよっぽど怖いので、自警団について歩く。

ほどなくして、「いたぞ！」と声が上がり、緊張が走った。

自警団とともに駆けつけた先にあったのは、夜鬼山のふもとの、かつてイワオが住んでいた粗末な小屋だ。

引き戸が開き、男たちに引き立てられて現れた人物に、仁美は息をのむ。

ぶるぶると身体を震わせ、怯えた目を彷徨わせているのは——。

「エリカちゃん……」

夕刻、公園で見たときと服装は同じなのに、エリカは別人のように憔悴していた。泥で汚れた彼女のハイブランドのスニーカーを見つめ、守が尋ねる。

「あんたが流星を鬼の踊り場の崖から突き落としたんだな？」

守につかまれた腕をビクッと震わせ、膝から頽《くずお》れながら、エリカは首を左右に振る。

「じゃあ、どうしてこんなとこに隠れてたんだよ？」

聞き取れないほど小さな声で、エリカは怖かったというようなことをボソボソ喋ったけれど、要領を得ない。守に何度も訊き返されて、公園でみんなに糾弾されたエリカは家に帰るのが怖くなり、飲んでいたら気分が悪くなってここで寝てしまったと言いたいのだとわかったけれど、こんなボロ小屋のほうがよっぽど怖いと誰もが不審に思う。

「汚ったねぇ、こいつ、ゲロってる」

自警団のひとりがエリカの高そうなシャツを汚している嘔吐物に顔をしかめる。

「流星を突き落としたあとで怖くなって吐いたんじゃないか」

「でも、なんで流星を？」

「慰霊祭で人殺し！　ってこいつにろうそく投げつけたの、流星のばあちゃんだったろ」

かつてイワオが灯油をかぶり、焼身自殺した場所で、十五人ほどの男たちに取り囲まれ、非難と憎悪の視線に晒されたエリカは小さく身体を折り、ただただ首を振り続けている。

「本当に流星を殺そうとしたのか？　なんでそんなことしたんだよ？」

声を荒らげ、武蔵が胸ぐらをつかむと、エリカは小さく叫び、幼い子供のように頭を抱えた。

その瞬間、彼女のデニムの股間にシミが広がり、嫌な臭いが鼻を衝く。

泣き出したエリカは、自らの罪に怯える囚人にしか見えなかった。


翌日、流星が亡くなったという悲しい報せが届く。死因は彼の父親と同じ脳挫傷だった。

警察に連行されたエリカは、そのまま逮捕された。

ただし、容疑は流星の殺人ではなく、おしるこの鍋に農薬を混入させ、千草たち四人を殺害した罪で、だ。

誰が流したのか、イワオの小屋前でのエリカの様子がＳＮＳに投稿され、話題を浚《さら》った。

エリカは逮捕当初、容疑を否認していた。

だがやがて、もういいよ、もうどうでもいいよと、投げやりになっていると漏れ聞くようになり、ついには罪を認め、自白した。

それにより、夜鬼町の悪夢のような日々はようやく終わりを告げた。

第二章　囚人

一

黒枠つきの忌中札のかかった音無家の玄関扉を開け、仁美は奥に声をかけた。

「琴子さん、仁美です」

掃除機の音に負けないよう声を張り上げたが返事がないので、そのまま靴を脱いで上がり込む。

二間続きの和室の襖《ふすま》が外され、奥の仏間の仏壇の前に棺が安置されていた。

故人のたっての希望で、自宅で葬儀が行われることになったためだ。

手前の部屋で通夜ぶるまいをおこなうらしく、近所のおばちゃんたちが慌ただしく掃除をしている。掃除機をかけていたひとりが気づいて「あら、仁美」と顔を上げた。

「おばちゃん、ごめんね、遅くなって。琴子さんは？」

「ああ、今……」

彼女が答えるより先に玄関の扉が開き、座布団を抱えた琴子が姿を現した。

「やだ、琴子さん、喪主なのになにしてるの？　そんなの私がやるから」

「ああ、仁美さん、ありがとう。足りなくなると困るから、お隣から借りてきたの」

駆け寄って座布団を受け取りながら、仁美は一瞬、涼音とエリカの顔を思い浮かべてしまう。

だが、琴子の言うお隣はもちろん、景浦家とは反対隣の家のことだ。

ふたりの残像を追い払うようにかぶりを振り、座布団を部屋の隅に積み上げてから、仁美はつとめて明るい声を出した。

「おばちゃん、掃除機、私がかけるよ。一応、若手だからね、この中では」

「こら、仁美、ひとを年寄り扱いするんじゃないよ。琴子さん、掃除はもうこれでいいよね？」

「はい、ありがとうございます。皆さんのおかげで本当に助かりました」

「なに言ってんの、田舎の葬儀は助け合いなんだからさ。うちのだんながおっ死んだら、そのときは頼むわよ」

「あんた、だんなを先に逝かすことしか考えてないね」

「当ったり前じゃないよ」

肩を叩いて笑い合うおばちゃんたちと一緒に笑み崩れていたことに気づき、仁美はああ、まただと思う。昔は大嫌いでうんざりしていたこうしたやりとりが懐かしく、ホッとしている自分がいる。

「琴子さん、掃除が済んだなら、お台所借りていい？　お揚げさん煮てきたから」

仁美が持参したタッパーを掲げると、おばちゃんたちから、わぁと歓声が上がった。

「仁美のおいなりさんは絶品だから嬉しいねぇ」

「教えてもらった通りにつくっても、あんなにおいしくなんないのよ。やっぱりあんたは千草さんの血を引いてるから筋がいいんだね」

「おだてても、おいなりさんと巻き寿司以外なんも出ないよ」

軽口を叩きながら台所へ向かうと、後から琴子がついてきた。

「仁美さん、忙しいのに本当にありがとう。ここにあるものはなんでも自由に使って」

「あ、琴子さん、その前に、えっと、この度はご愁傷さまでした」

襟を正して頭を下げると、「恐れ入ります」と琴子も深く腰を折った。

どこか安堵したように見える琴子は、十年前のあのときとは別人のようだ。

夜鬼山の崖から流星が転落したと知らされ、駆けつけた琴子は、一人息子の亡骸《なきがら》を目にしてひどく取り乱し、周りの人間が止めるのもきかずに縋りついて狂ったように慟哭した。

葬儀の際も琴子は喪主として流星の遺体のそばに座していたが、ただそこにいるだけでなんの感情も浮かんでいないその顔は、魂が抜け落ちた人形のようだった。

その後も流星の死を乗り越えることができず、琴子は長い間失意に暮れていた。

しかし、彼女には世話が必要な姑がいた。結果的にウタの存在が、少しずつだが琴子を日常へと導いたのではないかと思う。

そんなウタを喪った琴子のことが心配だったが、流星のときとはまるで違う落ち着いた様子に、仁美は胸を撫でおろした。

当然と言えば当然だろう。先ほど仏間で見た遺影の中のウタは穏やかな笑みを浮かべていたが、あれはたぶん十年以上前の写真だ。流星を喪ったショックでウタは寝付いてしまった。流星が死んだのは自分のせいだと思い込んだためらしい。ウタがエリカにロウソクを投げ、罵倒したからその仕返しにやられたのだ、と。

周囲の人間は誰もがウタを施設に入れることを勧めたが、琴子は聞き入れず、甲斐甲斐しく世話をし、最期は自宅で看取った。そんな琴子は、みんなに嫁の鑑と呼ばれている。

「義母は仁美さんと仁先生に、本当にひどいことばかりしていたのに……」

「それは仕方ないよ」

確かにウタには理不尽な怒りをぶつけられたが、愛する人を喪ったつらさは、仁美も身に沁みている。

「琴子さん、これからどうするの？」

「どうって？」

「もうおばあちゃんのお世話する必要ないんだし、また新聞社で働いたりしないのかなって」

かつての同僚のつてで、この十年の間も、琴子は無記名の記事を書いていた。

「仁美さん、なに言ってるのよ。私、もうアラフィフよ」

「琴子さんこそ、なに言ってるの？　まだアラフィフでしょ」

ひとりになってしまった琴子を案じ、仁美は本気でそう言ったのだが、彼女はあいまいに微笑み、すぐまた手伝いに来るからと、座敷に戻ってしまった。

この町で、琴子は夫と息子、そして今、義母を亡くした。

もうこの土地に彼女を縛るものはなにもないのだから、自分の人生を好きに生きればいいのに……。喪った家族の墓を守り、琴子はここで生きていくつもりなのだろうか。

座敷の準備を終えたおばちゃんたちとともに台所に立ち、通夜ぶるまいの精進料理を一通作り終えたところに守がひょいっと顔を出した。

「おう、お疲れ」

巻き終えたばかりの寿司をつまんで口に放り込み、守は「うまっ」と相好を崩す。

毒しるこ事件からしばらくはこんな光景は見られなかった。みんな、口に入れるものに過敏になり、怯えていたからだ。それぞれの傷も十年という歳月が癒やしてくれたのだろう。

「ちょっと守君、手ぇ洗ったの？　ってか、また太ったんじゃない？」

「貫禄がついたって言ってくれよ、仁美」

隠居した会長に代わり、守は会社だけでなく、町内会のすべてを仕切り、今日のウタの通夜でも葬儀委員長をつとめることになっている。

「あ、仁美、仁先生、どうだ？」

「……うん、相変わらずって感じかな」

「そっか。なにか困ったことがあったら言えよ」

真顔でそう言う守に、子供のようにコクンとうなずく。

「ありがと、守君」

「いや、仁先生にはマジで世話になったし。それより、いいのか時間？」

「あ……、やば」

時計を見て仁美は慌ててエプロンを外した。

「守君、琴子さんにちょっと抜けさせてもらうって言っといて。あとでまた来るからって」

「仁美、なんなら、うちのに行かせようか？」

ううん、大丈夫と笑顔を見せ、仁美は外へ走り出て、自転車に飛び乗る。

見たくなくても、景浦の家があった場所が視界に入り、胸が苦しくなる。

何年か前までは、窓が割られ、壁にひどい落書きがされた状態で残っていたエリカと涼音の家は取り壊され、更地になっていた。だが、ひとつだけ変わらないものがある。幼いころ、仁美たちの秘密基地だったツリーハウスだけがポツンとそのまま残されている。がらんとした土地に寂しく建っているさまは、仁美をなんとも言えない気持ちにさせた。


十年前、おしるこに農薬を混入させ、四人を殺害した罪で逮捕されたエリカは、警察の取り調べを受け、一度は自分がやったと認めた。だが、裁判では一転して無罪を主張した上、黙秘を貫き、被害者遺族の感情を逆撫でしたのだ。

音無ウタと流星を崖から突き落とした殺人及び殺人未遂事件、さらには博士宅放火殺人事件も、警察は景浦エリカが犯人と踏んで捜査したが、断定する証拠をつかむことができず、断念したらしい。

しかし、この町の住民はみんな、エリカが犯人に違いないと思っていた。

なぜなら、エリカが逮捕されて以降、頻発していた犯罪がぱたりと止まったからだ。

こやぎ庵や蕎麦辰の店主たちは、警察が捜査を断念したことに納得がいかないと騒ぎ立てていたが、第一審でエリカに死刑判決が言い渡されたことで、溜飲を下げたようだ。

エリカは即日控訴したが控訴審で棄却され、同様に上告審でも棄却。その後、死刑判決の破棄を求めて最高裁判決の訂正を申し立てるも棄却されて死刑が確定し、現在は再審請求中だという。

エリカの逮捕後、ひとり残された涼音は隣町に住む祖父と暮らすのだと思っていたが、同居する叔父一家に反対されたらしく、三番目の父親に引き取られて、東京へ移った。

資産家の父のおかげで私立のお嬢様学校に通わせてもらっていたようなので、事件を起こしたエリカの娘と疎まれながら親戚の家でやっかいになるよりも幸せだったろう。

高校卒業後、仁美もこの町から、そして父から離れたくて、都内の専門学校へ進学した。

なので、会おうと思えばいつでも涼音と会えたはずだが、連絡する気はなかったし、涼音からも電話はかかってこなかった。かけられなかったのだろうし、かかってきたとしても、出なかったと思うけれど。

琴子のような記者になることを夢見て仁美が選んだのは、マスコミ出版学科のある専門学校だった。

憧れていた東京での生活は刺激的ではあったが、近所づきあいが濃密なこの町で育った仁美は、隣に誰が住んでいるのかわからない一人暮らしに馴染めなかった。

疲弊を感じ始めたころ、かつて毒しるこ事件の取材に訪れていた週刊誌の記者、白都優也に彼が勤める出版社でバイトをしないかと持ち掛けられ、仁美は飛びつく。修一郎と涼音の交際を知って落ち込んでいたときに優しく接し、支えてくれた人でもあった。

最初は雑用だったが仁美は懸命にこなし、それが認められたのか、専門学校卒業と同時に、その出版社で契約社員として採用された。白都は喜び、夜景の綺麗なレストランでお祝いしてくれ、その後も熱心に指導してくれた。仕事を教えてもらっているうちに親しくなり、寂しさも手伝って、仁美の部屋に泊まりに来るような関係になり……。

「ママー！」

甲高い子供の声にハッとし、園庭に目をやると、つばさが手を振っていた。

門の前に自転車を止めた仁美に、ツインテールを揺らしながらつばさが走り寄ってくる。

「ママ、おそーい」

「ごめんごめん、ママ、コンコンのごはん作ってて遅くなっちゃった」

「コンコンのごはん⁉　わー、今日、コンコンのごはん？　つぅちゃんの分もある？」

つばさは大好きなおいなりさんのことをコンコンのごはんと呼ぶ。

「うん。もちろん、つばさの分もちゃんとあるよ」

「やったー！　つぅちゃん、コンコンのごはん、いっぱい食べる」

弾むように抱き着いてきた娘の柔らかい体を仁美はぎゅっと抱き締めてから、自転車のチャイルドシートに乗せる。

保育士の先生に挨拶し、自転車を漕ぎだそうとしたところへ、園庭の前に停まった高級外車からふくよかな女性が手を振りながら降りてきた。守の妻の元子《もとこ》だ。

「仁美さーん、ねぇ、うちでちょっと、お茶していかない？」

「ああ、ごめんね。すぐ琴子さんのとこに戻らなきゃいけないから今日は時間ないんだ」

「あ、そっか、今日お通夜だもんね。じゃあ、またあとで。つぅちゃん、バイバイ」

「うん、またね。つばさ、カイト君ママにバイバイは」

「バイバーイ」とつばさに手を振らせ、ちょっとでは終わらない元子とのお茶を断れたことに、仁美はホッと息を吐く。

自宅へと自転車を走らせる間、つばさは今日習ったという歌を調子っぱずれに可愛く歌い、ずっとご機嫌だった。

「ねぇ、つばさ、ママね、このあと、琴子おばちゃんのおうちに行かなきゃいけないんだ」

「つぅちゃん、じぃじとお留守番？　じぃじのぶんもコンコンのごはんある？」

「じぃじのがなかったら、つばさのコンコンのごはん、わけてあげてくれる？」

えー！　とほっぺたをふくらませたものの、つばさはすぐに「いいよ」と笑顔で答える。

「いいの？　つばさは優しいねぇ」

「つぅちゃん、優しい？」

「うん、つぅちゃんは、とってもとっても優しい女の子」

つばさはくすぐったそうにうふふと笑うと、今まで歌っていた節で、「つうちゃんは、とってもとっても優しい女の子」と繰り返し繰り返し、家に着くまで歌っていた。

「お父さん、ただいま」

つばさに手洗いとうがいをさせてから、二階へ上がり、父の部屋のドアをノックする。返事がないので、「入るよ」と声をかけながらドアを開けると、父はパソコンに向かっていた。だが、目は画面を見ずに閉じられ、逆に口はポカンとだらしなく開いている。

「お父さん、寝るならベッドで寝ないと、風邪ひくよ」

軽く体を揺すると、父、仁はすぐにビクッと目を覚ました。悪い夢でも見ていたのか、怯えた顔をしている。

「仁美だよ。大丈夫？」

「あ……、ああ、うん」

「少し横になる？」

白髪頭を左右に振りながら立ち上がった父は部屋を出て、手すりにつかまりながらよろよろと階下へ下りていく。

リビングでテレビを見ているつばさの後ろ姿に驚いたように足を止め、父はつぶやいた。

「仁美……」

「お父さん、仁美はこっち。老けててごめんね。あの子は、つばさでしょ」

食い入るようにテレビを見ていたつばさが、名前を呼ばれ、振り向いた。

「あ、じぃじ！　あのね、つぅちゃん、今日、じぃじにコンコンのごはんあげてもいいよ」

「コンコン……？」

「おいなりさんのこと。つばさの大好物をじぃじに分けてくれるって」

「じぃじ、嬉しい？　つうちゃん、優しい？」

つばさがにこっと微笑むと、戸惑っていた父がはじめて相好を崩した。

「嬉しいよ。えっと……」

「つばさ。つぅちゃんだよ」

名前を覚えるのが苦手だが、つばさのことはわかっているはずなのに、今日はかなり調子が悪いようだ。

「あ、そうだ、お父さんもお通夜行くよね？　喪服用意しておくね」

「お通夜？　誰の？」

「音無のおばあちゃんだよ」

「音無さんは亡くなってないよ。元気だ」

「一昨日亡くなったの、肺炎で。一昨日も昨日も話したし、お父さん、手帖にちゃんとメモしてたよ」

できるだけやわらかい口調でそう告げると、父は驚き、手帖がないと捜し始めた。

「大丈夫。お父さんの机の引き出しに入ってるはずだから。今、持ってくるから、つぅちゃんと待ってて」

「じぃじ、つぅちゃんと一緒にテレビ見る？」

二歳のつばさに父を託して、二階に上がり、父の机の一番上の引き出しを開ける。

手帖は、ちゃんとそこにあった。病気になっても、こういう几帳面なところは変わらない。一番下の引き出しには、過去の手帖がきちんと並べてしまわれている。

父は仁美が幼いころから同じ手帖を愛用し、スケジュールだけでなく、その日あったことなどを日記代わりに書きつけていたようだ。

仁先生の様子がおかしいと、東京で暮らしていた仁美に連絡をくれたのは、守だった。

話を聞いて驚いて実家に戻り、検査を受けさせたところ、若年性認知症と診断された。

まだ還暦前の父がなぜと驚いたが、ストレスが原因で発症するケースもあると知り、仁美は己の行動を悔いた。

エリカとの関係を知って以来、父を避け続けてきた。せめて盆と正月くらい実家へ帰り、話をしていたら、少なくとももう少し早い段階で、変化に気づけていただろう。

あの当時はまだ若く潔癖で、母を裏切った父が許せなかったのだ。

しかし、東京での暮らしは仁美を良くも悪くも大人にさせた。

白都優也と半同棲のような生活をしばらく続け、結婚を意識するようになって初めて、彼に妻子がいることを知った。あれほど嫌悪した父と同じ不倫関係に図らずも陥り、愕然としたけれど、そのときにはもう彼のいない人生など考えられなくなっていた。

奥さんと別れて自分と結婚してほしいと迫り、あろうことか酔ったエリカと同じようなセリフまで吐いた。

今思えばとても滑稽だが、あのときは必死だった。他のなにを手放してもかまわないから、この人だけは失いたくないと、仁美は本気で思っていた。

ようやく巡り合えた自分にとって大切な、そして特別な人と添い遂げたい。残りの人生を一緒に生きていきたい。そんな思いに囚われてしまったエリカや父の気持ちが、今ならわかる。世の中には、自分ではどうにもしようのない感情が確かにあるのだ。だからといって、人を殺していいことにはもちろんならないけれど……。

認知症になった父が医師として診療を続けていけるはずもなく、仕事を辞めさせるしかなかった。物忘れは激しいものの、日常生活が送れないほどではなかったが、とはいえ、父をひとりにしておくのは心配だった。

つばさが生まれ、すでに東京での仕事は辞めており、いろいろなことがうまく回って、まるで導かれるように仁美たちはこの町に帰ってきた。つらい思い出が色濃く残る場所での生活に不安はあったが、暮らし始めてみれば、やはりここは自分の大好きな町だった。

「ママー！」

つばさの声に我に返り、手帖を手に慌ててリビングに戻る。なにかあったのかと心配したが、父はつばさと並んでテレビを見ている。

「どうしたの、つばさ？」

「おんも！　パパが、お帰りなさいだよ」

「え？　本当？」

窓から外を見ると、確かに真壁医院のほうから戻って来る彼の姿が見えた。

点け忘れていた外灯を点し、玄関に走ってスリッパをそろえてから、ドアを開ける。

短い階段を上って低い門扉を開け、夕闇を背負った夫が帰ってくる。仁美に気づき、少し疲れた彼の口もとに薄い笑みが宿るのを見るたび、身体の深いところから幸せが込み上げてくる。

「お帰り、修……、パパ」

つばさはもうすぐ三歳になる。それだけパパとママをやっているのに、いまだに昔のくせでたまに名前で呼んでしまう。そんな仁美を見つめ、修一郎の口もとに宿った笑みが薄く広がっていく。

「パパー、お帰りー！」

走ってきたつばさに弾けるような笑顔を見せ、修一郎は彼女を抱き上げた。

「つばさ、いい子にしてたか？」

「うん！　つぅちゃんはいい子で優しい子だもん。だからね、パパにもコンコンのごはん、分けてあげる」

「お、今日は、コンコンのごはん？　つばさ、大好きなのに、パパに分けてくれるの？」

「いいよ。だって、つぅちゃん、パパもコンコンのごはんもどっちも大好きだから！」

「つばさぁ、パパ、嬉しいよぉ」

らしくないほど頬をゆるませ、修一郎はつばさの小さな体に顔を埋める。

「えーっ、つばさ、ママは？　ママのこと、大好きって言ってたのにぃぃぃ」

仁美が泣き真似をしてみせると、つばさが心配そうに頭を撫でてくれた。

「ママ、泣かないで。ママのことも、つぅちゃん、大好きだよ。ママもパパもどっちも大、大、大好き！」

「つばさ〜、ママ、嬉しいっ」

修一郎と奪い合うようにして、やわらかであたたかなつばさの体を抱きしめる。

父の病気をはじめ、心配事は尽きない。けれど、それでも仁美はこの愛おしい暮らしに心から感謝していた。十年前、自分が夢見た未来をはるかに上回るほど幸せだったから。

義母からあんな話を聞かされるまでは――。

二

ウタの葬儀から数日経ったある朝、仁美は電話で修一郎の母、久仁子《くにこ》に呼び出された。

なにごとかと驚き、つばさを保育園に送ったその足で、急いで彼女の家へ向かう。

仁美の実家と久仁子が住んでいる修一郎の実家は歩いて五、六分の距離にあり、仁美はほぼ毎日顔を出しているし、つばさと一緒にしょっちゅう泊まっているので、こんなふうに改まって電話で呼び出されるなんて初めてのことだ。

「お義母さん、おはよう！　仁美です！」

心臓の悪い義母の負担にならないよう、玄関のチャイムを鳴らしてから預かっている合鍵を使って勝手に上がる。居間を覗くと義母はテレビもつけず、こたつで横になっていた。

「お義母さん、大丈夫？」

慌てて駆け寄り、仁美は久仁子の顔を覗き込む。

「具合悪い？　今、修一郎、呼ぶから。あ、胸が苦しいなら、救急車のほうが……」

バッグから携帯電話を取り出す仁美を、義母が慌てて止めた。

「仁美ちゃん、平気よ。ちょっと横になっていただけだから」

「でも、顔色よくないし、調子悪くて呼んだんでしょ？」

「違う違う、ちょっと……、話したいことがあって」

「え、なに？　っていうか、本当に大丈夫？」

「大丈夫だから心配しないで。とりあえず、お茶淹れるわね」

「いいよ、私がやるから座ってて」

東京の医大を卒業し、都内の病院で働いていた修一郎にこの町に帰ることを決断させた要因のひとつは、母親の心臓病の悪化だった。

主治医から家事をすることさえも止められ、安静を求められたが、夫を亡くし、ひとりで暮らす久仁子にそんな生活ができるわけがない。まだ五十代で施設に入るような年齢でもなく、家事代行サービスを提案しても他人を家に入れるなんて嫌だと拒まれた。

ひとりでも大丈夫だと久仁子は言うが、放ってはおけなかったし、ともにひとりで暮らす両家の親が病気を患っているとなれば、帰るという選択肢しかない。当時研修医をしていた修一郎だけを東京に残し、仁美はつばさとこの町に戻った。

そして臨床研修を終えた修一郎も、今年の四月からこの町に戻り、真壁医院を継いでくれた。修一郎のおかげでこの町唯一の病院を存続させられると住民たちは喜んだし、仁美も家族で一緒に暮らせるのは嬉しかったが、二十六歳の若さでこんな田舎の開業医になることが果たして修一郎にとっていいことなのかという疑問は常に抱き続けている。

お茶を用意してこたつに戻り、仁美は義母と向き合った。

「お義母さん、話ってなに？」

久仁子は、落ち着かない様子で、なかなか用件を切り出さない。

つばさの話を始めたから、娘に関することなのかと真剣に聞いていたが、途中で話題が変わった。まったく関係なかったらしく、あたりさわりのない話が続く。思ったことはわりとはっきり口にする義母にしては極めて珍しいことだ。

幸い嫁姑の関係は周囲が驚くほど良好で、腹を探り合うような間柄ではない。仁美は義母を慕っているし、義母にはとてもかわいがってもらっている。

そもそも、義母には修一郎との結婚を許してもらえないと思っていた。

毒しるこ事件で、彼女は最愛の娘、かすみを喪った。鍋に農薬を入れたのはエリカでも、彼女の動機が、仁美の父、仁と結婚するため――エリカは認めていないけれど――であるならば、義母にとって、エリカと不倫関係にあった父もまた憎しみの対象であるはずだ。

追い返される覚悟で結婚の挨拶に訪れた仁美を見て、義母は開口一番尋ねた。

「もしかして、おめでたなの？」と。

確かにそのとき仁美は妊娠三カ月だったけれど、おなかはそれほど目立っていなかったので、とても驚いた。義母はそれを聞いて喜び、お願いがあると打ち明けたのだ。

「もしも女の子だったら、私に名前をつけさせてもらえない？」

それが、二人の結婚を認める言葉となった。

生まれてきた女の子に義母がつけた名前が、「つばさ」だ。

正直、仁美はその名前に抵抗があった。娘の名前を呼ぶたび、思い出してしまいそうな気がしたから。お守り代わりのネックレスをぎゅっと握りしめていた彼女のことを……。でも、義母はかすみの名づけをするときに画数の良い「つばさ」を選ばなかったことをいまだに後悔していて、最高の名前を孫にプレゼントしたかったようだ。

　今では仁美も、「つばさ」という名前は娘にぴったりだと気に入っている。

　義母とこんなにいい関係が築けているのは、十年前のあの日、義母は娘を、そして仁美は母を亡くしたことも影響しているのかもしれない。

「天気がいいから、先に洗濯してきちゃおうかな」

　そう言って席を立とうとしたのは、とりとめのない義母の話にうんざりしたからではない。なんだかひどく嫌な話を聞かされそうな予感がして、逃げ出したくなったのだ。

　だが、そんな仁美の腕を義母は思いのほか強い力でつかんで座らせ、唐突に切り出した。

「仁美ちゃん、あなた、連絡取ってる？」

「連絡？　誰と？」

「……彼女と」

「彼女って？」

「だから……、涼音ちゃん」

　言いづらそうに義母が口にしたその名に動揺して声が掠れ、仁美はただ首を横に振る。

「……そう。そうよね、それが普通よね」

「なにか……あった？」

　義母は少し考えてから、「かかってきたのよ」と告げた。「電話が」

「涼音から？　お義母さんに？」

「違うわよ。だから、ほら……」

　……修一郎に？

　水の中に落とされたように、息が苦しくなる。修一郎からそんな話は聞いていない。

「……いつ？」

「昨日の夜」

義母をできるだけひとりにしないよう、昨日は真壁医院で診療を終えた後、修一郎がこの家に泊まった。

「来てすぐに修一郎はお風呂に入って、私は仁美ちゃんが持たせてくれたお料理を温めていたの。そうしたら、携帯が鳴って……」

音の出所は修一郎が居間に脱ぎ捨てたジャケットだったという。風呂場へ持って行ってやろうと、義母が内ポケットからスマホを引っ張りだすと——。

「画面に表示されていたのよ、ひらがなで『すず』って」

「……それ、違う人の可能性もあるよね？　鈴木さんのあだ名とか」

頭は混乱し続けたまま、口が勝手に修一郎をフォローしていた。

「修一郎が『すず』って呼ぶような、そんな親しい関係の鈴木さん、あなた、知ってる？」

そう言われてしまうと、首を横に振るしかない。

「それに、コール音に気づいて、修一郎、下着姿でお風呂場からすっ飛んできたのよ。で、私の手から携帯を奪うように取り上げて、二階へ走って行った」

修一郎らしくない行動でしょ？　と、義母の目が語っている。

「涼音ちゃん、まだ東京にいるんでしょう？」

「連絡取ってないからわからないけど、たぶん」

「東京へ行ったわよね、修一郎。先週も先々週も」

「そ、それは学会と大学の同窓会で……」

「あの子、これまで同窓会なんて行ったことあった？」

義母は修一郎が嘘をつき、会いに行ったのではないかと疑っているのだ。

東京にいる元カノ……、涼音に。

そんなことあるはずがない。修一郎は仁美の夫でつばさの父親だ。しかし脳裏には、十年前の雨の日ツリーハウスで抱き合っていた修一郎と仁美の姿が浮かび上がってくる。

「あの娘が……、涼音ちゃんが、いい娘なのは知ってる。あの娘の境遇にも同情するわ。だけど……」義母の声に怒りと哀しみが滲む。「……涼音ちゃんにはあの女の血が流れてるのよ。かすみや千草さんを殺したあの女と同じ血が」

苦し気に息を吐き、義母は仁美の手を強く握る。

「修一郎は私にはなにも話してくれない。私の身体の負担にならないよう、心配かけまいとしているから。でも、私にはわかるのよ。修一郎は私やあなたに隠し事をしている。もしかしたらあの子、涼音ちゃんに同情して、それで……」

痛いほど握りしめていた手の力をふっとゆるめ、義母は仁美の指をやわらかく包み込む。

「仁美ちゃん、こんなこと、あなたに頼むのは酷だけど、あなたにしか頼めない。修一郎をつなぎ止めて。絶対にあの娘のところへは行かせないで。涼音ちゃんにも流れているんだから……、魔性の血が」

仁美の顔を覗き込んでいた義母の目が、飾り棚の写真に注がれる。十一歳で時を止められてしまったかすみが、なにか訴えるように微笑みかけてきた。

呆然としながら自宅に戻った仁美は、父が昼寝をしているのを確かめてから、修一郎の部屋へ向かう。つばさと一緒に一階の和室で寝るようになったため、仁美が使っていた二階の部屋を修一郎に明け渡していた。

今は診療時間中だから、修一郎が帰宅することはない。

罪悪感を覚えながらも、彼の机の引き出しに手をかけ、そっと開ける。鍵はかかっておらず、書類や文具がきちんと整理して収められていた。几帳面な修一郎らしい。

彼が愛用している手帖を捜したが、持ち歩いているらしく、見当たらなかった。

机の上に置かれたノートパソコンは修一郎のスマホと同期されているはずなので、これを開けば、彼のスケジュールを確認できるはずだ。

だが、夫のパソコンを断りもなく覗き見るのにはやはり抵抗があった。

コソコソ嗅ぎまわったりせず、直接、修一郎に尋ねれば、涼音と会ったか答えてくれるだろうか。いや、きっと無理だ。黙って会っているのだとすれば、その時点でやましい気持ちがあるということなのだから。

十五歳であれだけ完成されていた涼音の美貌が、二十五歳になった今、どれだけ大きな花を咲かせているのか、考えただけで恐ろしかった。

修一郎と涼音は、エリカの逮捕後程なくして別れたと聞いている。

だがそれがなければ、妻として彼の隣にいるのは自分ではなく涼音だったのではないか。

仁美と修一郎が交際するきっかけとなったのは、仁美が何年かぶりにかけた電話だった。

修羅場を演じた末、白都に捨てられた仁美は精神的に追い詰められ、酒に酔った勢いで修一郎に電話したのだ。

彼が東京の医大に進んだことは聞いていたが、一度も連絡を取っていなかった。携帯の番号が変わっているかもしれないと思ったけれど、電話は通じ、修一郎は仁美からの連絡をこちらが驚くほど喜んでくれた。そして、彼のほうから会わないかと誘ってくれたのだ。

何年かぶりに顔を合わせた修一郎は別人のように精彩を欠いていた。

学生生活を謳歌しているものばかりと思っていたのに、問題のある教授に睨まれて理不尽な扱いを受けているらしく、修一郎は仁美以上にまいっていた。

助けてほしくて電話をした仁美だったが、修一郎のためになにかできないかと必死になり、彼を元気づけようと、好物のスイーツやおかずをつくっては彼の部屋へ届けた。

ふたりの距離を少しずつ縮め、結び付けてくれたのは、母のレシピだった。

そして、それを仁美に与えてくれたのは、涼音だ。

十年前の慰霊祭の日、郵便ポストに入れられていた涼音からの封筒の中身は、七冊のノートだった。開くと、そのすべてに涼音の几帳面な字で、母のレシピが書き連ねられていた。

それを見た瞬間、燃やしてしまおうと思った。

自分の気持ちを知っていながら修一郎を奪った涼音のことが許せなかったから。

しかし、これは母が遺した貴重な財産でもあるのだと、なんとか思いとどまった。あのとき燃やしてしまっていたら、修一郎の胃袋はつかめず、結婚もできなかっただろう。

涼音のおかげで、仁美は修一郎と幸せな家庭が築けたのだ。

もしかしたら、これは、仁美が涼音から奪った幸せなのだろうか——。

資産家で優しい三番目の父親に引き取られた後も、涼音には逮捕されたエリカの影がどこまでもまとわりついてきたはずだ。

エリカが逮捕されると、娘の涼音にまで注目が集まった。

氏名や学校名などの個人情報、そして、涼音の顔写真や携帯番号までもがネット上に晒され、涼音に対するレイプ予告や殺害予告まであったと聞く。

交際するほど好きだった相手の窮状を修一郎は憂えてきたはずだし、義母がいうように同情から涼音への想いが再燃する可能性だって否定できない。

涼音は今も清楚で可憐な当時の面影を残しているだろうか。

義母の言葉が耳の奥にこびりつき、繰り返し仁美を苦しめる。

涼音ちゃんにも流れているんだから……、魔性の血が。

表情が乏しいにも拘わらず美しかったあの容姿の上に、男を狂わすエリカのような妖艶な魅力をまとっているのだとしたら……。

居ても立ってもいられなくなり、仁美はデスクの上に置かれた修一郎のパソコンを開く。

思ったとおり暗証番号というハードルが立ちはだかり、ここで引き返せると思ったものの、つばさの誕生日を入力すると、驚くほどあっさりパソコンは立ち上がった。

罪悪感を覚えながら、仁美が最初にチェックしたのは修一郎のスケジュール帳だ。

仁美も同じソフトを使っているので、今月の彼のスケジュール欄にはすぐに辿りつけた。修一郎が東京へ行った日付には「学会」、「同窓会」と仁美が聞いたとおりのイベントが記されていて、特に気になるような怪しげな記述はない。

ホッと息を吐き、次に連絡帳を開いてみた。それほど多いとはいえない修一郎の連絡先をスクロールしていくと、『すず』という文字が立体的に浮き上がり、仁美の眼前に迫ってきた。『すず』で登録されている人物は、ひとりだけだ。これは、本当に涼音なのだろうか。

『すず』という名と携帯電話の番号以外に、なんの情報も書き込まれていない。フルネームも住所もわからない。メールも確認したが、やりとりした記録はなかった。

携帯電話の番号は十年前のものとは異なっているが、だからといって涼音ではないということにはならない。ネット上に晒され、涼音は番号を変えざるを得なかったはずだから。

その番号を、仁美は自分の携帯電話に打ち込む。試しにかけてみれば、電話の向こうにいる相手が涼音かどうかわかるはずだ。

だが、そう思いながら、どうしても指が動かない。

あきらめて閉じようとしたそのとき、指が当たり誤タップで発信してしまった。すぐに切ろうとしたが、今度はうまく反応せず、仁美は鳴り響くコール音に慌てる。相手が電話に出る前にどうにか通話を切り、仁美はほーっと長い息を吐いた。

相手の着信履歴にこちらの番号が残ってしまったはずだ。涼音は、仁美からの電話だと気づくだろうか。いや、この番号が涼音のものだとまだ決まったわけではない。

気を取り直し、仁美は修一郎が東京出張の際に着ていたスーツをクローゼットから出し、顔を近づけ、においを嗅いでみる。

少し煙草臭くはあったが、香水のような、女性を感じさせる香りが匂い立つようなことはなかった。だが、そもそも涼音は香水などつけない気がする。今でも清潔な石鹸の香りを漂わせているのではないか。いや、大人になった涼音は、あのときのエリカみたいに、男を惑わす南国の花のような甘い香りを放っているのだろうか。

スーツのポケットや出張で使ったバッグの中にも、特に気になるようなものはなかったが、このスーツをクリーニングに出しておいてと修一郎に頼まれていたことを思い出し、仁美はうなだれる。こういうところがダメなのだ。真面目で気遣いの行き届いた涼音なら、頼まれたことはすぐにやり、忘れて放置したりしない。

認知症の父と心臓病の義母の世話をしながら、育児と家事をこなし、医療事務を手伝い、仁美は自分なりにがんばっているつもりでいた。しかし、この生活が始まってから、修一郎への配慮はこれまでのようにはできていない。

結婚する前は、修一郎のために料理の腕を磨き、彼を喜ばせるために修一郎の好物ばかりを食卓に並べたが、今は、つばさの笑顔が見たくて台所に立っている。つばさの次に考えるのは、義母のために体への負担が少ない食事を用意することで、薄味の料理はまだ若い修一郎の口には合わなかったのかもしれない。日々の生活に追われ、彼のことは二の次になっていた。

そんな毎日の中で、修一郎は、仁美ではなく涼音と結婚した人生を夢想したのかもしれない。そうするうちに涼音への想いが募り、選べなかった人生を選びなおそうとしているのでは……。

突然、コール音が鳴り響き、仁美は叫び声を上げそうになった。

携帯電話の画面には、先程の電話番号が表示されている。

誤ってかけてしまった履歴を見て、折り返し電話をかけてきたのは……。

電話に出ることをためらい、動けずにいるうちに、留守番電話の無機質なメッセージが流れ出す。それが途絶えたとき、懐かしい声が聞こえてきた。

「仁美……ちゃん？」

十年ぶりに聞いた涼音の声に、複雑な感情が濁流のように押し寄せてくる。

「これ、仁美ちゃんの携帯電話の番号ですよね？　ご無沙汰してます。涼音です」

平板な声からは、相変わらず涼音の感情が読み取れない。これを話す涼音の顔もまた、能面のように感情がそぎ落とされているのではないか。そんな涼音の姿ならば、容易に想像することができた。

思わず携帯に伸ばした指が、「お元気ですか？」という涼音の問いかけに止まる。

「いただいたお電話に出られなくてごめんなさい。よかったら、お電話ください。私もまたかけさせてもらいます。それでは」

事務的で簡潔な言葉を最後に、電話はぷつりと切れた。

一瞬感じた懐かしさを抑え、ざらりとした感情が立ち上がってくる。昨日、修一郎に電話をかけたことに関してはなにも触れず、ふたりが電話で話したのだとしたら、当然知っているはずの修一郎と仁美の結婚についても一切言及がなかった。

知っていながらその話題を避けたのか、それとも、修一郎が涼音に明かしていないのか。

身体に力が入らず、呆然と座り込んでいると、いきなりノブが回り、ドアが開いた。

修一郎が帰ってきたのかと仁美は全身を硬直させたが、隙間から覗いたのは父の顔だ。

「……なんだ、お父さんか。あ……、今、クリーニングに出す修一郎のスーツを……」

訊かれてもいないのに言い訳を口にする仁美の言葉は父に届いていないようで、キョロキョロとあたりを見回す。

「……あの子は？」

「え？　あの子って？」

「ほら、あの……」

「つうちゃんなら、保育園だよ。お父さん、天気がいいし、あとで一緒に迎えに行く？」

「行かない」

即答だった。若年性認知症と診断されてから、父はほとんど外へ出ず、家に引きこもっている。刺激のない生活が認知症を進行させる恐れがあるため、できるだけ近所の人と交流してほしいのだが、町内会館で毎日のように行われている囲碁や将棋、麻雀、カラオケなどシニア向けの趣味の集まりにいくら誘っても、父は頑として行こうとしない。楽しんでいる老人は多く、事情を知った元会長たちが、しょっちゅう父を誘いに来てくれるのに、仁美に居留守を使わせる始末だ。

父はまだ還暦前だし、医師として接してきた人々に認知症を患っている姿を見せたくないのだと思っていた。当然それもあるのだろうが、あの徹底した拒絶を見て、最近は考えてしまう。

父は恐れているのではないか。この町の人たちを——。

「迎えに行けばつぅちゃんと手つないで帰って来られるし、帰りにこやさ庵でお父さんの好きな最中も買えるよ」

こやぎ庵がいけなかったのか、父は青い顔でぶるぶると首を横に振る。

仁美が東京で暮らしている間に、父になにかあったのだろうか。

そもそも、父はなぜこの町に残ったのだろう。

尊敬する義父——仁美の祖父——から託された町に一つしかない病院を守らなければという使命感はあったはずだが、仁美が父なら、ここを離れ新天地を求めたと思う。

気がついたら、父が修一郎の机の引き出しを開けていた。

「お父さん、なにしてるの？」

「アレが、ない」

「アレって？」

「ほら、アレ」

「もしかして、手帖？」

「そう、手帖」

「そんなところにはないよ。手帖はお父さんの机の引き出しだから」

仁美は父を自分の部屋へ連れて行き、机の一番上の引き出しから彼の手帖を出して渡す。

「なにか書くの？　ペンもいる？」

「書くんじゃない、消すんだ」

「消す？　じゃあ、消しゴム使う？　なにを消すの？」

「見られたら、怖いことになる」

「え？　なんの話？」

なにが書いてあるのか気になって開かれた手帖のページを覗き込み、仁美は息をのむ。

千草　千草　千草　千草　千草　千草　千草　千草　千草　千草　千草　千草——。

父の乱れた筆跡で、母の名前がびっしりと書き連ねてあった。

「お父さん……、なに、これ？」

これは、自分の不義のせいで命を落とした妻への贖罪《しょくざい》なのだろうか。それとも……。

「お父さんが書いたんでしょ？　手帖にどうしてこんなにママの名前……？」

尋ねながら恐る恐る顔を上げた仁美は、そこに虚ろな父の顔を見る。

「お父さん？」

「ん？」

「これを消したかったんじゃないの？」

「消したかった？　……いや、お父さんはもう行かないと」

「ちょっと待って。行くってどこへ？」

「もう時間だから」

ついさっきまでなにかを消そうと手帖を捜していたのにそれを忘れ、父の気持ちはどこか別の場所へ飛んでしまっている。

手帖を放り出し、階段を下りていく父の後を仁美は慌てて追った。

「どこへ行くの？　病院へはもう行かなくていいんだよ」

「病院じゃないよ」

「じゃあ、どこに行くの？　町内会館？」

階段を下りたところで、父は驚いて足を止めた。

「違う。そんなところへは行かない。行くのは……」

なにかを求めるように彷徨っていた父の視線が、目の前の壁にその答えを見つけたかのように緩む。

「お隣のお隣だ」

「お隣のお隣？　聡介君のところ？」

「そう、それだ。聡介君のカウンセリングだ」

博士は亡くなってしまったが、火事で焼けた家を建て直し、二軒隣には夫人と聡介が今も住んでいる。

十年前、毒しるこ事件の犯人と疑われたことで、聡介は長期の引きこもりによって生じた対人恐怖や強迫症状がさらにひどくなり、一時期、入院治療を受けていた。だが社会復帰できるほどの回復には至らず、心配した父は自分なりに勉強して、プライベートで聡介の相談に乗り、彼と夫人をサポートしてきたらしい。

聡介も少しずつ父に心を開き、一緒に近所を散歩したり、地域の清掃活動に参加したりできるようになった。仁美が父の認知症を夫人に伝えてからも、聡介は父の訪問を歓迎し、一緒に碁を打ったり将棋を指したりするのを楽しみにしているという。といっても、頻度は月に一回程度で多くはない。だが聡介が頼ってくれるからか、父も彼と会う時はいつもよりしゃきっとして、帰宅後も症状が落ち着いているような気がする。聡介は今も働きに出られてはいないけれど、博岡家は不動産を所有しているため生活には支障がないようだ。

「お父さん、わかった。でも、もうお昼だから、行くのはごはん食べてからにしよう」

用意した昼食を食べさせ、父を送り出してから、仁美は再び二階へ上がり、父の手帖を開いた。

二十年以上前から父が愛用している手帖はマンスリーとウィークリーが一緒になったタイプのもので、最初のほうのページは見開きでひと月分のスケジュールを、その後は一週間ごとに細かい予定などが書き込める仕様になっている。ウィークリーページの昨日の欄に、父は母の名前をびっしり書き込んでいた。

そもそも、父が母を千草と名前で呼ぶことなど、ほとんどなかった。最近は漢字もかなり怪しくなっていたが、乱れてはいるものの、字は間違っていない。

他になにか書かれていないか、ざわつく胸を抑え、仁美はページをめくる。これまで父は予定をマンスリーに記し、ウィークリーのページには日記のようなものを綴っていたが、認知症を発症してからは手帖に書き込むこと自体が少なくなり、父がなぜ母の名を書いたのか、そのヒントさえも見つけることができなかった。

ふと思いついて、過去の手帖を保存している一番下の引き出しを開け、十年前のものを捜して引っ張り出す。手帖を手にした瞬間、違和感を覚えたが、理由がわからず、とにかくページをめくってみた。

事件が起きた祭りの日、父はなにを記したのか。

前日までは日記のようなたわいのない雑記がしたためられていたが、たどり着いた祭りの日の欄は真っ白だった。

それ以降のページもずっと空白で、なにも書かれていない。

事件のあと、母の部屋で呆けたように座り込んでいた父の姿が脳裏に浮かぶ。とても事件のことを書き残せるような精神状態ではなかったのだろう。

母を亡くしたあの日から、十年が経った。

あれ以来、秋祭りはずっと中止されていたが、祭りの再開を望む声も多く、十年という節目の今年、祭りを復活させることが決まった。

そして、次の日曜日、メーメー公園で秋祭りが開催される。

祭りの目玉であるこの土地ならではの中高生の演舞に、今年はスペシャルゲストが来て、一緒に踊ってくれるという。

それは、元会長の孫で、守の姪の成富麗奈だ。

高校卒業後、都内の短大へ進学した麗奈は、アイドル活動を始めていた。あるグループに所属し、デビューするも、最初の数年は鳴かず飛ばずで存続の危機だったらしい。だが、一人のメンバーがテレビに出て人気を博したことにより、グループにも徐々に注目が集まってきているという。

武蔵はデビュー当時から、なにかイベントがあるたび、東京まで出かけて行き、ファンクラブ会長として麗奈を盛り上げようと頑張っているらしかった。

麗奈のおかげで地元のテレビ局が祭りを取材しに来ることが決まり、守が社長を務める成富建設が、公園の一角に仮設ステージまで組んでいる。

ああ、そういえば、昨日の朝、食卓でそんな話題が出た。

それを聞いて、父は十年前の祭りを思い出し、母の名を手帖に書きつけたのだろうか。

翌年の手帖をパラパラ捲ると、二月の途中から短い日記のようなものが再び書かれるようになっていたものの、特に気になるような記述はなく、仁美は手帖を閉じた。

消化できないモヤモヤが残ったが、仕事が山積みなのに、これ以上、手帖にかまけているわけにもいかない。普段なら、修一郎に相談しているところだ。しかし、彼には他に訊かなければいけないことがある。訊いたらなにかが壊れてしまいそうで、できることなら、なかったことにして忘れてしまいたいけれど……。

どこまでも沈んでいきそうな気持ちを、つばさの愛らしい笑顔を思い浮かべてどうにか奮い立たせる。すぐに保育園のお迎えの時間が来てしまう。仁美は手早く部屋を片づけ、晩ごはんの支度に取り掛かった。

「うわっ、塩レモン唐揚げにすね肉のビーフシチュー、いぶりがっこのポテサラ……」

真壁医院での仕事を終え、帰宅した修一郎は食卓に並んだ料理を見て、目を丸くする。

「えっ、かぼちゃ丸ごとグラタンまであるの？　今日、なにかの記念日だっけ？」

「ううん、別にそういうわけじゃないけど……」

仁美はそう答えたが、修一郎の好物ばかりをつくってしまっていた。

「うまそ。着替えてくる」

二階の自室へと向かう修一郎は、特別後ろ暗いところがあるようには見えない。

食事中も、仁美はそれとなく夫を観察していたが、修一郎はいつもどおりつばさとの会話を楽しみ、父のことも気遣いながら、旺盛な食欲を見せた。

「お義父さん、あんまり箸が進んでないですね。唐揚げ、めちゃくちゃうまいですよ」

「あ……、うん。もう、いい」

聡介のところから帰ってくるなり、父は自分の部屋に閉じこもってしまった。夕食もいらないと言う彼を、仁美が無理やり席に着かせたのだ。

「お父さん、本当にもう食べないの？　具合でも悪い？」

首を振り、立ち上がった父の顔をつばさが覗き込む。

「じぃじ、いっぱい食べないと大きくなれないよぉ」

父はふっと笑顔を見せたが、つばさの頭をひと撫でし、二階へ上がって行ってしまった。

「聡介君となにかあったのかな」

その背中を目で追いながらつぶやく仁美に、「聡介君？」と修一郎が尋ねる。

「うん。いつもなら調子よくなるはずなのに……」

「わかった。あとで様子見てくるよ」

「じぃじ、おなか痛い痛い？」

「大丈夫だよ、つばさ。もし、そうなら、パパがお薬で痛いのなおしてあげるから」

「お薬、甘い？　お注射しない？」

「しないしない。でも、ちゃんと食べないと、つばさには注射しちゃうかもしれないぞ」

　腕に注射を打つ真似をする修一郎から逃れようと、つばさはキャーと笑いながら身をよじる。

　幸せな光景を目にしているのに、いつかこれが壊れてしまうのではないかと、仁美の胸に霧のような恐怖が広がっていく。

「……よね？」

「え？　なに、修……、パパ、ごめん、ぼんやりしてた」

「大丈夫？　お父さんだけじゃなくママも調子悪いんじゃない。あんまり食べてないし」

　確かになにを食べても味がしなかったが、仁美は無理して笑顔をつくる。

「ううん、そんなことないよ。で、なに？」

「今日、あっちに泊まりに行かなくていいって聞いてるよね？　叔母が来てくれてるから」

「ああ、うん、お義母さんから連絡もらった」

　義母は泊まりに来なくていいようにして、仁美が修一郎と話をする時間を作ってくれたのだろう。でも、正直気が重かった。

　とりあえず、食事を終えたつばさを風呂に入れ、寝かしつけてから二階へ上がると、父の部屋から修一郎が出てきた。

「仁先生、熱もないし、今は落ち着いてるから大丈夫だと思う」

「ああ、ありがとう。よかった。修……、パパ、あのね……」

「うん？」

薄茶色の瞳にまっすぐ見つめ返され、涼音との関係を問い質そうとした気持ちがくじける。

「あ……、えっと、ううん、ごめん、疲れたでしょ？　お風呂入ったら？」

「うん。じゃあ」

「着替え持ってくから、ゆっくり入って」

「いいよ、そんなの自分でできるんだから。いつもうちの親のことまでごめんな。ママも今日くらい早く寝て」

「うちの親って……、私のお義母さんでもあるよ」

「……さんきゅ。ホント助かってるよ」

　穏やかな笑顔にほだされ、なにも訊かずこのまま寝てしまいたくなったが、明日になれば、義母から報告を求められるに違いない。

　台所の片づけを済ませ、浴室からシャワーの水音が聞こえてくるのを確認してから、仁美は足音を忍ばせて再び二階に上がり、修一郎の部屋に入った。

　彼の口からなにを聞かされるのか怖くてたまらず、心の準備をしておきたかったのだ。

　きれいに整頓された机の上、充電器に刺さったスマホに手を伸ばし、暗い画面をタップする。修一郎のスマホはロックがかかっておらず、仁美はすぐに通話履歴を覗き見ることができた。

　義母が言ったとおり、昨夜の十九時二十七分に、修一郎は「すず」からの電話を受けている。昨日の十七時にも涼音から不在着信があり、伝言メッセージが残されていた。

　仁美は震える指でそれを再生させる。

「修一郎君、涼音です。先日はありがとうございました。あとでまた電話かけさせてもらってもいいですか。もしかしたら、夜遅くなってしまうかもしれないけど……」

　背後で部屋のドアが開き、仁美は慌ててメッセージの再生を止める。

「お父さん、今、ちょっと忙しいから、あとで……」

言いながら振り返った仁美は、スマホを握りしめたまま固まる。

そこにいたのは父ではなく、風呂に入っているはずの修一郎だった。慌てふためいて落としそうになったスマホを、彼に取り上げられる。

「こんなことじゃないかと思ったよ。引き出しの中身、微妙にものの位置がズレてたから」

修一郎の体は少しも濡れていない。風呂に入る振りをしていただけだったのか。

「あ……、えっと、これは……」

「母さんから聞いたんでしょ。言わないでくれって頼んだのに、息子よりも君の味方みたいだね」

動揺し、言葉の出ない仁美に、修一郎は言い募る。

「こうなることを想定できなかったのは僕が悪いけど、まさか、こんな真似されるとは思ってもみなかったよ」

咎めるような修一郎の物言いに、狼狽えていた仁美の頭の芯がすっと冷えた。

「したくて……したんじゃない」

「え？」

「私だってしたくなかったよ、こんなこと」

「ちょ、待ってよ、逆ギレするわけ？」

「逆ギレ？　キレられても仕方ないことしてるよね？」

「は？」

「涼音と会ってるんでしょ？」

「どうしてそうなるの？」

「だって、今の留守電、『先日はありがとうございました』って。学会とか同窓会とか、私に嘘ついて東京で涼音と……」

「してないよ、そんなこと。学会も同窓会も本当のことだし、すずとは十年前に別れて以来、一度も会ってない」

「嘘……」

「嘘じゃない。お世話になりましたって彼女が言ったのは、その前にかかってきた電話で頼まれたことに応じただけで」

「頼まれたこと？」

「この町のことを教えてほしいって。事件後の町の変化や現状、急に転出した人間がいなかったか、とか」

「どうして、修一郎に？」

「他に話してくれる人がいると思う？」

修一郎の頬にシニカルな笑みが浮かぶ。答えを期待していない問いかけだった。この町に涼音の味方になってくれる人間などいるはずがない。

「……涼音は、なんでそんなことを？」

「このままだと再審請求が棄却されてしまうからだと思う。エリカさんの無罪を証明する新たな証拠が発見されないと、再審の門は開かれないから」

「それを手伝ったの？　かすみちゃんを殺した人のために？」

呆れて声を荒らげた仁美に、修一郎は冷静な眼差しで答えた。

「すず……、彼女は、そう思っていない」

「どういうこと？」

「エリカさんがやったとは思っていないんだ」

「そりゃ、涼音はやってないって信じたいでしょうよ。でも、なんで修一郎まで……」

「わからないから」

「わからないって、なにが？」

「エリカさんが本当に犯人なのかどうか」

「はぁ？　なに言ってんの？　あの人、自白したんだよ」

　声を震わせる仁美に、修一郎は淡々と答える。

「でも、裁判では無罪を主張してる」

「え、なに？　拷問されて自白を強要されたとでもいうわけ？　大昔のことじゃない、たかだか十年前の話だよ」

「仁美だって知ってるだろ、彼女がすごくエキセントリックな人だって」

「だからって、やってもいないのにおしるこに農薬入れたなんて言うわけないでしょ！」

「でも、その自白以外に彼女を犯人だと示す確かな証拠はなにもないんだ。状況証拠だけで、無罪だと主張している人間を死刑にすることに仁美は抵抗がないの？　エリカさんとあんなに仲良くしてたのに」

「……ねぇ、これ、本当の話？　なにか隠そうとして嘘ついてるんじゃない？　こんな話なら、私に秘密にする必要ないよね？　なんで黙ってたの？」

「嘘なんかついてないし、話すつもりでいたよ。でも、すずに協力するのを反対されるんじゃないかと思ったから」

「私の気持ちは無視して、どうしても涼音を助けたかったんだね。なんで？　今でも好きだから？」

言ってすぐに後悔したが、考える前に言葉が口をついて出てしまっていた。

「……そんなんじゃ、ないよ」

否定するまでに時間がかかった。そのわずかな間が、仁美をひどく傷つけ、追い詰める。

「……涼音は、今、なにしてるの？」

涼音も誰かと結婚してくれていたらいいのに……。そう思って尋ねたが、返ってきたのはあまりにも意外な答えだった。

「勉強してるって言ってた。弁護士になるための」

「えっ、弁護士？　涼音、法学部を卒業したの？」

「いや、大学には行ってないって。事情はわからないけど、高校も中退したらしい」

「三番目の金持ちのパパが私立のお嬢様学校に入れてくれたんじゃなかったの？」

「守君からそう聞いてたけど、今はお父さんの家も出て自活しているみたいだ。エリカさんの弁護を引き受けてくれた弁護士の先生に助けてもらううち、弁護士になって人の役に立ちたいと思うようになったらしくて、弁護士事務所で働きながら勉強してるって」

涼音がお嬢様学校を中退したのは、母親のことがバレたからだろうか。もしかしたら、小学生のときのように、いじめを受けたのかもしれない。

「弁護士って、高校中退でなれるものなの？」

「司法試験に学歴は関係ないから。ただ、法学部卒だと一次試験が免除されるけど、すずの場合は一次から受験しなくちゃいけない。自分でもすごく狭き門だから難しいのはわかってるって、言ってたよ」

涼音のことを語る修一郎の顔に複雑な色が浮かぶ。心配と申し訳なさ、そして、そんな状況でもあきらめずに頑張る健気な涼音へのまぶしい思いが綯い交ぜになったような。

やっぱり修一郎は、今でも涼音に気持ちを残している。

「修一郎、十年前、どうして、涼音と別れたの？」

「どうしてって……」

「エリカさんが逮捕されたから？」

「違うよ。そうじゃない。だって、僕が……、振られたんだから」

殴られたような衝撃を受け、仁美は呆然とする。エリカの逮捕により、修一郎が涼音に別れを告げたものとばかり思い込んでいたが、涼音が修一郎を振った？

「いや、もしかしたら、違わないのかもしれない。両親はすずとの交際をやめさせようと必死だったから。そういう空気がわかってて、すずは情けない僕を振ってくれたのかもしれない」

つまり、修一郎と涼音は互いに想い合いながら、十年前、エリカの逮捕によって無理やり引き裂かれたということだ。それなのに……。

「東京へ行ったとき、本当に涼音に会わなかったの？」

「会ってないよ」

でも、会いたかったでしょ？　今も会いたいんでしょう？　そう尋ねたら、きっとまた修一郎は、言葉ではないもので仁美を傷つけ、追い詰めるだろう。

「会いに行くつもりはないの？」

訊きたくないのに、否定してほしくて、訊いてしまう。

「会いに行くつもりはないけど……」

「ないけど？」

「……来たいって」

「来たい？　涼音が、うちに？」

「いや……、この町の祭りに。昨日の電話で祭りのことを話したら、そう言い出して……」

心臓が別の生き物のように鼓動し、悲鳴のような音が身体中に響き渡る。

「で、でも、涼音が来たら、ここの人たち、きっとまた……」

「僕もそう言ったけど、止めても来ると思う」

涼音がこの町に来る。十年ぶりに彼女に会う。その状況をイメージすることができない。

「涼音は知ってるの？　私たちのこと」

「もちろん、話したよ。結婚して真壁医院を継いだって。子供もいるって言ったら、すごく喜んでくれた」

そう取り繕っただけだろう。本心から喜んでくれていたなら、仁美の留守番電話に涼音は「おめでとう」と言ったはずだから。

「……やめさせたほうがいい」

「え？」

「わざわざ祭りの日に来るなんて、どうかしてるよ。十年ぶりに再開する祭りに、エリカちゃんの娘が来たら、ここの人たちパニックになって、きっと涼音にひどいことを……」

ああああああーっ！　という叫びが仁美の耳を劈《つんざ》き、声を遮る。隣の父の部屋からだ。感情的になってつい声が大きくなり、話が聞こえてしまったのだ。

「お父さん、大丈夫？」

隣室へ駆け入ると、父がベッドの中で頭を掻きむしっていた。

「お父さん、大きな声出してごめん。大丈夫だよ。驚かせちゃって、ごめんね」

父の声に驚いたのか、階下からはつばさの泣き声が聞こえてきた。

「修一郎、ごめん。つばさをお願い」

「いいけど、大丈夫？」

うなずき、修一郎を部屋から送り出すと同時に、ベッドから降りた父が引き出しの手帖を捜し始めた。そんな予感がしていたのだ。

「燃やさないと」

「燃やす？　お父さん、消すんじゃないの？」

そう言いながら、捜していた手帖を父に手渡す。持った瞬間、違和感を覚えた。今年の手帖なのに、昼前に手にしたときとは明らかに感触が異なる。気になって、黒い手帖カバーを外すと、裏にくしゃくしゃに丸められた小さな紙片が挟まっていた。広げてみると、母の名前を書き連ねたあのページを破いたものだった。父が隠そうとして手帖とカバーの間に挟んだのだろう。

「お父さん、これを捜してたんでしょ？　これを燃やしたいの？」

その紙を突きつけられた父は、「違う、違う、違う」と子供のように顔を左右に振る。

「違う、これじゃない」

閃くものがあり、十年前の手帖を再び手に取る。見られたくないものを手帖とカバーの間に隠すのは父の癖なのかもしれない。さっき感じたかすかな違和感の正体も、もしかすると……。手帖からカバーを外した瞬間、なにかがこぼれ落ちた。二センチほどの長さのおもちゃのような薄い鍵だ。

「お父さん、これ、なに？」

尋ねても、父の顔はまたぼんやりしてしまっている。

「ねぇこれを捜していたんじゃないの？　これを燃やしたかったんでしょ？　なんの鍵なの？」

修一郎に聞こえないよう声を殺して尋ねたが、父はただ虚ろな瞳をその鍵に向けているだけだ。

鍵を拾い上げてため息をつき、手帖だけカバーに戻そうとしたとき、そこにまだなにかが挟まっていることに気づいた。

四つ折りにされた小さな便せんだった。取り出して開くと、流れるように美しい母の字が現れた。

懐かしさは、そこにしたためられた文章を目にした瞬間に消え、仁美は声にならない悲鳴を上げた。

三

翌日、仁美はつばさを保育園に送った足で、義母の家を訪ねた。

いつものように合鍵で玄関を開けると、そこに義母が待ち構えていて、仁美は息をのむ。

「……ちょっ、お義母さん、ダメじゃない、こんな寒いとこにいちゃ」

「自転車の音が聞こえたから、待ちきれなくて」

追い立てるように義母を居間のこたつに座らせ、洗濯機を回しに行こうとしたら、ガッと腕をつかまれた。

「洗濯は今日はいいから、とにかく座って」

ポンポンと座布団を叩きながら、義母は仁美の顔を覗き込む。

「仁美ちゃん、顔色悪いけど、大丈夫？　なにかあったの？」

慌てて首を横に振り、「昨日、あんまり寝られなくて」と取り繕う。

あんまりどころか、例の手紙のせいで、一睡もできなかった。こたつに足を入れたら、睡魔に襲われるのではと思ったが、不安が眠気を遠ざけているようだ。

「それで、どうだったの？　あのこと、修一郎に訊けた？」

前のめりに尋ねる義母の表情は真剣で、どれほど心配してくれていたかが伝わってくる。玄関に靴がなかったから、昨夜、叔母が泊まりに来たというのも、仁美に修一郎と話をさせるための嘘だったのだろう。短く息を吐いてから、仁美は顔を上げる。

「お義母さんが心配しているようなことはないみたいだから、大丈夫だと思う」

「ちょっと、みたいとか、思うとか、それで本当に大丈夫なの？」

心臓の悪い義母を安心させてあげたいけれど、大丈夫だと言い切ることはできない。修一郎の心の中まで把握するなんて不可能だし、それに……。

「修一郎は、仁美ちゃんになんて？」

「あ……、えっと、涼音とは会ってないって言ってた。それは本当だと思う」

「じゃあ、なんで、あの娘から電話がかかってきたのよ？」

涼音はエリカの再審請求のため、新たな証拠を求めて修一郎にこの町の話を訊いていたらしいと伝えると、義母は顔色を変えた。

「信じられない。死刑になるのが怖くて悪あがきしているだけでしょ。修一郎はどうして、かすみを殺した人に協力なんか……？」

「……それは、直接本人に訊いて。とにかく、修一郎と涼音はお義母さんが気にしているようなことにはなっていないはずだから」

「でも、修一郎は立て続けに東京へ行ったじゃないの。会ってないって言われただけで、仁美ちゃんは、それを信じられるの？」

仁美は小さく、だが、はっきりとうなずいた。修一郎は嘘を吐くのがうまくない。だから、涼音と会っていないのはたぶん本当だろう。でも、涼音が祭りに来たら、思いを残したまま別れたふたりが再会したら、先のことなど誰にもわからない。

「仁美ちゃん？」

「え……？」

「あなた、ぼんやりしてるけど、本当に大丈夫？」

心配そうに顔を曇らせる義母に、仁美は無理やり笑顔をつくって見せる。

「お義母さん、心配し過ぎは体に毒だよ」

不安が顔に出ているのか、義母はまだなにか言いたげだったが、早々に話を切り上げ、仁美は逃げるように台所に立った。

修一郎と涼音がよりを戻し、捨てられるかもしれない。それは仁美にとってとんでもなく切実な問題だ。だが今、それを上回るほど深刻な問題が仁美の前に立ちはだかっている。

持参した玉ねぎの皮を剝き、スライスしながらも、頭の中は昨夜初めて目にした小さな便せんに占められていた。

そこに書かれていた母の言葉が脳裏に焼き付き、仁美の心にギリギリと爪を立てる。

『あの人と別れてください。

もう限界です。

離婚には応じられません。

仁美を不幸にすることだけは絶対に許さない。

気持ちを変えてくださらないなら仁美と真壁医院を守るために、あの人を殺して私も死にます』

署名はないし、少し乱れているが、流れるように美しい文字は、母、十草の手に違いなかった。

書道の有段者だったからか、母はメールで済むことをこうして便せんやメモに書いて、よく仁美や父の机の上などに置いていた。

母は、父とエリカの関係を知っていた。それどころか、離婚話まで出ていたらしい。娘の目から見ても、夫婦の愛情の比重は母の方が大きく偏っていて、淡白な父に母はいつも過剰なほど尽くしていた。だからこそ、母のショックは計り知れない。信じていた父に裏切られ、相手がエリカだと気づいたとき、母の心はどれだけ血を流したことだろう。

　内向的な母は誰にも相談できずにひとりで悩み、我慢に我慢を重ね、ここに書いてあるように限界に達したのだ。最後の文章を目にした瞬間、胸に刃物を突き立てられたような衝撃を受けた。全部お父さんのせいだ。昨日は仁美も取り乱し父を責めた。

　しかし、一晩過ぎて少しだけ冷静になると、あの母が本当におしるこに農薬を入れたとは、どうしても思えなかった。最後の一文もよく使われる脅し文句だし、エリカを殺すことが仁美のためにならないことくらい母にはわかっていたはずだ。それに本気で人を殺そうと思っている人間が、それを手紙にしたためたりするだろうか。

　だが、十年前のあの日、仁美と涼音が演舞のリハーサルのためにおしるこのテントを離れる際、母がエリカにかけた言葉は今も耳にはっきりと残っている。

「悪いわね、エリカさん。すぐに戻るから、よかったらおしるこの味見しておいてくれる？」

　母は確かにあのときそう言って、エリカにおしるこの味見を勧めた。

　仮に母がおしるこに毒を入れていたとして、あのとき、母に頼まれたエリカひとりが味見をしていれば、命を落とすのは彼女だけだったはずだ。しかし、母がテントを離れたあと、エリカは怜音と萌音、そして、麗奈とかすみにもおしるこを与えてしまった。

　子供たちが農薬入りのおしるこを食べてしまったことを知った母は激しい衝撃を受け、母の性格なら、子供たちを巻き添えにしてしまったことを悔やみ、死んで詫びようと自ら毒しるこを口にするだろう。

もしそれが真実だとしたら、エリカは冤罪で逮捕されたことになり、殺人犯の娘は、涼音ではなく、この自分ということに……。

「ちょっと、仁美ちゃん、そんなに玉ねぎ切って、なにをつくるつもり？」

「え……？」

スライスした大量の玉ねぎを前に、仁美は包丁を持つ手を止める。

「こんなに食べたら、血液サラサラになりすぎちゃうんじゃない？」

そう言って微笑む義母の顔が、ふいに込み上げてきた涙で見えなくなる。

「やだ、どうしたの、仁美ちゃん？」

「玉……ねぎ」

切っていたのが玉ねぎで良かった。

「……のレモンマリネ、ポタージュ、ピクルス、オニオングラタンスープ、オニオンスライスと大葉のサラダ、冷しゃぶのせ、生ハム巻き、あと、しょうが焼き、親子丼、飴色玉ねぎにしてカレー……」

涙をぬぐいながら義母の好きな玉ねぎ料理を挙げていき、なにが食べたいか訊くと、「全部」という子供のような答えが返ってきた。

「だって仁美ちゃんがつくってくれるお料理は全部、お店で食べるみたいに美味しいんだもの」

さっきまでの不安そうな表情が嘘のように義母の顔がほころぶ。料理は人を幸せにする。

「仁美ちゃんが修一郎のお嫁さんになってくれて、本当に嬉しいわ」

義母の笑顔にまた微笑み返そうとしたが、うまくいかず、頬が引き攣る。

かすみを殺したのがエリカではなく、千草だったら、この人は殺人犯の娘である仁美を絶対に受け入れてはくれないだろう。

義母だけでなく、修一郎も——。


涼音から再び電話がかかってきたのは、その日の夕方だった。

義母の家で彼女が食べたがった料理をいつもよりたくさん作り置きし、真壁医院での事務仕事を終え帰宅したところでスマホが震えた。

仁美は、迷った末、意を決して電話に出る。彼女に訊きたいことがあったからだ。

「……もしもし？」

「仁美ちゃん？」

受話口から懐かしい涼音の声が聞こえてくる。相変わらず感情を抑えた声なのに、涼音の驚きと喜びが伝わってきて、胸が波立つ。

「電話ありがとう。仁美ちゃんから電話もらえてすごく嬉しかった」

電話をかけたわけではない。修一郎との関係を疑った挙句、誤タップしてしまっただけだ。

「……仁美ちゃん？」

「あ……、ごめん、えっと、元気？」

「うん、元気にしてます。ありがとう。仁美ちゃんも元気？」

「え……、あ、うん」

「仁美ちゃん、おめでとう」

涼音の言葉に、仁美は戸惑う。

「修一郎君と結婚したって聞いた。お子さんもいるんでしょう？　本当は会っておめでとうって伝えたかったけど」

本心でそう思っているのか、感情のない声からは読み取ることができない。

「来るって、本当？」

余計なことを言ってしまいそうだったので、いきなり本題に入った。

「祭りに来るって、修一郎が」

「……うん」

「やめたほうがいい。また嫌な思いすることになる」

「それでも行かなきゃ。このままだとたぶん、再審の扉は開かないから」

やはり涼音はエリカが犯人だとは思っていないのだ。

「どうして？」

「え？」

「エリカちゃん、自白したんでしょ？　おしるこに農薬を入れたって認めたんだよね？」

「そうなんだけど……、あのときは、なんか、もう、どうでもよくなっちゃったんだって」

「なんの……話？」

「仁先生が助けに来てくれるって信じてたみたいで、なのに、面会にも来てもらえず、自暴自棄になっちゃったって。あ、もちろん、仁先生が悪いわけじゃないけど」

「そんなことで……自白する？　死刑になるかもしれないのに」

「普通はしないよね。でも……、普通じゃないから」

涼音の言うとおり、彼女は普通じゃない。エリカという人を知っていただけに、そう言われると、彼女ならやりかねないと思えてしまう。

「それに、慰霊祭で町の人たちに責められたのも、堪えたみたい。こんなにみんなに憎まれ、嫌われてるんだって、自分で自分の存在を否定しちゃったんじゃないかな」

確かに慰霊祭のあと、イワオの小屋の前で見たエリカは別人のように憔悴していた。あれは流星を殺したからではなく、そのせいだったのか……。

「それだけ？」

「それだけって？」涼音が繰り返す。

「エリカちゃんがやってないって、思う理由」

それまでよどみなく答えていた涼音が、なにかを考えるように沈黙した。

「……ううん、他にもある」

「なに？」

「それは……」

言葉を切り、ふーっと息を吐いてから、涼音は続けた。

「できれば会って話したいんだけど、難しい……かな？」

「……どうしても、祭りに来るつもり？」

「うん。前日から行こうと思ってる。よければ、そのときに……」

「それは、無理」

反射的に拒絶してしまい、仁美は慌てて取り繕う。

「あ、えっと、前日は仕込みをしなくちゃいけなくて……」

「もしかして、仁美ちゃんがつくるの、おしるこ？」

「あ、違う違う、さすがにおしるこはなしで、こやぎ庵のおじさんが、個別包装されたこやぎ最中を配ることになってて、私は、けんちん汁を」

敬老会のときにつくった仁美のけんちん汁が美味しいと好評で、また食べたいという声が多かったらしい。大鍋でつくる料理は嫌がられないかと守たちには進言した。しかし、つらい過去を乗り越えるためにも、みんなで細心の注意を払って提供しようと、押し切られてしまった。

「けんちん汁……、千草おばさんのレシピだね」

「あ……、うん。そうだ、ありがとう、レシピノート」

「そんな……、あれは千草おばさんが仁美ちゃんに伝えたかったものだと思うし」

でも、涼音がノートに書き留めておいてくれなかったら、知ることができなかったし、あのノートのおかげで、仁美の人生は大きく好転したのだ。

「私も食べたいな、仁美ちゃんのけんちん汁」

「え……？」

「可能であれば、お祭りのあとで、話をする時間をつくってもらえたら嬉しい」

本当に母があの事件の犯人なら、涼音に会って詫びなければ。少なくとも、あの手紙は見せるべきだ。でも……。急に酸素が薄くなったように呼吸がうまくできなくなる。

「仁美ちゃん？　大丈夫？」

かすれ声でなんとか返事をすると、涼音は誤解したのか忙しい時間にごめんと謝った。

「でも、仁美ちゃんと話せてよかった。本当にありがとう。できたら、またお祭りの日に」

なにも言葉にできない仁美にそう断り、涼音は電話を切った。

久々に触れた涼音の優しさや気遣いに打ちのめされていた。エリカに死刑判決を下させたのは、仁美かもしれないのに。涼音はそれに気づいていながら、恨みごとのひとつも言わず、謝り、礼を言って、電話を切った。なじられたほうがどんなに楽だったか……。

小学生のとき、涼音がいじめられていたのは感情を見せないことが不気味だったからでなく、これが原因だったのかもしれない。涼音の魂の美しさは、自分の醜さを炙り出し、嫌な気持ちにさせるから。涼音には、どう足掻いても敵わない。

保育園へと自転車を走らせながら、仁美は今自分が持っている母の手紙について考える。

あれを公表すれば、涼音が望むエリカの再審請求は通るのではないか。父が手紙を処分せずに隠していたのも、母や仁美を守りたいという気持ちとエリカを死刑にしたくないという思いが葛藤していたからに違いない。父に代わって自分が決断しなければ……。

「ママー！」

だが、駆け寄ってきた幼いつばさの笑顔を目にした瞬間、そんな考えは霧消してしまう。自分と父親だけならいい。でも私たちにはつばさがいる。事件のことが蒸し返されたら、つばさまで巻き込むことになる。この子の明るい未来だけはどんなことをしても守りたい――。


翌日の夜、三日後に迫った祭りの最終打合せが町内会館で行われた。

壇上に上がった守が、祭りのスケジュールやそれぞれの準備の進捗状況について、ひとつひとつ確認していく。

まともに眠れず、朦朧としながら出席していた仁美に気づいたのか、守が檄《げき》を飛ばす。

「仁美、大丈夫か⁉　今回、一番大事なけんちん汁の担当が当日寝不足じゃ困るぞ。あんなことが絶対に起こらないよう、テントには必ず二人以上の人間を置いて、一時も鍋から目を離さないようにしてくれよな」

「あ……、うん、大丈夫」

「十年ぶりに行われる祭りなんだから、失敗は許されないぞ。みんなも気合入れていこう」

「おう、任せとけ」と、こやぎ庵の店主が機嫌よく応じる。

「地元のテレビ局が撮影に来るから、うちのこやぎ最中の宣伝になるしな。本当に麗奈ちゃん様様だ」

　麗奈が演舞に参加してくれるおかげでテレビの取材が入ることになり、祭りが盛り上がると喜んでいる人間は多い。そこへ涼音が現れたら、騒ぎになるに違いないし、こやぎ庵や蕎麦辰の店主らはどんな態度をとるだろう。

「でもよ、守君よ、いいのか？　この町の出身だってことがバレたら、麗奈のイメージダウンになるんじゃねぇか？」

　蕎麦辰の質問に、守が笑顔で答える。

「ああ、確かに最初は麗奈もひた隠しにしてたみたいだけど、最近じゃ毒しるこ事件のサバイバーだってことを売りにしているらしい。それだけじゃなく、イワオに誘拐されかけたけど、無傷で戻ったってことも。強運のアイドルってことで、注目されてるんだってさ。我が姪ながら、図太くてあっぱれだよ」

「いやいや、そのくらい頼もしくなきゃ、芸能界なんてやってけないでしょ。麗奈ちゃん、いくつになったんだっけ？」

「今年、二十二？　いや、二十三か」

「あんなちっちゃかった子が、もう立派な大人だな。ってことは、生きてたら、かすみも……」

　その一言で、みんなが仁美を気遣う素振りを見せたが、それを言うなら、流星もだ。

　しかも、今年の祭りの開催日は、流星の命日にあたる。

　仁美は、書記をつとめる琴子をそっと盗み見た。

　話が耳に入っていないわけがないが、琴子はなんの反応も示さず、ただ黙々とノートを取り続けていた。

　打合せが終わり、メーメー公園を突っ切って自宅へ向かっていた仁美は、暗がりからゆらりと現れた黒い影に驚き、叫びそうになった。

「あ……、す、す、すみません……、すみません、あの、僕です」

目を凝らすと、見知った顔が頭を下げている。

「え……、聡介……君？」

何度もうなずく男の姿に、仁美はホッと息を吐く。

十年前はひきこもり生活によってかなり太っていた聡介だが、父との散歩がよかったのか、今はぽっちゃりという感じで、髪型や服装にも清潔感がある。

町内会館の隅にいた聡介に気づいていたものの、席が離れていたため、声がかけられなかったのだ。

「あ、ごめん。私も聡介君にお礼言わなきゃって思ってたんだ。いつも父がお邪魔して、すみません。それから、ありがとう」

「あ、いや、えっと……、そんな……」

父以外の他人と話すことには未だ恐怖心があるのか、聡介はオドオドと目を逸らしながら続ける。

「あの、えっと、き、聞いて……ないかと……、思って」

聡介の口調はじれったくなるほどゆっくりだ。

「なにを？」

「……ほら、その……、仁先生から」

「あ……、もしかして、父がなにか迷惑かけた？　ごめんね、すぐ忘れちゃうから……」

「そうじゃなくて……」

聡介はぶんぶんと首を左右に振る。

「え？　じゃあ、なに……？」

そういえば、母の手紙の一件で忘れてしまっていたが、聡介の家から帰ってきたあと、父は食事もとらずに自室にこもってしまい、明らかに様子がおかしかった。

「聡介君、この間お邪魔したとき、なにかあったの？」

見つめる仁美の視線から逃れるように、聡介は自宅の方へ歩き出しながら答える。

「……思い出したことがあって」

彼の後を追って歩きながら、仁美は尋ねる。

「思い出したこと？」

「う、うん。それを話したら……、仁先生、驚いて……」

「聡介君、なにを思い出したの？」

「うん、えっと、あの……、祭りの日の……こと」

「え？」

仁美は驚いて足を止めたが、聡介はそれに気付かず、歩きながら話し続ける。

「なんか……、あのころの記憶、あいまいっていうか……、いろんなこと、抜け落ちちゃってて……、でも、見たこと、思い出して……」

「なにを？　なにを見たの？」

走り寄って尋ねた仁美の声の大きさに、聡介がびくっと体を強張らせた。仁美は「ごめん」と、慌てて笑顔をつくる。

「ごめんね、父からなにも聞いてなくて。それって、十年前のあの事件の日のことだよね？」

うん、うんと聡介は子供のように何度もうなずき、あの日、自分の部屋の窓から、テントの奥でコンロにかけられていたおしるこの鍋が見えていたのだと、つっかえながら話す。

確かに聡介の家は道路を挟んでメーメー公園に面している。二階の彼の部屋からは公園の植え込みの先におしるこの鍋が見えたはずだ。

「あのとき、警察に話した……のに、う、嘘……だって言われて……、おまえが……、おまえがやったくせに嘘つくなって怒鳴られて……、おまえが犯人だって決めつけられて……、それで、頭が割れそうに痛くなって、なにが本当かよくわからなく……なって……」

なにを見たのか、ただそれだけの答えになかなかたどり着かないのは、話が苦手だからか、それとも今、聡介が言いづらいことを口にしようとしているせいか。

「聡介君、もしかして、あの日、誰かがおしるこの鍋に農薬を入れるところを見たの？」

恐る恐る尋ねると、彼は目を逸らしたまま、また何度もうなずく。

「それは……、エリカちゃ……、景浦エリカさんでしょう？」

すでに自宅の前に着いていたが、仁美は祈るような気持ちで答えを待つ。だが、今度はうなずいてもらえなかった。はっきりと首を左右に振る聡介の姿に、心臓がきゅっと鈍く痛み、全身から血の気が引いていく。

「……じゃあ、誰が？　誰が、鍋に毒を？」

くぐもった声が他人の声のように響き、禍々しい予感に仁美は打ち震える。

「あ、あの日……、おしるこの鍋に、瓶に入った液体を……、入れた、のは……」

ふいに喉の奥から突き上げてくるものがあり、仁美は口を押さえて自宅に駆け込み、トイレに胃の中のものをぶちまけた。食欲がなく、ほとんど食べていなかったからか、涙と一緒に、濁った胃液まで吐いた。

聡介はまだ家の前で待っているだろうか。

そう思ったが、仁美は便器を抱えたまま、立ち上がることができなかった。

四

「お父さん、聡介君から、なにを聞いたの？」

翌朝、出勤する修一郎を見送り、つばさを保育園に送って戻るや否や　仁美は父を問い詰めた。昨夜聡介のもとに戻ることができず、仁美は眠れない一夜を過ごしていた。

「ん？　今日は聡介君のカウンセリングだったか？」

「違うよ。そうじゃなくて、この間聡介君の家に行ったとき、大事な話をされたんでしょ？」

父には事態の深刻さが少しも伝わっていないらしく、テレビから目を離さずに「そうだったか？」と生返事が返ってきた。

「ねぇ、お父さん！」

テレビを消して詰め寄ったが、こちらが望む反応は返ってこない。

「ママ……だったの？」

「……ママ？」

「聡介君が見たのはママだったの？　ママは本当に……、手紙に書いてあったことをしたの？」

「ママの手紙って？」

父の言葉に全身から力が抜け、仁美はその場に膝をついた。

「それも……覚えてないの？」

この病はこんなに大切なことまで忘れさせてしまうのか。

父は困ったように力なく笑う。父のように忘れてしまえたらどんなにいいだろう。そう思った途端、涙が込み上げてきた。

「どうした？」

オロオロと顔を覗き込む父に、仁美は首を振り、袖で乱暴に涙を拭う。

「明後日のお祭りに涼音が……、エリカちゃんの娘の涼音が来るんだ」

「えっ……？」

父がはじめて大きな声で反応した。

「聡介君、おしるこに農薬を入れたのはエリカちゃんじゃないって言ってた。それを涼音に伝えないと。エリカちゃん、このままだと死刑になっちゃう」

でもその前に確かめなければ。昨日は動揺して逃げ帰ってしまったけれど、避けては通れない。

「聡介君のところへ行ってくる」

「どうして、仁美が聡介君のところへ？」

「だって、お父さんが覚えてないなら、訊いてこないと。あのお祭りの日、誰がおしるこに農薬を入れたのか」

体を震わせ立ち上がろうとした仁美の腕を、強い力で父がつかんだ。

「……ダメだ」

「どうして、聡介君のところへ行っちゃダメなの？」

「ダメだ、ダメだ、ダメだ、ダメだ、ダメだ、ダメだ！」

仁美の腕をつかんだまま繰り返す父の顔に、怯えの色が広がっていく。

「お父さん、思い出したの？　聡介君はママが犯人だって言ったの？」

ようやく離した手で自分の耳をふさぎ、父はああああああ！　と悲痛な声が上げた。

やはり聡介は父に、母がおしるこに農薬を入れるところを見たと伝えたのだろう。

放心して立ち竦む仁美の耳に、呻くように絞り出された父の声が届く。

「お父さんの……せいだ」

ああ、やはり祭りの記憶は父のもっとも深いところに刻み込まれていて、どんな病もそれを奪い去ることなどできないのだ。

そのとき、玄関のチャイムが鳴った。

どうやら向こうから来てくれたらしい。

昨夜、置き去りにしてしまった聡介に違いない。覚悟を決めてドアを開けたが、そこにいたのは聡介ではなく、申し訳なさそうに頭を下げる琴子だった。

「仁美さん、ごめんね、忙しいのに。守さんが、ちょっと公園まで来てくれないかって」

「今？　お祭りのことで？」

うなずく琴子に、仁美は尋ねる。

「他に誰が来てる？」

祭りの件で呼ばれるなら、昨夜のように聡介がいるかもしれない。もし守や琴子の前で、昨日のような話をされたら……。しかし、琴子の口から飛び出したのは意外な名前だった。

「今、公園にいるのは、麗奈ちゃんと地元のテレビ局のディレクターさんとカメラマンさん。それから守さんと武蔵君だけど」

「麗奈ちゃん、もう帰ってきてるの？」

「明日は東京で仕事があって参加できないから、今日の夕方、演舞を踊る中高生たちとリハをするんですって。それをテレビ局の人が取材に来てて」

琴子と一緒にメーメー公園に足を踏み入れると、懐かしい曲が風に乗って流れてきた。仁美も祭りで何度も踊ったあの曲だ。

公園の東奥に設けられた仮設ステージの上で、栗色の髪を高く結い上げた女性がひとりで踊っている。

琴子から聞いていなければ、それが誰かわからなかったかもしれない。子供のころからかわいかったが、アイドルとして磨かれた麗奈は見違えるほど垢ぬけていた。

祭りの演舞もバレエを習っていた麗奈が踊ると、まるで別物のように優雅でカッコよく、仁美は思わず見惚れる。最後の決めポーズで曲が終わった瞬間、ディレクターと撮影していたカメラマンから歓声と拍手が上がった。

「いやぁ麗奈ちゃん、よかったよ。何年もブランクがあるなんて信じられない。お見事！」

「本当ですか？　嬉しい。中学の体育祭以来で覚えてるか不安だったけど、何度も練習させられたから、身体に染み込んでるみたい。あ……」

仁美に気づいた麗奈が、壇上で飛び上がって手を振る。そんな仕草も妙に様になっていて、アイドルっぽい。

「仁美ちゃん、結婚おめでとう！　お子さん、一緒じゃないの？」

「え？　あ……、つばさは今、保育園だから」

「あ、そっか。麗奈、子供大好きだから、会えるの楽しみにしてたのにぃ」

愛らしく微笑む麗奈に、ディレクターもカメラマンも近くで見守っていた武蔵も魅了されている。同じようにぼーっと見ていた仁美の肩を、背後から守がバンと叩いた。

「おう、仁美、悪いな、呼び出して。けんちん汁を食べるためのテーブルとイスを用意することにしたんだけど、場所はここでいいかな？」

三か所にテーブルが描かれた公園の地図を広げながら、守は実際の場所を指し示してみせる。

「うん、いいと思う」

「よし。あとさ、けんちん汁用のおわんの数がちょっと心許ないらしくて、前に使ったやつの残り、仁美のとこになかったか？」

「あ……、敬老会のときのが物置にあるはず」

「よかった。じゃあ、当日、それ持ってきてくれ。あと、ひとつ変更点があって、缶ビールと五百ミリリットルのペットボトルのお茶が配布できることになったから、けんちん汁と一緒に渡してもらえるか。テントに業務用のクーラーボックス用意するんで」

「でも、飲み物を渡すのにひとりとられちゃうと、お鍋をふたり体制で見てられなくなるかも」

「んー、確かにそこ一番大事なとこだな。じゃあ、飲み物係は誰か別の人間に……」

「じゃあ、私、やりましょうか？」と、琴子が名乗りを上げた。

「助かるよ。琴子さんが担当してくれたら安心だ」

守や仁美の会話に、ステージから下りてきた麗奈も加わる。

「あのね、麗奈、こっちじゃ買えない、めっちゃ美味しいジュース差し入れるから楽しみにしててね。……仁美ちゃん？」

「ん？」

「さっきから、なに気にしてるの？」

「えっ？」

麗奈に視線を追われ、仁美は慌てて目を逸らす。聡介のことが気になり、カーテンの閉じられた彼の部屋の窓につい目が行ってしまっていた。

「別に……、なにも気になんかしてないよ。えっと、守君、お祭りの件、それで終わりなら、先に失礼していいかな？」

「えー、仁美ちゃん、もう帰っちゃうの？　お話ししたかったのにぃ」

「麗奈、仁美は忙しいんだよ。それにおまえは取材してもらってるんだろ」

会釈して帰ろうとした仁美に、「すみません」とディレクターの男が声をかけてきた。

「お帰りになる前に少しだけお話うかがえませんか？　毒しるこ事件について」

「えっ⁉　……なんでですか？　これって、麗奈ちゃんの演舞の取材じゃないの？」

「そうですけど、毒しるこを食べて生死の境を彷徨った麗奈ちゃんが見事に生還し、今元気に活躍してるってところを視聴者に伝えたいんですよ」

「それそれ！　そこ、めっちゃ大事っすから」と、武蔵がマネージャーのように口を挟む。

「麗奈は強運のアイドルなんで、そこんとこめいっぱい強調してくださいね。毒しるこだけじゃなく、イワオ事件のサバイバーでもあるんだから」

「それって、すごいっすよね」と、若いカメラマンが興味を示す。

「僕、隣町の出身なんですけど、うちの小学校でもイワオの幽霊の話は有名だったから、生きてるイワオに実際にさらわれそうになったって聞いて、マジでビビりましたよ」

「麗奈もね、今ここにこうしていられることが奇跡だって思ってる。小二で殺されてたかもしれないんだから」

「麗奈ちゃん、事件のこと、覚えてるの？」

ディレクターの質問に、麗奈は「忘れられないですよぉ」と自分で自分の体を抱く。「めちゃくちゃ怖かったから、あのときのことは今でもはっきり覚えてます」

「麗奈さん、イワオってどんなヤツだったんすか？」

カメラマンの男が食い気味に尋ねた。

「すっごい大男で、全然喋らなくて不気味で、とにかく怖かったよぉ。麗奈、寝てるところをさらわれたから、最初は夢見てるのかと思ったの。イワオに抱えられてどこかに連れていかれるんだって気づいて暴れたけど、イワオの力が強過ぎてどうにもならなくて」

エリカから聞いた話と印象がずいぶん異なると思いながら、仁美は黙って話を聞く。

「麗奈が無事でマジよかったよ。そんな小さい子にいたずらしようなんてキモすぎだろ、イワオ」

苛立たし気に声を荒らげた武蔵を、麗奈が軽く睨んだ。

「武蔵君、誤解されるようなこと言わないでくれる。確かに麗奈、鬼の踊り場に連れていかれたけど、イワオに変なことなんてされてないからね」

「あ、悪ぃ、もちわかってるよ。ディレクターさんたちも誤解しないでくださいね」

「ああ。でも、よく無事に帰ってこられたよね」

感慨深げにつぶやくディレクターの男に向け、麗奈は琴子の背中をぐいっと押し出す。

「琴子さんの旦那さんのおかげで、麗奈は助かったの」

「ああ、あなたのご主人でしたか。麗奈ちゃんを助けてくれたのは！」

カメラを避けるようにうつむいた琴子とは対照的に、麗奈はカメラ目線で「そうなんです！」と笑顔を見せる。「琴子さんの旦那さんは、麗奈のヒーローなの」

「麗奈ちゃんのファンにとってもヒーローだよね。琴子さん、ご主人が麗奈ちゃんを助けようとしてイワオに崖から突き落とされたと聞かされたとき、どう思われました？」

「……ませんから」

琴子がなにか答えたが、ディレクターは聞き取れず、「え？」と訊き返す。

カメラから目を逸らしたまま、琴子は一息に答えた。

「あの人は、主人を崖から突き落としたと認めることなく、自殺してしまいましたから」

「イワオが？　そうだったんですか？」

「あいつ、最悪なんすよ」と、また武蔵が横から口を出す。「一言も詫びもしねぇで派手な自殺しゃがって。大勢が見ている前で、灯油かぶって自分で火ぃつけるって、死ぬときまで迷惑かけんなっつーの。うちのおふくろとかそれ見て、トラウマになっちまって」

「確かにそんなの見させられたほうはたまらないよね。それで、イワオの幽霊が出るって言われるようになったのかな」

「麗奈の小学校の七不思議なんて全部イワオがらみですよ。今度取材に来てくださいよぉ」

「いいね、麗奈ちゃん、番組に出てくれる？　あ、でも、それはちょっと怖いか」

「怖いけど、麗奈は強運のアイドルだから大丈夫！　麗奈ね、守られてる気がするんだ。この町で亡くなった人たちに。だから、その人たちの分まで生きて、幸せになるって決めてるの」

琴子の顔が一瞬だけ泣きそうに歪んだ気がした。生きていれば麗奈と同じ歳になっていたはずの流星のことを考えたのではないだろうか。

そのとき、視界の端でなにかが動いた。博岡家の二階の窓のカーテンが少し開き、人影がこちらの様子を窺っている。聡介だ。仁美は用事があると偽り、急いで公園を後にした。

自宅に足を踏み入れた瞬間、叫び声を上げそうになった。家中が泥棒に入られたように荒らされている。

「お父さん、どこ？」

恐る恐る呼びけると、二階から父の返事が聞こえてきた。

階段を上がった仁美は、一階よりさらにひどい状態の父の部屋を目にして立ち竦む。だが、引き出しの中身を床にぶちまけていたのは泥棒ではなく、父だ。

「お父さん、やめてよ。なにやってるの？」

「……ない。どこにもないんだ」

「ないって、なにが？　ママの手紙なら私が……」

「違う、違う、違う！　鍵の……」

仁美は父の手帖カバーに隠されていたおもちゃのように小さな鍵を取り出してみせる。

「鍵ってこれじゃないの？」

「鍵はある。ないのは、ほら、こういうの」

と、父は両手のジェスチャーで四角をつくってみせる。

「箱？　鍵のかかった箱ってこと？　それになにが入ってるの？」

床に手をついてベッドの下を覗き込みながら、父は答える。

「怖いもの」

「怖いものって？」

「……おしるこに入ってた」

「パラコート⁉　そんなものうちにないよ。あのときの農薬は警察に持っていかれたでしょ」

「あれじゃない、もらったんだ」

「変なこと言わないでよ。誰が農薬なんかくれるっていうの？」

「えっと……、誰だったかな」

「お父さんの勘違いで、そんなもの捜してもこの家にはないから」

修一郎やつばさが帰ってくる前に、一階だけでも片付けなければ。ため息をつきながら階下に下りた仁美は、父がひっかき回した戸棚の中身や畳の上に投げ出された品々をもとの場所に戻していく。あらかた片付いたところへ、父が階段を駆け下りてきた。

「お父さん……箱、見つかった？」

「音無さんだ」

「なにが？」

「農薬をくれたの、音無のおばあちゃんだ」

「はぁ？　お父さんのことを逆恨みしていた音無のおばあちゃんが？　そんなはずないよ。琴子さんがあの家で暮らし始めたときに、農薬は処分したって言ってたし」

「嘘じゃない。あの事件のあと、これを飲んでつぐなえって農薬が入った瓶を音無さんが」

あまりに真剣な父の様子に、仁美も不安になってくる。あの当時の音無ウタならやりかねない。

「もしそれが本当なら、そんな危険なもの、どうしてすぐに処分しなかったのよ？」

「……お父さんのせいだから」

「えっ⁉」

「いつでも飲めるように、箱に入れて鍵をかけて持っていた。なのに、どこにしまったのかわからなくなって……」

　父は本当に農薬を隠し持っていたのだろうか。自ら命を断つために。

切ない思いが込み上げてきたが、仁美はそれを振り払う。万が一にもその可能性があるなら、すぐに捜さなければ。もしつばさが誤飲でもしたら、大変なことになる。

「お父さん、わかった。それは私が捜すから。二度とそんなこと考えないで」

　帰宅した修一郎に二人分の夕食を持たせて義母の家へ送り出し、つばさを寝かしつけ、その日の仕事をすべて終えてから、仁美は父の部屋で鍵のかかった箱を捜す。一緒に捜していた父は船をこぎはじめたので先に寝かせた。

　隠すとすれば自分の部屋だと思ったがくまなく捜しても、父の言うような箱はどこにもない。諦めて片付けはじめたとき、階段を上って来る足音が響き、修一郎が顔を覗かせた。

「なに、どうしたの？　お義母さんになにかあった？」

「違うよ。忘れもの取りに来ただけ。ママこそ、お義父さんの部屋でなにしてるの？」

「……え？」

「こんな夜中に」

「父に……頼まれたの。箱を捜してくれって。修一郎、知らない？」

もしかしたらとかすかな期待を胸に、箱について説明したが、修一郎はわからないと首を横に振る。

「なにが入ってる箱なの？」

「それは……、私もわからないけど、父が捜して部屋をめちゃくちゃにされちゃったから」

修一郎はそれ以上追及せず、話題を変えた。

「聞いてるよね、明日、すずが来るの」

胸にきゅっと痛みが走ったが、気取られないよう、「うん」とうなずく。

「二駅先にあるビジネスホテル、あそこに泊まるって」

「……そう」

少し迷うように目を泳がせ、修一郎は口を開いた。ひどく悪いことを聞かされそうな予感に、心がわななく。

「明日の夜……」

「……うん」

「会いに行こうと思う、彼女に」

嫌な予感はいつだって当たる。きつく目を閉じ、仁美は答える。

「……わかった」

「わかったって、いいの？」

いいわけがない。でも、それを止めることなど今の自分にはできない。

修一郎から目を逸らし、自分は明日、けんちん汁の仕込みがあるからと告げた。

「そっか」とつぶやき、修一郎は床に散らばった父の本や衣類を拾い集める。

「……なにやってるの？」

「なにって、手伝うよ、片付け」

「いい！　私がやるから」

思いのほかきつい口調になってしまい、仁美自身が動揺した。修一郎も一瞬たじろいだように見えたが、すぐに引き下がり、拾ったものを仁美に手渡す。

「明日も早いんだから、無理しないで寝なよ」

「……うん。おやすみ」

なんとか声を絞り出し、修一郎に背を向けた。片付けを再開させると、背後で静かにドアが閉まり、足音が遠ざかっていく。散らかった部屋がふいにぐにゃりと歪む。我慢して抑えつけていた感情が堰を切ったようにあふれた。

五

「うわーっ、いいにおい。仁美、なによ、このたまらないにおい？」

翌日は午前中から近所の主婦ら五人が、けんちん汁の下ごしらえのため集まってくれた。

「お出汁だよ。五時間かけて昆布出汁取ったからね」

「もうこのにおいだけで美味しいの決定だよ。ホッと和む幸せのにおいって感じ」

「はいはい、あとでちょっと味見させてあげるから、里芋剝いてもらってもいい？」

「まかせとき！　仁美みたいにうまい味付けはできないけど、里芋なら姑に剝かされ続けて二十年のベテラン選手だからね」

「ちょっと、あんた、二十年ってどんだけサバ読んでんのよ。四十年の間違いでしょ」

　台所とダイニングが明るい笑い声に満ちる。だが仁美はいつものように笑えず、慌てて作り笑顔を浮かべた。こんにゃくをちぎっていた琴子が、そんな仁美の顔を心配そうに覗き込んでくる。

「大丈夫？　疲れてるみたいだけど」

「う、ううん。大丈夫だよ。ちょっとぼんやりしちゃって……」

「仁美さん、経験者だから言わせてもらうけど、仁先生のこと、ひとりで抱え込まないで」

　琴子の言葉に、他のおばちゃんたちも慈愛に満ちたまなざしを仁美に向ける。

「そうそう、あたしたち、仁先生にはさんざんお世話になったんだ。できることがあったらなんでもするから言いな」

「ホント、いつでも頼って。仁美が戻ってきてくれて、修一郎が真壁医院継いでくれて、みんなどれだけ感謝しているか」

　悩みは父のことだけではないが、口々に励ましの言葉をかけられ、彼女たちの優しさが胸に沁みた。このままここで暮らせたらどんなにいいか……。でも、聡介が母のことを話せば、すべてを失うことになる。

「どうした、仁美？　そんな暗い顔して、らしくないよ。あんたのけんちん汁をみんなが楽しみにしてるんだからね」

「あ……、ごめん。うちではつばさがお神輿担ぐのをすっごく楽しみにしてるよ」

「やっぱり子供は祭りが好きなんだね。かわいいだろうなぁ、つぅちゃんのはっぴ姿」

「つぅちゃんたちのために、祭りを続けていけるようあたしらが頑張んなきゃね」

「でも、正直ちょっと怖くない？」とごぼうをこそげていた主婦が不安そうに声を上げた。

「思い出しちゃうでしょ？　あのときのこと。もし、また同じようなことが起きたら……」

ぶるりと体を震わす彼女の脳裏には、いや彼女だけでなく、ここにいる全員の脳裏に、十年前の惨劇がよみがえっているに違いない。

「大丈夫よ」

力強くそう言い切ったのは、人参の皮を剝いていた佐久間だ。

「だって、もういないんだから、……あの女は」

その一言で緊張した空気がふっとゆるみ、みんなの顔に安堵の表情が広がっていく。

「そうよねぇ」

「そうそう、あの人いなくなってから、なんの問題も起きてないんだし」

誰もが佐久間の意見に同調したが、仁美はなにも言えず、ただ一心に里芋を洗い続けた。

「それに、明日のお祭りはテレビの取材が入るから、おかしなことなんてできっこないし」

「あ、そういえば、昨日、麗奈ちゃん、見た？　綺麗になっててぶったまげたわよ」

「見た見た。こんな田舎から芸能人が出るなんてすごいよね。孫の麗奈をアイドルにするために元会長がお金バラまいてるとか噂になってたけど、あれだけかわいきゃ、本当に有名になっちゃうんじゃない？」

「あ、美容院で白髪染めしてこなきゃ。麗奈と一緒にテレビに映るかもしれないし」

「必要ないわよ。みんな麗奈だけが見たいんだから、あんたの顔にはモザイクかかるって」

「ちょっと、ひどくない？」

おばちゃんたちの笑い声を打ち消すように、二階からドン！　と物音が響いた。

また父が例の箱を捜しているに違いない。部屋にはなかったと今朝伝えたばかりなのに、もう忘れてしまったのだろう。それでも農薬を捜すことだけはなぜか忘れていないらしい。

「あら、いけない。仁先生、うるさかったかしら？」

「ううん、そんなことないよ。ごめんね、ちょっと見てくる」

断って、里芋を洗っていたゴム手袋を外し父の部屋へと向かう。仁美が階段を上り切ったところで玄関のチャイムが鳴った。

「はーい」とインターフォンに応じたのは琴子の声だ。そのまま玄関へ向かおうとする足音に、二階から仁美は大きな声で呼びかける。

「琴子さん、誰？」

「聡介さんよ。回覧板かしら」

「あ、いい！　私が出るから！」

そう叫び、転がるように階段を下りて玄関を開けると、低い門扉の向こうに聡介が立っていた。仁美はぎこちない動きで近づき、頭を下げる。

「……聡介君、一昨日はごめん……なさい」

「あ……、いや……」

「えっと、今、明日のけんちん汁の下準備をしてて」

また誰かが冗談を言ったのか、弾けるような笑い声が家の中から聞こえてくる。

「近所のおばちゃんたちが来てるから、悪いけど、今はちょっと……」

「あ、でも……」

食い下がる聡介にすみませんと頭を下げ、逃げるように戻ろうとしたが、彼はそれを許さず、強い力で仁美の腕を掴んだ。ぎょっとして聡介を顧みたそのとき、背後で玄関の扉が開く。顔を覗かせたのは琴子だ。聡介はすぐに腕を離したが、不穏な気配を感じとったのか、琴子の瞳が「大丈夫？」と問いかけてくる。顔を引きつらせながらうなずくと、琴子も表情をゆるませ、「あのね」と、聡介に向き直った。

「清掃担当の聡介さんにも、明日のお祭り、少し早めに来てもらえないかって守さんが。手伝ってもらいたいことがあるんですって。急で悪いけど、大丈夫かしら？」

「あ……、はい」

ぎくしゃくと頭を下げる聡介に礼を言い、家に戻ろうとした琴子が後ろを振り返る。

「仁美さん、大きめのボウル、もうひとつない？　こんにゃくが入りきらなくて」

「あ、うん、すぐ行く」

仁美の返事にうなずくと、琴子は玄関に消えた。

「聡介君、そういうことだから、今はごめん」

琴子に続こうとした仁美の背中に、聡介が言葉を投げた。

「聞いた……の？」

「え？」

「あの日、だ、誰が……、おしるこの鍋に農薬を入れたか」

全身が縮み上がり、呼吸が止まる。誰かに聞かれていないか慌てて周囲を確かめてから、聡介に囁く。

「だから、その話は後で」

どうにか会話を打ち切ろうとしたが、聡介はかまわず続ける。

「言わないほうが、いい？」

息をのんで彼の顔を見つめた。オドオドと目を逸らしながらも、聡介は言葉を重ねる。

「だ、黙ってたほうがいい？」

「……黙っててくれるの？」

仁美の視線から逃れるように足もとに目を落とし、聡介が口を開く。

「その代わり……」

再び中で沸き起こったおばちゃんたちの笑い声が、ひどく遠いところから聞こえてくるような気がした。


どこか遠くで電話が鳴っている。

「仁美さん、いないの？　つぅちゃんのお迎え来られないなら、私が連れて帰ろうか？」

お迎えという言葉に身体がビクッと反応し、時計を見上げる。家を出る時間はとっくに過ぎていた。ダイニングテーブルで頭を抱えていた仁美は跳ね起きて受話器に飛びつき、留守電にメッセージを吹き込んでいた守の妻、元子に娘を連れて帰ってほしいと頼む。

つばさのお迎えを忘れるなんて、初めてのことだ。

おばちゃんたちが口だけでなく手もしっかりと動かしてくれたおかげで、けんちん汁の準備は思ったよりも早く整った。お迎えまで時間は十分にあったはずなのに、不安に押しつぶされそうになって、あれこれ思いを巡らせているうちに、気づいたらこんなに時間が経ってしまっていたなんて……。

車でつばさを送ってくれた元子に丁重に礼を言い、仁美はつばさを連れて、義母の家に夕食をつくりに行く。

「つばさ、今日は本当にごめんね。ママ、うっかりしちゃって」

「つぅちゃん、カイト君と遊んで、楽しかったよ。お車の中で、しりとりしたの」

嬉しそうに話すつばさの笑顔に、仁美はホッと胸を撫でおろし、愛しい娘の頭を撫でた。

義母はいつものようにおやつをたくさん用意し、つばさと仁美を歓待してくれた。

「つばさ、ママがごはんつくってる間、ばぁばにしりとりしてもらったら？」

「うん！　ばぁば、やろー」

「いいわよ。でも、仁美ちゃんも一緒におやつ食べながら遊びましょうよ。この間たくさんつくり置きしてくれたおかずがまだあるから、今夜はそれでいいじゃない」

「でも……」

「あなた、顔色悪くて、私より病人みたいよ。少しは休まなきゃ。あ、たまには、修一郎とデートして外で美味しいもの食べさせてもらったら？　つぅちゃんは私が見てるから」

義母が言うとおり、修一郎は今夜、デートなのかもしれない。相手は自分ではなく、涼音だけれど……。楽しそうに食事をしているふたりの姿が生々しく思い浮かび、仁美は慌ててそれを振り払う。

そのとき、スマホが震えた。ポケットから取り出した画面に表示されていたのは、修一郎の名前だ。一瞬ためらったが、仁美は義母に断り、廊下に出た。

「会えた？　涼音に？」

平静を装ってかけた仁美の言葉は、修一郎に遮られる。

「棚橋のじいちゃんが倒れた」

「えっ？」

「これから総合病院に運ぶ」

「わかった。なにかできることある？」

「代わりに行ってもらえないか、すずのところへ」

「え……、それは、無理だよ。明日の準備があるし」

「全部終わったって、さっき佐久間のおばちゃんが帰りしな言いに来たけど」

余計なことをと思いながら「なんで私が？」と尋ねると、意外な答えが返ってきた。

「友達だろ？」

「……え？」

「駅前の喫茶店で待ってるはずなんだけど、地下だからか携帯がつながらなくて」

「嘘、どうして、そんなところで待ち合わせしたの⁉」

仁美は思わず声を荒らげた。

「この町の人に見つかったら、涼音が危ない目に遭うかもしれないじゃない！」

怒りで声を上擦らせた仁美に一瞬沈黙したのち、「頼むよ」と修一郎は言った。

「言い争ってる時間ないんだ。僕が行けないってことだけでも伝えてほしい。じゃあ」

こちらの返事も聞かずに、一方的に電話は切られた。

静まり返った廊下に、とんぼ！　と、つばさの声が響く。

居間に戻ると、義母が「ブブーッ」とつばさがつかんだクッキーの小袋を取り上げていた。

「つぅちゃん、さっきも、『とんぼ』って言ったじゃないの」

「えーっ？　ばぁば、つぅちゃん、『とんぼ』って言った？　えーっと、じゃあ、えーっと、えーっと……、あ、ママー、『と』のやつ、言ってみて」

「と？　『と』から始まるのは……、『友達』、とか？」

パッと顔を輝かせたつばさが、「ともだち！」と叫んで、義母の手からクッキーを奪い返す。笑顔でハイタッチを求めてきたつばさと手を合わせてから、仁美は義母を振り返った。

「お義母さん、ごめん。本当に、少しだけつばさをお願いしてもいい？」

六

いつもすいている昔ながらの喫茶店は、今日も客の姿がまばらだ。

見知った顔がないことに安堵し、仁美は彼女の姿を捜す。涼音が宿泊するホテルで会うものとばかり思っていたのに、修一郎はどうしてこんなところで待ち合わせしたのだろう。

店の一番奥に女性のひとり客を見つけ、仁美は足を止める。目深に被った帽子とマスクで顔を隠しているのに、なぜだかすぐわかった。涼音だ、と。

驚くほど、痩せていた。

以前よりさらに小さくなった顔や折れそうに細い手足が、無表情な彼女をより人形のように見せている。

麗奈のように髪を明るく染めてゆるふわに巻いたり、マツエクしたり、カラコンしたり、ネイルしたり、なにひとつしていない。化粧もしているのかどうかわからないほど地味だし、服装だってどこにでも売っていそうな白いシャツに黒いパンツと、いたって飾り気がない。

視線に気づいたのか、顔を上げた涼音も、まるで吸い寄せられるように仁美を見た。

息をのみ、動きを止めた彼女の、相変わらず表情の乏しい目もとが、一瞬ののち、懐かしそうにほころぶ。

「……仁美ちゃん」

呼びかけられ、罪悪感と嫉妬が綯い交ぜになった感情が込み上げてきた。目を逸らし、かすかに頭を下げた仁美を、涼音は立ち上がって迎える。

「急患が出て、修一郎が来られなくなったから、それだけ伝えに……」

そう告げた瞬間、涼音が顔を強張らせ、うつむいた。修一郎に会えずうなだれたのかと思ったが、オーダーを取りにきたウェイトレスを避けたらしい。仁美が頼んだコーヒーをテーブルに置いて彼女が去るのを待ち、涼音はようやく帽子を脱いで頭を下げた。

「仁美ちゃん、ありがとう。来てくれて」

端正な顔立ちは昔のままだが、疲れが滲むその表情は、実年齢よりかなり年上に見える。そこに仁美が想像していたような華やかさはなく、その事実に胸が詰まった。

「会えて、嬉しい。もう……会ってもらえないと思ってたから」

大きな瞳を潤ませる涼音に、仁美は呆然とする。

「涼音……、どうして？」

「え？」

「私のこと、恨んでるでしょ？」

「なんで私が仁美ちゃんを恨むの？」

「だって……、私、エリカちゃんのことを……」

東京で出版社に勤めていたとき、仁美は白都に求められるまま、エリカに関する情報を流した。それだけでなく、やがては自らエリカを糾弾する記事を書いたのだ。

あの当時は自白したエリカを犯人と信じて疑わなかったから、彼女を叩くことに抵抗を覚えなかった。だが裁判で自白を撤回し、状況証拠しかなかったにもかかわらず、エリカに死刑判決が下ったのは、マスコミの暴走によるところが大きいと、今では悔いている。

後悔を口にし、詫びる仁美に、涼音は感情の読めない口調で話す。

「確かにマスコミの人たちにはあることないこと書かれたし、ひどい動画をテレビで繰り返し流されたけど……」

そこで言葉を切り、「私も、謝らないと」と涼音は頭を下げた。

「最初にあの映像を観たとき、私、疑っちゃったの。あれを流したの、仁美ちゃんじゃないかって」

涼音がなんの話をしているのか、すぐにわかった。それは十年前、会長がエリカを慰めるために彼女のスナックで飲み会を開いたときに撮られた動画だ。黒いドレスを纏い、カラオケを歌うエリカの姿がワイドショーなどで流されると、それはたちまち反響を呼んだ。

毒しるこ事件で幼い怜音と萌音を亡くしてまだ日が浅く、普通なら食事も喉を通らないはずの母親が酒を飲み、ノリノリで歌い踊っていたからだ。悪意ある編集をされたエリカの姿は衝撃的だった。目にした多くの人々に、借金で首が回らなくなったエリカが、保険金目当てに我が子を殺害したに違いない……、と思わせるほどに。

「あの日、会長に言われて仁美ちゃんが撮影していたのを覚えてたから……」

エリカの動画を白都に見せようと思わなかったと言えば、嘘になる。それどころか、最後の切り札とさえ考えていた。当時自分から心が離れかけていた白都を繋ぎ止めるための。

だが……、仁美はその切り札を切ることをためらった。エリカのことを考えたからではない。幼いころのように涼音がいじめに遭う姿が目に浮かんだからだ。

結局、会長の部下が提供した動画が先に流れて、切り札はただの紙くずになった。そうした自分の甘さや覚悟のなさが、雑誌記者が務まらなかった理由なのだろう。

「仁美ちゃんはあの動画を持っていたのに、流さなかった。流さないでいてくれた」

「涼音、でも、私は……」

「仁美ちゃんが母への怒りを記事にしたのも仕方ないことだと思う。あの人は千草おばさんから仁先生を奪い、家族をめちゃくちゃにしたんだから。判決も、本人の自白がなければ、死刑にはならなかったんじゃないかな」

　涼音は小さく息を吐き、続ける。

「自暴自棄になって自白しちゃったのも、一審で無罪を主張しながら黙秘を続けたのも、自分はやってないから死刑になんかなるわけないって、思い込んでいたからなんだよね。あの人は、昔からそういう短絡的なところがあるから。でも……」

　顔を上げ、仁美を見つめる涼音の瞳に、祈るような色が浮かぶ。

「千草おばさんが亡くなったのは、それだけは母のせいじゃない。知ってると思うけど、母は飽きっぽくて諦めが早くて根性なしでしょう。本当にやってたら、とっくに認めて全部喋っちゃってるはずだから」

　確かに、エリカという人はそういう性格だった。

「仁美ちゃん、電話で、母が犯人じゃないと思う理由を訊いてくれたでしょ」

　仁美はうなずく。あのとき、涼音は沈黙し、電話ではなく会って話すと言った。

「理由にはならないかもしれないけど、母が三回目の離婚をしたのは私のためだったんだ」

「……どういうこと？」

「いくらでも贅沢させてもらえるあの暮らしを、母は手放したくはなかったはずなの。でも、それを捨てて、子供三人抱えてこの町に帰ってきたのは……」

　涼音は言葉を切り、どこか遠くを見つめ、再び口を開く。

「私、母が逮捕されたあと、三番目の父の家に引き取られたでしょ。それから私立の学校に通わせてもらってたんだけど、景浦エリカの娘だってすぐにバレて、学校へ行けなくなって……。何度か転校したけど、どこから漏れるのか、同じことの繰り返しだった。当時は娘の私への殺害予告やレイプ予告が毎日のようにネットに投稿されてたから、父はすごく心配して、ボディガードをつけて車で送り迎えまでしてくれてたの」

　つらい状況だったに違いないが、父親に財力があってまだよかった。そんな思いが顔に出たのか、仁美を見つめる涼音の頬に、寂しげな笑みが浮かぶ。

「父に感謝して、父のために料理をつくったりして、離婚する前よりも本当の父娘みたいになれた気がしてた。でもね、ある晩、寝てたら、寝室に入って来たの……、父が」

　仁美は驚いて顔を上げたが、涼音は一切の感情を削ぎ落としたような顔で、淡々と話し続ける。

「それで、逃げるようにあの家を出た。母から届いた手紙に書いてあったの。三番目の父と一緒にいてはダメだって。他に頼れる人がいなかったから母の思い違いであってほしかったけど、あの人は見抜いていたんだ、彼の歪んだ性癖を。実際にそういうことがあって、母は、父から私を守るために離婚したんだってわかった」

　仁美は罪の意識に打ちひしがれる。自分が涼音を拒絶したりしなければ、そんなことにはならなかったはずだ。

「涼音……、ごめん。謝って済むことじゃないけど」

「あ、大丈夫。寝るときはいつも催涙スプレーを握りしめてたから。母のおかげだね。私こそごめんね。せっかく会えたのに、いきなりこんな話して。仁美ちゃんにだけはわかってほしかったの。母は、浅はかでだらしなくて、どうしようもなくダメな人だけど、お金や贅沢な暮らしのために、我が子を犠牲にするようなクズではないってことを」

「……信じるよ」

「え？」

「……エリカちゃんは犯人じゃない」

　自分の声が空々しく響いた。けれど、感情のない涼音の顔が一瞬だけパッと輝く。

「本当?」

「ごめんね。エリカちゃんがそんなことできる人じゃないってわかっていたはずなのに、みんなにエリカちゃんが犯人だって言われて、そうなのかもって……」

「私もあそこにいたときは、もう誰でもいいからとにかく犯人が捕まって、終わりにしてほしいって思ってた。でも、離れてはじめて、ちょっとおかしいんじゃないかって」

「おかしい?」

「最初は音無のおばあちゃん、次に博士、そして、母。怪しいと疑われた人間はいつの間にか犯人と決めつけられて、そんな周りの空気にみんながのまれて、熱に浮かされたみたいにそのひとりを叩く……。あの町は昔からそういう傾向があるんじゃないかって、弁護士の先生もおっしゃってた」

どういうことか尋ねると、イワオの事件も同じだったのではないかと、涼音は話す。

「どうして、同じなの? イワオが流星君のお父さんを崖から突き落としたのは、麗奈ちゃんが目撃してるんだよ」

「じゃあ、どうして逮捕されなかったの?」

「え?」

「だって、自分の小屋の前で自殺したってことは警察に拘束されてなかったんでしょう?」

「それは……、まだ逮捕されてなかっただけじゃないかな。取り調べを苦に自殺したって確か聞いたから。それに、自殺したってことは、犯人ってことだよね?」

「そうなのかな」と涼音が首を傾げた。

「あの町の住人ひとりひとりは悪い人じゃないっていうか、むしろ、協調性が高くて友好的だと思う。でも、だからこそ同調圧力に屈しやすいんじゃないのかな」

「同調圧力？」

「少数派の意見を持つ人が多数派の意見に合わせてしまう心理的な圧力。自分が疑われたくないから、あの人が怪しいって意見に同調するのはわからなくないけど、みんな、怖くないのかなって思う」

じっと仁美を見つめ、「仁美ちゃん怖くないの？」と、涼音は尋ねる。

「母は毒しるこ以外の事件でも犯人だって疑われたけど、博士の放火殺人でも音無のおばあちゃんや流星君を崖から突き落とした件でも起訴されなかった。つまり、犯人はまだ夜鬼町にいるかもしれないってことだよ？」

言われてみれば、そのとおりだが、エリカの逮捕後、事件らしい事件は起きていない。

「みんな、どこかで怖いと思ってるんじゃないのかな。そういう人たちから話を聞かせてもらえたらいいなって思ってるの。十年経って、なにか思い出したことがあるかもしれないし」

「でも、お祭りに来るのは危険だよ」

「仁美ちゃんたちに迷惑かけないように、目立たないところで見させてもらうから」

話し疲れたのか、そこではじめて涼音は冷めた紅茶を口に運んだ。その胸もとできらりとなにかが光り、仁美はハッとする。

「……まだ、持ってたの？」

仁美の視線に気づいた涼音が、ハート型のペンダントトップをそっと押さえた。それは、母が涼音と仁美にくれたペアのネックレスだ。

「だって、これは……、大切なお守りだから」

おしるこに農薬を入れたのが母だと知ったら、涼音はどれほど傷つくだろう。

「私、仁美ちゃんにもうひとつ謝らなきゃいけないことがある。あのときはごめんなさい」

「あのときって……？」

「……修一郎君のこと。言い訳になってしまうけど、ああなる前に仁美ちゃんに電話で確認したつもりだったんだ。でもあのときは母のことで追い詰められてて、それで……。本当にごめんなさい。ずっと謝りたいと思ってた。だからふたりが結婚してくれて、すごく嬉しい」

涼音の想いに胸を衝かれ、仁美は言葉を失う。

確かに、涼音に修一郎のことが好きか確認されたはずだ。たぶん強がって、年下だからありえないとかなんとか答えたのだろう。たとえそう言っても、涼音なら察してくれると甘えていた。でも、涼音は自分より年下のたった十五歳の少女で、しかも町中の人から母親が殺人犯と疑われる過酷な状況にいたのだ。

「しかも、お子さんまで。いくつなの？」

「二歳の女の子」

「そう、二歳……」

つぶやいた涼音の表情がかすかに曇り、彼女は取り出したハンカチでそっと目頭を押さえた。その涙は母親が逮捕されたせいで自分の手からこぼれ落ちていったものを想い、流されたに違いないと、仁美は胸が締めつけられる。

「あ……、ごめんね、ちょっと思い出しちゃって」

「えっ⁉　涼音、もしかして、子供がいるの？」

「なに言ってるの、仁美ちゃん。思い出したのは、萌音のことだよ」

毒しるこを食べ、命を落とした涼音の幼い妹。ああ、そうか、あのとき、萌音はつばさと同じ二歳だったのだ。

「生きててほしかったけど、萌音を守れたか、自信ない。あのとき死んだほうがマシだったたって思うほど怖い思いをさせることになったかもしれないから」

「それは……、涼音自身もそれほど怖い思いをしてきたってこと？」

「……怖い目には、何度も遭った。殺害予告してきた人に、実際に自宅の前で待ち伏せされたり、職場から帰る途中で車に乗せられそうになったり」

「……どうして、そんなことができるの？」

「どうやって調べるのか、名前や顔写真だけじゃなく、自宅や勤め先の住所や電話番号もすぐにネットに晒されちゃうからね、何度変えても……。もし萌音が生きてたとしても、みんなでリンチして殺そうなんて書き込みを見たら、私、怖くて不安で、あのコを外に出せなかったと思う」

「意味がわからない。なにも悪いことしてないのに……」

「連帯責任って考えるのか、悪い血を根絶やしにしなければ気が済まないのか、加害者の家族には人権なんかない、なにをしたってかまわないと思ってる人は驚くほど多いよ。前に仁美ちゃんが話してくれた監獄実験の囚人みたい。被害者のために、おまえがつぐなえって。それが正義だって」

　誰にも見つからないように息を殺し、涼音は死んだように生きてきたという。何年経ってもその状況は変わらず、このままではいけないと、彼女は勉強を始めたのだそうだ。弁護士になって、少しでも加害者家族の助けになれたら、と。

　そう話す涼音の顔は、まぶしかった。

　マツエクもカラコンもネイルもしていないけれど、涼音は淡く仄かな光を発しているようで、そこには内側からにじみ出るような美しさと強さがあった。

「ごめんね、また暗い話になっちゃって。仁美ちゃん、お嬢さんのお名前なんて……？」

「涼音」

質問を遮って呼びかけると、感情のわかりづらい瞳が、こちらを見た。

真実を伝えて詫びなければ……。

心を決めて声をかけたのに、口の中がカラカラに乾き、舌が貼り付いたように動かず、言葉が出てこない。涼音の惨状を知らされてなお、情けない自分は、母のことを打ち明けずにエリカを助ける手立てがあるのではと薄い希望に縋りつこうとしている。

そのとき、仁美のスマホが鳴った。電波が通じないというのは修一郎の嘘だったのかと思いながら、義母からの電話に出る。家にひとり残してきた父の姿が脳裏をよぎった。もしかしたら、聡介のところへ行き、トラブルを起こしたのかもしれない。

「仁美ちゃん、ごめん。ごめんなさい」

いきなり謝られ、仁美は面食らう。

「お義母さん、どうしたの？　つばさになにかあった？」

「ちょっと目を離した隙に、つぅちゃん……、いなくなっちゃったの」

冷たい手で心臓を鷲づかみにされたように、息が詰まった。

涼音にことわって店を飛び出す。仁美が駆けつけると、義母が家の近所を捜しまわっていた。泣きそうな顔で詫びる彼女の腕を強くつかんで、尋ねる。

「お義母さん、つばさ、家の中にはいないのね？」

「押し入れも全部見た。つぅちゃん、『ママ、どこ？』って捜してて、玄関の鍵がかかってなかったから」

義母の家の玄関は引き戸だから、つばさにも開けられる。

「寒いから、お義母さんは家に帰って近所の人につばさ見なかったか電話で訊いて。私は捜しながら、真壁の家へ戻るから」

言い終わらないうちに、足が自宅へと走り出していた。すでにあたりはとっぷりと暮れ、遊んでいるような子供はいない。

誰もが顔見知りのこんな田舎で誘拐事件なんて起きるわけがない。そう思いながら、背中を冷たい汗がつたい落ちる。

闇に目をこらし、つばさの名を必死に叫びながら走ったが、見つけられないまま自宅に着いてしまった。

祈るような思いで鍵を開けたが、玄関に小さな運動靴は脱ぎ散らかされていない。

「お父さん、つばさ、いるよね⁉」

悲鳴みたいな声を上げながら部屋へ駆け上がると、父はベッドで横になっていた。明らかに具合が悪そうだったが、つばさがいなくなったと聞き、身体を起こす。

「聡介君じゃないか？」

午前中に家の前で聡介と交わした会話の内容は、父にも話してあった。伝えてくれと、聡介に頼まれたからだ。

だ、黙ってたほうがいい？

その代わり――。

お、お金……、貸してくれる？

そう……伝えて。

「聡介君があのコを連れていったんじゃ……？」

無理してベッドから起き上がろうとする父を押し留め、部屋を飛び出した仁美の耳朶を「キャー」という叫び声が打つ。

メーメー公園のほうから聞こえてきた少女の悲鳴は、つばさの声によく似ていた。

仁美は斜め向かいにあるメーメー公園へ、死に物狂いで走った。

つばさ、どこ？　お願い、無事でいて。

外灯はあるものの、夜の公園は暗い。再びキャーッと声が上がり、暗がりに顔を向けると、大きな男に追いかけられている幼女の姿が目に飛び込んできた。

「つばさ！」

地面を蹴って駆け寄った仁美は、つばさを抱き上げ、懸命に男から引き離す。

「ママ、痛い！」

「仁美ちゃん!?」

つばさと誰かの声が重なり、仁美は足を止める。名前を呼んだのはそこにいる大男ではなく女性だったからだ。振り返ると、外灯に照らされた愛らしい顔が浮かび上がる。

仁美はつばさを抱きしめたまま、へなへなとその場にしゃがみ込む。

歩み寄ってくる女性は麗奈で、そばに立つ大男は武蔵だった。

そのとき、一台の車が公園の脇で急ブレーキをかけ、停まる。

「麗奈！　武蔵も、おまえらなにやってんだ!?」

怒鳴りながら車から降りてきた守が、麗奈たちに詰め寄る。

「ったく、いくら電話しても出やしねぇし」

「守君、なにそんなに怒ってんの？　電話なんて気づかなかったよ。麗奈たち、つぅちゃんとここで鬼ごっこしてたんだもん」

ねぇ、とつばさに微笑みかける麗奈に、守はさらに声を荒らげた。

「ふざけんなよ！　修一郎の母親が泣きながら電話してきたんだぞ。つばさがいなくなったって。麗奈を迎えに行った武蔵がなかなか帰ってこないから、もしやと思って来てみれば案の定……」

「ええっ⁉　嘘、麗奈たち、この子が夜道をひとりで歩いてたから、危ないと思って車で連れてきてあげたんだよ」

　東京から帰省した麗奈は迎えに来た武蔵の車で帰る途中、つばさを見かけ、仁美の家まで送ってきたということらしい。留守みたいだったので、誰か帰ってくるまで公園で遊んでやっていただけだと麗奈は唇をとがらせる。

「だったら、仁美に連絡しろよ！」

「だって、仁美ちゃんの携帯番号なんて知らないし」

「麗奈、おまえ、親がどれほど心配するか……」

「守君、もういいよ」

　ようやく息が整い、喋れるようになった仁美は、守を止めた。

「追いかけっこして遊んでくれてただけだったんだね」

「うん！」とつばさが笑顔を見せる。「つぅちゃん、鬼ごっこと、あと、麗奈ちゃんとしりとりしたの！　『ともだち！』って」

「楽しかったよねぇ、つぅちゃん」

「おい、麗奈、いい加減にしろよ！　仁美、悪いな。よく叱っておくから」

「ううん。麗奈ちゃん、武蔵、つばさを送ってくれてありがとう」

　つばさが無事に戻ってきてくれたのだから、それ以外のことはもうどうでもいい。

でも、こんな恐怖を味わうのは二度とごめんだ。腕の中のやわらかであたたかなこの存在だけは、命に代えても守らなければ――。

七

翌日は気持ちよく晴れ、十年ぶりの祭りを祝福するようにどこまでも青く澄んだ空が広がっていた。

仁美が仕上げにけんちん汁に入れたごま油が家中に香ばしく香り、そのお鍋のそばで、小さなはっぴを着たつばさが朝から元気いっぱいにはしゃぎまわっている。

「つばさ、危ないから、火のそばで遊んじゃダメだってば」

「だって、つぅちゃん、早くおみこしやりたいんだもん。わっしょい、わっしょい！」

ぬいぐるみを神輿代わりに担いで飛び回る愛らしい姿に、仁美も思わず目を細める。

二階から下りてきた修一郎の顔も、つばさを見た瞬間、とろけるようにほころんだ。

「つばさ、わっしょい、上手だなぁ。でも、ちょっとだけ静かにしようか、じぃじ、ねんねしてるから」

「じぃじ、ねぼすけさん？　つぅちゃん、『じぃじ、起ーきーて！』してくる？」

「じぃじはお熱があるから、寝てなきゃダメなんだよ」

「えっ？　じぃじ、おまつりわっしょい、行けないの？」

「代わりにつばさがわっしょいしてる写真いっぱい撮ってきて、あとで見せてあげよう」

「わかったっ！」

「つばさ、しーっ」

修一郎が口の前に人差し指を立てると、つばさも真似して「しーっ」と声を潜めた。

「熱下がってなかったから、解熱剤のんでもらった」と、修一郎は仁美を振り返る。

「ありがとう。昨日も助かった。遅くにごめん」

昨夜、棚橋老人が一命を取りとめたと連絡してきた修一郎に、父の具合が良くないと伝えると、義母の家から様子を見に来てくれたのだ。

熱以外に症状はないから、心因性の発熱ではないかと、修一郎は話す。

「祭りが近づいて、つらい記憶を思い出し、ストレスがかかったのかもしれない」

仁美はうなずいたが、心因性だとすればその原因は、祭りよりも聡介だろう。金を貸してもらえないかという聡介の伝言を伝えたとき、父はその意味をちゃんと理解したはずだ。具体的な金額はまだ聡介から聞かされていないと伝えた仁美に、父は自分の通帳をすべて手渡してきたのだから。

鍋に農薬を入れた真犯人を思い出した聡介が、なぜ警察に知らせないのか不思議だったが、彼の目的は金を強請《ゆす》り取ることだったのだ。だとすれば、一度では済まず、この先もずっと……。

「ママ、聞いてる？」

「……えっ？」

「仁先生もだけど、ママも大丈夫か？　顔色悪いよ」

「大丈夫。ごめん、なに？」

「昨夜、眠れなかったみたいだから、仁先生をできるだけ休ませてあげようって言ったの。お祭り、うるさいかもしれないけど」

修一郎がそう言うそばから、つばさが「わっしょい」とぬいぐるみを持ち上げ、「こら」と口をふさがれた。じゃれあう父娘の姿が今の仁美の目には、この上なく愛おしい宝物に映る。

父を診に来てくれたとき、修一郎に涼音のことを訊かれたが、時間が遅かったのでまた改めて話すと伝えていた。

聡介の強請りに屈することなく、真実を明らかにすれば、エリカを救うことができる。

でも、つばさは？　修一郎と義母に娘を任せ、仁美と父がこの町から姿を消せば、つばさは幸せになれるだろうか？　いや、無理だ。つばさも加害者家族として、涼吾と同じような目に遭わされるに違いない。なにひとつ悪いことなどしていないのに……。

「そろそろ時間じゃない？　準備、大丈夫？」

修一郎の言葉と同時に、玄関のチャイムが鳴り、台車を手にした武蔵が現れた。

「昨日はすみませんでした」

詫びる武蔵に大鍋を運んでもらい、仁美たち三人も一緒に家を出た。にがテントが立てられ、祭りの準備が整った公園を目にし、仁美の足はすくんで止まる。その光景が、祭りのBGMが、子供たちの歓声が、十年前の惨劇の記憶を否応なく呼び覚ます。

「大丈夫？　つらければ、無理することないよ」

振り返った修一郎の瞳には、つばさを見守るときのような優しい色が浮かんでいる。自分だって、つらいはずなのに……。

「ママー、どおしたのぉ？」

駆け寄ってきたつばさが、仁美の手を取る。楽しみにしているこの子のためにも、祭りを成功させなければならない。

笑顔をつくると、つばさもニコッと微笑み、仁美の手を引っ張る。反対の手を修一郎とつないだつばさは「いちばーん！」と叫びながら、メーメー公園に足を踏み入れた。

元会長や住民たちが見守る中、守はこの日のために設営されたステージに上がり、マイクを握る。十年ぶりに祭りが復活できる喜びと協力してくれた人たちへの感謝を伝えたのち、守は言った。十年前、この場所で命を落とした人たちに黙とうを捧げよう、と。

東西に長く伸びたメーメー公園のステージとは反対の西側の奥、けんちん汁のテントにいた仁美も、複雑な思いを抱えながら目を閉じる。

黙とうを終えると、守は祭りの開催を高らかに宣言した。

「子供たちのために来年も再来年もずっと続けていけるよう、みんなで盛り上げて、いい祭りにしよう！」

挨拶を終えると、守はすぐに公園の中央に置かれたお神輿に駆け寄り、声を張り上げる。

「よーし、子供神輿、出発するぞ。担ぎたいやつは、集まれ！」

「なんだよ、守君、会長なんだからここでどっしり構えてろよ」

こやぎ庵の店主の突っ込みを、守は明るく笑い飛ばす。

「お祭り男の俺が行かなきゃ神輿が盛り上がらないっしょ。ほら、つばさも早く来ないと置いてっちゃうぞ」

「やだやだ、わっしょい、待ってぇぇぇ」

神輿に走り寄るつばさのかわいい姿に、どこか緊張していた大人たちの頬もゆるみ、この祭りを楽しもう、成功させようという熱が徐々に広がっていく。

子供の数が減ったため、今年は女子も参加できることになった神輿がにぎやかに公園を出発した。このあと、町中を練り歩いて途中の休憩所でジュースとお菓子をもらい、ゴールの公園に戻ってくると、ごほうびのこやぎ最中とけんちん汁が待っているのだ。

つばさにビデオカメラを向けながら同行する修一郎を見送り、仁美は鍋の見張り担当となった佐久間のおばちゃんと、飲み物係の琴子に「よろしくお願いします」と頭を下げた。

十年前と同じサイズの大きなテントだが、今年は前面の長机の右横に業務用のクーラーボックスと氷の入った盥《たらい》が置かれた。けんちん汁と一緒に渡す缶ビールとペットボトルのお茶を冷やしている琴子の後ろ姿が、十年前の母と重なる。あのときはここに母と冴音がいたのだ。十年前の事件が起きる前に戻って、惨劇を止められたらどんなにいいか……。

「仁美、大丈夫かい？」

「あ……、うん」

心配そうに見つめる佐久間に笑顔をつくり、仁美は長机を台ふきんで拭き始める。

「守君に片時も鍋から目を離すなって言われちゃったわよ。責任重大で緊張するねぇ」

「わかる。私、黙とう中も気になって、薄目でちらちら鍋見てたもん」

「仁美もかい？　あたしなんか、ずっと半目だったよ」

「やっぱり、おばちゃん、頼りになるわぁ。鍋は任せて、私、こっちやっちゃうね」

佐久間がテント後方に置かれたコンロの上の鍋を見張ってくれている間に、仁美は拭き終えた長机に、割り箸や七味、ゴミ袋などを用意する。

「あー、なんかもうすでにしんどい。この緊張を紛らわすために、ちょっと飲んでいい？」

佐久間の目は、琴子が盥で冷やしている缶ビールに注がれていた。

「おばちゃんが鍋そっちのけでビール飲んでたって守君に言いつけるよ」

「やぁね、仁美、冗談よ。あんたたちの緊張をほぐしてやろうと思ったのに、ねぇ、琴子さん」

呼びかけられた琴子は、「えっ？」と驚いて佐久間を見た。

「ほら、ごらん。仁美。琴子さんも緊張しちゃってるだろ」

「あ、ごめんなさい。麗奈ちゃん、いないのかなって気になって……。ジュースを差し入れするから冷やしてくれって言われてたので」

「そう言えばそんな話してたね。おばちゃん、麗奈ちゃん、見た？」

仁美に問われた佐久間も首を横に振る。「テレビ局の人たちは来てるけどねぇ」

「大丈夫っすか？　なんも問題ないっすね？」

公園内を見回っていた警備担当の武蔵が、テントを覗き込む。

「問題ありありよ。武蔵、麗奈ちゃんの姿が見えないけど、具合でも悪いの？」

いいところに来たとばかりに、佐久間は武蔵をつかまえ、尋ねた。

「あ……、いや、麗奈は元気っすけど、朝、調子悪いんで」

「朝ってもう昼じゃない。それに、元気なのに調子悪いってなによ？」

「いや、俺もよくわかんないっすけど、だから、ほら、顔がむくむとかそういうやつ」

「ちょっと、あんた、おばちゃんにケンカ売ってんの？　顔がむくむっていうのはこういうのを言うのよ」

自分の顔をベチベチ叩く佐久間を、仁美が鍋のほうへ押しやる。

「麗奈、ちょっと拗ねてんのかも」とつぶやく武蔵に問い質すと、守と揉めたのだという。

「麗奈は今日の祭りで踊ることをＳＮＳに上げてファンを呼びたかったのに、守さんに止められたんすよ」

「それは守君が正しいわよ。今だってこんなピリピリしてんのに、知らない人がいっぱい来たら、祭りどころじゃなくなるじゃない。けんちん汁だって足りなくなるし」

目は鍋に向けたまま、文句を言う佐久間に、「大丈夫っす」と武蔵が応じる。

「誰も呼んでないし、麗奈もあとからちゃんと来るんで。じゃあ、なにか少しでも気になることがあったら、すぐに俺か他の警備担当、呼んでください」

見回りを続ける武蔵を送り出し、佐久間がホッと息を吐く。

「守君がまともで助かったね。孫に甘々の元会長なら麗奈に説き伏せられて、祭りがわけわかんないことになってたかもよ。それにしても武蔵も麗奈に振り回されて気の毒だねぇ。どんなに想っても一方通行だろうに」

鍋に向かって喋りつづける佐久間の肩を、仁美が叩く。

「おばちゃん、こっち終わったから、鍋の番替わる。ずっと集中してるのしんどいでしょ」

「助かったぁ。緊張しすぎておしっこ行きたくなってきちゃった」

「じゃあ、今のうちに行っといて。忙しくなってからじゃ、行きたくなっても行けないよ」

「もちろん行くわよ。おトイレ近くてよかったわぁ」

公園内の北側にある公衆トイレへ佐久間は走る。その背中を見送る視線の先にあった光景に、仁美はぎょっとして息をのんだ。ゴミ拾いトングとちりとりを手に、トイレの陰からこちらを窺っている男がいる。聡介だ。

「気づいた？」と、隣に立つ琴子が眉をひそめる。

「聡介さん、さっきからやたらとこっちを見てるんだけど、どうしたのかしら？」

「え？　あ……、でも、聡介君って、いつもあんな感じだし……」

動揺し、しどろもどろになったが、琴子は「そうね、少し過敏になり過ぎてたかも」と息を吐く。「お祭りで緊張して神経質になってるんでしょうね。昨夜は夢枕に流星が立ったし」

「流星君が？　……流星君、なにか言ってた？」

思わずそう尋ねたのは、天国にいる流星なら、誰がおしるこに毒を入れたかわかっているような気がしたからだ。だが琴子は静かに首を横に振る。流星はなにも言わなかったと。

「ただ、なにかを訴えるような目で私を見てた。あの子、浮かばれてないのかもしれない」

「琴子さん……」

鬼の踊り場の崖から転落死した流星の事件は犯人がわからないまま捜査が打ち切られている。

なんて声をかければいいのか言葉を探していると、「ちょっと！」と怒鳴り声が響いた。

「そこで、なにやってるんすか？」

武蔵が挙動不審な聡介を叱ったのだと思い、公衆トイレに視線を向けたが、聡介もまたその先の公園の出入口あたりを振り返っている。

公園の外で武蔵が誰かと対峙していた。木の陰に隠れてその人物は見えないが、他の警備担当者が「どうした？」と武蔵のもとへ駆け寄っていく。

「この人が祭りの写真撮ってたんすよ。けんちん汁のテントとかの」

木の陰にいた人物が頭を下げて立ち去ろうとしたが、武蔵はそれを許さず、道を塞ぐ。

「あんた、どこかで……」

武蔵はマスクをしたその女性の顔を覗き込むと、目深に被っていた黒い帽子を剝ぎ取った。

「やっぱり……。どうして、ここにいるんだよ!?」

武蔵の怒声にみんなが驚いて、北側の出入口を見た。

「武蔵、どうしたんだ？　なにを揉めてる？」

中央のテーブルで老人会のメンバーと談笑していた元会長が声をかける。武蔵は彼の前に、その女性を引きずるようにして連れてきた。

「見てください、こいつですよ！」

元会長より早く、そこにいたこやぎ庵の店主が驚愕の表情を浮かべた。

「おまえ……、毒殺犯の娘じゃねぇか!?」

「えっ？　涼音なのか……？」

驚く元会長の前で、武蔵はマスクを取れと命じたが、応じない彼女に舌打ちし、ふたりがかりでマスクを剝ごうとする。たまらず駆け寄ろうとした仁美の腕を、琴子がつかんだ。

悲鳴のようなどよめきに振り返ると、マスクを奪われた涼音が顔を晒されていた。

「なんで、あの女の娘がここに？」

「よくもぬけぬけとこの町に来られたな！」

戸惑い、怒る住民たちの声を片手で制し、元会長は涼音に向き直る。

「涼音、どうして、祭りに来た？　なにが目的だ？」

「再審請求の扉を開くために新たな証拠が必要なんです。お祭りを見たら、なにか思い出せるんじゃないかと思って。できれば、皆さんからもお話をうかがえたらと……」

「はぁ？　なに、言ってんだ!?　おまえの母親は自白したじゃねぇか。やったのは景浦エリカだって、裁判所も認めたんだぞ」

涼音に詰め寄るこやぎ庵の店主を抑え、元会長は目顔で涼音にその答えを問う。

「母は自暴自棄になって自白してしまっただけで、毒なんか入れてません」

「そんな話、信じられるわけねぇだろ。おまえら親子に協力する人間なんてこの町にひとりもいるもんか。あの女のせいで、みんな、どれだけひどい目に遭ったかわかってんのか？」

「そうだそうだ、こやぎ庵の言うとおりだ！」

「母親がやったことなんだから、あんたが代わりにつぐないなさいよ！」

罵声を浴びせる住民たちを静かに見据え、涼音は口を開いた。

「皆さんは、怖くないんですか？」

一瞬、静まり、顔を見合わせた人々が、また好き勝手に言葉をぶつけ始める。

「なんの話だ？　怖いのは平気で我が子を殺すおまえの母親だろ！」

「平気でここにツラ出せるおまえもな！」

元会長が手を上げて再びそれを制し、「どういうことだ？」と涼音に尋ねた。

「博士の家に放火した犯人も、音無のおばあちゃんや流星君を崖から突き落とした犯人も捕まっていないんですよ」

「だから、それもおまえの母親がやったんだよ」

そう叫ぶこやぎ庵の店主を、涼音はじっと見つめる。

「警察が起訴を諦めたのに、ですか？」

「それは……、警察がボンクラだからだ！」

「母はやっていません。おしるこに農薬も入れていません。この町にはまだ殺人犯がいるかもしれない。それなのに、皆さん、怖くないんですか？　十年前の事件についてなにか思い出したことがあれば、どんな些細なことでもいいので教えてください。お願いします」

「ふざけるな！　おまえの母親が逮捕されてからは、事件なんてひとつも起きてねぇんだ。それがなによりの証拠じゃねぇか。景浦エリカが犯人だっていうよ」

こやぎ庵の店主に同調する声が上がる中、涼音は気丈に言い返す。

「たまたま起きなかっただけかもしれない。犯人がまだこの町にいるなら、事件はいつ起きても、たった今起きたっておかしくな……」

「やめなさいっ！」

涼音の言葉を遮ったのはこやぎ庵の店主ではなく、元会長だった。

「平和な日常がやっと戻り、守やみんなが努力して、十年ぶりにようやく祭りが開催できたんだ。そんなめでたい日に縁起でもないことを……」

「会長、こいつの目的、それなんじゃねぇか。母親を助けるため、祭りでまた事件を起こして、犯人は他にいるって思わせようと……。おい、武蔵、こいつの持ち物、検査しろ」

「え？」

「農薬とか変なもん持ってるかもしれないだろ」

こやぎ庵の店主にそう言われた武蔵は、指示を仰ぐように元会長をうかがい見る。彼が小さくうなずくと、武蔵は涼音のバッグを奪い取り、逆さにして中身をぶちまけた。携帯電話、財布、手帖、ハンカチとティッシュが地面に転がる。武蔵はバッグのポケットを検《あらた》め、財布の中まで確認したのち、元会長に視線を送り、首を横に振った。また小さくうなずく元会長に代わり、こやぎ庵の店主が「おい、おい」と尖った声を上げる。

「まさか、これで終わりじゃないよな。身体検査も必要だろうが。ポケットだけじゃダメだぞ。どこに隠すかわからねぇから、服も脱がさないと……」

「いい加減にして！」

たまらず飛び出した仁美が、涼音を庇う。

「おう、仁美、いいところに来た。男がやると犯罪になるから、おまえがやれよ」

「女がやったって犯罪だよ。涼音、行こう」

携帯電話や手帖などを拾い上げ、武蔵からバッグをひったくると、仁美は涼音を公園から連れ出す。一度テントを振り返り、琴子と佐久間がいるのを確認して、鍋の見張りを頼むと目顔でふたりに伝えた。

「涼音、大丈夫？」

駅のほうへ歩きながら声をかけると、彼女は小さくうなずいた。

「大丈夫、慣れてるから。結局、仁美ちゃんに迷惑かけちゃって、ごめんね」

「そんな、迷惑なんて……。悪いのはこやぎ庵のおじさんたちなんだから、涼音が謝ることじゃないよ。今、タクシー呼ぶから」

「待って。まだ、帰れない。誰からも話聞けてないし」

「でも、あんなことがあって、誰も話なんかしてくれないよ」

「だとしても、お祭りを最後まで見たい」

　さすがに呆れ、仁美は涼音の顔を見た。

「無理だって。また見つかったら、どうするの？」

「私、さっき、子供たちがお神輿を担いでるのを見て、それまで忘れてた母の言葉をふいに思い出したの。『子供はみんなお神輿担いでるのに、どうして流星君だけここにいるの？』みたいなこと、言ってたよね？」

「うん。でもその理由、ツリーハウスで琴子さんに聞いたじゃない。流星君、お神輿担がずにおばあちゃんのお世話をしてくれてたって。それに、流星君はもう亡くなってるし」

「彼が犯人だとか言ってるんじゃなくて、祭りを見ることで、思い出せることもあるんじゃないかと思って。だから、仁美ちゃんに止められても、私はここに残る」

　こうと決めた涼音を翻意させるのは容易なことではない。仁美はため息を吐き、涼音の手を引いて公園から見えない道を辿り、自宅へ戻る。裏口から涼音を引き入れ、二階の部屋のカーテンを閉めて、わずかな隙間から斜め向かいにある公園を指さす。

「ここからなら、見えるでしょ」

「仁美ちゃん……」

「父が体調崩して寝てるから、起こさないようにしてもらえる？　私、もう戻らないと。ここにいて。あとで話そう」

　行きかけて足を止め、仁美は振り返る。

「涼音……、ごめんね」

「え？　なんで謝るの？　私、今、仁美ちゃんにお礼言おうと……」

　首を振って涼音の言葉を遮り、仁美は逃げるように階段を駆け下りた。

「涼音さん、帰ったの？」

テントに戻った仁美は、琴子と佐久間に問われ、曖昧にうなずく。ふたりは質問を重ねようとしたが、遠くから子供たちの元気な声が聞こえてきた。

「わっしょい、わっしょい、わっしょい、わっしょい」

「やだ、もう帰ってきちゃう。鍋の番任せちゃってごめんね。大丈夫だったよね？」

話を逸らし、準備をしていると、程なくして子供神輿が公園に戻ってきた。

「おー、みんな、よくがんばったな。ご褒美のこやぎ最中はこっちだぞ」

こやぎ庵の店主は人が変わったような猫なで声で子供たちを呼び、テレビカメラに笑顔を見せながら最中を配り始める。

「ママー、やぎさんの最中、もらったぁ！」

こやぎ最中を掲げながら、テントに駆け寄ってきたつばさは満面の笑顔だ。

「最後までがんばって偉かったね。つばさ、お神輿楽しかった？」

「うん！　いっぱい、わっしょいした！　わっしょいのあと、つぅちゃん、カイト君とヨーヨーやるの」

「ヨーヨー釣りね。パパが来るの待って、一緒に行って」

「パパー」とつばさに呼ばれ、こちらにやって来た修一郎の顔は引き攣っているように見えた。琴子たちの目を気にしながら、仁美に顔を寄せ、押し殺した声で訊く。

「すずが来たんだって？」

頷き、「今、うちにいる」と耳打ちすると、修一郎は目を見張った。すぐに表情が和らぎ、仁美に向かい、声に出さず口のかたちだけで伝えてくる。「ありがとう」と。

修一郎に礼を言われるようなことではない。目でそう訴え、仁美は鍋に戻った。

けんちん汁を配る時間が近づくと、おたまを持つ手が震え、涼音のことも聡介のことも一瞬頭から消し飛んでしまうくらい緊張した。

だが、時間を過ぎても、けんちん汁のテントには誰も訪れない。こやぎ庵の店主のまわりはにぎわっているのに、けんちん汁を楽しみにしていると声をかけてくれた人たちも、皆、横目で様子を窺っているようだ。

やはり、みんな怖いのだ。十年前の惨事を目にした人は、ここで鍋から振る舞われる料理を口にするのは抵抗があるだろう。当時を知らない子供たちも、その話は嫌というほど聞かされているに違いない。

やはり、けんちん汁など作るべきではなかったのだ。

肩を落とす仁美に、佐久間がドンと体をぶつけてくる。

「仁美、なにしてんの。早くよそってよ」

振り返ると、長机の前にけんちん汁の引換券を手にした男がひとり立っていた。

「修一郎……」

「僕も食べていいんだよね？」

「それは……、でも……」

「ああ、もう、貸しな。あたしがやるから」

佐久間は仁美から取り上げたおたまでけんちん汁をすくい、そのおわんを修一郎の前にドン！と置いた。

「修一郎、あんたの嫁が作った世界一うまいけんちん汁だからね。心して食べな」

薄く微笑んでうなずき、修一郎はいただきますと手を合わせた。おわんを口に運ぶまでは少し緊張しているように見えた顔が、けんちん汁を一口すすった瞬間、子供のようにほころぶ。

「おばちゃん、本当に世界一うまい。つばさー、つばさも食べる？」

修一郎の呼びかけに、ヨーヨーを手にしたつばさが走ってきた。

「うん！　つぅちゃんも食べる！」

近くのテーブルでけんちん汁をおいしそうに食べるふたりの様子を見て、徐々に人が集まり始めた。

「おう、仁美、俺にもくれよ。大盛りで」

「ちょっと、守君。あたしのが先に並んでたのよ」

「はい、どうぞ。大丈夫、充分あるし。熱いから気をつけてね」

誰も体調を崩すことなく、たくさんの人々が笑顔でけんちん汁を頬張る姿に、仁美はホッと息を吐いた。

「おいしそう。麗奈も、もらっちゃおっかな」

ダンボール箱を抱えた武蔵を引き連れて、演舞の衣装をまとった麗奈が現れた。

中高生と揃いの衣装だが、麗奈は上手に着崩し、メイクもバッチリ合わせているので、目を引き付ける華やかさがある。ゆるく結い上げた髪に挿したヘアアクセサリーやダンスシューズなど小物も衣装に合わせ、さすがに洗練されていた。

「あ、これ、めっちゃおいしいブラッドオレンジのジュース」と武蔵が抱えるダンボール箱を顎で指す。

「琴子さんには昨日話したけど、こんな田舎じゃ絶対手に入らないから、仁美ちゃんたちも飲んで。あ、こっちの酵素ジュースは飲まないでね。麗奈のだから」

ワインボトルのようなおしゃれな瓶に入ったジュースを武蔵から受け取り、琴子は缶ビールを配り終えた盥で、それらを冷やす。

「麗奈さん、紙コップは？」と、琴子に問われ、彼女は「あっ！」と声を上げた。

「やっぱ、忘れてた。武蔵、買ってきて」

「でも、俺、警備があるから。そんな長く抜けたら、守さんにどやされるし」

「えーっ、使えないなぁ。コンビニないとか終わってるよね。じゃ、いいや」

すぐに諦め、けんちん汁に舌鼓を打つ麗奈のもとに小学生の子供たちが集まってきた。

「あの……、麗奈ちゃん、サインしてもらってもいいですか？」

「いいよぉ。どこにする？　そのはっぴとか？」

「あ、えっと、これは怒られちゃうから、このノートに」

テレビ局のディレクターとカメラマンも駆けつけ、子供たちに求められるままサインをする麗奈の様子をカメラに収める。

「麗奈ちゃん、今日もバッチリキマッてるね」

ディレクターの言葉に気をよくした麗奈が、「このけんちん汁、最高だから、おふたりも食べてください」と勧め、仁美は佐久間と鍋を覗き込む。まだ食べていないのは、ボランティアで働いている祭りの実行委員だけだから、なんとかなるだろう。

手渡されたけんちん汁を「うまい、うまい」と貪り食う男たちの後方に、ヨーヨーで遊ぶつばさの姿があった。気づいた麗奈に「つぅちゃん！」と呼ばれ、つばさが走ってくる。

「あのね、麗奈、これから演舞やるんだけど、つぅちゃんも観に来てくれる？」

「うん！　つぅちゃん、観たい！　つぅちゃんもお遊戯できるよ」

「じゃあ、一緒に行こう。つぅちゃんのお遊戯、あとで観せて」

そんな麗奈とつばさを撮影しながら、テレビ局員もステージへと移動する。彼らを見送る視線の先で、聡介がテーブルに残されたゴミを片付けながら、チラチラとこちらを見ていた。

「仁美、あたし、まだ食べてない警備担当とかに声かけてくるわ」

麗奈たちの演舞までに配布を終わらせたいという佐久間の言葉に、仁美は我に返った。

「あ、そうだね、お願い。けんちん汁もギリで足りそうだし」

「ん？」と、佐久間が首を傾げる。「でも、おわんがちょっと足りなくない？」

「あ！　私、守君に予備のおわん持ってきてって言われてたのに、すっかり忘れてた。ちょっと家まで取りに行ってくるね」

「仁美さん、もしあったら、紙コップもお願い」

麗奈のジュースを指差す琴子にうなずき、ふたりに鍋を任せて、仁美は自宅へ走る。涼音のことが気になっていたので丁度いいと思ったが、玄関を開けると、彼女の靴がない。涼音は姿を消していた。また公園へ行ったのかもしれない。急いで戻らなければと、物置へ走り、ダンボール箱からおわんと紙コップの入ったビニール袋を引っ張り出す。それを手に物置のドアを閉めたところで、仁美は動きを止めた。

視界の隅になにかが引っかかった。

再び物置に入った仁美は、ハッと目を見開く。違和感の正体はすぐにわかった。棚の奥に隠すように置かれた鍵付きの箱だ。恐る恐る手にし、仁美は父の部屋へと駆け上がる。

「お父さん、これ！」

乱暴にドアを開けてしまったが、父は寝息を立てていた。氷枕をした父の肩にかけた手を仁美はそのまま引っ込め、引き出しにある例の手帖を捜す。カバーと手帖の間に小さな鍵は残されていた。手に取って鍵穴に挿入し回すと、カチッというかすかな音とともに、箱は開いた。

父が言っていた通り、箱の中には液体の入った小瓶があった。

これが、音無のおばあちゃんに飲んでつぐなえと渡された農薬——？

青緑色の液体に見覚えがある。警察がうちの物置で発見したパラコートと同じ色だ。

つばさが誤飲でもしたら大変なことになる。すぐに処分しなければ。流して捨てようと、トイレの蓋を開けた瞬間、なにかに打たれたように仁美はその手を止めた。

あれだけ捜して見つからなかった箱が、どうして、今このタイミングで自分の手に届いたのだろう？　もしかしたら、これは、神の啓示かもしれない。

本物のパラコートなら、逆につばさを守ることもできる。

この液体を入れる瞬間さえ目撃されなければ、犯人を特定することは難しい。それは毒しるこ事件で痛いほど思い知らされている。

けんちん汁を作り提供した仁美は当然疑われるだろうが、うちにこの農薬があることを知っているのは父と音無ウタだけだ。彼女亡き今、入手ルートが解明されることはない。

これは、千載一遇のチャンスなのではないか――。


「仁美、遅いよ、なにやってたの？　もう麗奈たちの演舞、始まっちゃうよ」

公園に戻ると、東奥のステージ前にはすでにたくさんの観客が集まっていた。

「……おばちゃん、ごめん。行っていいよ」

「え？　あんた、観に行かないの？」

「まだけんちん汁残ってるでしょ？　番してるから行ってきて」

「残ってるっていっても、今さっき、警備担当の子らと高岡さんと藤田さんが来てふるまったから、あと食べてないのは、あんたたちふたりとあの子くらい……」

佐久間が顎で指したのは、また公衆トイレの陰でこのテントを見ている聡介だった。

「あの子、今日、やたらとジロジロこっち見てたけど、あれ、なに？　気持ち悪い」

佐久間にまで気づかれてしまうほど、聡介は挙動不審なのだ。求めに応じて金を払ったとしても、彼はきっとどこかでボロを出す。

「あ、麗奈のスピーチが始まる。じゃあ、あたし、行ってくるね」

佐久間がステージに向かい、テントには琴子と仁美だけが残された。

「琴子さん、これ、紙コップ。よかったら、琴子さんも行って。飲み物、私、見てるし」

礼を言って紙コップを受け取ったが、「演舞はいいわ」と琴子は首を横に振る。真面目な彼女は、引き受けた飲み物係を最後まできちんとやり遂げるつもりなのだ。

それでは無理だと諦めかけたが、十年前も思ったけれど、このテントは思いのほか広い。麗奈たちの演舞に琴子が注意を向けている間なら、小瓶の中身を入れることは決して不可能ではない。聡介に渡すけんちん汁のおわんにこれを入れさえすれば——。

けんちん汁をよそった自分は間違いなく容疑者の最有力候補になるが、聡介に自殺願望があったことは広く知られている。彼が自分で農薬を服用したと考える人もいるに違いない。

「皆さん、今日は麗奈たちの演舞を観に来てくださって、ありがとうございます！」

観客に向けて挨拶をする麗奈の声がマイクを通して聞こえてくると、琴子は顔を上げ、遠くにある舞台を見た。

「ご存じのとおり、私、麗奈は十年前の毒しるこ事件のサバイバーです。ここにいる方々の多くが、あの事件でつらい思い、怖い思い、悲しい思いをしたはずです」

琴子はステージ上の麗奈をじっと見つめている。彼女が気をとられているこの瞬間なら、誰にも気づかれずにおわんに農薬を盛れる。

「麗奈も大切な親友のかすみを喪いました。私たちは亡くなった人たちの想いを胸に、しっかり前を向いて、彼女たちの分まで生きていかなければいけないと思います」

麗奈のスピーチに拍手が上がる。仁美は注意深く辺りを見回した。公衆トイレの陰に立ち、さっきまでこちらの様子をうかがっていた聡介でさえも、ステージから語りかける麗奈を見つめている。今しかない。今しか……。仁美はおわんにけんちん汁をよそい、エプロンのポケットに入れた小瓶に手を伸ばし、つかむ――。

「だから、今日は亡くなった方々のために、そして、ここにいる皆さんのために、一生懸命踊ります。みんな、これからも麗奈のことを応援してくださいね」

うおーっと歓声が上がった。武蔵の先導で麗奈ちゃんコールが巻き起こる中、仁美はよろよろとテントを抜け出す。仁美に気づいていてなにか言いたげに近づいてきた聡介に机の上のけんちん汁を一瞥で示し、「聡介君の分」と震える声で一方的に伝える。そのまま、仁美は目を合わせることなく、公衆トイレへと駆け込んだ。

麗奈ちゃんコールが鳴りやまぬ中、懐かしい演舞の音楽が聞こえてくる。

麗奈たちの演舞を観ることなく、仁美はその曲がかかっている間中、公衆トイレにいた。震えが治まらなかったからだ。

曲が終わると拍手と大歓声に包まれたが、すぐには動けず、個室のトイレにうずくまっていた。ようやくなんとか立ち上がり、個室のドアを開けたそのとき、絹を裂くような悲鳴が空気を震わせた。

仁美は外に出て、けんちん汁のテントを見る。だが、連鎖するように悲鳴がこだましているのは、テントとは反対のステージ側だ。演舞が終わったステージ上には誰もいない。だが、そのすぐそばに設けられたイスとテーブルに演舞の衣装をまとった中高生たちがいて、そのうちの何人かが苦しそうに嘔吐している。

見覚えのある光景だった。

十年前の記憶が脳裏によみがえり、全身が震え出す。

どうして……？

なんで、こんなことに？

身体を折り、もだえ苦しんでいる麗奈と武蔵の姿が見えた。

誰かが「救急車！」と叫び、修一郎の名を呼ぶ声も聞こえる。

そうだ。助けなければ。

ふらふらと数歩近づいたとき、仁美の目は、大柄な武蔵の陰にいるはっぴを着た幼女の姿をとらえた。

「つばさ……」

苦しそうにうずくまっているその女の子は、間違いなくつばさだ。

「……そんな、なんで？　嫌……、つばさ！　つばさ！」

地面を蹴り、仁美は走り出したが、つばさまでの距離は気が遠くなるほど遠かった。

お願い、誰かその子を……、つばさを助けて！

八

走っても走っても、この手はまだつばさに届かない。

声にならない叫びが届いたかのように、恐慌をきたし呆然としている人々の中から、黒い帽子の女性が飛び出し、つばさに駆け寄る。そして、お腹を押さえ苦しんでいるつばさを抱き起こし、その小さな口に自分の指を突っ込んだ。

次の瞬間、つばさがうえっとえづき、嘔吐物がその女性の服を汚す。だが、彼女はかまわず、つばさの背中をさすり続けてくれている。

後ろから走ってきた男が仁美を追い抜き、一足早くつばさにたどり着く。

それは修一郎だった。ああ、パパならつばさを助けてくれる。そう思ったが、つばさの容態を診た修一郎は駆けつけた仁美を振り返り、声を張り上げた。

「これ飲ませて！　吐けるだけ吐かせて！」

緊迫した彼の表情に一瞬怯んだ。だがすぐに仁美はつばさを抱き上げ、手渡されたペットボトルの水をその口に含ませる。

「他の人も順番に診るから水を飲ませて吐かせて！」

つばさと麗奈、武蔵の他に、演舞の衣装をまとった女子高生がふたり、男子中学生と女子中学生がひとりずつ、喉や胸を押さえ、苦しんでいた。

「修一郎、麗奈を診てくれ！」

守が修一郎の腕を摑み、麗奈のほうへ引っ張る。倒れ込んだ麗奈には元会長が取りすがっていた。

「麗奈、しっかりしろ！　今、じいちゃんが助けてやるからな」

「修一郎、なにやってんだ、早くしろよ！」

「守君、救急車の手配は？」

「誰かが呼んでるはずだ」

「一一九に電話した人、いる!?」

修一郎が周りを見回したが、「誰かがかけたと思って」と皆、気まずそうに目を伏せる。

「誰も呼んでないのかよ？　なにやってんだ、おまえら！　とっとと電話しろよ！」

守に怒鳴られ、通報しようとする人々を修一郎が止めた。

「車で病院へ運ぼう。そのほうが早い。誰か、車出せる人は？」

修一郎の指示で、酒を飲んでいない近くの住人たちが車を取りに走る。

「なにを口にしてこうなった？」

修一郎は麗奈の心音を聴いて尋ねたが、彼女は答えられる状態ではなく、武蔵が地面に転がったけんちん汁のおわんを指さす。それを見た守が、つばさを吐かせていた仁美につかみかかってきた。

「仁美、おまえ、鍋を見張ってなかったのかよ？」

仁美はビクッと身体を硬直させたが、修一郎が鋭い一喝で守を止めた。

「そんな話は後だ！　このけんちん汁を今苦しんでる全員が食べたの⁉」

後半の言葉は演舞の衣装を着た中高生に向けられたが、彼らは互いに顔を見合わせ、わからないと首を振る。演舞のあと、麗奈は乾杯しようと言い出し、自分が持ってきたブラッドオレンジのジュースを武蔵に言いつけてみんなの紙コップに注がせたそうだ。「こっちは綺麗になれるジュースなの」と、麗奈は自分だけ別の酵素ジュースで乾杯しようとしたが、それを飲みたがった何人かにもふるまったらしい。

今、無事でいるのは乾杯のあと、すぐにジュースを口にしなかった中高生のようだが、武蔵だけは麗奈が食べ残したけんちん汁を押しつけられて食べていたため、どちらのジュースも飲んでいないという。修一郎は毒物を特定するため、おわんやボトル、嘔吐物の付着した物などを病院へ運ぶ手はずを整えてくれと守に指示し、総合病院に電話をかける。

「麗奈、どうした？　おい、修一郎、麗奈が！」

彼が電話で事情を伝えている間に、麗奈の体ががくがくと痙攣し始めた。

「車はまだ？」と問いかけながら、修一郎は麗奈の胸骨を圧迫する。

「おい、修一郎！　麗奈、息してないんじゃないか？　助けてくれよ、修一郎！」

元会長を無視し、修一郎は心臓マッサージを続ける。そんな麗奈の姿を撮影しているカメラマンに気づいた守が、「撮るんじゃねぇ！」と突き飛ばし、カメラが吹っ飛ぶ。そんな揉め事の間も、修一郎は心臓マッサージを続け、麗奈はなんとか息を吹き返した。

「修一郎、車が来た！」

「麗奈ちゃんを運んで！　僕も付きそう」

「修一郎、つばさは⁉」

思わず尋ねた仁美を振り返り、修一郎は励ますようにうなずく。

「車の中でも水を飲ませ、吐かせ続けて。みんなも気道を塞がないよう頭は横向きで！」

そう叫び、修一郎は麗奈とともに公園をあとにした。

続々と車が到着し、仁美はつばさを抱き上げる。車に乗り込もうとしたまさにそのとき、背後でこやぎ庵の店主が叫んだ。

「やっぱり、こいつだ。毒殺犯の娘が毒を入れやがったんだ」

彼が指差しているのは、最初につばさを吐かせてくれた黒い帽子の女性、涼音だ。

「逃げられないよう押さえつけろ！」と怒鳴る彼に、仁美は叫ぶ。

「涼音はなにもしてない！　この子を助けようとしてくれただけ！」

「そんなの関係ねぇ！　こいつの母親は毒しるこ事件の犯人、景浦エリカだぞ！」

「それも違う。エリカちゃんは犯人じゃない。おしるこに毒をいれたのは、うちの……、うちのママだから！」

「はぁ？」

「涼音に手を出したら、私が許さない！」

ポカンと口を開けたままの一同を尻目に、仁美は後部座席のドアを勢いよく閉めた。

病室のベッドで、仁美はつばさの小さな手を握り、祈る。

処置が早かったため、つばさは一命を取りとめた。だが、小さな身体への負担は大きく、まだ急変の可能性があり、予断は許さないという。

気配に顔を上げると、病室の入口に肩を落とした修一郎が立っていた。

「修一郎、つばさは大丈夫だよね？　元気になって、家に帰れるよね？」

すがるように尋ねた仁美に、修一郎は力なくうなずく。

「できることはすべてしてもらった。つばさは強い子だから、大丈夫だよ」

「それなのに、どうしてそんなに暗い顔？」

「麗奈ちゃんが、亡くなった」

仁美は言葉を失う。さっきまであんなに元気に生き生きと喋っていた麗奈が死んだ——？

女子中学生ひとりの意識も戻らないと、修一郎は疲れた表情で話す。

「あとは容体が急変しなければ大丈夫だと思うけど……。今、病院に警察が来て、守君や元会長から話を聞いている。すぐにここへも来ると思う」

「警察が？」

「そんなに驚かなくていい。毒物はけんちん汁ではなく、ジュースに混入されていたはずだから」

麗奈の食べ残しのけんちん汁を食べたものの、ジュースを飲んでいない武蔵の体からは毒物は検出されなかったという。武蔵は苦しむ麗奈たちを見て、自分も毒を飲んだと思い込み、吐き戻してしまっただけらしい。

「麗奈ちゃんたちのテーブルにあのジュースを運んだのは、聡介君だそうだ」

「え……？　聡介君が、毒を？」

「それはわからないけど」

毒しるこ事件をネタに金を強請ろうとしていた聡介が、毒を盛ったりするだろうか。

混乱する頭で「毒……」とつぶやいた瞬間、仁美は忘れていた大切なことを思い出し、そばにあったレジ袋を引き寄せる。その中にはつばさの嘔吐物で汚れた仁美のエプロンが入っていた。病院へ向かう途中、つばさが何度か吐き戻し、ひどく汚れてしまったため、車内で脱いで、運転していた守の部下がくれたレジ袋に入れたのだ。それを開け、エプロンのポケットに手を突っ込んだが、そこにあるはずのものに指が届かず、仁美は青ざめる。

「……ない」

「なにが？」

「なんでないの？　修一郎、どうしよう？　私……」

廊下に足音が響き、顔を覗かせた男たちの手には黒い手帳が掲げられていた。


警察の事情聴取から解放され、仁美が自宅へ戻れたのは、かなり遅い時間になってからだった。発熱していた父が心配で急いで門扉を開けた仁美は、息をのんで立ちすくむ。応接間の窓がダンボールで覆われていたからだ。

父は電気もつけず、居間に座り込んでいた。

「お父さん、大丈夫？」

怪我をしているのかと慌てて駆け寄ったが、顔を上げた彼の表情は思いのほか明るい。

「どこも怪我してない？　どうしたの、これ？」

「ああ。石を投げ込まれて」

「えっ、誰に⁉」

わからないと首を横に振る父に、思わずうなだれた。

「お父さん、ごめん。私のせいだ。私、ママがしたこと、喋っちゃった。それで、きっと誰かが……。もうここにはいられない。でもその代わり、聡介君の脅しに怯えることも、お金を払う必要もうないから」

「聡介君だ」

「え？　石を投げたのが？」

「違う。心配して、来てくれた」

ガラスの割れる音に驚いて駆けつけた聡介が、ガラスの破片を片付け、ダンボールで窓を補修してくれたのだという。

「どうして、聡介君が？　あの人、お父さんにお金貸してくれって強請ろうとしてたのに」

「貸した」

「は？　貸したって……、いつ？　いくら？」

「さっき。いくらだっけ？　忘れちゃったな」

「お父さん、それ、なに？」

父が手に握りしめていた紙を広げると、下手くそな字で『借用書　金五万円也』としたためられ、聡介のサインもあった。

「なに、これ、五万円て？」

「なんちゃらゲームの課金で借金がどうとか、なんかそんなこと言ってたよ、聡介君」

「でも、なんで借用書？　聡介君、ママがおしるこに農薬入れるところを見たんでしょ？」

「え？　ママが農薬を!?」

「お父さん、そんな大事なことまで忘れないで。お父さんが聡介君からそう聞いたんだよね？」

　ポカンと口を開け、首を振る父に、仁美のほうが驚く。

　祭りのことを話す修一郎と仁美の声が隣の部屋まで漏れ聞こえただけで、父は叫び声を上げ、過剰な反応を見せた。聡介のところから帰宅したあと、父の様子がおかしかったのは母の犯行を目撃されたからではなく、ただ祭りの話を聞くのがつらかったからなのか？　いや、でも聡介に訊かれた。誰がおしるこの鍋に農薬を入れたか聞いたのか？　と。黙っていたほうがいいかとも。

「……聡介君、誰かがおしるこに農薬を入れるところを見たんだよね？」

「見たって言ってた、さっきも」

「それ、本当にママじゃないの？　だったら、いったい誰？」

「えーっと、……誰だったかな」

「訊いてくる、聡介君に」

　家を飛び出そうとした仁美の腕をつかみ、父ははじめて表情を曇らせた。

「聡介君は、いない」

「え？」

「連れて行かれたから、警察に」

　そうか、麗奈たちにジュースを運んだ聡介は、事件の容疑者候補なのだ。

　そのとき、仁美のスマホが震えた。つばさになにかあったのかと慌てて取り出したそれに表示されていたのは、仁美が心配していたもうひとりの名前だった。

「無事に逃げられてよかったよ。あの晩、電話もらえて本当にホッとした」

数日後、駅前の喫茶店に座る仁美の向かいには、喪服姿の涼音がいた。

「私もホッとしたよ。娘さんのこと、心配だったから」

「ありがとう。まだ退院はできてないけど、あの子が今生きてるのは涼音のおかげ」

「そんなこと……。それより、大丈夫だった？　私を守るために、仁美ちゃんにあんな嘘つかせちゃってそれも心配だったの。嫌がらせとかされてない？」

「あの夜、窓ガラス割られたけど、それ以外はなにも。みんな、涼音を逃がすために私が嘘をついたと思ってるみたい」

「思ってるみたいって……。やだな、仁美ちゃん、そのとおりじゃない」

「ごめん。あの時点ではあれ、嘘じゃなかったの。私、ママが犯人だと思い込んでた」

「……えっ？　なに言ってるの、仁美ちゃん？」

仁美は戸惑う涼音にすべてを話した。彼女に隠すことはもうなにもなかったから。

「それで聡介君に農薬を飲ませれば、つばさを守れる。そう思ってパラコートが入った小瓶を手にしたけど、どうしても入れられなくて……。途中で我に返って、私、なにやってんの？　ってものすごく怖くなった。ママを殺されてあんなにつらい思いをしたのに、今度は自分が同じ毒で聡介君を殺そうとしてて、怖くて怖くてずっと震えが止まらなかった」

一時でも人を殺そうとした自分に恐れ戦き、仁美がトイレで震えている間に、つばさが毒入りのジュースを口にしてしまっていたのだ。

「……仁美ちゃん、ひどいよ」

「涼音、本当にごめん。すぐに話さなくて。エリカちゃんを助けられたかもしれないのに」

「そこじゃないよ。仁美ちゃん、けんちん汁に農薬入れようとして、どうしても入れられなかったんでしょ？　千草おばさんも同じだと思わなかったの？」

「え……？」

「もし本当にうちの母を殺したいと思ったとしても、千草おばさんは仁美ちゃんと同じように、絶対にできなかったはずだよ」

　頰を張られたような衝撃を受けた。涼音の言うとおりだ。

「そうだね。エリカちゃんだってそうだよね。私、本当にどうかしてた。人の意見に流されて、自分を見失って……」

　持ち手に指をかけたままのコーヒーカップがソーサーに当たってカチャカチャと音を立てる。あのときのことを思い出すと、いまだに恐怖で身体が震える。そんな仁美に、涼音は静かに首を振った。

「ううん。ずっとあそこにいたら、私も追い詰められて、仁美ちゃんと同じことしたかも」

　涼音は両手でカップごと仁美の手を包む。懐かしい冷たい手の感触。冷たいのに温かい。

「涼音……、本当に行くの？　また嫌な思いすることになるよ」

「うん。それでも、行く」

　無表情な涼音の瞳に、強い意志の光が宿っている。

「修一郎君も一緒に行くんでしょ？」

「まだやることがあるから、涼音とふたりで先に行っててって」

「お仕事？」

「たぶん違うと思う。もう誰も囚人にしたくないって言ってたから」

　母を信じることができなかった自分も、自ら囚われ人になっていた。もう囚人にも、そして、看守にもなりたくない。そして、監獄みたいなこの町を変えたいと、仁美は痛切に思う。

九

仁美と涼音が向かったのは、元会長の屋敷だ。

ようやく遺体が返され、麗奈の通夜がしめやかに執り行われていた。

受付で仁美は記帳を済ませたが、案の定、涼音は止められてしまう。

「あんた、よくここへ顔出せたな。帰れ！」

涼音を追い返そうとした受付の男を止めたのは、守だった。

「あがらせろ。俺もこいつらに話したいことがある」

仏間に設けられた立派な祭壇で焼香をさせてもらう。遺影の中、まぶしい笑顔を見せる麗奈の姿に胸が詰まった。焼香を終え、遺族にお悔やみを述べようとしたが、憔悴しきった麗奈の母親は泣き崩れてしまい、仁美はかける言葉が見つからなかった。

その後、守の妻の元子に通夜ぶるまいの席に案内された。

「元子さん、なにも手伝えなくてごめんね」

「ううん、琴子さんとか来てくれてるし」

「守さんが来るまで、ここで待ってて」

そう言い置き、元子は仏間へ戻っていく。廊下から大広間を覗き見ると、すでに百人近い人々が麗奈を偲んで酒を飲み、寿司などをつまんでいる。彼らが涼音に過剰反応するのが怖かったので、廊下で守を待った。その間も、話し声が廊下まで漏れ聞こえてくる。

「こんなに若くして……、かわいそうにねぇ」

「本人もさぞ無念だったろうよ。これからアイドルとして花開いたに違いねぇんだから」

「聡介のやつ、許せねぇな」

「やっぱり、ジュースを運んだ聡介が犯人なのか？」

「間違いないわよ。祭りの間中、挙動不審だったもの」

そんな話をしながらも飲み食いができているのは、みんながここにいない聡介を犯人と決めつけているからだろう。

「おっ、琴子さん、このビール、大丈夫か？　毒入ってないだろうな？」

仁美が驚いて再び広間を覗き見ると、すでに顔を赤らめたこやぎ庵の店主が、琴子に酌をさせていた。笑えない冗談を聞き流し、琴子はいつもどおり穏やかな笑みを浮かべている。

「そんなところでなにしてるんだ？　入れよ」

振り返ると、車いすを押しながら近づいてくる守がいた。車いすに乗っているのが元会長だと気づくのに時間がかかった。わずか数日で彼は何年分も老け込んでしまったように見える。それだけ麗奈の死が元会長の心と体にダメージを与えたのだ。

「ほら、車いす通れないから先に入れって」

守に追い立てられるようにして、仁美と涼音が大広間に上がると、座敷は水を打ったように静まり返った。

「みんな、このふたりも麗奈の弔問に来てくれた」

「……守君よ、仁美はともかく、麗奈ちゃんの通夜の席に、なんだってそんなヤツを？」

こやぎ庵の店主が涼音を指差しながら立ち上がると、また彼に同調する声が上がる。

「聡介じゃなくて、こいつが犯人って可能性もあるんじゃねぇのか」

「母親が母親だもんな。やってても全然おかしくな……」

「涼音はやってない！」　反射的に上げた仁美の声が、彼らの言葉を断ち切る。

「つばさを助けてくれたのは涼音だよ。それに涼音がいつジュースの瓶に毒物を入れられたって言うの？」

力強い拍手が響き、驚いて目をやると、手を叩いているのは守だった。

「いいね、仁美。だったら検証してくれないか？　いったい誰なら毒物を混入できたのか」

「私が？」

「適任だろ、あのテントにいた仁美なら」

仁美の返事を待たず、守は皿を運んでいた琴子と佐久間を呼び、前に出てこさせた。

「これじゃまだ役者が足りないか。おい、連れて来い」

襖が開き、自警団の男に連れてこられたのは怯えた目をした聡介だった。

「警察の事情聴取の後、拉致ってきました」

自慢気に話す男を睨み、余計なことを言うなと叱ってから、守は仁美を見た。

「じゃあ、仁美、みんなの前で真実を明らかにしてくれ」

「そんなの無理だよ、守君。誰がやったかなんて、私には……」

「とにかくやってみてよ。誰が犯人か暴くことが、麗奈の一番の供養になる。だろ？」

守はなぜ自分を指名するのかと訝しみながらも、押し切られて仕方なく、仁美は琴子に向き直る。

「琴子さん、毒物が入っていた酵素ジュースの瓶に直接触る機会があったのは、誰？」

警察の捜査で、農薬が混入されていたのは酵素ジュースの瓶だけであったことが判明していた。麗奈が自分用だと言って持ってきた高価なものだが、演舞の成功で気を良くしたのか、飲みたいと希望する子たちの紙コップにも注いでやっていたらしい。

「ジュースを持ってきた麗奈ちゃんと武蔵君。あとは私の知る限り、聡介さんと私だけよ」

あのジュースが届けられたのち、仁美はおわんや紙コップを取りに家に戻ってテントを離れた時間があったが、その間もジュースに近づいた人間はいなかったという。

「どうして聡介君が、ステージのそばのテーブルまでジュースを運ぶことになったの？」

琴子は演舞が終わる前に運んであげようと、冷やしたブラッドオレンジジュースと酵素ジュースを一本ずつ、紙コップと一緒に肩掛けバッグに入れ、用意していたのだという。

「そこへ聡介さんが来て、言ったの。『自分が運びます』って。仁美さんがお手洗いに行ってて、まだけんちん汁があるのにテントには私しかいなかったから、聡介さんに託してしまって」

「う、う、う、嘘だ……。ぼ、僕はそんなこと言ってない」

「でも、聡介君はジュースを運んだんだよね。なんで？」

そう尋ねた仁美から目を逸らし、聡介は身体を震わせながら、答える。

「そ、それは……、は、運んでって、た、頼まれたから。こ、こ、こ、琴子さんに」

「聡介さん、お願いだから、嘘つかないで。もしかして、誰かに頼まれてやったの？」

「ち、ち、ち、違う」

「いや、やったのはおまえしか考えられない。聡介、なんのために毒を入れた？」

「十年前みたいに祭りの音楽がうるさくてキレたのか？」

大勢の住民たちに責め立てられ、遠目でもわかるほど、聡介の身体の震えが大きくなる。

「みんな、静かにして！　聡介君、運ぶ途中で、ジュースの蓋を開けた？」

仁美の問いかけに、聡介はぶるぶると首を横に振る。演舞に出た中高生たちは、ボトルのスクリューキャップは二本とも一度開けて閉められた状態だったと言っていた。

「それ、聡介君が開けたんじゃないのね？」

「あ、あ、あ、あ、あ、開けてない」

「開けたのは私です」と、仁美の質問に琴子が答えた。「私が開けて、両方とも一口だけ飲みました。麗奈さんに飲んでいいって言われてたし、一度だけお手洗いに行ってジュースの前を離れたから、万が一のことがあってはいけないと思って毒見のつもりで。だから聡介さんに渡す前、毒が入っていなかったことは確かです」

琴子の対応に称賛の声が上がったが、それを聞いた当の琴子は顔を曇らせる。

「麗奈ちゃんを死なせたのは、私です」

そこにいた全員が、驚いて琴子に視線を向けた。細い肩が小刻みに震え、うつむいた琴子の瞳から涙がこぼれ落ちる。

「だって……、私がジュースを自分の手で運んでいれば、こんなことには……。聡介さんが私たちのテントをずっとチラチラ見ていたことに気づいていたのに、同じお祭りのボランティアスタッフだし、まさか毒を入れるなんて思わなくて……」

「琴子さん、それは仕方ないよ。自分を責めないで」

住民たちに口々に励まされ、琴子は両手で顔を覆い、嗚咽をもらす。

「悪いのは農薬入れたヤツだよ。聡介、あんた、なんでそんなひどいことできたんだい？」

「中高生を道づれに、自殺しようとでも思ったのかよ？」

いきり立つ住民たちに怯え、聡介はただオドオドと目を泳がせている。

「ちょっと待って。琴子さんだって、聡介君がジュースの瓶に農薬を入れるところを見たわけじゃないんでしょ？」

「ええ。ごめんなさい、仁美さん。私、そのあとすぐに後片付けを始めてしまったから」

「でも、みんなが演舞を観ている間なら、公園の茂みとかでジュースに農薬入れることはいくらでもできたろうよ。こいつは十年前だって、ネットで農薬を買ってたんだから」

こやぎ庵の店主の言葉にうなずき、隣にいた佐久間が「仁美」と呼びかけてくる。

「あの日、この子がずっと不気味な目でうちらのテントを見ていたのは事実じゃないか。本当はけんちん汁に毒を入れたかったのかも。もしそうなら、殺されてたのは、うちらだったよ」

佐久間の一言で恐怖を覚えたのか、人々はさらに声高に聡介を責め立てる。

耳を押さえ、叫び出しそうな聡介に、仁美はできるだけ優しい声で話しかけた。

「聡介君、あのお祭りの日、どうしてけんちん汁とジュースのテントを気にしてたの？」

「それは……お、お金、貸してほしかったから」

「誰に？」

聡介が震える指で琴子を差すと、「なんで琴子がおまえに金貸さなきゃいけないんだよ」とまたこやぎ庵の店主が騒ぎ出す。

「ぼ、僕が見たこと、黙ってる代わりに、お金を……」

「見たってなにを見たんだよ？　どうせくだらねぇことだろ」

「それ、犯罪だぞ。おまえ、東大出てんのにそんなこともわからないのかよ？」

「ちょっと待って」と、仁美はこやぎ庵のおじさんたちを手で制する。

「聡介君、けんちん汁の下準備の日、うちの前で私に、黙っている代わりにお金を貸してくれる？　って、そう伝えてって言ったの、あれ、うちのお父さんにじゃなくて、琴子さんにってことだったの？」

うなずく聡介は、なにを今さらときょとんと目を丸くしている。聡介の目には、琴子と自分がそんなに親しい間柄に見えていたのか。

「仁美、どういうことだ？」と守に問いかけられたが、こっちが訊きたい。回転の悪い頭を必死に働かせて整理し、仁美は聡介に向き直る。

「え……、じゃあ、十年前のお祭りの日、聡介君が自分の部屋の窓から見た、おしるこの鍋になにか入れた人って……？」

「なんだよ、聡介、おまえ、景浦エリカが農薬入れるところを目撃してんのか？　なんでそれ、早く言わないんだよ」

「あ……、でも、違う。瓶から液体を入れたのは、あの人じゃない」

守に睨まれ、聡介は「忘れてて……、でも、思い出して」としどろもどろに答える。

「はぁ？　なに言ってんだ、聡介？　じゃあ、誰がやったって言うんだよ？」

「十年も忘れてたことを急に思い出したってか？　そんな与太話信じられるか」

「いや、おもしれぇ。拝聴しようじゃねぇか。いったい誰がしるこの鍋に農薬を入れたんだ？」

言っていいのかと目で聡介に訊かれ、仁美はうなずく。

「それは……、りゅ、流星君。お、音無流星君」

一瞬、しーんと静まり返った座敷が、次の瞬間には、聡介を非難する声であふれる。

「おまえ、死んだ人間に罪を被せる気か⁉」

「琴子の息子は被害者だぞ。犯人に崖から突き落とされたのに、そんな子を犯人て……」

それまで黙って事の成り行きを見守っていた琴子もこぶしを震わせ、聡介を睨みつけた。

「聡介さん、私はなにを言われてもかまわない。でも、流星が侮辱されるのだけは許せません。うちにはパラコートなんてなかった。それは警察の家宅捜索で証明されています。十年前も、そして、今も」

「そうだ、聡介、琴子さんと流星に謝れ！」

「自分がしたことをごまかすために、死んだ人間に濡れ衣を着せるなんて最低だぞ！」

聡介を咎める声がひときわ大きくなる中、誰かが投げた寿司が聡介の顔に当たった。

「ちょっと、やめて！　大丈夫、聡介君⁉」

仁美は叫び、駆け寄ったが、それでも騒ぎは収まらず、守が声を張り上げる。

「みんな、ちょっと落ち着いて頭を冷やせ。仁美、犯人は聡介ってことでいいのか？」

「そんな乱暴な。私がトイレに行ってる間、琴子さんはひとりでテントにいたし、私と佐久間のおばちゃんだって犯人になり得る。あのテントは広いから、それぞれがけんちん汁とジュースの見張りに集中してたら、バレずに混入できたはずだよ」

「みんな、今の聞いたか？　仁美は自分がバレずに毒をジュースに入れることができたと認めた。……で、おまえが麗奈を殺したのか？」

仁美は驚いて守を振り仰ぐ。その冷徹な目は冗談を言っているようには見えない。

「守君、仁美がそんなことするわけないよ」

仁美を助けようと声を上げた佐久間に、守は不敵な笑みを浮かべた。

「あの祭りの日、仁美がエプロンのポケットにパラコート入りの小瓶を忍ばせていてもか」

驚きとどよめきが、座敷中に広がっていく。

「本当か、守君？　聡介じゃなく、仁美が農薬を？」

こやぎ庵の店主の声に応え、守はとうとうと語り始めた。

あの日、仁美とつばさを病院へ送った部下の車の後部座席の床から、警察がパラコートの入った小瓶を見つけた、と。落としたのは、娘の嘔吐物で汚れたエプロンを車内で脱いだ仁美しか考えられないと守が告げると、人々の視線が針のように仁美に刺さった。

「……違う。持っていたのは認めるけど、ジュースに入れたりしてない」

「そんな話信じられるわけないだろ。毒殺事件の現場に毒を持った人間がいれば、そいつが犯人なんだよ。涼音はやってない？　そうかもな。やったのは涼音じゃなくて、仁美、おまえだもんな。エリカを助けてくれって、涼音に頼まれて、事件を起こしたのか？」

　このために、守は仁美を指名し、毒物を混入できたと言わせたのか……。

「違うよ、そんなことしてない。だって、農薬の入った小瓶をなくしたから捜してほしいって、あの日病院で、警察に頼んだのは私だもん。誰かが誤飲したら取り返しがつかないから」

　守は眉を寄せ、訝しげな面持ちを仁美に向ける。

「それにね、守君、そのパラコートの入った小瓶は、毒しるこ事件のあと『これを飲んでつぐなえ』って父がある人から渡されたものなの。そのある人ってね……、音無のおばあちゃんだよ」

　琴子が一瞬だけ、驚きに目を見開いた。

「つまり、音無の家には、パラコートがあったんだよ。十年前もそして、今も。家宅捜索で見つからなかったのは、家以外の場所に隠していたからじゃないかな。たとえば、裏山とか」

「ちょっと待て、仁美、おまえは自分でも聡介でもなく、琴子が犯人だって言うのか？」

「……わからない。でも、琴子さんならジュースに毒を混入できた」

「なんで琴子が？　琴子に麗奈を殺す動機なんてないだろ」

　守に言われ、「動機……」と仁美は口の中でつぶやく。

「聡介君が言うように、十年前、おしるこの鍋に農薬を入れたのが流星君だとしたら……」

「仁美さん、あんな人の言うことを信じるの？　流星がそんなことするわけないでしょ」

「でも、琴子さん、実際に十年前、音無のおばあちゃんがエリカちゃんをテントの外に突き飛ばしてつかみ合いになり、みんなで必死に止めたよね。あのときなら、流星君は鍋に農薬を入れられたかもしれない」

「仁美」と、守がうんざりしたような声を出す。「だからそれも、動機がないだろ。流星がなんのために鍋に農薬入れるんだよ。被害にあったのはあいつと仲の良かったかすみと麗奈だぞ」

「守君、知ってた？　毒しるこ事件の少し前から麗奈ちゃんは流星君に無視されてたって」

「え……？　なんでだよ？」

「私もわからないけど、イワオの事件と関係があるんじゃないかと思う。麗奈ちゃんを助けようとして流星君のお父さんが崖から転落して亡くなったとき、どうしてイワオは逮捕されなかったの？　イワオが突き落としたって、麗奈ちゃんが言ったのに」

「仁美、そんな昔の話、今、関係ないだろ」

「そうよ、いい加減にして」と琴子も声を荒らげる。「あなたの思い込みで流星を貶めないで。聡介さんの目撃情報なんてあてにならない。他にはなんの証拠もないんでしょ」

「証拠も動機もないのに犯人にされたんじゃ、流星も浮かばれないぞ」

「エリカちゃんは証拠なんてないのに、死刑を宣告されてる」

「あいつには動機があるだろ。金に困って子供に保険金かけて毒殺したっていう明らかな動機が」

「エリカちゃんはやってない」

「そういえば、おまえ、つばさを病院に運ぶ前、毒しるこ事件の犯人は自分の母親だって言ってたよな」

「そ、それは……」

「さっき、聡介に言ったことも引っかかってたんだ。もしかしておまえ、母親が毒を入れるところを聡介に目撃されて、その口止め料を要求されるとでも思ってたのか？」

　なにも答えない仁美にそこにいる全員の視線が突き刺さる。嘘をつきたくなくてうなずくと、低い悲鳴のようなどよめきが起きた。

「でも、聡介君が見たのはママじゃなかった。それは、流星君で……」

「聡介の言うことなんて信用できるかよ！」

誰かの叫び声に同調し、次々と非難の声が上がる。

「確かに千草さんには景浦エリカを殺したい動機があるよな。仁先生を寝取られてたんだから」

「この子の家にはパラコートがあったしね」

「仁美がつくったけんちん汁食べちゃったけど、なにか入ってたんじゃないの？」

「実際に祭りの会場に農薬持ち込んでたこいつが、やっぱり麗奈を殺したに違いねぇ」

反論したいのに恐怖で口も身体も動かない。自分と両親を責め苛む言葉が大きなうねりとなって襲いかかってくる。のみ込まれ息苦しさにあえぎながら、仁美は監獄実験でその役割にふさわしい行動をとるのは看守だけではなかったことを思い出す。囚人もまた、囚人として扱われるうち自尊心が低下し、自ら囚人らしく振る舞うようになってしまう、と。

混乱と苦痛で身体を折り、泣きだしてしまいそうになったそのとき、背後で襖が開いた。

「いつまで同じことを繰り返せば気が済むんですか」

その声で呪縛が解けたように、仁美は顔を上げる。

現れた修一郎の一言で、座敷は潮が引くように静まった。

「いつも偉そうだな、修一郎。仁美が麗奈を殺してたら、おまえだって同罪なのに」

守の言葉に修一郎はシニカルな笑みを浮かべ、「家族は連帯責任で村八分？」と応じる。

「だったら、守君もじゃないかな」

「は？　なんの話だ？」

「麗奈ちゃんを殺したのは、守君でもあるんじゃないかと思って」

「てめぇ、麗奈の葬儀の席でふざけたこと言ってんじゃねぇぞ」

守に詰め寄られ、襟首をつかまれたが、修一郎は表情を変えず、背後を振り返った。

「来て」

呼ばれて姿を見せたのは、武蔵だった。

「武蔵、お前、よくも……」

それまで魂が抜けたようになんの反応も示さなかった元会長が、武蔵を見た瞬間、つかみかかろうとして立ち上がる。

「毒も飲んでないくせにゲロゲロ吐きやがって。そばにいたおまえが麗奈を助けていれば」

顔を真っ赤にして叫ぶ元会長を守が制し、武蔵はそんな彼に深々と頭を下げた。

「すみません。俺も自分が情けなくて、死んで麗奈に詫びたいって思ってました。でも、修一郎君に、過去の過ちを正していれば、麗奈は死なずに済んだって言われて、せめて少しでも麗奈を楽にしてやりたいって思って……」

武蔵の言葉を引き取り、修一郎が口を開く。

「毒しるこ事件の根っこにあるのは幼い麗奈ちゃんがついた嘘です。そして、今回の事件の根も、同じくそこにあるんだと思う。麗奈ちゃんの嘘が結果的に流星君を死なせてしまったから」

修一郎にポンと肩を叩かれ、ひとつ大きく、うなずいてから、武蔵は話し始める。

十四年前のあの夜、イワオが夜鬼山で時を過ごしたかったのは麗奈ではなく、流星だった、と。

天体観測が好きで意気投合したふたりは、鬼の踊り場で星を観る約束をしていた。

流星に思いを寄せていた麗奈はそれを知り、自分も星が観たいと強引にイワオについていったのだ。

麗奈とイワオは星がきれいに見える崖の上で流星を待ったが、彼は現れなかった。流星は体調を崩し、寝込んでしまっていたらしい。

しばらくして、町が騒がしくなったと思ったら、背後から流星の父、音無英雄が現れ、声をかけてきた。君がしていることは未成年者略取という犯罪だから、今すぐ麗奈を家に返せ、と。

孫娘がイワオにさらわれたと思い込んだ会長が人を集めてふたりを捜していると聞き、麗奈はまずいことになったと思った。小学二年生の自分が、夜中に黙って家を抜け出したとバレたら、ひどく叱られるに違いない。

イワオが立ち上がったのはさらってなどいないと弁解するためだと思うが、動揺したのか言葉が上手く出ず、大男に詰め寄られる格好になった英雄は恐怖を感じ、後ずさった。急いで山を下りようと麗奈の腕をつかんだものの、叱られたくない麗奈はパニックになり、反射的にその手を振り払ってしまう。英雄は療養明けだったことも災いしたのかバランスを崩し、前日の雨でぬかるんでいた土に足を滑らせ、崖から転落してしまった。

「駆け付けた捜索隊にイワオが突き落としたのかと尋ねられ、麗奈が否定しなかったから、イワオは殺人事件の容疑者として取り調べを受けることに……」

武蔵の話に、住民たちがざわつき始める。

「え？　イワオは琴子さんのご主人を殺してなかったの？」

「麗奈をさらってないなら、なにひとつ悪いことしてねぇってことかよ」

「守君よ、どういうことだ？　武蔵の言ってることは本当なのか？」

こやぎ庵の店主の問いかけに、守は首を横に振る。

「いや、こいつは麗奈が死んだショックで、少しおかしくなってるんだ」

その言葉に顔を歪め、武蔵は大きな体で守に詰め寄る。

「守さんこそ、麗奈の通夜の席でそんな嘘つかないでください。麗奈は怖くなって、すぐ守さんたちにすべて打ち明けたんですよね」

「嘘だろ、守君たちもそれ知ってたのか？　あんたも元会長も、イワオは子供の敵だとか、この町から追い出そうとかさんざん俺らを煽ったじゃねぇか」

「こやぎ庵さん、麗奈は間違いなくイワオにさらわれたんだ。あのままじゃ、イワオのせいで第二、第三の被害者が出ていたはず……」

「守さん！」と、武蔵が泣きそうな顔で彼の話を遮る。

「麗奈、この間酔って言ってました。イワオが自殺したとき、自分のせいだってすごく怖くなったって。でも、家族に相談したら鼻で笑われ、『イワオは虫けら以下なんだから、気にするな』って言われたって」

「おい、武蔵、いい加減にしろよ。おまえの言うとおり、イワオは自殺したんだ。それこそが犯罪者だって証拠じゃないか。無実の人間が焼身自殺なんかするわけないんだから！」

「そうかな？」と、仁美の口から疑念がこぼれた。「彼が自殺したのは犯罪者だったからじゃなくて、この町の人たちに追い詰められたからじゃない？　さっきの聡介君や私みたいに」

　そして、イワオの小屋の前で別人のように怯えていたエリカみたいに。

　仁美の言葉に、たくさんの視線が聡介に向けられた。いまだ体を震わせ、怯えた目をオドオドと泳がせているその憐れな姿から、人々は慌てて目を逸らす。

　仁美に反論する者はなく、座敷は静まり返った。

「武蔵」　仁美の呼びかけに、彼は顔を上げる。

「流星君はイワオの自殺をどう受け止めていたんだろう？」

「最初は流星も麗奈の言うことを信じて、仲が良かったイワオに父親を殺されてショックを受けていたんだと思う。でもあの十年前の祭りの少し前……」

　星を観に行こうと流星を誘ったが断わられ、イワオとは約束したのにどうして？　と、麗奈は口を滑らせたらしい。なぜその約束を知っているのか流星に問い詰められ、イワオにいたずら目的でさらわれたというのは麗奈の嘘だと、バレてしまった。

「さらってないなら、イワオ君が父さんを崖から突き落とす必要もないよね？　それも、嘘だったの？　イワオ君は父さんを殺してないの？」

　流星の詰問に首を振りはしたが、麗奈の態度で流星は察したのだろうと武蔵は言う。

「それ以降、流星は麗奈を無視し、口を利かなくなった。流星は自分のせいでイワオが自殺したと思ったんじゃないかな。イワオのたったひとりの友達だったのに、あいつの言うことを信じてやらなかったから」

「それで流星君はおしるこに農薬を入れた。一番に並んで食べると宣言していた麗奈ちゃんを狙って、イワオの復讐を果たそうとしたんだね」

「いい加減にして！」と、琴子が叫ぶ。「流星は被害者なの。誰かに殺害されたのよ！」

「そう思っていたから、わからなかったんです」と、修一郎が琴子を見つめる。

「音無のばあちゃんが崖から突き落とされ、放火で博士が亡くなり、痛ましい事件が続いたから、流星君も同じ犯人に殺されたと考えてしまった」

「修一郎さん、そのとおりよ。流星はその犯人に殺されたんだわ」

「琴子さんは知ってるはずですよね、流星君が誰に殺されたのか。それは……、流星君本人でしょう？　麗奈ちゃんを殺そうと自分がおしるこに入れた農薬のせいで、関係ない人を四人も死なせてしまったから」

「修一郎、流星は自殺したってことか？」

「小学生の男の子が？」

「でも、こうやって説明されると、ありえない話じゃないよな」

「違う、違う、違う！」と琴子が叫ぶ。

「じゃあ、あなたたちは義母を崖から突き落としたのも、博岡さんの家に火を放って殺害したのも流星だって言うの？　あの子はそんなこと絶対にしてな……」

「それをやったのは、俺です」

　武蔵の突然の告白が、琴子の訴えをぶつっと断ち切る。

「武蔵、いい加減にしろ！」　黙らせようと声を上げた守をじっと見つめ、武蔵は静かに口を開く。

「守さん、俺、黙ってるのもうつらいんすよ。修一郎君が言うように、これ以上誰にも死んでほしくない。だから……」

　守から住人たちに向き直り、武蔵は告白する。

「崖の上で音無のばあちゃんの背中を押したのも、誰もいないと思って博士の家に放火したのも自分です。本当に申し訳ないことをしました。俺、自首して罪をつぐないます。でも……、流星を崖から突き落としたのは、俺じゃない」

「守君」と、修一郎が呼びかける。

「ここに来る前、武蔵からすべてを聞かせてもらったけど、これ、武蔵だけが背負う罪じゃないよね」

「は？　俺はなにも知らないし、関係ない。本人がやったっていうなら、武蔵の責任だろ」

「本当にそう言える？　『音無のばあちゃんさえいなくなれば、この町は良くなる』『帰る家を失えば、町に害する博士一家がここから消えるかもしれない』。心酔していた守君から繰り返し繰り返しそう聞かされれば、当時、まだ十三歳だった武蔵がどう突っ走るか、わかるはずでしょ？　わかっててやらせたなら、殺人教唆になるんじゃない？」

　唇を噛み、うつむく守を見つめながら、こやぎ庵の店主がつぶやいた。

「どうなっちまってるんだ、この町は。ん？　じゃあ、麗奈を殺したのはやっぱり……」

こやぎ庵だけでなく、たくさんの視線が琴子に集まったが、彼女はなんの反応も示さない。なのに目の奥で笑っている気がして、仁美は彼女に話しかける。

「琴子さん、言ってたよね。お祭りの前の晩、流星君が夢枕に立って、なにかを訴えるような目で自分を見てたって」

「そうか！」とこやぎ庵の店主が膝を打った。「十年前、流星は麗奈に復讐したくてしるこに毒を入れたのに、殺すことができなかった。それで母親の琴子が息子の代わりに……」

反論も肯定もせず、目の奥で笑っているような琴子に気味悪さを覚えたのか、彼の言葉は尻すぼみになった。

「琴子さん、知ってたんでしょう？　おしるこに農薬を入れたのは流星君だって」

緊張の糸が切れたのか、琴子は仁美の問いかけにもなにも答えない。ほんの少しこちらに顔を向けただけだ。それでも、言わずにはいられなかった。

「罪を犯していないエリカちゃんが日本中から叩かれるのを、どんな気持ちで見ていたの？　十年もの間、エリカちゃんは自由を奪われてるのに、なんとも思わなかったの？」

琴子は相変わらず目の奥で笑っている。激情は仁美の中だけにあって、琴子には届かない。彼女の心をそよとも揺らすことができない。誰かが、エリカのことを恨んでいたんだろうとヒソヒソ話す声が聞こえてくる。確かに琴子の夫は献身的に闘病生活を支えてくれた妻を裏切ってエリカに熱を上げ、彼女もそれを受け入れてしまった。それに気づいていたのなら、夫の死の遠因となったエリカが死刑になっても自業自得と思えたのかもしれない。でも……。

「エリカちゃんだけじゃない。琴子さん、涼音がこの十年、どんな思いで生きてきたか、考えたことある？」

「仁美ちゃん、いいから」

涼音に止められたが言わずにはいられず、仁美は涼音がどれほどひどい目に遭ってきたか琴子にぶつけるように話した。

しばらくすると、すすり泣く声が空気を震わせたが、琴子は表情を変えていない。

涼音の苦難に満ちた十年も、彼女の気持ちを震わせることはできなかったようだ。

なにが琴子を歪めてしまったのだろう。この町で夫を失い、一人息子を失い、義母を看取り、想像を絶するつらい経験や後悔が、少しずつ彼女を蝕んでいったのか——。

琴子には響かなかったが、心打たれた人は少なくなかったようで、あちこちから聞こえるすすり泣きが大きくなっていく。意外なことに、そのうちのひとりは、こやぎ庵の店主だった。すすり泣きというより、嗚咽を漏らしながら、彼は琴子に食ってかかった。

「あんた、今の話聞いても、なんも感じねぇのかよ。しれっとしやがって、全部、あんたが引き起こしたことなんだぞ。息子がしるこに農薬入れたの、気づいてたんだろ？　なんでそこで正直に話して、詫びなかったんだ？　あんた、間違えたんだよ。そこでちゃんと認めて謝罪してりゃ、流星だって自殺なんかしないで済んだはずだ。よく十年も、黙ったまま平気でいられたな。エリカと涼音にどうやってつぐなうつもりだ？　全部あんたのせいなんだから、とにかくここにいる涼音にだけでも、まずは土下座して詫びろよ！」

こやぎ庵の店主の怒りは伝染していき、琴子を非難する声があちこちから上がる。

「こんな怖い人がすぐそばにいたなんて信じられない。どういう神経してんの？」

「おとなしそうな顔して、とんでもない悪魔じゃないか」

「自分が子育てに失敗してんのに、責任をすべてエリカに押し付けて、よく平然と暮らせたもんだ」

「流星が悪いんじゃないよ。こんな母親に育てられたあの子が気の毒でしょうがない」

「おい、涼音もなんか言ってやれよ。おまえが一番言う権利があるんだから。こいつの息子に家族殺されてる修一郎と仁美もだ。この鬼畜女に言いたいこと、ぶちまけてやれ！」

仁美が大きく息を吸うと、誰もが固唾をのんで、その言葉を待つ。だが仁美は琴子ではなく、そんなこの町の住人を見回し、叫んだ。

「もうやめよう！」

「は？　なんだよ、それ、仁美？」

「みんなにお願いしてるの。こういうの、もうやめよう」

視界の隅に映った琴子の顔。その目の奥から笑いが消え、驚きの表情が立ち現れてくる。

「琴子さん？」

仁美が声をかけると、それは一瞬で消え、くっくっと地を這うような低い声に変わった。

「なに笑ってんだよ？　おまえのせいでエリカと涼音は……」

「私のせい？」　琴子はこやぎ庵の言葉を遮り、続けた。「それ、本当に私のせいかしら？」

笑いながらもどこか苦しそうな琴子に気圧され、こやぎ庵の店主は押し黙る。

「私はエリカさんが犯人だなんてただの一度も言ってない。そう決めつけて騒ぎ立て、彼女を犯人に仕立て上げたのは、あなたたちじゃないの」

琴子に睥睨《へいげい》され、彼女を非難していた住民たちも気まずそうに床に目を落とす。

ああ、この人は、利用したんだ。この町の人たちの同調圧力を。

「ルシファー・エフェクト」

仁美の口から言葉がこぼれ落ちた。

この環境が、琴子を悪魔にしたのか――？

「あら、仁美さん、よく覚えていたわね。偉いわ。ご褒美にさっきの質問に答えてあげる。知ってたわ、最初から。『かすみちゃんたちを殺してしまった』って、流星が号泣したから」

かすみに害が及ばないよう祭りに来るなと言ったのにと、流星は泣き続けたという。

「……琴子さん、だったらどうして本当のことを話してくれなかったの？」

「話すつもりだった。最初の集会には話して土下座するつもりで臨んだ。でも、疑われたのは流星ではなく、なにも悪いことなどしていない義母だった。怖かったわ」

琴子は遠い目をして続ける。

「流星は償っても償いきれないことをした。でもこんなふうにみんなに責められたら、繊細なあの子は壊れてしまう。そもそも麗奈ちゃんがあんな嘘をつかなければ、流星はおしるこに農薬なんて入れなかった。彼女が憎かった。でも、二回目の集会へ行ったとき、悪いのは麗奈ちゃんだけじゃないって気づいた」

あれはまるで、監獄実験で、義母と私は囚人だった――。

「みんなが私たちを犯人と決めつけ、責めた。必死に言い返したけど、私、死んでつぐなわなければって気持ちにさせられてた。さっき、イワオさんが無実だったたって聞いて思った。ああ、彼もこういう気持ちだったんだ。だから罪を犯していないのに灯油をかぶり、焼身自殺したんだ。彼を殺したのは、あのとき彼を責めたこの町の全員だって」

「イワオの事件がなければ、流星君は毒しるこ事件を起こさなかった。だから、真実を隠し、みんなが暴走するのを眺めていたの？」

「すごいなと思ったわ。義母の次は博岡さん一家、そして、エリカさん。看守たちは囚人と決めた人たちを次々に追い詰め、囚人たちは罪を犯してもないのに追い詰められていく。これでいいんだと思ってた。でも十年ぶりのお祭りに麗奈ちゃんが来た。この子のせいで流星は死んでしまったのに、諸悪の根源がのうのうと、楽しそうに生きているのはおかしいって気持ちが揺れた。そんなとき、流星が夢に出てきてなにかを訴えるように私を見た。それで心を決めたの。流星の心残りを私が晴らそうって」

「琴子さん、それ、違うと思う」

「仁美さん、そんなお説教は聞きたくない。私は流星のために……」

「流星君も琴子さんのために夢枕に立ったんじゃないの？　流星君、おしるこに農薬を入れたこと、泣いて後悔してたんでしょ。だったら流星君が、琴子さんに訴えたかったのは、自分が犯した過ちを繰り返さないでってことだったんじゃないの？」

　琴子の顔からすっと感情が抜け落ちた。そして、その目が宙を彷徨う。夢の中で見た流星の面影を捜し求めるように。どこかにそれを見つけたのか、ふいに彼女はきゅっと拳を握り締め、細い肩を小刻みに揺らした。込み上げるものを堪えているように見えたが、琴子は涙をこぼすことなく顔を上げる。

「仁美さん……」

　消え入りそうな声を、琴子は絞り出す。

「もっと早くに気づけていたら……、私は流星を喪わずに済んだのかもしれない」

「気づけていたらって、なにに……？」

「周りの全員が看守になろうとも、看守にならずにいてくれる人が、この町にもいたってことに……」

　そうつぶやく琴子の瞳から、はじめて涙がこぼれ落ちた。

エピローグ

「これ、私が上っても折れないかな？」

恐る恐る、仁美は梯子段に足をかける。ここに来るのは十年ぶりだ。取り壊された景浦家の敷地にポツンと残されたツリーハウス。そこで仁美を待っていたのは——。

「大丈夫だよ、仁美ちゃん。この間、おじいちゃんが補修してくれたから」

相変わらず表情は薄いが、それでも涼音の顔は前に会ったときより数段明るくなっている。

気持ちいい風が細い枝を揺らし、吹き抜けていく。

「やっぱり落ち着くね、ここ。エリカちゃんの再審は、まだ？」

「うん。でも、弁護士の先生方が頑張ってくれてるし、マスコミも騒いでるから」

「エリカちゃんに土下座して謝りたいけど、会ってもらえるかな」

「忘れっぽいから、『仁美〜！』って抱きついてくるかも」

エリカにそうしてもらえたら、どんなにいいだろう。そして、十年分の償いをさせてもらえたら。

「琴子さん、自白したね」

「うん。裏山の彼女が言った場所から、パラコートも発見された」

「仁美ちゃんと修一郎君がいなければ、母は冤罪で死刑になっていたかも」

「涼音、エリカちゃんが帰ってきたら、これまで我慢してたこと、全部やって。私、もう嫉妬とかしないから」

「嫉妬？　仁美ちゃんが、私に？」

「しまくってたけど、涼音と修一郎がよりを戻すのは仕方ないことだとも思ってる。だってエリカちゃんが逮捕されなければ、ふたりは付き合って、結婚していたはずだから」

黙り込む涼音の、感情をさらに削ぎ落したような顔が、仁美を不安にさせる。

「仁美ちゃんは……」

身体を固くする仁美に、涼音は言った。

「……バカなの？」

「え……？　ちょっと待って、なに、それ？　涼音、修一郎かと思った」

「だって、修一郎君の真似したもん」

「えっ？　今の物真似だったの？」

「仁美ちゃん」と軽く睨み、涼音は続ける。「修一郎君、電話で話したとき、言ってたよ。『仁美といると、落ち着く。ホッとするんだ』って」

「……修一郎が？」

「それって、修一郎君は仁美ちゃんを選んで結婚して、今も幸せってことじゃないの？　しっかりしてよ、あんなかわいい子まで授かったのに」

「涼音……は、それでいいの？」

「いいもなにも……。正直、この十年、つらいときにそばにいてくれたらなって考えたのは、修一郎君じゃなくて、……仁美ちゃんだった。仁美ちゃんは小さいときからずっと、いつも私を助けてくれるヒーローだったから」

「涼音……」

いったいどこで間違って、こんなに大切なものを失いかけたんだろう。

たぶん、私は……、私たちは、これからも嫌というほど間違えるに違いない。でも、そのときは、これまでみたいに周りに流されず、立ち止まって自分の頭で考えよう。大切なものをこの手で守れるように。

「パパー、見てー！　おうちがお空飛んでる！」

「あ、来た、来た。こっちだよー」

　窓から身を乗り出し、手を振る仁美の胸もとを、涼音が指差す。

「仁美ちゃん、それ……、持ってたの？」

「ああ、これ？　鎖はなくしちゃったけどね」

　揺れるネックレスのハート型のヘッドをつかみ、仁美はあの夜を思い出す。

　鎖を引きちぎり、壁に投げつけたこのネックレスを何度も捨てようと思った。でも、そのたび、捨てられずに思い留まったのは、母がくれた形見というだけでなく、特別ななにかを感じていたからだろう。

　涼音も仁美の母からもらったペアネックレスのかたわれを襟もとから引っ張り出す。

「仁美ちゃんの、ちょっとだけ貸して」

　言われるまま、外して涼音に渡した。

「『つばさ』っていうんだね、お嬢さんの名前」

「私がつけたんじゃないよ。お義母さんのリクエストだから」

「本当？　そっちのほうがすごくない？　お義母さん、これ知らないんでしょ？」

「もちろん」

「ねぇ、これ、見せてあげようよ、つばさちゃんに」

「ダメダメ、こんなの見せたら、絶対欲しがって取られちゃう」

　でも、いつか見せてあげたい。今、涼音の手の中で、ふたつのハートがつなぎ合わされ、天使の翼になった。亡き母の想いを乗せた翼が、陽の光を受けキラキラと輝いている。

「ママー、だあれ？」

　下まで来たつばさが、涼音を指差す。

「涼音ちゃん。ママとパパの大切なお友達で、つばさの命の恩人だよ」

「いのちのおん……って、なぁに？」

「つばさを助けてくれたヒーローってこと」

「つぅちゃんのヒーロー⁉　悪者えいっ！　ってやっつける？」

「そう。涼音ちゃんは誰よりも強いスーパーヒーローなんだよ」

「嘘よ」と、慌てた涼音が、胸の前で手を振る。

「つばさちゃんのママのほうがずっと強いんだから。ママが私のヒーローなのよ」

「えーっ、じゃあ、つぅちゃんもヒーローになる！」

「じゃあ、つばさちゃんはママのヒーローになって、ママのこと守ってあげてくれる？」

　涼音に尋ねられ、少し照れてもじもじしたあと、つばさは「うん！」と満面の笑顔を見せた。

「よーし、じゃあ、ヒーローつばさも、空飛ぶおうちに上るか？」

　修一郎に抱き上げられ、小さな足をはしご段にかけたつばさが不安そうに仁美を見上げる。

「ママー、怖くない？」

「あれ？　つばさ、ママのヒーローになってくれるんじゃなかったの？　ヒーローなのに、怖がりさん？」

　みんなが笑い、つばさは唇を尖らせる。

「つぅちゃん、怖くないもん」

「えー、怖くないの？　ママは怖いけどな」

「えっ？　怖いの？」

驚くつばさに、早く上っておいでと仁美は微笑み、手を差し伸べる。

「大丈夫。怖くないよ」

「本当？」

「うん。怖いけど、怖くない」

つばさと、涼音と、修一郎が、一緒にいてくれるから――。

本書は双葉社文芸総合サイト「COLORFUL」にて二〇二一年四月から
二〇二二年二月まで配信された同名作品を加筆修正をしたものです。

美輪和音●みわ　かずね

東京都生まれ。青山学院大学卒。2010年「強欲な羊」で第7回ミステリーズ！新人賞を受賞し、小説家デビュー。他の著書に『ゴーストフォビア』『ウェンディのあやまち』など。

私《わたし》たちはどこで間違《まちが》えてしまったんだろう

2023年2月25日　第1刷発行

著　者——美輪和音《みわかずね》

発行者——箕浦 克史

発行所——株式会社双葉社

東京都新宿区東五軒町3-28　郵便番号162-8540
電話03(5261)4818〔営業部〕
　　03(5261)4831〔編集部〕
http://www.futabasha.co.jp
（双葉社の書籍・コミック・ムックが買えます）

DTP製版—株式会社ビーワークス

印刷所——大日本印刷株式会社

製本所——株式会社若林製本工場

カバー印刷——株式会社大熊整美堂

落丁・乱丁の場合は送料双葉社負担でお取り替えいたします。
「製作部」あてにお送りください。
ただし、古書店で購入したものについてはお取り替えできません。
［電話］03-5261-4822（製作部）

定価はカバーに表示してあります。

ISBN978-4-575-24605-6 C0093